中公文庫

此　一　戦

日本海海戦記

水野広徳

中央公論新社

ソレ東洋ノ海陸ニ竜闘虎攘ノ活劇ヲ演ジタル日露両国間ノ戦役モ、屈指スレバ既ニ五星霜。イマダモッテ多数ノ年所ヲ経タリト言ウベカラズトイエドモ、今ヤ世人ノ当時難戦苦闘ノ事跡ヲ尋ヌルモノマサニマレナラントス。コノ時ニ際シ、長クソノ海戦史編纂ニ干与セシ水野海軍少佐ガ、公務ノ余暇ヲモッテ本書ヲ編述シタルハ時ノヨロシキヲ得タルモノト言ウベシ。ヒモドイテコレヲ見ルニ、日露戦役ノ天王山トモ言ウベキ日本海海戦ノ終始顛末ヲ叙スルコト最モ詳細。大ハ艦隊戦闘ヨリ小ハ水雷艇襲撃ニ至ルマデ彼我ノ戦況ニ及ビ、アルイハスラブ魂日本魂ヲ説キ、終リニ戦果ノ困ッテ来ルトコロヲ述ブ。読ミ終リテ当時ヲ追想シ感慨措クアタワズ。イワンヤ興味津々タル通俗的文筆ハヨクソノ意ヲ尽シ、知ラズ識ラズ巻ヲオオウテ快哉ヲ呼バシム。

今ヤ別ニ公刊明治三十七八年海戦史アリ。シカレドモコレムシロ専門的ニシテ通俗的ナラズ。ユエニ世人が海戦ノ真味ヲ咀嚼セントセバ必ズヤコノ種ノ書ヲ要シ、モッテ両々相待タザルベカラズ。モシ本書ニヨリ、ワガ帝国ノ危機タリシ日露戦役ノ光栄アル結末ニ終リシユエンノモノヲ察シ、当時彼我将士ノ困苦悲壮ナル海戦ノ状況等ヲ追懐セバ、ワガ国民教育ニ稗益スルトコロソレ多大ナルベシ。古語ニ言ワズヤ、夫功之成、非成於成之日、蓋必有所由起、禍之作、不作於作之日、亦必有所由来ト。モッテ序トス。

明治四十四年一月

海軍中将　加藤友三郎

序

予この書を一読するに、記事正確行文流暢にしてそぞろに日本海海戦を髣髴せしめ、ただに世人をして皇国無前の大海戦を記念せしむるに足るのみならず、また海軍軍人を啓発すること少なからざるを信ず。まことに良書なりと言うべし。ことに編中大和魂を詳説したるがごときは、著者真意の存するところを知るに難からざるなり。稿成りすなわち一言を弁ず。

明治四十四年一月

海軍中将　伊地知彦次郎

序

こは日本海海戦の当時第四十一号艇長として奮戦したる海軍少佐水野広徳君の著なり。君は役後海軍軍令部にありて明治三十七八年海戦史の編纂に従事し、もっぱら筆を戦紀に執れり。しかれども官撰はおのずから官撰の体あり。正確簡明を主とするをもって、読者あるいはこれを咀嚼するに至らずしてやむのうらみなきあたわず。君これを補わんと欲し、公務の余暇をもって拮据黽勉、別に本書を成し、東郷大将の信号訓示にちなみ題して此一戦という。巻を開けば、君が燃犀の見と椽大の筆とは相待ちて日本海海戦の光景咄々真に迫り、一擒一縦、読者をしてたちまち怒り、たちまち泣き、たちまち笑い、趣味津々たるの間において知らず知らず忠烈の志気を涵養せしむ。予君と共に職を戦史編纂に奉じ、本書の内容を知悉するをもって、その好著たることを江湖に紹介す。語にいわく、歴史は国民の指導なりと。それこれを言うか。

明治四十四年一月

海軍大佐　子爵　小笠原長生識

自序

明治四十二年十二月十日、東郷海軍大将、軍令部長の職より軍事参議官に栄転せられ、別宴を東京水交社に催さる。余たまたま職を軍令部に奉じ、招かれて席末に陪するの栄を得たり。宴終って後、余興として薩摩琵琶の弾奏を開く。曲中、陸軍一等卒杉山忠吉なる者の忠烈をうたえるものあり。弾者はこれ三五の一少女、絃に嘈切の妙薄く、語に抑揚の調乏しといえども、忠吉の忠勇、句々聴者の肺腑を剔る。ことにその奉天野戦病院において、消え行く息の絶え絶えに君が代の国歌を唱える条に至りては、満座粛然襟を正さざるものなし。余言えらく、一卒の行動もなおこれを文によみ、琵琶に弾じて、その忠烈を千載に伝う。

しかるに皇国の興廃を一戦に期したる日本海海戦に至りては、世上ただその大勝あるを知って、いまだその真相を知るの人少なし。思うにこれ海戦の状況は、海軍部外者の窺知し難きところなると共に、海軍部内者においては、公務多端にして文筆の閑技にたずさわるの暇なきに困るものあらん。しかりといえどもこの大海戦の真相、時と共に堙滅に帰するは、終生の恨事なり。幸いにおのれ親しく海戦に臨み、また乏しきを三十七八年海戦史の編纂に受け、やや日本海海戦に関して知れるところあり。菲才を顧みずおのずから涓人死馬の骨となって、驥駿の続出を待たんと、深くはからず、即夜稿を起ししも、爾来公私の用務に支えられて執筆意に任せず、荏苒ついにもって今日に至れり。

本書著作の目的は、もっぱら日本海大海戦の実状をば、広く江湖に紹介せんと欲するに存し、もとより兵学攻究のためにあらず、ゆえに戦略戦術の問題に至りてはつとめてこれを避けたりといえども、いやしくも成敗の跡をたずね、利鈍の数を明らかにせんがためには、戦書の常として絶対にこれを省除することあたわず。ただ味噌の味噌臭きは、むしろ味噌の生臭きよりまさるとして読者の諒を請うところなり。

著者もとこれ一介の武弁、かつて文辞にならわず、章句に熟せず、加うるに吾人の筆は軍機の桎梏と、国交の鉄鎖とに制縛せされ、述べんと欲して述ぶるあたわず、書かんと欲して書くあたわず、おのずから隔靴掻痒の感に耐えざるもの少なからず、しかれどもこの忍耐こそ、皇軍大勝の一因たりしを考うれば、これ著者の読者と共に喜んで忍ばんと欲するところなり。

本書稿半ば成るの時、海軍軍令部編纂にかかわる明治三十七八年海戦史第三巻刊行せられ、この海戦における彼我艦隊の戦術的行動に関しては、書に詳述せられあるをもって、本書においては主として現代海戦の実況を記述することにつとめたり。そのあるいは虎を写して猫に類するのそしりあるはかねて期するところ、ただ闘牛を描いて尾をふるうの誤りなきは、ひそかに信ずる所なり。

本書著述に際し海軍大佐小栗孝三郎、海軍大佐子爵小笠原長生、海軍大佐山路一善、海軍中佐丸橋彦三郎、文学士竹村昌次の諸君、その他当局の諸員より懇篤なる援助と有益なる忠言とを与えられたるを多謝す。

なお稿成るに及びては、時の聯合艦隊参謀長たりし加藤海軍中将閣下、時の聯合艦隊旗艦艦長たりし伊地知海軍中将閣下および当時大本営幕僚として作戦の枢機に参与したる小笠原海軍大佐の序文を賜りたるは著深く者の光栄となすところにして本書の面目これに過ぎず、謹んで拝謝す。

明治四十四年二月一日

著者　水野廣徳識

理性に基かざる思想は揺動する。明知の伴はざる信念は揺動する。傳統の感激や、自我の感情や、盲目の信仰や、教訓の強要や、形象の威嚇やの上に築かれたる思想や信念やは砂上の樓閣である。外観如何に壮厳なるも、内飾如何に華麗なるも、一たび體的経驗や心的覚醒の嵐に遭へば忽ちにして顛倒崩壊する。此書は今では僕の思想信念の歴史的紀念物である。

昭和三年初冬

[illegible]

目次

此一戦

日本海海戦記

三笠艦上の東郷司令長官とその幕僚

東条鉦太郎氏の筆になる名画。明治38年5月27日午后二時の状況をうつす。神算を胸に秘めて無言のうちにその作戦を互いに伝心する大海戦直前の壮厳な一瞬間である。人物は向って左から、中腰で海図をのぞくのが航海長・布目満造中佐、その右長谷川清中尉、艦長・伊知地彦次郎大佐、砲術長・安保清種少佐、参謀長・加藤友三郎少将、東郷司令長官、参謀・秋山真之中佐、伝声管についているのが玉木信助少尉候補生。また、左方階段をのぼりつつあるのは参謀・飯田久恒中佐、測距儀のうしろ枝原百合一中尉。

一　万里の遠征（その一）

兵は兵器なり、天道これをにくむも、已むを得ずしてこれを用うるは、これ天道なりと。明治三十七年二月、わが帝国は東洋永遠の平和を維持するため、ここに已むを得ずして兵を起こし、露国に向かって戦いを宣した。敵は人口一億四千万、面積百三十五万方里を有し、欧米列強といえども、常にその意に逆らわざらんことをつとめつつある大強国である。これに反し、わが帝国はアジアの東方に孤立し、世界地図には、往々支那とその着色を同じゅうせらるる蕞爾《さいじ》たる一小島国にすぎない。大日本帝国《だいにほんていこく》の大の字と、大韓国の大の字とを、同一視せる欧米の人士は帝国の義憤をもって、これ伏鶏《ふくけい》の狸を打ち、乳犬《にゅうけん》の虎を犯すに等しく、日本たとい闘心あるも、一たび剣を抜かば、国危しとまで酷評した。しかしかくのごときは、鉄の小なるをもって、木の大なるよりも弱しとなし、石の薄きをもって、瓦の厚きよりももろしとなすの類にして、兵の勝敗は数《すう》のみにあるを知って、いまだ気にあるを知らざるものである。

皇謨《こうぼ》ここに二千五百六十余年。神功征韓《じんぐうせいかん》の遠き昔は言はずもがな、降っては鎌倉男子太郎時宗、三たび元使を斬って、十万の虜兵を筑紫《つくし》の海に鏖殺《おうさつ》し、稀世の俊傑太閤秀吉は、二十万の兵をもって鶏林《けいりん》八道《どう》を蹂躙し、大明《たいみん》四百余州を震駭《しんがい》せしめた。近くは明治二十七八年日清の役、交戦わずかに九カ月にして、民衆四億の清国《しんこく》を圧伏し、地を割き、軍費を償うて、和を請わしめたるわが日本帝国。皇威四海を照らし、神武八紘に輝く。五千万の臣子は、これ愛国純忠の一血団である。見よ、開戦以来海に陸に、皇軍向かうところ破竹のごとく、撃って破らざるなく、戦うて勝《か》たざるなきを。

悍鷲《かんしゅう》の羽ばたきすさまじく、「セントアンドレー」の十字旗を、シベリア嵐《あらし》になびかしつつ、東亜の海に雄飛したる露国太平洋艦隊も、哀れや、帝国聯合艦隊の、息も継がせぬ攻撃に、あるいは沈み、あるいは傷つき、今や旅順の軍港に蟄伏《ちっぷく》して、奄々《えんえん》わずかに余喘《よぜん》を保つのみである。ここにおいてか、露国は更に、優勢なる艦隊を東洋に増遣し、いったん失いたる海上権を回復し、もって海陸の敗運を一挙に挽回せんと企てた。そこで、本国に残留する軍艦中、建造中のものは昼夜その工を急ぎ、旧式のものはその武装を更新し、なお中立国より、多数の船舶をば購入雇傭し、仮装巡洋艦、水雷母艦、工作船はもとより、給兵、給炭、給水、給糧の諸船より、病院船に至るまで、いやしくも、艦隊の遠征に必要なる諸設備は、ことごとくこれを整え、運送船を合して、約四十余隻と称する、尨大なる一大艦隊を編成した。しかして従来の太平洋艦隊をば、太平洋第一艦隊と改称し、増援艦隊をば、太平洋第二艦隊と命称した。海軍少将ロジェストウエンスキーは軍令部長の職より転じて、第二艦隊司令長官に補せられ、その旗下には司令官として、海軍少将フェリケルザムあり、同じくエンクゥイストあり、いずれも露国海将中の錚々《そうそう》たるものである。

かくて第二艦隊は艦船の艤装《ぎそう》、乗員の編成等、その発航準備に約半歳の日子《にっし》を費やし、明治三十七年十月十六日をもって、皇帝の信頼と、国民の輿望《よぼう》とを雙肩にないつつ、軍容堂々、バルチック海なるリバウ軍港を出発した。海岸に群集したる幾万の国民は、この堂々たる雄姿と整々たる陣列とをながめて、国家のあだを報ずると信じ、手をあげ、足を踏み鳴らし、満腔《まんこう》の熱誠と、歓喜とをもって、露国の万歳をとなへ、艦隊の祝福を祈った。やがて艦隊は司令長官の旗艦を先頭とし、錨《いかり》を抜く一艦また一艦、惜しきなごりを煙にのこしつつ、波濤万里の征途にのぼった。生別死別は弓矢とる身の常とはいえ、思えば前途に横たわる千障万難、氷は前程をとざして船足鈍く、バルチック海上雲うれい、風むせぶの概《がい》がある。

　煙に消え行く故郷の山をふりかえりみつつ、艦隊は堅氷を割いて、翌十七日には早やバルチック海の関門たるランゲランド海峡にたっした。ここにはかねてより日本水雷艇待ち伏せおれりとか、日本海軍将校は海峡に水雷を沈置したりとか、ほとんど常識をもって判断に苦しむような流説があるので、露艦隊乗員は、将卒ともに神経すこぶる過敏におちいっておる。これがため艦隊嚮導《きょうどう》の任に従事したる、露国砕氷船某号のごときは、ここより分離して、単独帰国を命ぜられたるも、日本水雷艇の攻撃を恐れて出発を躊躇したるがため、ロ提督はついに、実弾を放ってこれを追い返したとさえ伝えられる。かくて艦隊は、駆逐艦をもって掃海を行いつつ、デンマーク海峡も無事に航過し、十月二十日には、デンマークの北端なるスカーゲンに着した。前日来の暴風のため、やや分散したる艦隊を整頓し、第一回の炭水補充を行い、翌二十一日航路の警戒を厳にするため、全艦隊を数梯団にわかち、相前後して北海に向かった。前途をとざせし濃霧もいつしかはれて、ドイツ灘、風は怒って、波さか巻いておる。北海の長き秋の夜も、はやふけ渡って空は深く、星斗《せいと》密なる二十二日の午前一時ごろ、後続の一艦より発したる無線電信は、水雷艇我を追尾すとの警を伝えた。見渡せば荒れ狂う海面に、点々明滅する漁火数十。風声に胆《きも》を消し、鶴唳《かくれい》に心を破る露艦隊は、すはこそ日本水雷艇の攻撃と、戦闘の号音一声鋭く深夜の寂寞を破ると同時に、哨兵勤務の疲れに眠《ねむり》さめやらぬ砲員は、敵味方の区別さえなく、たちまち猛烈なる砲火を、これらの漁火に向って雨注した。砲火は閃々とし闇をつんざき、砲声は殷々《いん〱》として天海にとどろき、北海洋上雲なくして電光ほとばしり、霹靂《へきれき》打つの壮観を現出した。やがて煌々《こう〱》たる探海燈の闇をつらぬいて海面を照らすと共に、不意の砲撃に驚きて、右往左往に逃げ迷う、英国漁船の一群を見た。あるいは機関を破られて、弾丸雨飛のもとに進退自由を失えるもある。あるいは船体を貫かれて、まさに沈没せんとするもある。救助を求める叫喚《きょうかん》の声は、怒濤の吼号《こうごう》と和して光景惨烈をきわめておる。しかも目ざす水雷艇は影だに見えない。ここにおいて露国艦隊は初めてその誤りなるを知りたるもののごとく、ようやく砲撃を中止し、遭難者の救助をもなさず、蒼惶《そうこう》姿を暗中に隠《かく》し、程《てい》を早めて二十五日スペインの西岸なるウイゴー港に着した。この砲撃のため、英国漁船「クレーン」号は沈没し、他の数隻は損害をこうむり、「クレーン」号船長以下死傷者も少なくなかった。中にも滑稽なるは、露国巡洋艦「アウローラ」もまた味方の数弾をこうむり、死傷者を出したことである。

　漁船砲撃の報一たび英国に伝わるや、国民の激昂《げっこう》はたちまち沸騰点に達し、政府はただちに内閣会議を開き、露国に対して、（一）謝罪（二）被害者に対する賠償（三）関係将校の処罰（四）英国船舶に対し将来の危害に関する保障の四条件を提示し、厳談《げんだん》を申し込むと同時に、その優大なる全国艦隊に対して出師《すいし》準備の訓令を発した。欧米各国の新聞また筆をそろえて、露艦隊の暴挙を詰難《きつなん》し、あるものはかかる危険なる艦隊をして、航海の継続せしむるは、世界の航業をして不安ならしむるものなれば、すべからくバルチック艦隊の東航を中止せしむべしと論じた。しかしながらロジェストウエンスキー少将は頑として、漁船中に水雷艇の混在したるを確認したと主張しておる。

　出師準備の命を受けたる英国艦隊は、直ちに戦闘準備を整え、その数隻は急航ウイゴー港外に至りて、露艦隊の動静を監視し、英露の関係はすこぶる急潮を呈した。露国は英国の要求に対し、その第一、第二を入れ、第三、第四を拒絶するとともに、事件の審判を国際調査委員会に附せんことを提議した。英国政府また当初の意気込みに似ず、露国の提議に応じ、事件はつひに英露米仏墺の五カ国より選出したる調査委員会に附せらるる事となった。審査の結果、委員会は十七カ条よりなる査定を下し、砲火を開きたる行為、およびその漁船に対する結果に関しては、ロ提督その責めに任ずべきものと決定し、かつその末項にこの審査報告は露国提督並びにその艦隊乗員の勇武および徳義心を傷つくるものにあらずとの一条を加えた。しかして別に露国は損害賠償として、英国に対し六万五千ポンドの償金を払い、一時世界の耳目を聳動《しょうどう》せしめたる北海事件も、ひとます平穏にその局を結ぶこととなった。兇暴なる砲火の犠牲となりし英国漁船員こそ、まことに同情の至りにたえない。敵の疑わしきは砲火をもってまずこれを探れ、敵の攻撃をまって初めて剣を抜くがごときは、畢竟《ひっきょう》自滅を意味するものなりとは、泰西兵家《たいせいへいか》の格言である。とはいえ、露艦隊今回の行為たる。たとい富士川の水禽に驚きて、逃げ帰りたる平公子《へいこうし》の笑いをのこさざるも、老松の影に恐れて剣を抜きたるあわて武士のそしりを免れない。しかるに戦後ドイツの一新聞紙は、当夜ドイツの駆逐艦二隻は露艦隊に対して襲撃演習を行うたとのことを発表し、ロ提督のためにいささか冤《えん》を雪《そそ》いだ。ドイツ駆逐艦たるもの、ずいぶん罪の深いいたずらをしたものである。

北海事件のいよいよ国際審査委員会の調査に附することに決定するや、事件関係者としてロ提督の幕僚たるクラード中佐以下海軍将校四名をとどめて、全艦隊は十一月二日ウイゴーを発し、翌三日アフリカ北岸なるタンジールに着した。艦隊はここより本支両隊にわかれ、吃水深くして大砲弾薬等をおろすにあらざればスエズ運河を航過する能わざる軍艦は、ロ提督これを直率して、大西洋を航下し、アフリカ南端迂回航路をとり、吃水浅き軍艦はフェリケルザム少将これを率いて、地中海航路を取り、スエズ運河を通過することとなった。

かくてロ提督の率いる本隊は、ダカール（仏領）、カブーン（仏領）、モッサメデス（葡領）、アンギュラ、ペケナ（独領）など、世人の耳に新たなる、アフリカ西岸の諸港湾に寄泊して炭水を補充し、フェ提督の率いる支隊は、クリートのスダ湾、ポートサイド、スエズ、ジブーチ（仏領）等を経て、三十八年一月上旬、両隊は再びマダガスカル島において相会合した。

これより先、わが第三軍の旅順攻囲はすでに半歳の久しきに亘たり、世界に光輝を放ちたる勇敢なる敵の防戦も、今や糧弾内《うち》につきて、授兵外《そと》にいたらず、加うるにわが軍の攻撃は、日にますます急にして、難攻不落の堅城も、ついに孤城落日の観あるにいたった。ことに港内の蟄伏《ちっぷく》せるその艦隊のごときは、わが砲撃のため、すでに多大の損害をこうむり、砲熕《ほうこう》は陸上の防備に移し、乗員は要塞の守備にあて、バルチック艦隊たとい来るとも、とうていこれに援助を与うることはでき難くなった。ここにおいて露国有識者並びに列国海軍軍事通の間には、露国は更に第三艦隊を増派するにあらざれば、ロジェストウエンスキー艦隊はとうてい東郷艦隊と対抗することはできないとの説が高まった。露国当局者は、にわかに驚愕《きょうがく》憂慮《ゆうりょ》し始め、特に御前会議を開きて、更に第三艦隊を編制派遣して、第二艦隊に増勢するか、はた第二艦隊を召還するかに関し、軍議をこらした。甲論じ、乙駁し、その結果ついに、今にして第二艦隊を召還するがごときは、大ロシア帝国の体面上、むしろ敗戦にまさる恥である。最後の勝利を博し、日本を屈伏せしむるには、是非とも海上権の獲得を必要とする、よろしくすみやかに第三艦隊を増遣《ぞうけん》して、ロ提督の東航を継続せしむべしとの議に決した。ついで三十七年十二月上旬に至り、旅順要塞の関鑰《かんやく》たる爾霊山《にれいさん》の陥落とともに、旅順艦隊は枕を並べて、ことごとく港内に沈没するに至ったので、第三艦隊の増派はいよいよ必要となり、同月中旬その編制を発表し、三十八年一月を期し、東洋に向け出発せしむる事に決定した。元来この第三艦隊の顔ぶれたるや、いずれも第二艦隊編成の際、老朽鈍弱のゆえをもって、その選に漏れたる旧式の軍艦ばかりで、いわばより屑《くず》の艦隊である。かかる鈍弱の艦隊を増派して、はたしてよくロ提督艦隊の勢力を増加し得るや、あるいはかえって累《るい》を第二艦隊に及ぼすものにあらずやとは、この時既に、各国海軍学者の間に、論議せられたる問題であった。

越えて明治三十八年一月二日、旅順開城の飛報《ひほう》、一たび露都に達するや、全国の震駭はあたかも百雷の一下したるがごとく、一部の人士はようやく海戦の前途を悲観して、バルチック艦隊召還説が再燃した。すでにその艦隊の全滅せる今日、旅順要塞の存否は、バルチック艦隊に対して、戦闘力上なんら影響する所あらずといえども、これが陥落は同艦隊の戦略上に大打撃をあたえたものである。すなわち今やバルチック艦隊の作戦目的地は、事実上唯一のウラジオストックのみとなったので、わが艦隊はもはや後顧の憂いなく、その勢力をば一所に集中して敵艦隊の来航を待つことができることとなった。ここにおいて露京にては、再び御前会議を開き、第二艦隊の進退に関して凝議すると同時に、一面にはロ提督に向いその意見を徴した。ロ提督はこれに対して答うるに、第二艦隊現下の勢力にては、とうてい東郷艦隊を撃破して海上権を回復すること難しといえども、老朽衰頽の不良艦を増援として派遣せらるるごときは、いたずらに第三艦隊の繋累《けいるい》を大ならしむるに過ぎざるむねをもってし、かつ久しくマダガスカルに滞留するは、ただに日本艦隊をして戦備を完整せしむるの不利あるのみならず、なおわが兵気を沮喪《そそう》せしむるの虞あるがゆえ、精鋭の軍艦のみを率いて直ちにウラジオに急進せんとの意見を開陳した。しかるに露国大本営においては、これをもって無謀の策となして採用せず、ロ提督に対してはマダガスカルにおいて後命を待つべき電命を下した。ここにおいてロ提督は心すこぶる平らかならず、疾《やまい》と称してその職を辞せんことを請《こ》いたるも、これまたついに許されなかったとのことである。

かくて露国政府は仏国の好意中立により、バルチック艦隊をばその領地なるマダガスカルに滞留せしめ、一面には第三艦隊の発航準備を急ぐとともに、一面には陸上戦局の推移を観察しつつあった。ここにおいて露国海軍の戦略家として有名なるクラード海軍中佐のごときは、政府の優柔不断を憤慨し、辛烈なる論説をば新聞紙上に公表し、「今更第二艦隊を召還するが如は、これ現戦争を休止し、敗戦に甘んぜんとするものである。既に一万海里の長航程を経て、東洋の門戸に臨める艦隊を召還するごときは、これ畢竟《ひっきょう》何を意味するものぞ、宝刀一たび鞘を脱せば衂《ちぬ》らずして収むべからず。今日まさに吾人のなすべき所は、ただすみやかに第二艦隊の欠点を補うにあるのみ。これがためには第三艦隊も派遣すべし、黒海艦隊も派遣すべし。国家興廃の秋《とき》にのぞみ、不条理きわまるベルリン条約のごときに拘泥するの必要いずくにかあらん。外交官の本職は夜会の舞踏にあらず、貴婦人の接待役にあらず、国家の有事に際し国利を樽俎《そんそ》の間に収むるにあるのである。わが露国にして外交官その人を得ば、黒海艦隊のダーダネルス海峡通過のごときは、これ易々《いい》たる折衝《しゃこう》である」と言っておる。

それ師を起すこと十万、出でて征すること千里なれば、内外の費、車甲の奉、日に千金を費やすとかや、遠征に巨貲《し》を要するは、古今東西同一轍である。露国機関官の計算によれば、第二艦隊一日の航海に要する石炭は実に三千屯に達するとのことである。これをもって見れば同艦隊がリバウ出発以来マダガスカル到着まで、約三カ月間に消費したる炭費のみにても、実に数百万円の多きに達しておる。もしこれにその他の航海需品、ならびに給炭船の傭料などを加算すれば、その額は更に驚くべきものである。今日同艦隊を召還せんか、帰航の費用またこれに倍加するにいたる。しかもこれによってかち得るところのものは列国の嘲笑と、自国の擾乱《じょうらん》とである。クラード中佐ならずとも、たれかこれに反対せざるものぞ。進《すす》んで戦うあたわず、退いて脱するを得ず、これを兵の窮地という。ロ提督当時の境遇こそ、実にこれに類するものである。

行こかウラジオ、帰ろかロシア、露国第二艦隊のマダガスカルにおいて思案せる間に、その第三艦隊の出発準備は着々進捗し、五隻の装甲艦よりなる艦隊は、明治三十八年二月十五日、いよいよリバウ軍港を解纜《かいらん》して、程《てい》を急いで第二艦隊の跡を追うた。司令官はネボガトフ海軍少将である。翻ってこの時におけるわが艦隊の状況いかにと顧みれば、旅順陥落後、内地軍港に回航したる大小の艦艇は、すでに全くその修理を終りて新たに戦備を修め、将卒ともに鬱勃《うつぼつ》の英気を抑えつつ、敵の艦隊いつでも来れと待ち構えておる。好客遠方より来る、何をもってかこれに報いん、弾丸水雷これ膳羞《ぜんしゅう》!!

二　万里の遠征（その二）

それ水とどこおること久しければ孑孑《ぼうふら》生じ、軍駐《とどま》ること長ければ軍紀ゆるむ。露軍第二艦隊は三十八年一月上旬マダガスカル島に到着してより以来、同島に淹留《えんりゅう》することすでに二カ月、将士ようやく軍に倦《う》んで士気日に衰え、兵士はいたずらに飲酒にふけり、将校は不平に満ち、ことに運送船などにおいては、上官に対してしばしば「ストライキ」をさえ起すものあるにいたった。くわうるに所は瘴煙《しょうえん》深き熱帯の海、時は金石爍《と》くる南半球の盛夏である。北欧の寒国に生まれたる露国将卒の、恨みをのんで病苦に斃《たお》るるもの日として絶ゆることがない。ここにおいてロ提督は日々各種の操練を励行して、鋭意軍紀の振粛《しんしゅく》と乗員の健康をはかるとともに、夜は水雷防禦網を張り、艦内には哨兵を配し、港外に哨艦を出し、もってわが襲撃に対する警戒を厳にした。

　これより先、開戦以来、露国陸海軍のしきりに敗績するや、現政府に慊焉《けんえん》たる国内の不平党は、各所に蜂起して盛んに戦争反対説を唱道した。ことに旅順陥落の報ひとたび露都に達してよりは、彼らの勢いますます猖獗《しょうけつ》をきわめ、ついに一種の革命党と変じた。長老ガポンなる者衆《ものしゅう》を率いて政憲改革を絶叫し、全国の大学生またこれに和し、職工、労働者の大同盟罷工《ひこう》は各地に起りて、公私の工場はそのために業務を休止するにいたり、鎮撫の兵士は人民と衝突して、老幼男女数百名の紅血は、露都街頭の雪を染め、あるいはセワストポリー軍港における水兵の叛乱となり、あるいはモスコー総督セルジ太公の暗殺となり、国内の騒乱あたかも蜂窩《ほうか》を破りしがごとく、皇帝はついに労働者綏撫《すいぶ》の詔勅を発せられ、かつ露国の内憂外患を説きて、官民一致、この難局にあたらんことを諭示《ゆし》せらるるにいたった、現在干戈《かんか》相結ぶ敵国とはいえ、この時における露国皇帝の宸襟《しんきん》こそ、まことに恐察するにあまりがある。

この騒乱の秋《とき》に際し、露国の唯一の頼みとするところは、まさに来らんとする奉天の陸戦である。昨年十月沙河《しゃか》の会戦以来、彼我対陣することすでに半歳、今や糧弾豊かに人馬充実し、南満の春雪ようやく融けて、奉天の大原兵を動かすに適する時季となった。この一戦に大山軍を粉砕し、一挙して大連旅順を復し、再転して韓半島を握らんとは、当時クロパトキン大将の夜々軍営に結ぶ夢であった。先んずれば人を制す。露軍の旌旗《せいき》ようやく動かんとするを見るや、機を察するに敏なるわが満州軍は、クロパトキン軍に対して、二月二十六日全線攻撃を開始した。勇猛快敏、鬼将軍の名ある黒木大将の率いる第一軍を右翼に配し、沈毅《ちんき》豪胆、鉄石のごとき野津大将の率いる第四軍を中堅に備え、健実にして機略に富む奥大将の率いる第二軍を左翼に置き、旅順の金湯を屠《ほふ》って勇名世界にとどろく乃木大将の率いる第三軍を迂回軍となして、敵の右後背をつかしめ、別に川村大将の率いる鴨緑江軍《おうりょっこうぐん》は満州軍と協応して、敵の左後背に向かって策動しておる。敵は本営を奉天に置き、強堅なる陣地を数段に構え、守るに欧露新鋭の兵力をもってし、一歩も退かじと決心しておる。塹壕は深く、堡塁は固く、勇敢剛毅なるわが突撃も、しばしばその効を奏せず、全滅また全滅、逆襲また逆襲、砲撃銃音天地をうごかし、剣光砲火残雪にひらめき、伏屍は野をおおうて流血は塹壕にみなぎる。わが軍殊死《しゅし》奮闘《ふんせん》鏖戦《おうせん》十日に及ぶも戦況毫も発展せず、攻撃半ばにして優詔《ゆうしょう》満州軍に下った。将士感激、身にもって敵塁に迫り、殺襲殺撃、わずかに勝運を一髪の危機に占め、三月十日ついに奉天城を奪取した、この戦闘彼我の兵数合して八十五万人に達し、戦線の延長四十里にわたり、鹵獲《ろかく》大砲五百門、俘虜三万人、実に空前の大戦、曠古《こうこ》の大勝である。

必勝を期待せし奉天の決戦も、またついに露国の大敗に帰し、陸戦の大勢ここにほぼ決定するにいたった。今や外には戦勢の頽敗を挽回し、内には民心の動揺を鎮撫するため、露国の採るべき策は、そのバルチック艦隊の東航を断行して、東洋の海上権を回復し、もって直接にはわが満州軍の糧道を遮断し、間接にはわが海外貿易を破壊するのただ一途あるのみとなった。もしこれをしもあたわずんば、勝算なき戦争をいたずらに継続せんよりは、人道のため、すみやかに旗を巻き剣を収めて、和を講ずべきである。ここにおいてかバルチック艦隊の進退に関する露国の廟議《びょうぎ》は、ようやく決したるもののごとく、四十五隻よりなる第二艦隊は、ある秘密命令のもとに、三月十六日ついにマダガスカルのノシベ湾を出発した。その向かう所に関しては、あるいは本国帰還の道につきたりといい、あるいは第三艦隊を迎うるため、紅海に向かいたりといい、あるいは決戦を期して東洋に向かい前進したりといい、世評紛々、ついに帰着するところを知らなかった。しかるに十九日にいたり、南亜の某港に

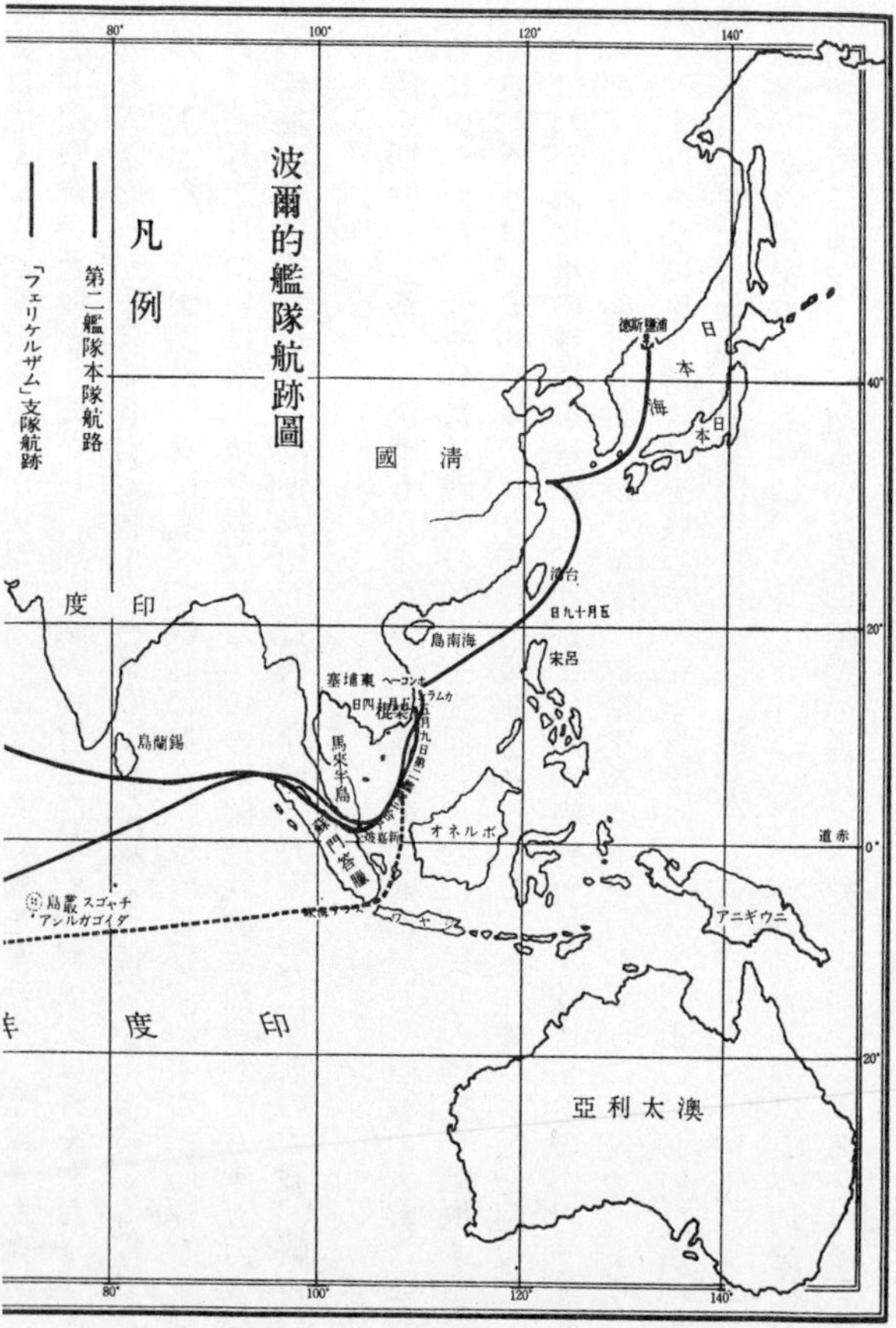

波爾的艦隊航跡圖
凡例
第二艦隊本隊航路
「フェリケルザム」支隊航跡
清國
日本海
日本
浦鹽斯徳
台湾
五月十九日
海南島
呂宋
東埔塞
ホンコーヘ
馬來半島
蘇門答臘
新嘉坡
ボルネオ
赤道
錫蘭島
印度
ジャワ
ニウギニア
澳太利亞

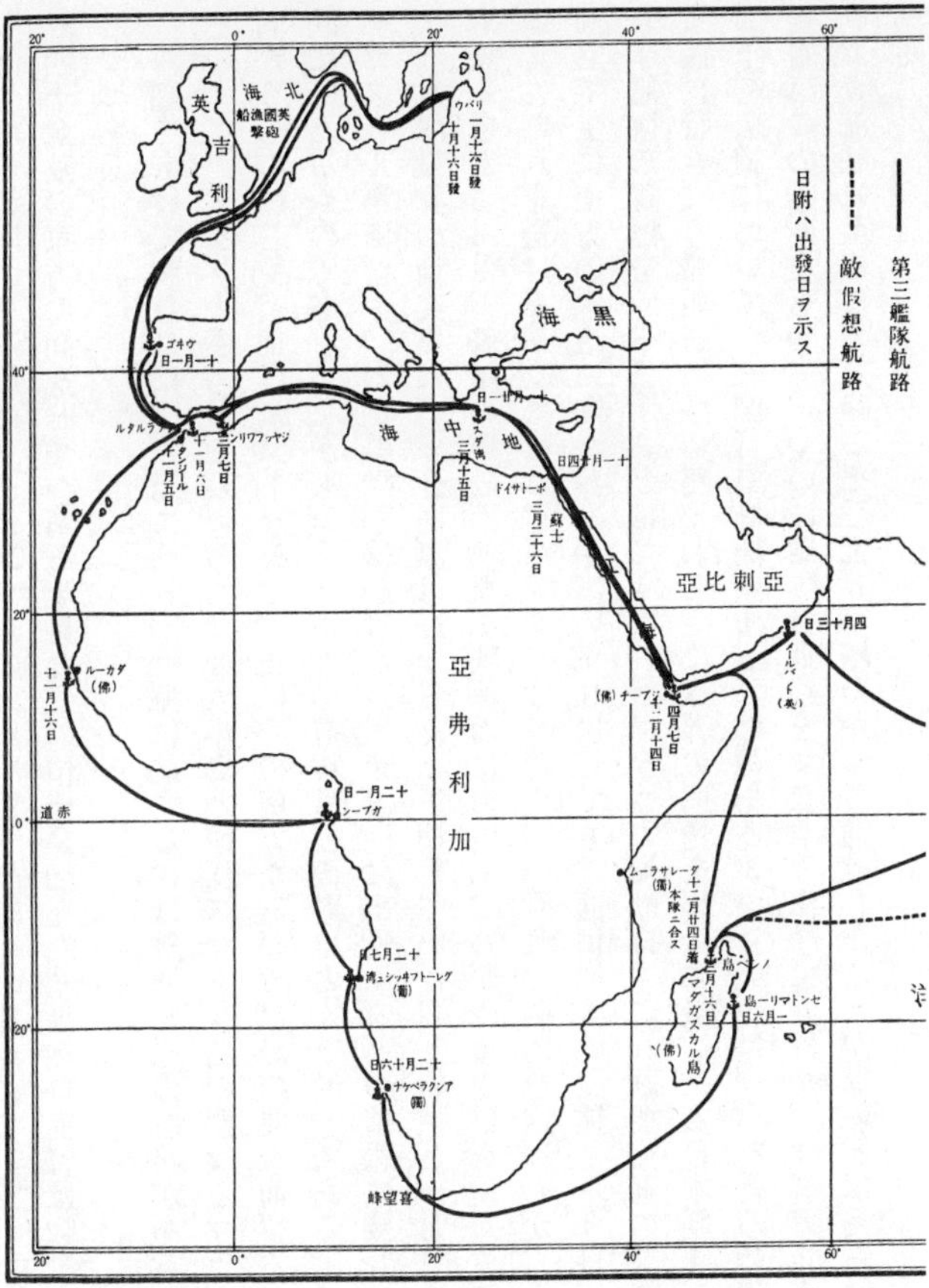
第三艦隊航路
敵假想航路
日附ハ出發日ヲ示ス
北海
英國漁船砲撃
英吉利
リバウ
十月十六日發
ヴィゴ
十一月一日
タンジール
十一月五日
十一月六日
三月七日
黒海
地中海
スダ湾
三月十五日
ポートサイド
蘇士
三月二十六日
亜刺比亜
四月十三日
ジブチ（佛）
四月七日
十二月十四日
亜弗利加
ダカール（佛）
十一月十六日
ガブーン
十二月一日
赤道
十二月七日
十二月十六日
喜望峰
ダレサラーム（獨）
十二月廿四日着
本隊ニ合ス
ノシベ島
セントマリー島
一月六日
マダガスカル島（佛）

入港したる某国の一汽船はマダガスカルの北東二百五十海里の地点において、バルチック艦隊四十余隻の東方に向進しつつあるを見たとの情報を伝えた。果然ロ提督は戦場に向かい進みつつある。

海図を広げて眺むれば、マ島より日本近海に航するには普通二様の航路がある。すなわちその一は、アジア大陸の最南端たるマラッカ半島と南洋スマトラ島の間なるマラッカ海峡に向かうものにして、他はスマトラ島と、更にその南方なるジャワ島の間に通ずる、スンダ海峡にいたるものである。しかもシノベよりの航程は、両者ほとんど同一である。ロ提督はマダガスカル島滞留中、わが艦隊しばしばボルネオ附近に出没するとの情報に接していたので、彼我艦隊最初の衝突点は、多分同島付近ならんと予期していたらしい。しかしてロ提督の最も恐るるところは、艦隊の運動不便なる狭海面において、わが水雷攻撃を受くることである。ゆえにこれを避けんがためには、スンダ、マラッカ、いずれの関門を選ばんか、あるいは迂回して更に南方の水道に向かわんか、いずれにしても、通信機関の発達せる今日、とうてい日本艦隊の視聴をくらますことはできない。マラッカ海峡は、これ欧亜交通の要衝である。東西に行き交う船舶日に幾十隻。おもうに世界の同情を得るに汲々たる日本艦隊、よもや、天下の公道において、戦闘行為を開始することはあるまい。大胆は安全を得るの道なり。ロ提督はこの推断をもって、ついに艦隊の進路をマラッカ海峡に向けた。マダガスカルよりマラッカ海峡に至るこの航路こそ、世界軍艦のかつて通航したことがないと伝えらるる所である。

バルチック艦隊の東航、これを航海術上より観ずれば、必ずしも至大の難事にあらず。世人のその成功を危ぶみたるゆえんのものは、ただ戦時国際法によれる給炭問題のためである。喜望峯の迂回、その道程長しといえども、大西洋の縦断、その航路険悪なりといえども、途中寄泊すべき幾多の港湾がある。その同盟国に属するものは、これを利用し、弱邦に属するものは、これを強借し、暴風至れば入りて避け、炭水乏しければ寄りて補うことができる、インド洋三千二百海里の横断こそ、実にバルチック艦隊航路中の最難所である。途上一の寄泊すべき港湾なく、また一の情報を得るの機関なく、日は波より出でて波に沈む、淼茫《びょうぼう》無涯の大海洋、ただ幸いなるは熱帯の海の常として、海波のやや静穏なることである。ここにおいてロ提督は多数の給炭船を準備し、駆逐艦は運送船をしてこれを曳航せしめ、洋中載炭を行いつつ、決然インド洋に浮んだ。山中暦日なきも、花信なお春を報ず、ひとり海洋ばかりは春来れど花咲かず、秋去れどもみぢ散らず、時はこれ艶陽四月の春半ばとはいえ、苦熱肉をただらす赤道の直下、舷《ふなばた》に砕くるうしおの飛沫を花と見て、あすさえ知れぬ戦場に向かう、露艦隊将士の心中感無量であろう。

かくて露国第二艦隊は、爾後世人の耳目と遠ざかること約二十日にして、四月七日の朝、忽焉《こつえん》としてマラッカ海峡に現われた。二十日の間一片の情報にさえ接せず、驀然《ばくぜん》戦場の関門に乗り込みたるロ提督の大胆と排水量わずかに三百屯の駆逐艦を伴い、三千海里の大洋をば、無事に乗り切りたる露艦隊の成功とは、敵ながらたしかに賞讃に値するものがある。バルチック艦隊マラッカ海峡に現われたるの報、ひとたび全世界に伝えらるるや、同艦隊に対する世人の態度は、にわかに一変するに至り、従来軽侮《けいぶ》と嘲笑をもっておおわれたる露国艦隊は、今や尊敬と同情とをもって迎えらるるに至った。わが同盟国たる英国新紙《しんし》「タイムズ」すら、ロ提督の行動に対して、左のごとく論じておる。

本戦役中、吾人の露国海軍のためにこうむりたる苦痛はすこぶる大なるものありといえども、ロ提督およびその統率せるバルチック艦隊が、毫も危険を辞せずしてマラッカ海峡を通過し、傲然として支那海に出でたる壮挙は、吾人英国人をしてうたた歎賞を禁ずるあたわざらしむるものあり、この勇壮なる行動は、吾人をして同艦隊幾多の不法行為を忘却せしめ、かつ露国海軍軍人が、真に勇を鼓して、勝敗を決せんとするの気概あるものたるを認めしむ云々。

かくのごとく世人の同情と、賞讃とを博したる露国艦隊は、予期したるわが艦隊との衝突もなく、翌八日四十余隻の大艦隊は、陣形堂々シンガポール沖を航過して支那海に入り、十四日全艦隊つつがなく、仏領アンナンなるカムラン湾にと錨を投げた、時にネボガトフ司令官の率いる第三艦隊は、既に紅海南端なるジブーチを発して、波をインド洋に破っておる。

露国第二艦隊既に支那海に進入す。今やわが極南の関鑰《かんやく》たる台湾と相距《へだた》ることわずか四日航程に過ぎない。ここにおいてわが聯合艦隊は、全勢力をば一所に集結し、敵艦隊もし北上すれば、ただ一戦にこれを撃滅せんものと、腕をさすって待ち構えておる。しかるに露国艦隊は、カムラン到着以来、悠々根拠をここに構え、五日を経るも、七日を過ぐるも、更に発動の形勢が見えない。それ戦わずして敵を屈するは、兵の上善なるものである。戦備整斉、士気旺勢なるわが艦隊は、バルチック艦隊との決戦あえて辞するところにあらずとはいえ、当時におけるわが海軍の軍略としては、なるべく敵艦隊のマ島以東に来航せざらん事を願うたのである。すなわち戦わずして敵の自ら屈せんことを希望した。しかるに今や敵の第二艦隊は支那海に入り、その第三艦隊またすでにインド洋に進み、遠からずして両艦隊の結合を遂げんとしておる。これをもって決戦ついに避くべからずとせば、我は敵の集結するに先んじてこれを個々に撃滅するが用兵の要訣である。ここにおいてかつてマダガスカル島の中立問題に対して寛なりし我が政府は、今や猛然としてアンナン沿岸の中立違犯に関し、仏国に対して強硬なる談判を開始した。由来戦略と政略とは、多くの場合に於て互に相関連しておるものである。ことに海軍戦略と外交政略とは、往々密接不可離の関係を有することがある。さきにわが艦隊の修理、いまだ終らざりし時に当っては、一日も長く敵の艦隊をマダガスカル島にとどめ置くの必要があった。しかし今日においては、一日も早く敵の艦隊をアンナン沿岸から追い出さねばならぬのである。すなわち敵艦隊の来らざる前に、わが艦隊の修理を竣成し、あるいは敵の合同に先だって、これを個々に撃破せんとはかるは、これ海軍戦略である。これがためマ島においては中立違犯を寛仮《かんか》し、アンナンにおいてはこれを厳責するは、これ外交政略である。もしそれいたずらに国際条規に拘泥してわが艦隊の現状いかんをも顧みず、マ島にある敵艦隊の来航を急がしめ、あるいはアンナン沿岸に長く敵艦隊の淹留《えんりゅう》を許すがごとき策をとらんか、これ外交政略の拙劣のため、累を戦略に及ぼすものである。

露国第二艦隊のカムラン湾に入りてより既に十余日、わが政府の強硬なる抗議に対し、仏国政府はやむを得ず、申しわけ的に、ロ提督に向かいカムラン湾より退去を求めた。そこで露国艦隊また申しわけ的にカムラン湾を出で、更にその北方五十海里なる、ホンコーへ湾に移った。昼は湾外に遊弋《ゆうよく》して、諸種の訓練を施行するかたわら、中立国船舶の臨検を行い、夜は湾内に警泊して、あるいは軍需品の搭載をなし、あるいは艦船の修理を行う等、同湾をもって公然作戦の根拠地としておる。しかも仏国政府は知って知らざるごとく、ただにこれを禁ぜざるのみならず、暗に幇助《ほうじょ》をさえあたえつつある。そもそも戦時国際公法なるものは、列国おのおのその主義見解を異にし、今日いまだ各国に共通せる一定の法規なるものがない。たとえば石炭のごときは、甲国にてはこれを戦時禁制品となすも、乙国にてはこれを非禁制品となし、また交戦国軍艦の中立港湾滞留期間のごときも、丙国は二十四時間主義を取るも、丁国にてはその期日に定限を置かない。しかしながら今日世界文明国の間に、戦時国際公法なるものの存する根本要義を問えば、一は交戦国並びに中立国間における、相互の権義を尊重擁護し、一は戦争の地域と時間とを、なるべく小限短縮せんと欲するためである。交戦国軍艦に対する給炭問題、並びにその滞留期日に関し、仏国が果していかなる主義をとれるかはあえて問うを要せず、いやしくも自己の領水域をもって交戦国軍艦の作戦根拠地に供用するに至りては、これ単に中立違反のみでなく、すでに軍事的援助を与うるものである。ここにおいて仏国の行動に対するわが国論は大いに沸騰し、あるいは帝都各新聞の対仏決議となり、あるいは商業会議所の仏貨排拒《はいきょ》となり、事態ようやく大ならんとした。もしそれ我にして一朝仏国と絶たんか、英国は同盟の義務として、わが国を援けねばならぬ。英仏戦いを交うるに至らば、米独また動揺を免れない。しかるときはこれ世界の大乱、人類の大不幸である。当時英国の世論は大いに同情を我に表し、わが国の主張をもって正当となすと同時に、一面には我に忠告するに、慎重の態度を持すべきをもってし、一面には仏国に向かってその反省を慫慂《しょうよう》した。開戦以来英国官民の我に寄せたる、熱誠なる声援と懇切なる同情とは、戦勝と共に長くわが国民の記念すべきことである。

仏国政府の窮窘《きゅうきん》をよそに見つつ、ロ提督の、アンナン沿岸をば低徊《ていかい》去るあたわざるゆえんのものは、一にその第三艦隊を持ち合わさんがためである。日仏の交渉、ようやく急なる間に、ネ提督艦隊は駸々程《しんしんてい》を進めて、五月五日シンガポール海峡を航過し、越えて九日、ホンコーヘにおいて、首尾よく第二艦隊との合同を遂げた。両艦隊将士の歓喜は、実に絶頂に達し、「ウラー」の声は、遠くアンナン山中の猛獣を驚かさんばかりであった。それ遠親は近隣にしかず、急湍《きゅうたん》を渡るには呉越もなお同舟を欲するとかや。先にも述べたごとく、ネボガトフ司令官の率いる第三艦隊の軍艦は、多くは第二艦隊の残滓《よりかす》である。ゆえにその合同が、軍事上果して第二艦隊にとりて利益ありやいなやはしばらくおき、今や哨煙空をおおうて、弾雨降り注ぐ戦風の中心に向って航進せんとするに際し、呉越ならぬ同胞艦隊との合同は、ロ提督艦隊にとりては、まさに千鈞の重きを加えたる感があったであろう。ことに第三艦隊に至りては、ジブーチ出発以来、彼我の情報に接せざること二十余日、ロ提督艦隊の安否をさえ知ることを得ず、こよいは日本水雷艇の襲撃やあらん、あすは日本艦隊の攻撃や受けんと、将卒共共に戦々兢々、夜の目も眠らずに心配したるにもかかわらずきょう無事その本隊に合し得たる喜びは、一たび戦陣に臨みたる者の、容易に推量し得るところである。

露国第二、第三艦隊合同の報、一たび世界に伝わるや、列国軍事通は筆を揃えて、航海術上における露国艦隊の成功を称揚するとともに、軍事上における合同の利害に関して、盛んに論評を試みた。あるものは、旧式にして速力大ならざる第三艦隊との合同はいたずらに第二艦隊の行動を羈束《きそく》拘制するのみにして、たまたまもって日本艦隊の戦勝を大ならしむるにすぎずと論じ、あるものは、ロ提督が仏国の苦痛を冷眼視し、隠忍もって第三艦隊の来会を待ちしは、軍事上の適当なる挙措《きょそ》なりと評した。

そもそも一利の存する所一害またこれに伴うは、兵においても往々免るあたわざるところである。盾《たて》の一面のみを見て、直ちにその堅脆《けんぜい》を判じ、盧山《ろざん》の一側を眺めて、たちまちその峯嶺を定めんとするがごときは、けだし当を得たるものでない。元来艦隊の戦闘なるものは、団隊競走であるか、はた綱引であるか。もし戦闘をもって団隊競走とすれば、足腰弱き老幼を伴うの不利なるは、言をまたない。もしまたこれをもって綱引とすれば、三尺の児童もなお多きを利益とする。しかしてこれを綱引となすか、競走となすかは、一に主将その人の戦術の運用いかんによって決するものである。ロ提督にして、もしよくわが艦隊と競争するを避け、これを綱引となすを得ば、重砲二十門を有し、五隻の装甲艦よりなる、第三艦隊との合同は、これまことに戦闘力上多大の利益と言わねばならぬ。

三　万里の遠征（その三）

隻眼《せきがん》を護《まも》るためには、往々十指の断ずるを辞せず、まして他人の苦痛のごときは、十年なおこれを忍ぶが人情の常である。露国太平洋第二艦隊司令長官ロジェストウエンスキー中将は、その第三艦隊の来着を待たんがため、仏国の煩悶窮窘《きゅうきん》を意とせず、冷然としてアンナン沿岸に滞留すること、約一カ月に及んだ。しかも今やその目的を達し、もはや中立国の恩恵に浴する必要がないので、不要の船舶をサイゴンに送り、五月十四日四十八隻の大艦隊を率い、ウラジオストックに向かいて、ホンコーヘを出発した。ここにおいて一時危急に迫りたる日仏の交渉も、ひとまず落着を告げ、世界の大乱を未発に防ぐことができた。ロ提督のこの行為たる、たとい孔孟《こうもう》の叱責を受くるも、孫呉《そんご》の賞讃を博するにたるものである。

そもそもホンコーヘよりウラジオストックに至るには、是非とも二カ所の関門を通過せねばならぬ。すなわち一は台湾の門戸にして、他は日本海の門戸である。しかして台湾の門戸には台湾海峡およびパシー海峡（一名パタン海峡）の二通路があって、前者は台湾と支那大陸間の水道にして、その間隔約八十海里、支那沿岸各港より欧州に至る船舶の常航路である。しかも台湾に近き、その四分の一の所には澎湖《ほうこ》列島が横たわってここにはわが馬公《ばこう》の要港がある。また後者は、台湾とその南方なるルソン島の間の水道にして、その間隔約二百海里、中間にはパシーその他数多の島嶼《とうしょ》点在するも、いずれも未開の蛮《ばん》島のみで汽船の通航はきわめてまれである。およそ敵に対して、なるべく自己の行動を秘隠《ひいん》するは、兵家《へいか》の最も心すべき所である。これをもってロ提督は世人の視聴より遠ざかり、かつ馬公にありと想像せらるるわが艦隊の攻撃を避けんがため、航路をパシー海峡に選び、ゆくゆく中立国船舶の臨検捜索を行いつつ、平均五、六海里の緩速力をもって、五月十九日同海峡を通過した。ここにおいてロ提督の次に決定すべき問題は日本海に入るべき航路である。世人の知れるごとく、太平洋より日本海に入るには、朝鮮海峡、津軽海峡、宗谷海峡の三通路がある。朝鮮海峡とは、わが九州と、朝鮮との間に挟まれたる海区にして、その中間に横たわれる壱岐《いき》、対馬《つしま》の二島によって、更に東西の両水道に分たれている。しかして東水道とは対馬と壱岐の間、西水道とは対馬と朝鮮との間を称し、その最狭部の広さ、いずれも約二十五海里である。津軽海峡とはわが本州と、北海道との間に通ずる水道にして、その最狭部の広さわずかに十海里にすぎない。また宗谷海峡とは、わが北海道の北端宗谷岬と露領樺太の南端ノトロ岬との間にある水道にして、その広さ約二十二海里を有しておる。しかして台湾南方より、ウラジオストックに至る航程は朝鮮海峡を航過すれば約一千五百海里、津軽海峡を経由すれば約二千三百海里、また宗谷海峡を迂回すれば約二千九百海里である。次にこれらの三海峡における地形、その他の状況を考覈《こうかく》するに、朝鮮海峡はその海面最も広濶《こうかつ》にして、潮流またゆるく、かつ最狭部を除く外、大艦隊の運動に適するのみならず、当時なお濃霧の襲来することがまれである。津軽海峡は水道狭部の延長実に六十海里を越え、潮流激迅にして、濃霧しばしば海面をとざすの虞《おそれ》がある。宗谷海峡に至っては当時既に霧期に入り、海上常に密濛《みつもう》にして、大艦隊の航行を妨げ、加うるに海峡に達する前、国後《くなしり》水道の関門を通過せねばならぬ。ゆえに航海術上より言えば、朝鮮海峡は露艦隊のため、最も安全にして、最も近き航路たるは論を待たない。しかし兵戦上の利害得失に至っては、単に航海の難易、距離の遠近のみをもって決することはできない。おのが作戦の目的、敵防禦の寛厳をも考察せねばならぬ。そもそもバルチック艦隊が遠く万里の波濤を越えて来航したるゆえんのものは、単にウラジオストックに到着するのみをもって、最終の目的とするものでない。その真の目的とする所は、日本艦隊を撃破して東洋の海権を回復し、もって既倒《きとう》の戦勢を一挙に挽回せんとするにあるのである。しかしながら、七カ月に余る長航海に、船体は汚損し、機関は摩耗し、備品は欠乏し、乗員は衰労せる艦隊をもって、直ちに艤装完備、士気旺盛なるわが艦隊と、雌雄を争わんよりも、ひとまずウラジオストックに入って、戦備を斉整し、英気を畜養し、機を見て更に出動する方が、はるかに賢明なる策である。これをロ提督のためにはかるに、ここにとるべき三策がある。すなわち我が虚をうかがい、決戦を避けつつ全艦隊を率いて、ウラジオに潜入する。これ上策である。その艦隊の一部を犠牲として、わが艦隊を一方に牽制し、残部をひっさげてウラジオに入る。これ中策である。全力をあげて堂々わが艦隊と決戦する、これ下策である。おもうにロ提督また必ずや、この上策を希望したであろう。しかりといえども、これが成功を期するためには、まずわが艦隊主力の所在をば、確実に偵知せねばならぬ、既に諜報機関の絶えたる露艦隊にとりては、これ最も困難にしてほとんど不可能の事である。次には巧みにわが視聴を避けねばならぬ。わが国沿岸の岬角《こうかく》、島嶼には無数の望楼、観台《かんだい》が設置せられ、通信網はあたかもくもの巣のごとく、全国に敷かれてある。敵艦隊発見の警信、一たび発すれば、東西南北、響きのごとく応ずることができる。昨年黄海海戦後、わが東海岸を迂航《うこう》して、ウラジオにのがれんとしたる、眇《びょう》たる小巡洋艦「ノーウイーク」でさえも、たちまち望楼のために発見せられて、わが艦隊の迎撃するところなり、あわれ屍《しかばね》を霧深き樺太の海にさらすに至った。まして四十隻の大艦隊を率いて、延長数百海里にわたる、わが沿岸の視聴をくらまさんことは、翔天《しょうてん》潜海の術あらざるかぎり、とうてい不可能である。これをもってロ提督のとるべき上策なるものは、十中の十まで成功の望みなきものである。しからば中策をとり、艦隊を二分して、一を北海に、一を朝鮮海峡に進めんか、東西相隔つる一千海里、両隊通信の連絡全く絶えて、とうてい完全なる協同動作をとること難く、両隊個々に撃滅せられ、ややもすれば虻蜂《あぶはち》共に失うの結果を生ずるの虞《おそれ》がある。ここにおいてか、露艦隊のとるべき策は、今やただ一の下策あるのみである。既に決戦を避け得るの望みなく、かつわが艦隊の所在全く不明なりとすれば、海面広濶にして、戦いをなすに便なる朝鮮海峡を通過するをもって、最も得策なりとするは、理のおのずから明らかなるところである。これすなわちロ提督の朝鮮海峡突破を決心したゆえんであろう。

既に朝鮮海峡を強行通過するに決したる以上は、次に解決すべき問題は通過の時刻である。昼か、夜か、朝か、暮れか、これまた戦略上、至大の利害を有する問題である。前述《まえの》べたごとくロ提督の最も恐るるところは、数十隻をもって算するわが駆逐艦、水雷艇の攻撃である。

これロ提督のみならず、およそ実戦に臨むものの、等しく感ずるところにして、一万屯の大鑑が、わずかに百屯の水雷艇を恐れて、逃げまわるなぞは、実に海戦術上における一奇観である。昨年旅順方面の戦闘における駆逐艦、水雷艇の実蹟に照らし、世人早くも水雷の効果に関して疑いをいだくものあるに至った。しかしながら真に水雷の恐るべきは、あたかもふぐの恐るべきがごとくである。ふぐの中毒は、極めて稀なるも、その害たるや、必ず人の生命に関する、今日水雷の命中率は比較的小なるも、一たびあたれば、戦艦といえども、沈没もしくは廃艦となるを免れない。世人はふぐの中毒まれなるも、なおこれをくらうをあえてせざるがごとく、軍艦は水雷の命中率小なるのゆえをもって、これを軽蔑することはできない。しかして水雷攻撃の真威を発揮するは、主として夜にある。ロ提督はわが駆逐艦、水雷艇の根拠地をば、対州《たいしゅう》付近と想定したるがゆえに、夜間その付近に接近するは、最も好まざるところである。これをもって日出前、並びに日没後においては、なるべく遠く対州と隔絶せんがため、海峡の最狭部をば、正午に航過せんと決定した。

作戦の大綱すでに決し、行動予定また定まる。露国艦隊は、琉球宮古《みやこ》列島の東方を過ぎて、南黄海に進入し、五月二十三日、洋中に漂泊して最後の石炭積みを行うた。上下甲板はもとより、士官室、艦長室に至るまで、いやしくも艦内空積の存するかぎり、大砲の操縦を妨げざるかぎり、至るところ石炭を満載し、ために戦艦のごときは、装甲部が全く水面下に没したとさえ伝えられる。かくて艦隊は、二十五日朝ウースン沖に達し、手足まといの運送船をば、シャンハイに放ち、大小三十八隻の艨艟《もうどう》は、いよいよ決戦を期しつつ、威風凜々海を圧して、朝鮮海峡東水道に向かい直進した、これより先、ロ提督はわが艦隊を惑わし、これを北海方面に牽制せんがため、台湾付近において、仮装巡洋艦の一支隊を放ち、わが東海岸に作動せしめた。しかしこの支隊は、その後いかなる行動をとりたるか、一度もその姿をわが沿岸に現わさなかったので、ロ提督の計画は、全く水泡に帰した。

露国艦隊は途上幸いに、一の船舶にも遭遇せず、五月二十六日の正午、既に朝鮮済州島《さいしゅうとう》の南方に達した。回顧すれば、冬なお浅き昨年十月の中旬、祖国の隆替《りゅうたい》を双肩に託せられ、万歳声裡《せいり》にリバウ軍港を出でてより、日を閲《けみ》すること二百二十日、程《てい》を重ぬること一万七千海里、きのうは瘴煙《しょうえん》迷うアフリカの海、きょうは炎熱焦《こ》がすインド洋、あるいは風濤荒き洋中の載炭に、人知れぬ袖をぬらし、あるいは不自由がちなる艦内の生活に枯腸《こちょう》しばしば医《い》し難く、風《かぜ》檣索《しょうさく》にうそぶけば、あす航海の難をうれい、月舷頭に冴《さ》ゆれば、千里故山の妻子を思う。ことに支那海に入りてよりは、海鳥の羽ばたきにも、敵の来襲かと驚かされ、波ぎわに光る星影も敵の燈影かと疑われ、波枕、寒床の夢さえ安からず、千辛万苦なめ尽したる万里の遠征も、今やただこれ南柯《なんか》一睡《すい》の夢となった。

九仞《きゅうじん》の山まさに一簣《き》の功に成らんとす、目ざすウラジオまで余す航程わずかに七百海里、あすはいよいよ日本海に乗り入るのである。見事朝鮮海峡を突破して、戦勝の祝杯をウラジオにあぐるか、はた六尺の肉塊をばいさぎよく日本海の鯨鱶《げいよう》に与うるか、一身の生死、祖国運命の決する、ここ二十四時間の内である。上は長官より、下は一卒に至るまで、心にかかるはあすの戦い、人々の面には深き憂愁の色満ちて、談笑の声もいとまれに、あるいは妻子に訣別の文したたむるもあり、あるいは死後の形見を戦友に託するもある。陸《くが》ゆかば草生《む》す屍、海ゆかば水漬《みづ》く屍は、武士《もののふ》の常の道とはいえ、わずかに嶮崖《けんがい》を下って、更に深淵に臨まんとする露艦隊将士の心情、思いやるだに哀れである。ことに哀れなるは、フェリケリザム司令官の病歿である。同提督はマダガスカル滞留中より健康を損じ、爾来艦内にありて、療養に手をつくしたるも、薬石効なく、五月二十三日無限の恨みをもたらしつつ、太平洋上ついに不帰の客となった。ロ提督は士気の沮喪《そそう》せんことを憂い、かたくその死を秘して、次席司令官たるネボガトフ少将にさえ知らさなかったとのことである。自国艦隊全滅の惨状を見ずして逝《ゆ》けるフェリケリザム少将は、それ幸か不幸か。

五月二十六日もはや暮れた。風颯々《さっさっ》として波怒り、雲濛漠《もうばく》として海暗し。こよいぞ日本水雷の攻撃を免れない。全艦隊燈火をおおい、音響を禁じ哨兵を配備し、大砲に装弾し、警戒もっとも厳重である。平素はにぎやかなる士官室も、今日は「オーッカ」の酒杯あぐる人もいと少なく、まだ宵ながら艦内闃《げき》として人語まれに、飢えたる鱶《ふか》の艦底をかじるがごとき、重くるしき汽械の響きのみ、ひとり夜の寂寞を破っておる。艦隊はいよいよ進んで今済州島とわが五島との中間を進みつつある。風はますます強く、波は次第に高くなった。艦首に砕くる激浪の飛沫と、艦尾に流るる推進器の渦流とは、烏羽玉《うばたま》の真のやみに、ひとりものすごき燐青の光をもらし、檣桁《しょうこう》に激する轟々《ごうごう》の風と、舷側を打つ鼕々《とうとう》の波とは、憂いに疲れたる哨兵のはかなき夢を驚かしておる。夜はいつしかふけて、はや子《ね》を過ぎた。いずれの寝台もいずれのつり床も、主はあれどもいびきの声は聞えない。おそらく万感胸に迫って眠りない難いのであろう。各艦の無線電信機は、しきりに日本の通信を傍受しておる。ホンコーへ出発以来既に二週日、杳《よう》として日本艦隊の消息に接しない。東郷大将はたしてその艦隊をいずこにか伏せたる。台湾か、津軽か、はた朝鮮海峡か。

旗艦「スウォーロフ」の士官室に集まれる士官数名、いずれも眼光いと衰えて面には斑々《はんはん》たる飛潮《ひちょう》の結晶をとどめている。これ今しも哨兵の当直を終りたる人々にして、おのが私室に退きての悶々のおもいに苦しまんよりは、むしろこの一、二時間をば共に語り明かさんと欲するのであろう。はなしはいつに変らぬ、日本艦隊の所在問題である。従卒の汲み出す一杯の紅茶に、渇《かわ》ける喉《のんど》をうるおしつつ、ひとりの士官はまず口を開いた。

「マラッカ海峡に入りてより以来、きょうかあすかと待ち構えたる日本艦隊の今に至るも一隻の水雷艇さえ見えぬは、まことに不思議の至りである。思うに東郷大将は、今ごろ必ず台湾付近において、我々を待ちおるに相違ない。戦略上の常識より打算すれば、日本艦隊の根拠地は、是非台湾もしくは澎湖島《ほうことう》でなければならぬ。なぜとなれば、日本艦隊の立場としては、万難を排して、わが艦隊のウラジオに入港するを食い止めねばならぬ。もしわが艦隊をしてウラジオに入らしめんか、東郷大将は戦略上すでにわがロ提督に負けたものである。ゆえにわが艦隊が朝鮮海峡に向かうか、はた北海道方面に向かうかを偵知するため、武装強鋭、速力優駿、しかも長途の航海に耐え得る有力なる偵察艦隊をば、台湾方面に派出し置くは、これ日本艦隊の戦略上、絶対に必要なることである。しかして日本軍艦中よくこの任務に耐え得るものは、ただ上村提督の率いる装甲巡洋艦隊ばかりである。

しかるに今、東郷艦隊より、上村艦隊を割けば、その残りはとうていわが露国艦隊に敵することはできない。かかる弱勢の艦隊をもって、たとえ朝鮮海峡を扼《やく》するも、これ鼠《ねずみ》をもって猫《ねこ》を守るに等しく、むしろ戦わずして、朝鮮海峡を明け渡すほうがましである。既に偵察隊を派遣するあたわずとせば、東郷大将は是非ともその全力をあげて、台湾付近に前進せざるを得ない。明朝日本の望楼が、我らを発見し、東郷艦隊が周章狼狽、朝鮮海峡に帰るころには、我らはすでにウラジオに上陸して、悠々半歳の垢《あか》を流しつつあるであろう。諸君わが艦隊のために、あらかじめ祝杯をあげようではないか。

幾日月の潮風にさらされて、ボタンの青錆《あおさび》せる外套《がいとう》をまとえるひとりの若き士官は、葉巻の灰を皿に落しつつ、

「もし実際の戦争なるものが、大学校で習う図上演習と同一のものとすれば、あるいはA君の説のとおり、東郷艦隊の所在は、台湾近傍でなければなるまい。しかし日本今日の状勢においては、財政上もはや戦争の永続を許さない。旅順方面におけるがごとき、悠長なる作戦は、日本国力の堪え得ざるところであろう。今日東郷提督のとるべき策はわが艦隊を粉砕するか、しからずば日本艦隊の全滅を見るか、いわゆるのるか、そるか、乾坤《けんこん》一擲《てき》の大決戦を行うのである。これがためには、東郷提督は、常に艦隊の全力を掌中に把握して、その根拠をばわが艦隊と必遭《ひっそう》の地に占めねばならぬ。しかるに台湾方面たるや、捜索面広濶にすぎ、一方に捜索を厳にすれば、兵力の分散を来し、一方に兵力の集中をはかれば、捜索おのずから粗となるを免れない。すなわちややもすれば、わが艦隊を逸するの虞

がある。もしそれ台湾方面において、ひとたびわが艦隊を逸せんか、爾後における戦機の挽回はすこぶる困難であろう。ゆえに今日の場合、台湾方面に根拠を選ぶは、日本艦隊にとりて策の得たるものとはいえない。東郷提督のあるべき所は、どうしても朝鮮海峡か、あるいは津軽海峡のうちでなければならぬ、しかして両海峡中、はたしてそのいずれにありやの問題に至りては、既に戦略問題の範囲を脱して東郷その人の信念に属するものである。もとより東郷提督も、海図と両脚器とを有するかぎり、わが艦隊のホンコーへ出発後、若干日間は、必ずや朝鮮海峡に潜んで、我々を待ち受けたであろう。しかるにわが艦隊は最近十日の間、幸いに一隻の中立国汽船にさえ遭会せず、全然その所在を韜晦《とうかい》し得たるのみならず、さきに日本東海岸に分遣したる仮装巡洋艦の牽制運動により、さすがの東郷提督も苦心焦慮の末、今ごろはきっと北海道方面に移動しておるであろう。明朝わが艦隊が朝鮮海峡に現われたるの報に接し、直ちに迎撃運動を開始するも、戦場は必ずウラジオ近傍なるべきをもって、地利上我に七分の利益がある、……」

「ソーファ」の上に横たわりつつ、眼を閉じて静かにふたりの説を傾聴しつつありしやや年長の一士官は、この時ヤオラ起きなおり、ついと荘重なる口をもって、

「僕は両君といささか異なった意見を持っておる。すなわち東郷大将は必ず朝鮮海峡にありと、断言するをはばからない。その理由に至ってはあえて多言を弄《ろう》するまでもなく、わがロジェストウエンスキー提督がなにゆえに進路を朝鮮海峡に選んだかを考うれば、おのずから釈然するであろう。B君の言わるるごとく、わずかに仮装巡洋艦の一、二隻に迷わ

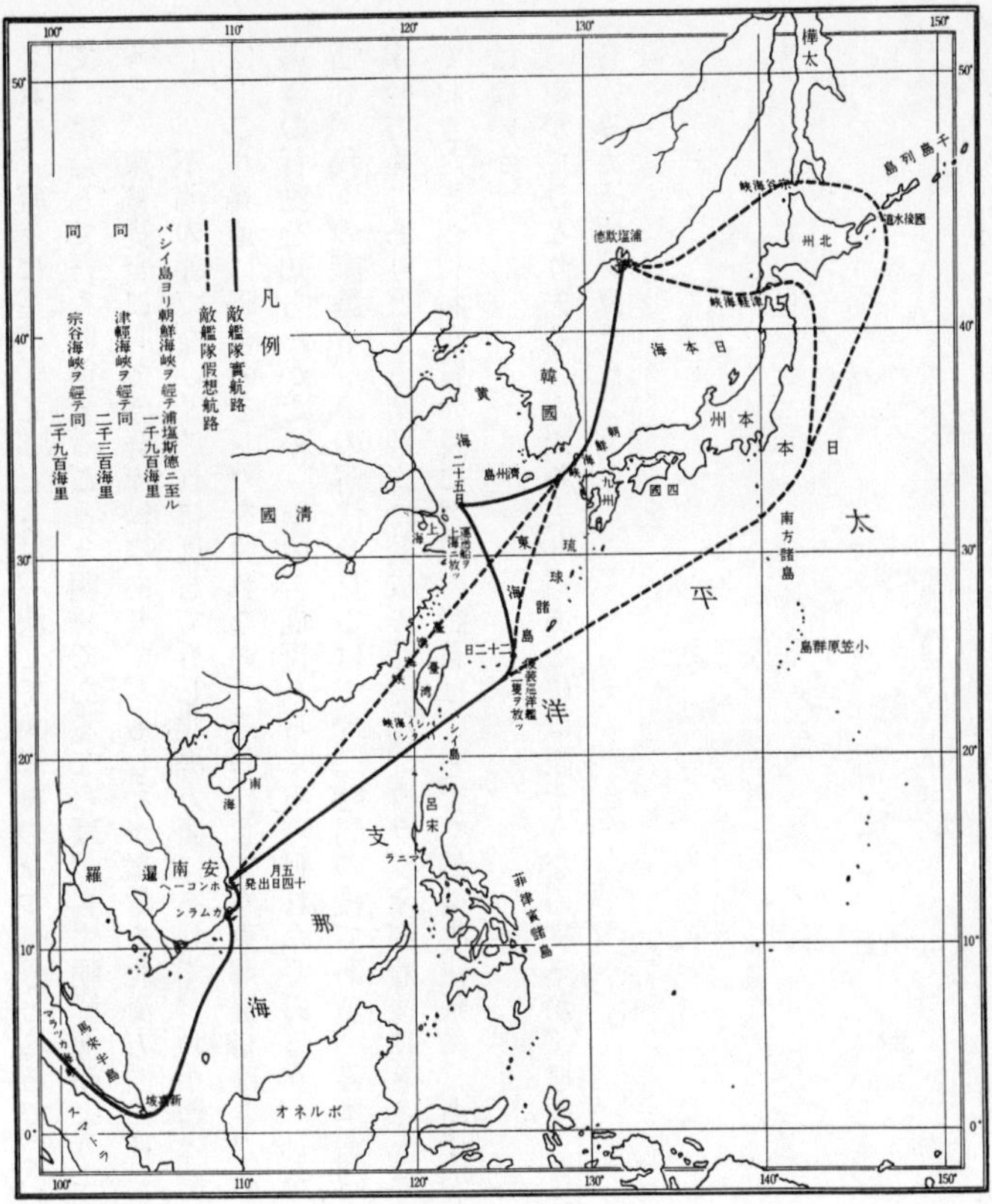
凡例
敵艦隊實航路
敵艦隊假想航路
バシイ島ヨリ朝鮮海峡ヲ經テ浦塩斯徳ニ至ル　一千九百海里
同　津軽海峡ヲ經テ同　二千三百海里
同　宗谷海峡ヲ經テ同　二千九百海里
樺太
千島列島
宗谷海峡
國後水道
浦塩斯徳
北州
津軽海峡
日本海
本州
日本
四國
九州
朝鮮海峡
韓國
黄海
濟州島
二十五日
上海
運送船ヲ上海ニ放ツ
清國
東海
琉球諸島
南方諸島
太平洋
小笠原群島
二十二日
假裝巡洋艦一隻ヲ放ツ
臺灣
バシイ海峡（バタン）
バシイ島
呂宋
マニラ
菲律賓諸島
支那海
安南
暹羅
ホンコーヘ
カムラン
五月十四日出発
馬來半島
マラッカ海峡
新嘉坡
スマトラ
ボルネオ

されて、軽々に進退するごときは、決して大海将のなすべきところでない。東郷提督にして、はたして吾人の信ずるごとき明将であるならば、必ず朝鮮海峡より一歩も動かぬであろう。東郷提督にして朝鮮海峡にありて、もしわが艦隊を北海方面に逸せば、これ天運にして、不明の罪でない。これに反してもし北海方面にありて、わが艦隊を朝鮮海峡に逸せば、これ兵道に暗きのそしりを免れない。それにしても東郷提督はさだめし今ごろはわが艦隊の行動を知らんがため、煩悶苦悩夜もろくろく眠れぬであろう。しかし東郷大将の煩悩も、我々の議論も、その解決を見るは、今二時間の後である。日本艦隊を台湾もしくは津軽方面にありとする楽観説に賛成の諸君は、ウラジオ到着後に着る上陸服の掃除でもしておきたまへ、わが輩の説に賛成の諸君は、いでや最後の快眠に、あすの元気を養おうではないか」

やがてひとり去り、ふたり去り、あとには眠そうなる従卒が、皿や、コップを片づける音のみカチャンカチャン。

四　待つあるをたのめ

敵の来らざるをたのむことなく、我これを待つあるをたのめとの孫子《そんし》の一句は、日本海海戦前わが聯合艦隊司令長官東郷海軍大将が、部下に与えたる訓示の一節である。露国太平洋第二艦隊の編制せらるるや、当時世界兵家の多くは、これをもって一種の恐嚇《きょうかく》手段に過ぎずとなし、中立国の援助を得ずして、とうていかかる大艦隊の遠航に適せざるを唱えた。しかしわが海軍においては、これをもって絶対的不可能事となさず、常にこれに対して、待つあるの準備を怠らなかった。初め同艦隊の出発は、三十七年五月との宣言なりしをもって、その回航に要する日数をば、長くて四カ月と算定するも、同年九月には東洋に達するはずである。ゆえに我はこの新来の敵に対する戦略上、是非ともそれまでに在来の東洋艦隊、少なくとも旅順艦隊だけでも撃滅せねばならぬこととなった。しかるに旅順の敵艦隊は、開戦以来常に退嬰《たいえい》の策をとり、深く港内に蟄伏《ちっぷく》して、更に出戦の気勢がない、要塞掩護のもとにある敵艦隊をば、海正面よりわが艦隊をもって攻撃することの愚なるは、千金の玉をもって、鉄壁に投ずるようなものである。ここにおいて旅順艦隊を撃滅するには、まずその要塞を攻落して、敵艦隊を港外に追い出すより外に道がない。これわが第三軍が損害を顧みず、全滅的強襲を決行したるゆえんである。しかして旅順攻略の遷延すると同時に、幸いに敵増援艦隊の出発も、また種々の障害のため、漸次おくれて七月となり、八月となり、ついに十月となった。この時に当り第三軍は人力のあらんかぎりを尽して、鋭意攻撃につとめたるも、旅順の防禦は、いよいよ堅く、いつ攻略し得べしとの見込みさえ立たない。すでにして十月十六日、欧州発の警電は、霹靂《へきれき》の落つるがごとく、敵第二艦隊のリバウ出発の報を伝えた。爾後同艦隊は、駸々《しんしん》として程を進め、ドイツ洋《なだ》における漁船砲撃の暴行も、いまだもってその東航を阻止するに足らず、日々わが大本営に達する電報は、いわくヴィゴーに到着せり、いわく、タンジールを発せりと、刻々時々、職場に近づきつつあるを報じておる。

時にわが聯合艦隊は、開戦以来連続絶えざる攻戦に従事すること既に数カ月、艦底はよごれて速力衰え、機関はゆるみて故障多く、ことに兵器の毀損《きそん》もまた少くない。新来の好客に対するには、是非これらを修理補繕するの必要がある。しかもこの修理たるや、とうてい十日や二十日の短時日ではでき難いのである。敵の第二艦隊はますます程を急ぎ、おそくとも来年一月には、台湾付近に達せんとしておる。前門の虎いまだ殪《たお》れずして、後門既に狼《おおかみ》の患《うれい》ありとは、実にこの時における、わが聯合艦隊の境遇である、わが槍もって虎を刺すに足り、わが刀もって、狼を切るに足る。しかれども虎狼合して腹背を襲えば、わが刀槍《とうそう》ついに及ばず。もしそれわが艦隊にして、旅順を捨てて内地に引上げんか、港内に蟄伏《ちっぷく》せる敵の艦隊は、再び黄海に飛躍して、わが海上兵站《へいたん》線を脅かし、満州軍五十万の貔貅《ひきゅう》はたちまち飢餓に瀕するをいかんせん、もしまた荏苒《じんぜん》旅順方面にとどまらんか、新来の敵第二艦隊に対し、戦備を整うるのいとまなきをいかんせん。旅順は落ちず、バルチック艦隊は来たる。この際に処するわが艦隊の苦心は、全戦役を通じて最たるものであった。ここにおいてか、宸《しん》襟《きん》はなはだ安からず、聖勅柄《へい》として第三軍に下った。

旅順要塞ハ敵カ天嶮ニ加工して金湯ト為シタル所ナリ其ノ容易ナラサル固ヨリ怪ムニ足ラス朕汝等ノ労苦ヲ察シ日夜軫念ニ堪ヘス然レトモ今ヤ陸海軍ノ状況ハ旅順口攻略ノ機ヲ緩ウスルヲ得サルモノアリ此時ニ当リ第三軍総攻撃ノ挙アルヲ聞ク其ノ時機ヲ得タルヲ喜ヒ成功ヲ望ム甚タ切ナリ汝等将卒夫レ自愛努力セヨ

そもそも攻撃開始に先だって勅語を拝受するごときは、空前の異例である。将卒恐奮必《きょうふんしっ》成《せい》を誓い、肉弾骨剣、敵塁にせまり、あるいは胸墻上の格闘となり、あるいは白襷《しろだすき》隊の突撃となり、ついに転じて二〇三メートル高地の強襲となった。

旅順新市街の北西二マイルに崛起《くっき》する、無名の一山丘がある。その高さ、海抜二百三メートル、吾人これを呼んで二〇三《にれいさん》高地と称す。巓頂《てんちょう》に立って俯瞰《ふかん》すれば旅順港水は眼下にたたえ浮かべる艦船歴々指顧のうちにある。これを得るものはもって旅順を制すべく、もって旅順を守るべき、険要無比の地形である。明治三十七年十一月二十七日より、十二月五日に至るまで九昼夜の間、この山上に演ぜられたる日露両軍の激戦は、二十世紀戦争の極惨《きょくさん》と両軍愛国の極美とを発揮したるものである。彼我忠死の将卒は、その数実に一万を越え、伏屍全山をおおうて、足踏むに地なしとは、決して誇張の言でない。引っ組んで共に殪《たお》れるもの、互に銃剣を差しちがえて死せるもの、頭蓋砕けて脳漿《のうしょう》溢出せるもの、腹壁破れて臓腑《ぞうふ》流露せるもの、手なきもの、足なきもの、累々層々、縦横に相重なり、碧血流れて川となる。壮絶か、悲絶か、惨絶か。第三軍司令官乃木陸軍大将一絶を賦していわく、

爾霊山険豈難レ攀
男子功名期レ克レ艱
鉄血覆レ山山形改
万人斉仰爾霊山

ああ爾霊山《にれいさん》！ 爾霊山！ 身を殺して邦家累卵《るいらん》の急をすくいたる爾《なんじ》忠勇の霊！ 埋骨の土いまだかわかずして、人既になんじが名を忘れんとする。されど憂うるなかれ、哭《こく》するなかれ、それ秋風吹いて葛の薄きを知り、胡桃《くるみ》を咬《か》んで歯の衰えたるを覚《さと》る。東洋の波再び騒ぐの時、人はなんじの忠勇を思うであろう。

爾霊山の攻略は、実にわが海軍作戦の局面に大発展を来たし、占領後日ならずして、旅順敵艦隊はことごとく破壊撃沈せらるるに至った。栄枯盛衰は世の常とはいえ、かつては東亜の海に覇を唱えたる露国東洋艦隊も、今や舳艫《じくろ》をつらねて、旅順港内いたずらに貝鱗《ばいりん》の巣と化せしを見ては、うたた感慨にたえざるものがある。前門の虎既に殪《たお》れぬ、我は悠々刀をといで、奸狼《かんろう》の来るを待たんかな。わが聯合艦隊の大部は、旅順の封鎖を撤《てっ》して内地に回航し、直ちに必要なる修理に着手した。ついで第三軍の勇敢不撓《ふとう》の攻撃により、三十八年一月二日、敵将ついに城を開いて降を請い、旅順方面の作戦ここに全く終りを告げた。わが残留艦隊は逐次内地に引き上げ、海軍作戦の前途は、今や洋々として初めて春光を見るの感あるに至っ

た。東郷大将の凱旋奉告中にいわく、

　思うにこの期の作戦は戦勢の自然に伴いて漸進微功を積み攻戦十カ月にわたりわが将卒の心力を傾注し、智勇を発揮したること本戦役中に冠絶し、忠死の士殉難の艦少なからざりしといえども、戦局の大勢はここに初めて定まり、爾後日本海における決勝の機運もこの間に萌芽したるを覚ゆと、もって当時におけるわが聯合艦隊苦心の一般を察知するに足るであろう。

　これより先き露国は開戦の際、その東洋艦隊の一部をさいて、これをウラジオストックに分駐せしめた。これすなわち一時わが国民のために蛇蝎《だかつ》視せられ、三尺の童子もなおその名を聞いて腕を扼《やく》したる、ウラジオ艦隊なるものである。爾来この艦隊はその高速力と航続力の大なるとをたのんで、しきりに猛威を日本海方面に振るい、あるいは北韓の海に金州丸を撃沈し、あるいは玄海《げんかい》の灘に常陸丸、佐渡丸の惨劇を演じ、その他、汽船、帆船を各所に脅かし、はては白昼津軽海峡を突破して、長駆挺進、東京湾外に出動し、帝都二百万衆《しゅう》の心胆を寒からしめた。その行為往々凶暴に失し、時に無謀のそしりを免れずとはいえ、当時露国艦隊のために気を吐いたものは、ただわずかにこのウラジオ艦隊ばかりであった。司令官イェッセン少将の英雄的冒険行動は、敵ながらいささか賞讃に値するものがある。翻ってこの時におけるわが国民の態度を見よ。雨を知らぬ温室の草花は、暁の露をだに恐る。常勝の祝酒に酔うて、敗戦の苦痛を知らざる国民中には、わずかに二、三商船の亡失をもって、邦家の危急に迫りたるがごとく悲鳴したる者も少なくなかった。はなはだしきに至っては、提督の邸宅石雨降るの狂態をさえ演じた。それ既往に顧みて将来をはかるは智者のなすべきところである。北方の敵は北より迫り、東方の敵は東より来たる。懈怠《けたい》は百年の悔《くい》を残し、慢心は最後の失敗に泣く、天のいまだ雨降らざるに先だって牖戸《ようこ》を綢繆《ちゅうびょう》するは、まさに経世家のつとむべき道である。わが国民たるもの広く世界の大勢に鑑み、盗《とう》を捕えて縄《なわ》をより、魚を見て網をすくの嗤《わらい》を残すなかれ。

天時しばしば利あらず、遺恨再三長蛇を逸したるわが上村艦隊は、八月十四日蔚山《うるさん》沖の一戦に、敵の一隻を撃沈し、二隻を撃破し、爾後ウラジオ艦隊は、全く影を日本海に絶ち、わが北辺ようやく安きに至った。

旅順すでに落ち、今や東洋における露国の海軍策源地はただ一のウラジオのみとなった。ここにおいて敵は旅順の轍《てつ》を踏まざらんがため、ウラジオに向かって物資の集積をはかり、ことにバルチック艦隊の来着準備として、盛んに石炭の輸入を開始した。元来石炭は軍艦の飯糧である。石炭なければ、たとい百万屯の艨艟《もうどう》、海に満つるも、ただこれ池中の蛟竜《こうりゅう》、艦中の獅虎《しこ》、何らなすこともできず、何ら恐るるにも足らない。ここをもってわが艦隊は、一は敵の出動に備え、一はこれらの密航船に拿捕《だほ》するため、修理のなるに従い、順次交代して、日本海の門戸たる対馬、津軽、宗谷の三海峡を警戒した。怒濤山なす朝鮮海峡や、海水凍れる北海に昼夜哨戒に従事する苦しみは、実に竜闘虎撃の戦闘よりもなお大である。しかし勤労には必ず報酬あり、三十八年一月より同年五月日本海海戦に至るまで、三水道において拿捕《だほ》したる船舶は実に三十隻に近く、没収したる石炭ばかりでも、数万屯の多きに達した。

敵増援艦隊のマダガスカルに淹留《えんりゅう》して、荏苒《じんぜん》思案に迷える間に、わが艦隊の修理工場は着々進捗し、三月上旬にはほとんど全部の竣成を告げた。東郷大将は時々分遣支隊を南洋方面に派遣して、敵を牽制脅惑すると同時に、みずから聯合艦隊の主力を率いて朝鮮海峡の某地に陣し、諸種の訓練に日もこれ足らざる有様である。いわく大砲射撃、いわく水雷発射、いわく艦隊運動、いわく襲撃演習、いわく何——いわく何——中にも現代海戦の運命を支配すべき大砲射撃には、各艦全力を尽して相競い、あるいは装弾砲に装弾の迅速を鍛え、あるいは内膅《ないとう》砲射撃に照準の精を練り、あるいは教練射撃に発射の砲を習熟し、あるいは戦闘射撃に砲火の指揮を研究し、砲員は終日砲側を離るるの暇さえない。従ってその成績は見る見る上達して、おのれの放ちたる弾丸は、必ず命中するものとの自信は、深く各砲手の心頭に銘刻せらるるに至った。すなわち技は妙に入り、術は神に達したものである。

膳《ぜん》筵既に備わり、膾炙《かいしゃ》また整う、敵の来たる、今や時を辞せず。久しくマダガスカル島にとどまって、戦局の推移をうかがいつつありし敵第二艦隊は、四月中旬ついに支那海に入り、再びアンナン沿岸に停留した。ここはマダガスカルの辺陬《へんすう》と異なり、欧亜航路の要衝に当るがため、わが海外貿易はたちまち多大の打撃をこうむり、海上保険率は暴騰して、幾十割の高率となり、しかもなおホンコン以西の通商はほとんど杜《と》絶《ぜつ》するに至った。ここにおいてわが政府は、しきりに仏国政府に向かって中立義務の励行を要求したるも、仏国の回答は常に瓢箪鯰《ひょうたんなまず》で、更に要領を得ない。仏国軍艦が立ちのきを要請するため、露国艦隊泊地へ至る時は、露国艦隊はいつも港外に出でて、天下の公海なりとすましておる。仏国軍艦の姿が見えなくなると、再び入港して平気で石炭を積む、糧食も積む、本国との通信もやっておる。元来今日の国際公法なるものは、単に紙上の空文に過ぎずして、たといこれを犯し、これを破るも、なんら世界的制裁を加うるの機関がない。ゆえに強者はこれを突破し得べく、ひとり弱邦《じゃくほう》のみその拘制を受くるのである。試みに見よ、わが同盟国たる英国の勢力下にあるエジプト政府においてすら、すぐる米西戦争の際、フィリッピン艦隊救援のため東航せんとしたる、カマラ提督の率いるスペイン艦隊に対しては、一屯の石炭、一片のパンさえも供給を許さざりしにかかわらず、今回東航のバルチック艦隊に向かっては、石炭糧食の供給を許すはもとより、そのスエズ運河通過に際しては、あらゆる便宜と保護とをすら与えたではないか。権勢の前に法律なく、武力の前に公法なきは、今日の状態である。おのれの受くる損害はおのれこれを防がざるべからず、いたずらに空文の公法に信頼するごときは、あたかも十年画餅《がへい》を眺めて、腹の満たんことを欲するの類である。武力の後援なき外交は滑稽に近しとの鉄血宰相ビスマークの言は、今日においてもなお真理たるを失わない。実力これ正理《マイトイズライト》は、人類社会における、千歳不滅の箴言《しんげん》である。堯舜《ぎょうしゅん》再び生まれ、孔孟また出ずるも、おそらくこれを破ることはできない。

日仏の交渉、すったもんだで決せざる間に、早くも一カ月の日子を経過した。わが貿易はますます沈衰し、株式はいよいよ暴落して、経済界は大恐慌を来し、持久力に乏しきわが国民中には、わが艦隊の行動に関して、云為《うんい》する者さえ生ずるに至った。それ国は外より治むべからず、軍は中より御すべからずで、昔は将、外にあれば、君命なお受けずとさえ言ったくらいである。軍略の機微に至っては、あえて門外漢の窺知《きち》し得べきでない。古来軍事に無知識なる国民の声にしいられて、無謀の戦いを試み、軍をくつがえし、国を危うくしたものは、その例東西に少なくない。ゆえに兵聖孫子も、戦道必ず勝たば、主戦うなかれというも、戦うて可なり、戦道必ず勝たざれば、主戦えというも、戦うなくして可なりと戒めておる。かしこくも、陛下の大命を奉じ、皇国の興廃を双肩にになえるわが東郷大将は、進んで名を求めず、退いて罪をさけず、まして蠣殻町《かきがらちょう》が涙で流れ、屋根の瓦《かわら》が石に砕けるくらいでは、決して妄動するものでない。隠忍自重笑いを含んでひそかに期するところがあった。

中立問題に関して、仏国に対するわが政府の抗議は、ようやく峻烈となった。ここにおいて仏国政府はついに公式をもって、露国艦隊に向かい、アンナン沿岸の退去を要求した。この時にあたり、敵は既に第二、第三艦隊合同の目的を達したので、多謝《サンキュウ》の一語を仏国にのこし、五月十五日いよいよホンコーヘ湾を出発した。四十余隻の堅艦快艇、威容堂々、煙を海風になびかしつつ向う所はこれいずこ？

敵艦隊既に発動す、ロ提督はたしていずれの通路を選んで、ウラジオに入らんとする。東郷大将いかに達識といえども、天眼通にあらざる限り、敵将の心事をまで読むことはできない。今やわがたのむところは、ただ海図と両脚器《コンパス》ばかりである。ホンコーヘより対馬水道まで、海路約一千八百海里。敵もし朝鮮海峡を通過するとせば、十海里の速力をもってするも、二十日までには、海峡附近に現わるる計算である。しかるに二十日になるも敵来たらず、二十一日になるも敵なお見えず、三日待ち、四日待ち、ついに二十五日となった。しかも敵の行動はなお杳《よう》として全不明である。さきに一たび、ウラジオ艦隊のために驚かされたるわが国民は、戦々兢々として胸安からず、神経すこぶる過敏に陥った、ひとり東郷大将は麾《き》下《か》全艦隊をば掌中に緊握し、泰然自若としてかたき信念を持しておる。しかしながら、戦いに臨むに備えを密にするは、敵を待つの礼である。ゆえに万一の急に応ずるがため、ある重要なる密封命令は、各艦艇に交付せられ、警信《けいしん》一下すれば全艦隊直ちに北海に転進するの準備を整えた。たまたまこの日敵運送船数隻上海《シャンハイ》に入港し、敵艦隊のなお黄海方面に游弋《ゆうよく》せることが知れたので、敵の通路はいよいよ朝鮮たることが明確となった。ここにおいてわが艦隊は、更に南方の哨艦を増加して、ますます海峡の警戒を厳密にした。十里の長堤蟻穴《ぎけつ》に潰《つい》え、万屯の大艦も釘孔《ていこう》より沈む、兵の憂うるところは、はかりごとのもるるより大なるはなし。運送船を上海《シャンハイ》に放ちしこそ、ロ提督終生の不覚である。敵艦隊半歳に余る苦心難行、半ば既に水泡に帰した。

五　竜《りゅう》爪《そう》虎《こ》牙《が》

兵勝の道はあらかじめ敵情をつまびらかにするにあり、彼を知りおのれを知りて百戦危うからずとかや。敵増援艦隊の編成せらるるや、わが海軍は諸種の手段を施し、数多の苦心を重ね、敵の勢力行動を諜知するにつとめた。従って大は敵艦隊の編制、動静より、微は敵軍士気の弛《し》張《ちょう》、訓練の熟否に至るまで、巨細漏らさず、常にその情勢をつまびらかにすることができた。しかして敵の艦隊は出発の遅速、途中の離合等によりて、時にその勢力の多少の増減ありしも、いよいよウラジオストックに向い、朝鮮海峡の突破を試みたる艦隊は左表のごとくである。（77頁に続く）

隊号	艦種	艦名	排水量	計画速力	兵器	装甲	進水年	定員	記事
第一戦艦隊	戦艦	クニヤージ、スウオーロフ	一三、五一六	一八・〇節	十二吋砲四門六吋砲十二門小口径砲四十六門発射管四門	九吋	一九〇二年明治卅五年	約九五〇人	司令長官ロジエストウエンスキー中将旗艦
	戦艦	イムペラートル、アレクサンドル三世	一三、五一六	一八・〇	十二吋砲四門六吋砲十二門小口径砲四十六門発射管四門	九吋	一九〇四年明治卅七年	約八五〇	
	戦艦	ボロヂノ	一三、五一六	一八・〇	十二吋砲四門六吋砲十二門小口径砲四十六門発射管四門	九吋	一九〇一年明治卅四年	約八五〇	
	戦艦	アリヨール	一三、五一六	一八・〇	十二吋砲四門六吋砲十二門小口径砲四十六門発射管四門	九吋	一九〇一年明治卅四年	約八五〇	
第二戦艦隊	戦艦	オスラービヤ	一二、六七四	一八・〇	十吋砲四門六吋砲十一門小口径砲四十六門発射管四門	九吋	一九〇二年明治卅五年	約九〇〇	司令官故フエリケルザム少将ノ将旗ヲ掲グ
	戦艦	シソイ、ウエリーキー	一〇、四〇〇	一六・〇	十二吋砲四門六吋砲六門小口径砲十八門発射管六門	十六吋	一八九四年明治廿七年	約六六〇	
	戦艦	ナワリン	一〇、二〇六	一六・〇	十二吋砲四門六吋砲八門小口径砲十一門発射管六門	十六吋	一八九一年明治廿四年	約六九〇	
	装甲巡洋艦	アドミラル、ナヒーモフ	八、五二四	一六・七	八吋砲八門六吋砲十門小口径砲二十門発射管四門	十吋	一八八五年明治十八年	約六三〇	
	戦艦	イムペラートル、ニコライ	九、六七二	一四・八	十二吋砲二門九吋砲四門六吋砲八門小口径砲二十門発射管六門	十四吋	一八八八年明治廿一年	約七七〇	司令官ネボガトフ少将旗艦

第三戦艦隊	装甲海防艦	ゲネラル、アドミラル、アプラクシン	四、一二六	一五・〇	十吋砲三門六吋砲四門小口径砲十四門発射管四門	十吋	一八九六年明治廿九年	約四二〇	
	装甲海防艦	アドミラル、セニヤーウヰン	四、七九二	一六・〇	九吋砲四門六吋砲十門小口径砲十四門発射管四門	十吋	一八九四年明治廿七年	約四二〇	
	装甲海防艦	アドミラル、ウシヤーコフ	四、六四八	一六・〇	九吋砲四門六吋砲十門小口径砲十四門発射管四門	十吋	一八九三年明治廿六年	約四二〇	
第一巡洋艦隊	巡洋艦	オレーグ	六、六七五	二三・〇	六吋砲十二門小口径砲十八門発射管二門		一九〇三年明治卅六年	約六二〇	司令官エンクウイスト少将旗艦
	巡洋艦	アウローラ	六、七三一	二〇・〇	六吋砲八門小口径砲二十一門発射管四門		一九〇〇年明治卅三年	約五八〇	
	装甲巡洋艦	ドミトリー、ドンスコイ	六、二〇〇	一六・五	六吋砲六門四・七吋砲十門小口径砲十六門発射管四門	六吋	一八八三年明治十六年	約五二〇	
	装甲巡洋艦	ウラヂーミル、モノマーフ	五、五九三	一五・二	八吋砲五門六吋砲十二門小口径砲十八門発射管二門	十吋	一八八二年明治十五年	約五〇〇	
第二巡洋艦隊	巡洋艦	スウエトラーナ	三、八六二	二〇・二	六吋砲六門小口径砲十門発射管四門		一八九六年明治廿九年	約四六〇	先任艦長シエーン大佐旗艦
	巡洋艦	アルマーズ	三、二八五	一九・〇	四・七吋砲六門小口径砲十一門発射管六門		一九〇三年明治卅六年	約三四〇	
	巡洋艦	ジエムチウグ	三、一〇六	二三・〇	四・七吋砲六門小口径砲九門発射管五門		一九〇三年明治卅六年	約三四〇	

	巡洋艦	イズムルード	三、一〇六	二三・〇	四・七吋砲六門 小口径砲九門 発射管五門		一九〇三年 明治卅六年	約三四〇	
第一駆逐隊	駆逐艦	ブイヌイ	三五〇	二七・〇	十二斤砲一門三斤砲五門 発射管三門		一九〇二年 明治卅五年	約七五	
	駆逐艦	ベドウイ	三五〇	二七・〇	十二斤砲一門三斤砲五門 発射管三門		一九〇二年 明治卅五年	約七五	
	駆逐艦	ブイスツルイ	三五〇	二七・〇	十二斤砲一門三斤砲五門 発射管三門		一九〇二年 明治卅五年	約七五	
	駆逐艦	ブラーウイ	三五〇	二七・〇	十二斤砲一門三斤砲五門 発射管三門		一九〇二年 明治卅五年	約七五	
第二駆逐隊	駆逐艦	グローズヌイ	三五〇	二七・〇	十二斤砲一門三斤砲五門 発射管三門		一九〇四年 明治卅七年	約七五	
	駆逐艦	グロームキー	三五〇	二七・〇	十二斤砲一門三斤砲五門 発射管三門		一九〇四年 明治卅七年	約七五	
	駆逐艦	ボードルイ	三五〇	二七・〇	十二斤砲一門三斤砲五門 発射管三門		一九〇二年 明治卅五年	約七五	
	駆逐艦	ブレスチャーシチー	三五〇	二七・〇	十二斤砲一門三斤砲五門 発射管三門		一九〇二年 明治卅五年	約七五	
	駆逐艦	ベズウプリヨーチヌイ	三五〇	二七・〇	十二斤砲一門三斤砲五門 発射管三門		一九〇二年 明治卅五年	約七五	

特務艦船	
仮装巡洋艦	ウラール（噸数 八、二七八 速力 二〇・〇）
工作船	カムチャーツカ（噸数 七、二〇〇 速力 一二・〇〇）
運送船	コレーヤ（噸数 六、一六〇 速力 不明） イルツイシ（噸数 七、五〇〇 速力 不明） スウキーリ（噸数不明 速力不明） アナヅイリ（噸数不明 速力不明） ルス（噸数不明 速力不明）
病院船	アリヨール、カストローマ

合計				
艦種	戦艦	装甲巡洋艦	装甲海防艦	巡洋艦
隻数	八隻	三隻	三隻	六隻
排水量	八六、六一六噸	二〇、三一九	一三、五六六	二六、七二五
総排水量	一五〇、三八五			
兵器	十二吋砲 二十六門 十吋砲 七門 九吋砲 十二門 八吋砲 十三門 六吋砲 百六十門 四・七吋砲 二十八門 小口径砲 四百九十七門 発射管			
総乗員	約一三、七八五人			
備考	前表各艦ノ兵器ハ英国「ゼーン」海軍年間ニ拠ル 小口径砲ト称スルハ十二斤砲以下ノ諸砲ヲ云フ 各艦ノ速力ハ計画速力ヲ示スモノニシテ艦齢ニ応ジ多少ノ減退アリ 乗組員ハ戦後我ガ海軍ノ調査ニ拠ル			

駆逐艦	九隻	三、一五九						
特務艦船	九隻	病院船ノ外何レモ軽度ノ武装ヲ有セリト云フ						

浦塩艦隊

艦種	艦名	排水量（噸）	速力（節）	兵器	装甲	進水年	定員（人）	記事
装甲巡洋艦	ロシーヤ	一二、一三〇	二〇・〇	八吋砲四門六吋砲十六門 小口径砲四十八門 発射管五門	十吋	一八九六年 明治廿九年	八一四	
装甲巡洋艦	グロモボイ	一二、三三六	二〇・〇	八吋砲四門六吋砲十六門 小口径砲五十六門 四・七吋砲七門発射管五門	六吋	一八九九年 明治卅二年	七二五	
巡洋艦	ボガツイリ	六、六四五	二四・〇	六吋砲十二門 小口径砲二十二門 発射管六門		一九〇〇年 明治卅三年	五八〇	
水雷艇	約十二隻	内一〇〇噸以上一四〇噸以下ノモノ約四隻、八〇噸以上一〇〇噸以下ノモノ約三隻他ハ二三噸						
潜航艇	若干隻	明治三十八年初期汽車ニテ本国ヨリ輸送シ浦塩斯徳ニ於テ組立テタリト云フモ現状不明						

聯合艦隊（司令長官　海軍大将　東郷平八郎）

第一艦隊

司令長官　海軍大将　東郷平八郎
参謀長　海軍少将　加藤友三郎
参謀　海軍中佐　秋山真之
参謀　海軍少佐　飯田久恒
参謀　海軍大尉　清河純一
副官　海軍中佐　永田泰次郎
機関長　海軍機関総監　山本安次郎
艦隊附軍医官　海軍軍医総監　鈴木重道
（旗艦三笠）

第一戦隊

司令官　海軍少将　三須宗太郎
参謀　海軍中佐　松井健吉
参謀　海軍大尉　鳥巣王樹
（旗艦日進）

艦種	艦名	排水量	速力	兵器	装甲	進水年	艦長・副長氏名
戦艦	三笠	一五、三六二噸	一八・〇節	十二吋砲四門六吋砲十四門小口径砲四十門発射管四門	九吋	明治三十六年	海軍大佐　伊地知彦次郎 海軍中佐　松村龍雄
戦艦	敷島	一五、〇八八	一八・〇	十二吋砲四門六吋砲十四門小口径砲四十門発射管四門	九吋	三十四年	海軍大佐　寺垣猪三 海軍中佐　山田猶之助
戦艦	富士	一二、六四九	一八・二	十二吋砲四門六吋砲十門小口径砲二十四門発射管五門	十八吋	三十一年	海軍大佐　松本和 海軍中佐　臼井幹蔵
戦艦	朝日	一五、二〇七	一八・〇	十二吋砲四門六吋砲十四門小口径砲三十二門発射管四門	九吋	三十四年	海軍大佐　野元綱明 海軍中佐　東郷吉太郎

装甲巡洋艦	春日	七、七〇〇	二〇・〇	十吋砲一門八吋砲二門六吋砲十四門小口径砲十八門発射管四門	六吋	三十六年	海軍大佐 加藤定吉 海軍中佐 岡田啓介
装甲巡洋艦	日進	七、七〇〇	二〇・〇	八吋砲四門六吋砲十四門小口径砲十八門発射管四門	六吋	三十六年	海軍大佐 竹内平太郎 海軍中佐 秀島成忠
通報艦	龍田	八四六	二一・〇	四・七吋砲二門小口径砲四門発射管五門		二十七年	海軍中佐 山縣文蔵

第三戦隊

司令官 海軍中将 出羽重遠
参謀 海軍中佐 山路一善
参謀 海軍大尉 丸山寿美太郎
（旗艦笠置）

巡洋艦	笠置	四、九七八噸	二二・五節	八吋砲二門四・七吋砲十門小口径砲十八門発射管五門		明治三十一年	海軍大佐 山屋他人 海軍中佐 田所廣海
巡洋艦	千歳	四、八三六	二二・五	八吋砲一門四・七吋砲十門小口径砲十八門発射管五門		三十二年	海軍大佐 高木助一 海軍中佐 岡野富士松
巡洋艦	新高	三、四二〇	二〇・〇	六吋砲六門小口径砲十四門発射管		三十七年	海軍大佐 荘司義基 海軍少佐 市原卯之助
巡洋艦	音羽	三、〇四八	二〇・〇	六吋砲二門四・七吋砲六門小口径砲六門発射管		三十七年	海軍大佐 有馬良橘 海軍少佐 片岡栄太郎

第二艦隊

司令長官　海軍中将　上村彦之丞
参謀長　海軍大佐　藤井較一
参謀　海軍中佐　佐藤鉄太郎
参謀　海軍少佐　下村延太郎
参謀　海軍大尉　山本英輔
副官　海軍少佐　田中治平
機関長　海軍機関大監　山崎鶴之助
（旗艦出雲）

第二戦隊

司令官　海軍少将　島村速雄
参謀　海軍少佐　竹内重利
（旗艦磐手）

艦種	艦名	排水量	速力	兵器	装甲	進水年	艦長副長氏名
装甲巡洋艦	出雲	九、九〇六噸	二〇・八節	八吋砲四門六吋十四門 小口径砲十二門 発射管四門	七吋	明治三十二年	艦長 海軍大佐 伊地知季珍 副長 海軍中佐 上村経吉
装甲巡洋艦	吾妻	九、四五六	二〇・〇	八吋砲四門六吋砲十二門 小口径砲二十門 発射管五門	七吋	三十二年	海軍大佐 村上格一 海軍中佐 東郷静之介
装甲巡洋艦	浅間	九、八五五	二一・五	八吋砲四門六吋砲十四門 小口径砲二十門 発射管五門	七吋	三十五年	海軍大佐 八代六郎 海軍中佐 山本竹三郎
装甲巡洋艦	八雲	九、八〇〇	二二・〇	八吋砲四門六吋砲十二門 小口径砲二十門 発射管五門	七吋	三十二年	海軍大佐 松本有信 海軍中佐 笠間直
装甲巡洋艦	常磐	九、八五五	二一・五	八吋砲四門六吋砲十四門 小口径砲二十門 発射管五門	七吋	三十一年	海軍大佐 吉松茂太郎 海軍中佐 上村翁輔

艦種	艦名	排水量	速力	兵装		竣工	艦長
装甲巡洋艦	磐手	九、九〇六	二〇・八	八吋砲四門六吋砲十四門小口径砲二十門発射管五門	七吋	三十三年	海軍大佐 川島令次郎 海軍中佐 今井兼胤
通報艦	千早	一、二五〇	二一・八	四・七吋砲二門十二斤砲四門発射管五門		三十三年	海軍中佐 江口麟六

司令官 海軍中将 瓜生外吉
参謀 海軍中佐 森山慶三郎
参謀 海軍大尉 四竈孝輔
（旗艦浪速）

第四戦隊

艦種	艦名	排水量	速力	兵装		竣工	艦長
巡洋艦	浪速	三、七〇九噸	一八・〇節	六吋砲八門四十七密砲十二門発射管四門		明治十九年	海軍大佐 和田賢助 海軍中佐 向井弥一
巡洋艦	高千穂	三、七〇九	一八・〇	六吋砲八門四十六密砲十二門発射管四門		十九年	海軍大佐 毛利一兵衛 海軍中佐 小林惠吉郎
巡洋艦	対馬	三、四二〇	二〇・〇	六吋砲六門小口径砲十四門発射管四門		三十七年	海軍大佐 仙頭武央 海軍中佐 山崎米三郎
巡洋艦	明石	二、八〇〇	一九・五	六吋砲二門四・七吋砲六門小口径砲十二門発射管		三十一年	海軍大佐 宇敷甲子郎 海軍少佐 有馬律三郎

司令長官 海軍中将 片岡七郎
参謀長 海軍大佐 齋藤孝至
参謀 海軍中佐 山中柴吉
参謀 海軍少佐 百武三郎
副官 海軍中佐 荒尾富三
機関長 海軍機関大監 下條於菟丸
（旗艦厳島）

司令官 海軍少将 武富邦鼎
参謀 海軍少佐 野崎小十郎
（旗艦橋立）

第三艦隊

戦隊	艦種	艦名	排水量	速力	兵器	装甲	進水年	艦長／副長　氏名
第五戦隊	巡洋艦	厳島	四、二七八噸	一六・〇節	三十二拇砲一門四・七吋砲十一門小口径砲十一門発射管四門		明治二十三年	海軍大佐　土屋保／海軍中佐　石川寿次郎
第五戦隊	装甲海防艦	鎮遠	七、三三五	一四・五	十二吋砲四門六吋砲四門小口径砲十二門発射管三門	旧式十四吋	十五年	海軍大佐　今井兼昌／海軍中佐　川浪安勝
第五戦隊	巡洋艦	松島	四、二七八	一六・〇	三十二拇砲一門四・七吋砲十一門小口径砲十一門発射管四門		二十四年	海軍大佐　奥宮衛／海軍中佐　下村亮太郎
第五戦隊	巡洋艦	橋立	四、二七八	一六・〇	三十二拇砲一門四・七吋砲十一門小口径砲十一門発射管四門		二十六年	海軍大佐　福井正義／海軍中佐　町田駒次郎
第五戦隊	通報艦	八重山	一、六〇九	二〇・〇	四・七吋砲三門小口径砲八門発射管二門		二十二年	海軍中佐　西山実親
第六戦隊	司令官　海軍少将　東郷正路／参謀　海軍少佐　吉田清風／参謀　海軍大尉　筑土次郎（旗艦須磨）							
第六戦隊	巡洋艦	須磨	二、七〇〇	二〇・〇	六吋砲二門四・七吋砲六門小口径砲十二門発射管二門		二十八年	海軍大佐　栃内曽次郎／海軍少佐　中島源蔵
第六戦隊	巡洋艦	和泉	二、九六七	一七・〇	六吋砲二門四・七吋砲六門小口径砲八門発射管		十六年	海軍大佐　石田一郎／海軍中佐　山口泰次郎
第六戦隊	巡洋艦	千代田	二、四三九	一九・〇	四・七吋砲十門小口径砲十五門発射管三門		二十三年	海軍大佐　依仁親王／海軍中佐　兼子昱

巡洋艦	秋津洲	三、一七二	一九・〇	六吋砲四門四・七吋砲六門小口径砲十門発射管四門		二十四年	海軍大佐 廣瀬勝比古 海軍少佐 土田条太郎
第七戦隊							
司令官 海軍少将 山田彦八 参謀 海軍少佐 伊集院俊 参謀 海軍大尉 小林躋造 （旗艦扶桑）							
装甲海防艦	扶桑	三、七七七噸	一三・〇節	旧式二十四拇砲四門六吋砲二門四・七吋砲四門小口径砲十五門発射管三門	旧式九吋	十年	海軍大佐 長井群吉 海軍中佐 中村虎之助
砲艦	高雄	一、七七八	一五・〇	六吋砲四門四・七吋砲一門小口径砲四門発射管二門		二十一年	海軍中佐 矢代由徳 海軍少佐 荒西鏡次郎
砲艦	筑紫	一、三七二	一六・〇	旧式十吋砲二門旧式四十斤砲四門小口径砲五門発射管ナシ		十一年	海軍中佐 土山哲三 海軍少佐 岡田三善
砲艦	鳥海	六二二	一〇・三	四・七吋砲一門小口径砲五門発射管ナシ		二十年	海軍中佐 牛田従三郎
砲艦	摩耶	六二二	一〇・三	旧式六吋砲二門小口径砲四門発射管ナシ		十九年	海軍中佐 藤田定市
砲艦	宇治	六四〇	一三・〇	十二斤砲四門機砲二門発射管ナシ		三十六年	海軍少佐 金子満喜

隊号	艦艇名	排水量	速力	兵器	艦艇長氏名
第一駆逐隊	司令　海軍大佐　藤本秀四郎（乗艦春雨）				
	春雨	三七五噸	二九・〇節	十二斤砲二門六斤砲四門発射管二門	海軍大尉　庄野義雄
	吹雪	三七五	二九・〇	同右	海軍大尉　東島乙吉郎
	有明	三七五	二九・〇	同右	海軍少佐　久津見雅雄
	霰	三七五	二九・〇	同右	海軍大尉　渡邊真吾
	暁（旧名レシーテリヌイ）	二〇八			海軍大尉　原田正作
第三駆逐隊	司令　海軍中佐　吉島重太郎（乗艦東雲）				
	東雲	二七五噸	三〇・〇節	十二斤砲二門六斤砲四門発射管二門	海軍少佐　吉田孟子
	薄雲	二七五	三〇・〇	同右	海軍少佐　増田忠吉郎
第二駆逐隊	司令　海軍大佐　矢島純吉（乗艦朧）				
	朧	三〇五噸	三一・〇節	十二斤砲二門六斤砲四門発射管二門	海軍大尉　藤原英三郎
	雷	三〇五	三一・〇	同右	海軍少佐　齋藤半六
	電	三〇五	三一・〇	同右	海軍少佐　菅晢一郎
	曙	三〇五	三一・〇	同右	海軍大尉　山内四郎
第四駆逐隊	司令　海軍中佐　鈴木貫太郎（乗艦朝霧）				
	朝霧	三七五噸	二九・〇節	十二斤砲二門六斤砲四門発射管二門	海軍大尉　飯田延太郎
	村雨	三七五	二九・〇	同右	海軍少佐　小林研蔵

		噸	節		
	霞	三六三	三一・〇	同右	海軍少佐 白石直介
	漣	三〇五	三一・〇	同右	海軍少佐 相羽恒三
第五駆逐隊	司令				海軍中佐 廣瀬順太郎（乗艦不知火）
第五駆逐隊	不知火	二七五	三〇・〇	十二斤砲二門 六斤砲四門 発射管二門	海軍少佐 桑島省三
第五駆逐隊	叢雲	二七五	三〇・〇	同右	海軍少佐 島内桓太
第五駆逐隊	夕霧	二七五	三〇・〇	同右	海軍少佐 田代巳代次
第五駆逐隊	陽炎	二七五	三〇・〇	同右	海軍大尉 吉川安平
第九艇隊	司令				海軍中佐 河瀬早治
第九艇隊	蒼鷹	一五二	二九・〇	大砲二門 発射管三門	海軍中佐 河瀬早治
第九艇隊	雁	一五二	二九・〇	同右	海軍大尉 栗屋雅三
	朝潮	三四二	三一・〇	同右	海軍少佐 南里団一
	白雲	三四二	三一・〇	同右	海軍少佐 鎌田政猷
第一艇隊	司令				海軍少佐 福田昌輝
第一艇隊	第六十九号艇	八九	二三・五	大砲三門 発射管三門	海軍少佐 福田昌輝
第一艇隊	第六十八号艇	八九	二三・五	同右	海軍大尉 寺岡平吾
第一艇隊	第七十号艇	八九	二三・五	同右	海軍大尉 南郷次郎
第一艇隊	第六十七号艇	八九	二三・五	同右	海軍大尉 中牟田武正
第十艇隊	司令				海軍少佐 大瀧道助
第十艇隊	第四十三号艇	一一〇	二七・〇	大砲二門 発射管三門	海軍少佐 大瀧道助
第十艇隊	第四十号艇	一一〇	二七・〇	同右	海軍大尉 中原弥平

燕	一五二	二九・〇	同	右	海軍大尉 田尻唯二
鴿	一五二	二九・〇	同	右	海軍大尉 井口第二郎

第十一艇隊　司令 海軍少佐 富士本梅次郎

第七十号艇	噸 八九	節 二三・五	大砲 発射管	二門 三門	海軍少佐 富士本梅次郎
第七十二号艇	八九	二三・五	同	右	海軍大尉 笹尾源之丞
第七十四号艇	八九	二三・五	同	右	海軍大尉 大田原 達
第七十五号艇	八九	二三・五	同	右	海軍大尉 河合退蔵

第十五艇隊　司令 海軍中佐 近藤常松

雲雀	噸 一五二	節 二九・〇	大砲 発射管	三門 三門	海軍中佐 近藤常松
鶉	一五二	二九・〇	同	右	海軍大尉 鈴木氏正

第四十一号艇	一一〇	二七・〇	同	右	海軍大尉 水野廣徳
第三十九号艇	一一〇	二七・〇	同	右	海軍大尉 大金 実

第十四艇隊　司令 海軍中佐 関 重孝

千鳥	噸 一五二	節 二九・〇	大砲 発射管	三門 三門	海軍中佐 関 重孝
真鶴	一五二	二九・〇	同	右	海軍大尉 玉岡吉郎
隼	一五二	二九・〇	同	右	海軍大尉 海老原啓一
鵲	一五二	二九・〇	同	右	海軍大尉 宮本松太郎

第十七艇隊　司令 海軍少佐 青山芳得

第三十四号艇	噸 八三	節 二四・〇	大砲 発射管	二門 三門	海軍少佐 青山芳得
第三十一号艇	八三	二四・〇	同	右	海軍大尉 山口宗太郎

艇隊	艇名	噸	節	大砲・発射管	艇長
	鴿	一五二	二九・〇	同　右	海軍大尉 森駿蔵
	鷺	一五二	二九・〇	同　右	海軍大尉 横尾尚
第十八艇隊（司令 海軍少佐 河田勝治）	第三十六号艇	八三	二四・〇	大砲 二門 発射管 三門	海軍少佐 河田勝治
第十八艇隊	第六十号艇	八三	二四・〇	同　右	海軍大尉 岸科政雄
第十八艇隊	第六十一号艇	八三	二四・〇	同　右	海軍大尉 宮村暦蔵
第十八艇隊	第三十五号艇	八三	二四・〇	同　右	海軍大尉 副島村八
第二十艇隊（司令 海軍少佐 久保来復）	第六十五号艇	一一〇	二七・〇	大砲 二門 発射管 三門	海軍少佐 久保来復
第二十艇隊	第六十二号艇	一一〇	二七・五	同　右	海軍大尉 戸名肱三郎

艇隊	艇名	噸	節	大砲・発射管	艇長
	第三十三号艇	八三	二四・〇	同　右	海軍大尉 河北一男
	第三十二号艇	八三	二四・〇	同　右	海軍大尉 人見三郎
第十九艇隊（司令 海軍中佐 松岡修蔵）	鶚	一五二	二九・〇	大砲 二門 発射管 三門	海軍中佐 松岡修蔵
第十九艇隊	鴻	一五二	二九・〇	同　右	海軍大尉 大谷幸四郎
第十九艇隊	雉	一五二	二九・〇	同　右	海軍大尉 関才右衛門
第十六艇隊（司令 海軍少佐 若林欽）	白鷹	一二七	二八・〇	大砲 三門 発射管 三門	海軍少佐 若林欽
第十六艇隊	第六十六号艇	一一〇	二七・〇	大砲 三門 発射管 三門	海軍大尉 角田貫三

備考　駆逐艦ノ発射管ハ十八吋ニシテ水雷艇ノ発射管ハ十四吋ナリ

第六十四号艇	一一〇	二七・〇	同	右	海軍大尉 富永寅次郎
第六十三号艇	一一〇	二七・〇	同	右	海軍大尉 江口金馬

水雷艇ノ大砲ハ五十七密砲若クハ四十七密砲ナリ
水雷艇隊司令ハ司令艇ノ艇長ヲ兼ヌ

特務艦隊

司令官　海軍少将　小倉鋲一郎
参謀　海軍中佐　平岡貞一
副官　海軍少佐　奥田貞吉
（旗艦台中丸）

艦種	艦名	総噸数	速力	艦長 副長	氏名
仮装巡洋艦	信濃丸	六、三八七噸	一五・〇節	海軍大佐 海軍少佐	成川揆 丸橋彦次郎
仮装巡洋艦	佐渡丸	六、二二六	一四・〇	海軍大佐 海軍中佐	釜屋忠道 内田良隆
仮装巡洋艦	八幡丸	三、八一六	一七・〇	海軍大佐 海軍少佐	川合昌吾 隈元通純
仮装巡洋艦	亜米利加丸	六、三〇七	一八・〇	海軍大佐 海軍中佐	石橋甫 大島正毅
仮装巡洋艦	台南丸	三、三一一噸	一六・〇節	海軍中佐 海軍少佐	高橋助一郎 米原林蔵
仮装巡洋艦	満洲丸	五、二四八	一一・五	海軍中佐 海軍少佐	西山保吉 下條小三郎
特務艦	熊野丸	五、〇七六	一六・五	海軍大佐 海軍少佐	浅井正次郎 田中茂蔵
特務艦	春日丸	三、八一九	一六・五	海軍大佐 海軍中佐	小花三吾 桜野光正

備考　仮装巡洋艦台中丸、同日本丸、同香港丸、同備後丸、特務艦日光丸、測量艦磐城、仮装砲艦京城丸、同平壌丸、同大仁丸、其ノ他工作船病院船小形仮装砲艦ハ戦闘ニ参与セザリシヲ以テ表中ニ掲ゲズ

艦種	隻数	排水量	総排水量	兵器	備考
合計					
戦艦	四隻	五八、三〇六噸	二一七、八二一噸	十二吋砲　十六門 十吋砲　一門 八吋砲　三十四門 六吋砲　二百〇二門 四・七吋砲　百〇四門 小口径砲　七百五十八門 発射管 (旧式砲ヲ省ク)	前表各艦ノ兵器ハ英国ゼーン海軍年鑑ニ拠ルモノニシテ改造等ニ依リ小口経砲ニ多少ノ増減アルモ六吋砲以上ニ於テハ変化ナキモノト認ム 前表ニ於テ小口径砲トハ十二斤砲以下ノ諸砲ヲ称ス 各艦ノ速力ハ計画速力ヲ掲ゲタルヲ以テ艦齢ニ応ジテ退減セルモノ多シ 前表副長欄ニ氏名ヲ記セザルハ副長ノ定員ナキモノナリ 装甲海防艦一隻砲艦五隻（此ノ排水量八、八一一噸）ハ交戦ニ参与セズ
装甲巡洋艦	八隻	七四、一七八			
装甲海防艦	二隻	一一、一一二			
巡洋艦	十六隻	五四、〇二三			
通報艦	三隻	三、七二三			
砲艦	五隻	五、〇三四			
駆逐艦	二十一隻	六、六八〇			
水雷艇	四十一隻	四、七七三			
特務艦	八隻	総噸数 四〇、一九〇		特務艦ノ兵器ハ軍機ニ属ス	特務艦ハ直接戦闘ニ参与セズ

以上、連掲したる表により、彼我両軍の勢力をば比較検校するに戦闘力の主脳たる新式戦艦においてはわが三笠、敷島、朝日、富士の四隻に対し、彼は「スウォーロフ」、「ボロジノ」、「アレクサンドル三世」「アリョール」および「オスラービヤ」の五隻を有し、その勢力むしろ我に伯たるの地位を占めておる。その他の装甲艦においては、我は第二戦隊の六隻に日進、春日を加えて八隻の装甲巡洋艦を有し、（鎮遠、扶桑は旧式にして戦闘力微弱なるをもってこれを省く）彼は戦艦巡洋艦合して七隻を有し、彼我ほとんど相匹敵しておる。また艦隊の耳目たる快速巡洋艦においては、わが第三艦隊の四隻に対し、彼は「オレーグ」、「アウローラ」、「ジェムチウグ」、「イズムルード」、「アルマーズ」、「スウェトラーナ」の六隻を有し、これまた互に伯仲の間にある。爾余《じよ》の巡洋艦、砲艦、駆逐艦、水雷艇等に至りては、我は彼に比して非常に優勢なるもこれらの軍艦は、単に敵の運送船を脅かし、廃艦を始末するくらいにすぎずして、彼我艦隊間の堂々たる正戦には、その存否ほとんど影響するところがないのである。ことに駆逐艦、水雷艇の洋中における戦闘力は、当時なお未知数であった。

右《原文ママ》（次頁）は単に彼我両艦隊の艦種および隻数につきての対照であるが、更に戦闘の真機力たる砲熕《ほうこう》を校較すると、十インチ砲以上においては我の二十四門に対し、彼は三十三門を有し、九インチ砲及び八インチ砲においてはわが三十四門に対し、彼は二十五門を備え、また六インチ砲においては、我の二百二門に対し彼は百六十門を有するに過ぎない。しかし六インチ砲は我は四十口径なるも彼の多くは四十五口径なるをもって、単砲としての勢力は、彼は我よりも非常に優越である。ゆえに単に砲力のみをもって論ずれば、我は六インチ砲お

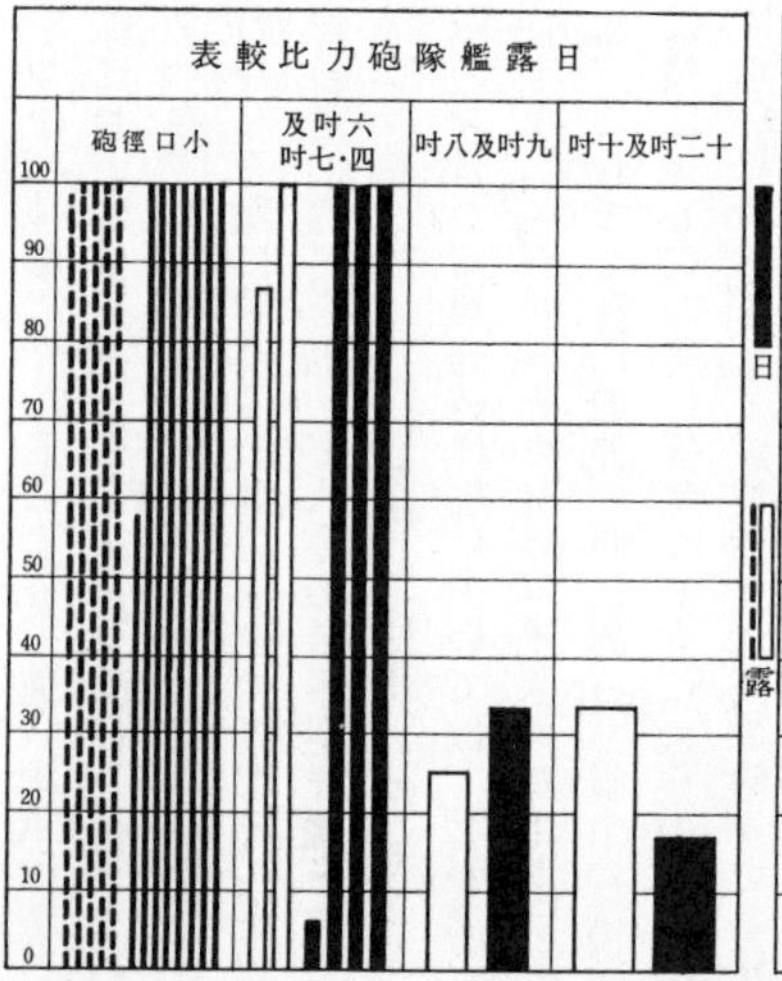

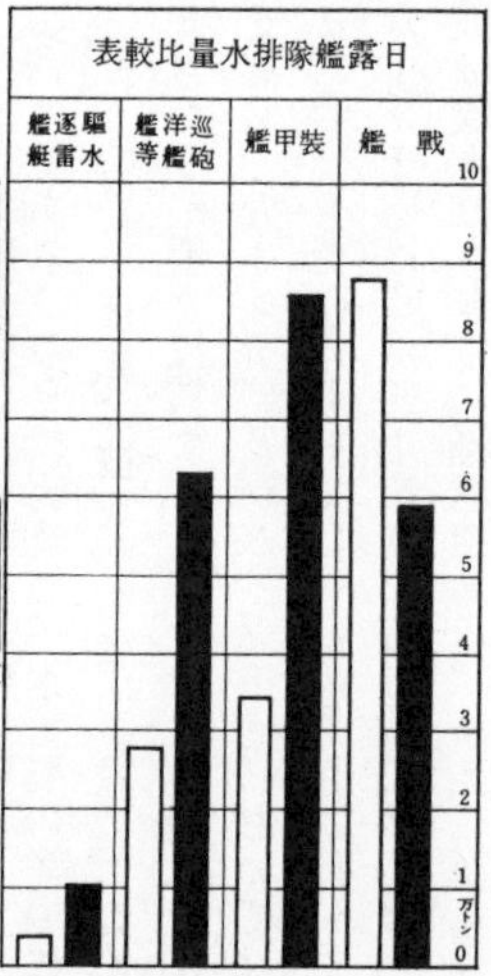

よび八インチ砲の速射威力を発揮し得べき近戦を利とし、彼はもっぱら巨砲のみの大猛威を振るう遠戦を得とするのである。

これをもって見れば、彼我両艦隊の勢力は、ほとんど相匹儔《ちゅう》せるものというべきで、ただ我のまされる点は、彼に比して速力の優駿なることのみである。しかして軍艦において優速の利とするところは主として敵の欲せざる戦いをしうること（たとえば敵を追撃する時）、おのれの欲せざる戦いを避くること（たとえば敵の追撃より脱する時）等、すなわち戦闘の前後における戦略的利益に属するもので、両軍既に砲火のもとに相まみゆるに至れば、たとい速力に多少の劣るあるも、戦術の原理をば適良に応用すれば十分この欠を補うことができるのである。すなわち劣速艦隊は優速艦隊と競争をなすことなく、つとめてこれと綱引をするのである。なお具体的にこれを言えば、劣速艦隊は常に優速艦隊よりも半径小なる同心円周上を航すればよいのである。

なおここに一言すべきは、ロ提督の部隊建成法である。元来一司令官の指揮下に行動すべき戦闘部隊は、各艦の戦闘力を斉等《せいとう》に発揮せしむるため、必ず同型もしくは類似の軍艦をもって組成すべきは海戦術上の原則である。しかるに今敵艦隊の建成を見るに、あるいは新鋭の戦艦「オスラービア」と老朽の巡洋艦「ナヒーモフ」とをば同一戦隊に編入し、あるいは最新最駿の「オレーグ」に配するに老弱遅鈍の「ドンスコィ」、「モノマーフ」をもってせるごとき、あたかも老壮を組んで二人三脚をなさしめ、騏驁《きど》を合して車を駆ると等しく、兵力経済上における大失策である。皮肉なる戦評家は、これ優速軍艦のほしいままに戦場より遁逃するを防ぐためロ提督の苦心計画したる名策であるとの酷評をさえ下しておる。

これを要するに士気の弛張訓練の良否、主将の賢愚、その他形而《けいじ》上における優劣はしばらくこれをおき、艦戦装甲、備砲等形而下における勢力は、彼我互に軒輊《けんち》なきものというべきである。西洋のことわざにも勝者は評せずということがある。戦後における世人の評論は、単に日本艦隊強かりしがゆえに、勝ちたりというに過ぎない。戦前における列国軍事通の予評こそ真正にしてかつ公平なる評論といわねばならぬ。今その二三を摘録するであろう。

明治三十八年四月二十二日刊行の米国雑誌「サイエンチフィック、アメリカン」には「ロ提督の使命およびその成敗いかん」と題し論じていわく、

今やロジェストウェンスキー中将は一身をもって露国の運命をつなげるものというべし。

何となれば、露国が海上権力を回復し、既頽《きたい》の戦運を挽回すると否とは、一に同提督今後の動作によるべければなり。

日露戦争は著々進捗して勝敗の数すでに定まらんとす、今日までの経過を見るに露国は海陸共に敗衄《はいじく》相踵《あいつ》ぎ、海軍においては、かつて威を東洋に振るいたる太平洋艦隊は全然破壊せられ、今やわずかに敗艦三隻をウラジオに残すのみ。また陸軍においては、露国有数の司令官と、最新式の兵器を有する百万の衆とをもってしてしばしば大敗をこうむり、日本軍の進撃に会うていたずらに遁逃するのみ、露軍の運命既にきわまれりというべし。しかるに露国は今なお屈せざるもののごとく、最後の手段として、ロジェストウエンスキー中将に命じ、多数の軍艦を率い極東に向わしむ、その勇気なお侮るべからざるものあり。しかしてロ提督の艦隊は今まさに堂々として極東に進航しつつあり。その志いずこにてか東郷大将の常勝艦隊と逢着《ほうちゃく》し雌雄を決せんとするにあるがごとし。知らずその運命はたしていかん。

ロ提督麾下《きか》の艦隊すなわちいわゆるバルチック艦隊に関しては、世間既に種々の批評あり、しばしばその出発を遷延せしこと、北海において英国漁船を砲撃せしこと等はいずれも世人の非難を受けたりといえども、ロ提督がその艦隊を率いて一万七千海里の長程を航破し、踴躍《ようやく》強敵に向かわんとするに至っては、吾人大いにその勇気を嘆賞せざるべからず。同提督は今や万里遠征の途上にあり。しかして有力なる日本艦隊は、日本海の関門を扼してもって進路をさえぎれるあり、ウラジオストックの港門には多数の沈設水雷ありてもって入港をさえぎるあり、しかのみならず途中一の露国港湾にあらざるをもって、たとい戦勝を博するも退いて休養するの地なく、もしまた敗衄《はいじく》せばよってもって庇護を受くるの所なし、ロ提督の前途やまことに困難にしてその地位やまた危殆《きたい》なりというべし。しかれども公平にこれを批判せば、同提督は勇敢にその任務を遂行したるものといわざるべからず。

今まさに来たらんとする海戦において、日本必ず勝利の桂冠を得べしと推断するは、大早計のそしりを免れず。さきにバルチック艦隊東遣の議起こりし時においては、日本艦隊は完全にして欠くる所なかりしといえども、その後少なくも戦艦一隻（あるいは二隻か）を喪失したるがゆえに、ロ提督麾下《きか》の戦艦七隻に対し、今やわずかに四隻の戦艦を有するに過ぎず。しかして海戦の運命を決するものは、主として戦艦にありと知らずや。

世人は大いにバルチック艦隊を誤解し、その能力を軽視せり。その理由二あり、すなわち一は北海事件の失錯にして、一は同艦隊を組織する軍艦のいずれも老朽なりとの風説行わるることこれなり。第一は今しばらく論ぜず、第二に至りては事実に反すること最もはなはだし。同艦隊に属する戦艦中、「クニャージ、スウォーロフ」、「アレキサンドル三世」、「ボロジノ」、「アリョール」の四隻は、「ツェザレウィチ」型に改良を加えたるものにして、きわめて新式なり。「ツェザレウィチ」が昨年八月十日黄海海戦において、日本の戦艦より、砲火を集注せられたるにかかわらず、艦隊備砲共に重大なる損害をこうむらずして、久しきに堪えたるは、今なお世人の記憶に新たなるところなるべし。ゆえに右四隻の新式戦艦は「ツェザレウィチ」の場合よりも、一層猛烈なる攻撃に対抗することを得べく、砲火をもってこれを撃沈するは最も困難なりといわざるべからず。

と論じ、更に日露両艦隊の攻防力につきて、詳細に校較《こうかく》計量し、両艦隊の物質的権力をもって互に拮抗せるものと断じ、最後に、

単に材料のみによりて判断するときは、露国第二太平洋艦隊は、たしかに日本の海権を危害するものにして、場合によりては、日本が今まさに得んとしつつある、最後の勝利を拉《らっ》奪《だつ》し去ることなしとせず。しかれども吾人の観察点を変じて、軍艦の状態砲員の訓練、艦隊の規律等の事実を精査し来らば、日本艦隊は露国艦隊にまされること数等なるを知るべし、ことに日本艦隊の将卒は既にいくたびか戦場に出入して実戦に慣れ、砲弾雨注の間に立ちて従容動かざるの勇あり。これに反して露人は既往半歳の航海中、十分に射撃演習を行いたるに相違なしといえども、ただ自己の弾丸を発するを知るのみにして、猛烈なる敵弾に当るの術を学ばず、かつ砲火閃電のごとく、飛弾驟雨《しゅうう》のごとく、肉飛び、血ほとばしるの惨状を目撃して、よくその態度を紊《みだ》さざるや、すこぶる疑わしというべし。静謐《せいひつ》なる航海中、射的演習を行うはやすく、しかも運動活潑、砲撃また猛烈なる敵に対するは、必ずや露人の難んずる所ならん。しかのみならずロ提督は懸軍《けんぐん》万里、敵地に入るの不利あるも、日本艦隊は既往の経験に基き、勝利を自信すること確実なるがゆえに、悠々としてこれに当ることを得べく、いわゆる逸をもって労を待つものなり。ロ提督と東郷提督との交戦の結果はすこぶる重大なり、東郷大将もし勝たば、日本ここに日露海戦終局の偉功を収め、一躍して世界列国の首班に列すべし。またもしロ提督にしてよく日本の海権を奪い、

満州における日本陸軍の連絡線を断つを得ば、露国は一朝にして頽勢を挽回し、今まさに倒れんとせる国家の運命を保維することを得べし。吾人は実に刮目《かつもく》してこの海戦の結果いかんを見んと欲す。

と結論しておる。

また同年五月十九日刊行の英国雑誌「エンジニアリング」には、「まさに来らんとする日露海戦」と題し、

まさに来らんとする日露の海戦はその影響するところのもの、振古《しんこ》実にその比を見ざるべし。世界の人士は種々雑多の感想をいだき、もって刮目《かつもく》注意しつつ、この海戦をば今やおそしと待つもののごとし。

と冒頭を置き、論鋒一転して黄禍《こうか》論に移り、日本たとい勝つも黄禍のごときは、これもと杞《き》人《じん》の憂いに過ぎずと説破し、更に筆勢を改めて、

それまさに戦われんとする海戦の争点は、島帝国の須臾《しゅゆ》も失うべからざる海権にあり。日本の境遇は、わが英国と全然その揆《き》を一にするものにして、満州における陸軍の勝利や、あえて小なるにあらずといえども、これただ副位の戦いたるを免れず。この海軍よく海権を保持するにあらざれば、とうてい完全なる戦果を収むることあたわず。これを要するに日本はナイルの戦いに勝ちて、いまだトラファルガルの海戦を経ざるものなり。しかして今よりまさに一百年前ネルソン提督にして、ヴィユヌーブ提督（西仏聯合艦隊司令長官）に敗られたらんには、西葡《せいほ》半島における英軍の武勇も、用うるに所なく、ウォーターロー

の戦勝は必ずしも期すべからざりしなり。すなわち知るべし、もし東郷提督にしてロジェストウエンスキー提督に敗られたらんには満州における日本陸軍の戦勝は、ついに実効なき虚誉と化し終ることを。

まさに来らんとする海戦の価値、かくのごとくそれ大なり。これと戦わんとする艦隊の勢力いかん。露国艦隊はネボガトフ少将の率いる艦隊を合したるをもって、日本艦隊よりは優勢なりとは少なくも欧州大陸における定評なり。しかり、露国は実に戦艦八隻を有するに対し、日本は五隻なるがゆえに、戦艦の数においては露国大いに優勢なり。三笠、朝日、敷島は露国戦艦のいずれよりも大なりといえども、日本戦艦の最新のものもなお露国新式戦艦四隻のいずれよりも古し。

と説き、両軍艦隊の勢力を比較して、露国は戦艦と十インチ砲以上の巨砲においてまさり、日本は巡洋艦と八インチ砲以下の速射砲においてまされるを説き、勢力ほぼ相同じき近世の艦隊が互に全滅を賭して行う決戦は、昔時《せきじ》の艦隊の行える同一の決戦と、いかなる点においてその揆《き》を一にするやを維持すべき十分の論資《ろんし》を有せずと述べ、もってこの海戦の結果の予断すべからざるをとなえ、

これを要するに、まさに戦わんとする日露艦隊は、物質上の勢力においてほとんど相匹敵するがゆえに、その勝敗は一にこれを運用する将卒の性格、技倆によって決せざるべからず。しかりしかして、吾人はここに両者の人員につきて比較をなさずといえども、露国の将卒は世人の想像するごとく、しかくふがいなきものにあらざるべしと思惟《しい》す。彼ら露人

は一大決戦を期して長途の航海をなし来れり。その性格、その技倆、練磨熟達せずというも吾人あに得てこれを信ぜんや。

と論断しておる。戦後の今日より見れば、露艦隊もろきこと瓦《かわら》のごとく、弱きこと草のごとき観あるも、戦前におけるこれら外人の論評を読めば、思いあるいは半ばに過ぐるものがあるであろう。

彼我両艦隊勢力の相如《あいし》けることそれかくのごとし。両軍主将の決心いかん。敵の司令長官ロジェストウエンスキー中将は五月九日艦隊命令を発していわく、

今やネボガトフ少将の率いる艦隊の合同を得て本艦隊の勢力は敵と匹敵するに至れるのみならずなお戦艦においては我に優勢を見ることとなれり。それ日本人は皇室と国家に対して真に無比の忠順をあらわし、また恥を重んじて義のためには死を見る鴻毛《こうもう》よりも軽しとするの国民なり。しかれども吾人のこの行また上帝に誓いしものあり、神は既に吾人の精神を強めさせたまい、今日に至る行軍の難を救うにおいて、無上の加護をたれさせたまえり。神よ、願わくはわが右手をかためさせ、なんじに誓える吾人の信条を遂行せしむるため、吾人の鮮血をもって、祖国のこうむれるいたましき恥辱をすすがせたまえ。

と。わが聯合艦隊司令長官東郷大将また敵艦隊のようやく近づかんとするや、これに対する作戦命令を発す。その一節にいわく、

聯合艦隊はなお敵の動静に注意して、その北上を待ち、わが逸をもって彼の労に乗じ、一挙にこれを撃滅せんとす。今後の一戦はけだし大局の決するところなるべきをもって、わ

が聯合艦隊の上下各員は、おのおのその職責に応じて畢生《ひっせい》の心力をつくし、必勝を期して有終の成功を遂げ、もって帝国興隆の宏図《こうと》を翼成《よくせい》せざるべからず。

六　戦雲いよいよ急

まず戦地に処《い》て敵を待つものは佚《いっ》し、後に戦地に処《い》て戦いにおもむくものは労すと。懸軍長駆一万五千海里、五十隻の大艦隊を操縦して、一艦を失うことなく、よく戦場に達し得たるロ提督の技倆は、たしかに賞讃に値すると同時に、辛酸なめ尽したる敵将卒の労苦また実に察するに余りがある。某欧字新聞のごときは、「もしロ提督にしてその艦隊を率いウラジオに入るを得ば、たとい日本艦隊を撃破せざるも、世人は彼に許すに世界第一海将たるの月桂冠をもってするであろう」といっておる。しかり、露艦隊にしてもしウラジオに達するを得ば、戦略上既に日本艦隊を屈伏せしめたものである。

露艦隊の期待したる日本水雷艇の攻撃もなく、五月二十七日の夜は明けた。力《ちから》五に達する南西の疾風は颷々《ひょうひょう》として檣桁に激し、その声猛虎のうそぶくかと疑われ、澎湃《ほうはい》たる怒濤は、皚白《がいはく》の飛沫を奔《はし》らして、一万屯の大艦も一高一低、あたかも波に漂う木の葉のごとく、激浪潑溂として艦首を打てば、奔潮《ほんちょう》おどって上甲板にうず巻き、狂瀾婆娑《ばさ》として砲門を襲えば、激湍《げきたん》滝となって下甲板にあふれんとす。見渡せば海氛《かいふん》深くこめて、朝暾《ちょうとん》色鈍く、前艦後船影は模糊《もこ》たり。時は二十七日の午前五時、所はわが九州五島の北西約三十海里である。朝鮮海峡最狭部まで、あとわずかに六十海里。日本艦隊今いずこにかある。四顧朦朧《もうろう》として檣桁の片影だに見えない。露艦隊将士の愁眉《しゅうび》やや開くをおぼえた。しかもなんぞ知らん、わが哨艦「信濃丸」は既に敵を発見して警を八方に伝えておる。

厘毫《りんごう》千里の差を生ず、戦いの機は一瞬の速をとうとぶ。この日第一に敵艦隊を発見して、抜群の勲績をあらわしたるものは仮装巡洋艦「信濃丸」である。同艦は前日来、僚艦と共に南方の哨艦として、敵艦隊の来航を警戒中、この朝午前三時三十分ごろ朝鮮海峡に向って進む一汽船を発見した。端舟軽舸《けいか》といえども、なお無断では通さぬわが哨線の関門、まして夜間燈火を暗くしたる怪《あや》しの汽船、なんじょうそのまま通過を許すべき。「信濃丸」は臨検のため、直ちに速力を増してこれを追躡《ついじょう》した。ようやく近づくに及び、おぼろにかすむ月光に透かし見れば、三檣二煙突の大汽船、しかも檣頭に連掲せる白紅白の区別燈、これ疑いもなく敵の病院船である。いかにヘーグ条約により病院船は中立おかすべからずとはいえ、単船孤行わが海面に乗り入るとはあまり大胆奇怪なる行為である、必ずや他に優勢なる艦隊の同行せるものあらんと、艦長成川（揆）海軍大佐は夜間鏡《ナイトグラス》をとって八方を注視すれども、海なお暗くして他に一隻の船影だに認めない。いでこの上はたとい病院船なりともいやしくもわが行動を偵知せんとする疑いあるにおいては、このまま通過を許すべきにあらずと、ますます船を進めた。彼我の距離約三百メートルに近づいたころ、彼は我をもって味方と誤りたるものか、電燈信号をもって我に対して信号を始めた。時に東天わずかに白みを帯びて、おぼろに敵甲板上の物影を弁じ得るに至った。信濃丸は臨検のため、すでにボート卸ろし方の準備を整え、まさに敵に向かって停船の命を下さんとする一刹那、ふと前方を見渡せば、右舷艦首より左舷後方にわたり、大小の軍艦数十隻舳艫《じくろ》相ふくんで連城のごとく並んでおるのを発見した。近きはその距離わずかに一千メートルにすぎない。信濃丸は今や不識《ふしき》の間に敵艦隊の列中に突入しているのである。進むも敵、退くも敵、嚢中《のうちゅう》の鼠《ねずみ》か、釜中《ふちゅう》の魚《うお》か、絶体絶命。ひとたび敵に認めらるれば、万死あって一生なきの境遇である。この時艦橋に立てる成川艦長は泰然として部下の将校に告げていわく、不幸にしてこの窮地に陥る、ただ運を天命に委して全力脱出を試み、もしあたわずんば敵の一艦を衝撃して共に沈むのみである、ひとり冀《こいねが》うところは敵艦隊の出現をば、わが長官に報ずるの余裕を得んことである。もしこの報告にして、ひとたび長官のもとに達するを得ば、哨艦としての我らの任務はすでに果せるものである、たとい敵弾に沈むとも、また遺憾とするところなし、しかし我送信を開始すれば、敵これを妨害するは、必然である、艦の浮かべるかぎり、電信機の作用するかぎり、万難を排して報告につとめよと。かくて、信濃丸は転舵一杯、全速力をもって退却すると同時に、無線電信機は火花を発して、敵艦隊出現の警報を四方に伝えた。時まさに午前四時四十分である。敵は徹宵《てっしょう》の警戒に視力衰えしか、連日の憂悶に心神耄《もう》せしか、毫《ごう》も信濃丸の接近を知ら

軍艦方位

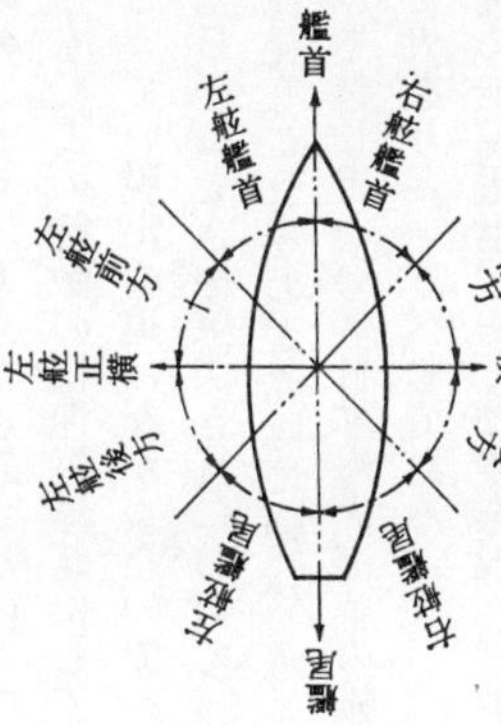

ざるもののごとく、あえて追撃するの状なきのみならず、わが無線電信の通信をさえ妨げなかった。もしこの時敵の快速巡洋艦にして信濃丸を追撃せんか、速力わずかに十五海里の同艦は、とうてい脱出の道はなかったのである。またもし敵にして信濃丸の無線電信を妨害せんか、当日のごとき濛気《もうき》深き日において、その後いずれの哨艦、いずこの望楼がはたしてよく敵を発見しこれをわが艦隊に通報し得たであろうか。これを思えばうたた悚然《しょうぜん》として肌《はだ》への寒きを禁じ得ない。日本海大海戦の帷幕《いばく》は実にこの時に開かれたものである。信濃丸の功勲また大なりというべしである。

信濃丸の無線電信、一たび空を飛んで敵艦隊出現の警を伝うるや、出勤中のわが哨艦、並びに根拠地にあるわが艦隊は、おのおの予定の戦策に従い、行動を開始した。前日来哨艦としてとくに五島の北方に派遣せられありし巡洋艦和泉《いずみ》は、直ちに敵と触接を保たんがため、その速力鈍く、備砲弱きにもかかわらず、敢然敵艦隊に向かって急進した。すでにして午前七時ごろに至るや、和泉は五島の北西約三十五海里の地点において、前方はるかに長城の連なるがごとき敵の全艦隊を発見した。敵は「和泉」の近づくを見るや、直ちにその巨砲をこれに向けて、寄らば撃たんと構えておる。この日濛気《もうき》密にして眼界狭く、展望わずかに五六海里にすぎない。ゆえに敵と確実なる触接を保つためには、是非ともその着弾距離以内に近づかねばならぬ。この時和泉は敵を去ることわずかに八九千メートル、敵の巨砲ひとたび弾を吐けば、和泉の運命、憂うべきものがある。艦長石田（一郎）海軍大佐は、かつて駆逐隊司令として旅順方面の連戦に、常に豪胆果決の勇名をとどろかした人である。目に余る敵の

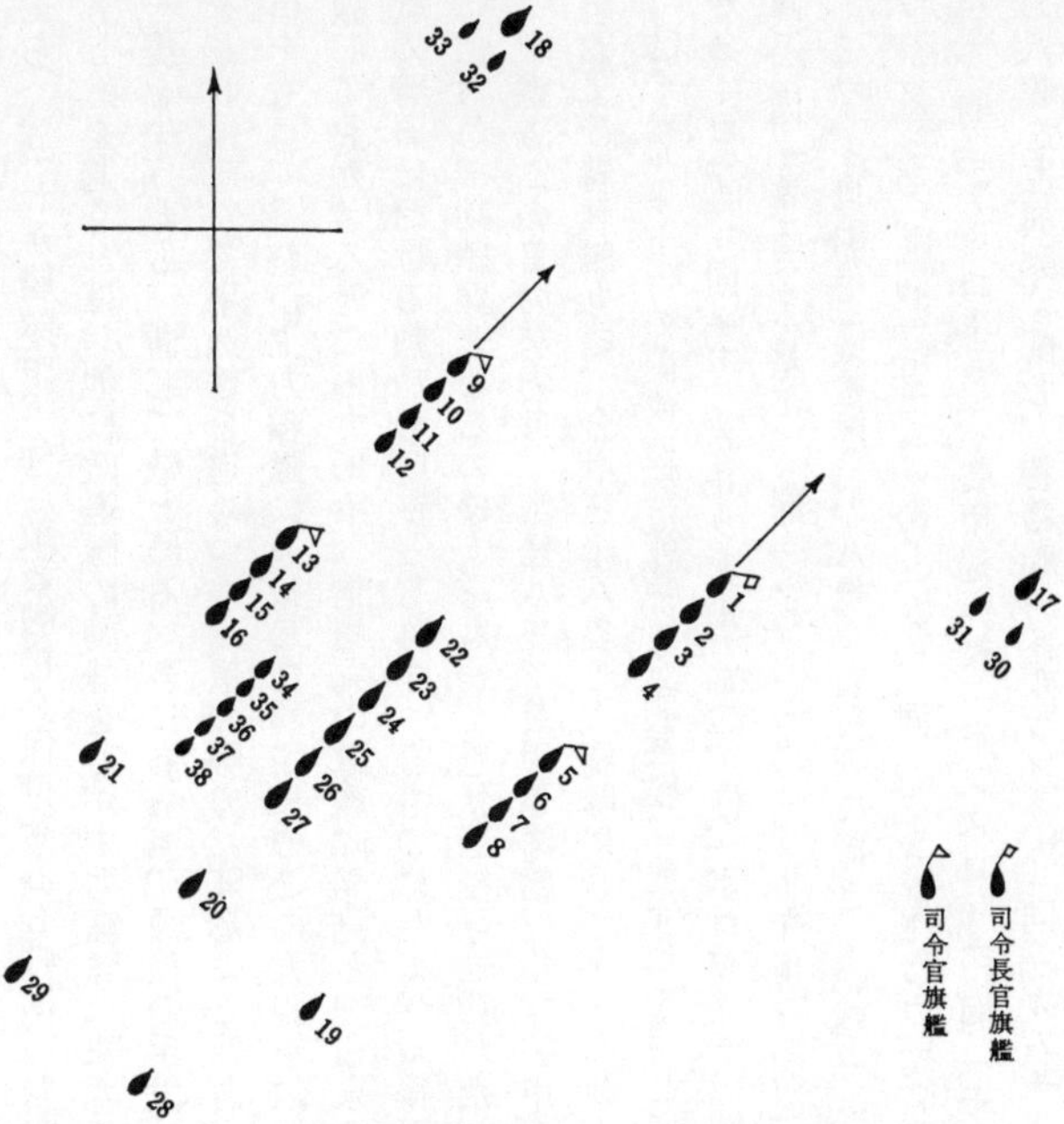

1　スウオーロフ
2　アレクサンドル三世
3　ボロヂノ
4　アリヨール
5　オスラービヤ
6　シソイ、ウェリーキー
7　ナワリン
8　ナヒーモフ
9　ニコライ一世
10　アプラクシン
11　セニヤーウヰン
12　ウシヤーコフ
13　オレーグ
14　アウローラ
15　ドンスコイ
16　モノマーフ
17　イズムルード
18　ジェムチウグ
19　ウラール
20　アルマーズ
21　スウェトラーナ
22　アナヅイリ
23　イルツイシ
24　カムチャーツカ
25　コレーヤ
26　ルス
27　スウヰーリ
28　アリヨール
29　カストローマ
30　ベドウイ
31　ブイスツルイ
32　ブイヌイ
33　ブラーウイ
34　ブレスチャーシチー
35　ボードルイ
36　ベズウプリヨーチヌイ
37　グローズヌイ
38　グロームキー

大艦隊を近距離に控えながらちっとも恐れず、雙眼鏡をとって敵の艦数を数えつつひとり思えらく、「わが艦隊中、今、敵と触接を保持せるものは、わが艦ばかりである。われにしてもし敵を避くれば、他に敵艦隊の動静をわが主力艦隊に報ずるものはおらない。たとい和泉一隻を失うとも、断じて敵と離るべきにあらず、最後の手段は衝角突撃にあり」と、敵艦隊を左舷に望んで平然艦を進めつつ、敵の勢力、陣形より速力、針路に至るまで、刻々無線電信をもって、わが主力艦隊に通報した。和泉のこの大胆不敵なる行動は、敵味方の等しく賞讃しておかざるところである。信濃丸の敵艦隊発見と、和泉の敵情偵察とは、実に日本海海戦の劈頭《へきとう》における勲功の雙壁とも称すべきものにして、戦後東郷司令長官は、とくにこの両艦に対し、功績顕著なるのゆえをもって感状を授与せられた。

敵艦隊この日の勢力は、戦艦八隻、装甲巡洋艦三隻、装甲海防艦三隻、巡洋艦六隻、駆逐艦および特務艦九隻、合計三十八隻の大艦隊にして、その陣形を見渡せば、「ジェムチウグ」、「イズムルード」の両快速巡洋艦に各駆逐艦二隻ずつを附して左右の前衛となし、戦艦「スウォーロフ」、同「アレクサンドル三世」、同「ボロジノ」、同「アリョール」、(以上第一戦艦隊)、同「オスラービヤ」、同「シソイ・ウェリーキー」、同「ナワリン」、装甲巡洋艦「ナヒーモフ」(以上第二戦艦隊)の八隻を右翼列に置き、戦艦「ニコライ一世」、装甲海防艦「アプラクシン」、同「セニャーウィン」、同「ウシャーコフ」(以上第三戦艦隊)巡洋艦「オレーグ」、同「アウローラ」、装甲巡洋艦「ドンスコイ」、同「モノマーフ」(以上第二巡洋艦隊)の八隻を左翼列に配し、特務艦「イルツィシ」、同「カムチャーツカ」、同「コレーヤ」、同

「アナズィリ」、同「スウィーリ」、同「ルス」の六隻および第二駆逐隊の五隻を中央につらね、巡洋艦「スウェトラーナ」、同「アルマーズ」仮装巡洋艦「ウラール」の三隻を後殿に備え、病院船「アリョール」、同「カストローマ」の二隻を更にその後尾に附し、司令長官ロジェストウエンスキー中将は、右翼列の先頭艦「スウォーロフ」に、司令官ネボガトフ少将は、左翼列の先頭艦「ニコライ一世」に、司令官エンクウィスト少将は巡洋艦「オレーグ」におのおのその将旗を翻し、なお、「オスラービヤ」の檣頭には、故フェルケリザム少将の将旗を掲げ、舳艫相ふくんで約九海里の速力をもって北東方に向進しておる。その濃灰色の船体は、濛気にかすんで、いよいよ壮大に、百をもって数える黄土色の煙突よりは、鬱黒の煤煙をみなぎらし、白地に藍十字《あいじゅうじ》の軍艦旗は海風に翩々《へんぺん》として、激浪とその色を競うておる。堂々たる軍容、整々たる陣列、蛟竜《こうりゅう》驚きかくれ、鯨鯢《けいげい》恐れのがるの概がある。

かくて露国艦隊は、わが和泉に竝航しつつ、一意東水道に向って直進した。それ戦勝の要訣はあらかじめ敵情を知悉《ちしつ》すると共に、わが行動を敵に秘するにある。すなわち敵情を知悉するには偵間《ていかん》を用いねばならぬ。またわが行動を秘隠するには、敵の偵間を遠ざくると同時に、敵の交通を遮断せねばならぬ。ゆえに古《いにしえ》の兵聖もはかりごとを伐《う》つを上となし、交《みち》を絶つを次となし、兵を撃ち城を攻むるを下となしておる。はかりごとを伐《う》つとは、敵の謀計を偵知してその意表に出で、これをして画餅《がへい》に帰せしむるのである。交《みち》を断つとは、敵の交通音信を遮絶して、その連絡を破るのである。しかるにこの時におけるロ提督の用兵法を見るに、いやしくも大艦隊を率いる司令長官の戦術としては、すこぶる了解に苦しむ点が多い。

すなわちその麾下《きか》には、偵察艦として適良なる数多の快速巡洋艦を有しながら、一もこれを利用してわが艦隊の動静を偵察するにつとめざるのみならず、わが眇《びょう》たる一巡洋艦和泉をば、常に視界内に許し、その傍若無人の挙動に対してすら、何らこれを駆逐する策を講じなかった。この日のごとき展望狭き天候において、和泉を視界外に駆逐するごときは、まことに一挙手一投足の労にすぎないのである。ことにはなはだしきは、頻々絶間なき我が無線電信の通信にたいして、敵はついに一回の妨害をも加えなかったことである。敵の仮装巡洋艦「ウラール」には非常に強力なる無線電信機の装置をしていたので、これがため必ずわが通信を妨害混乱せらるるであろうとは、わが艦隊の深く憂慮したると同時に、あらかじめこれを期待していたのである。露国将校の記事によれば、この時「ウラール」艦長は、ロ提督に向かって、日本の通信を攪乱《かくらん》せんことを建議したるも、提督は断じてこれを許さなかったのである。ある軍事批評家のごときは、日本海海戦大勝の一半をもって、無線電信の効に帰しておるくらいである。かくのごとく重要なる通信機関にして、しかも露艦隊は十分わが通信を混乱し得るの機能を有せしにもかかわらず、ロ提督の毫《ごう》もこれを妨害せず、全然わがなすままに放置したるは、むしろ怪訝《かいが》に堪えない次第である。これによって考うれば、ロ提督いかに強弁するも、彼は必ず日本主力艦隊、朝鮮海峡にあらずと、ばかにしてかかったものであろうとの非難を免れない。

　論者あるいはいわく、ロ提督のわが通信を妨害せざりしは、これ必ずわが無線電信を傍受し、もってわが艦隊の動静を偵知せんと欲したるによるものならんと。ロ提督の真意はたしてしかりとせば、ますますその迂愚《うぐ》を笑わざるを得ない。およそ各国海軍には秘密暗号なるものありて、絶対機密に属しておる。わが将士愚なりといえども、いやしくも国運を賭して相戦わんとするに際し、敵に通信を覚知せらるるがごとき、ヘマなことはせぬであろう。もとより訓練と言語とを同じうする自国艦隊間の演習においては、時に敵軍の無線電信を傍受判読して、演習の組織を根本的に破壊することがある。しかしかくのごときは、むしろ児戯に類する喜劇に過ぎずして、千百に一、二の成功を望むことすらできない。敵通信の判読に頭をひねくる間に、おのれの艦隊は早くも全滅せられておるであろう。

戦後の今日、敵将の人物を品隲云為《ひんしつうんい》して、死屍に鞭《むちう》つがごときは、すこぶる礼を失するのみならず、またはなはだいさぎよしとせざるところである。しかしながら、外交上の礼節と歴史上の研究とは、おのずから別問題である。古来勇将のもとに弱卒なく、明君の朝《ちょう》に奸臣を見ずとかやで、三軍の強弱、堅脆《けんぜい》は、一将の勇怯《ゆうきょう》、賢愚によってわかるるを思えば、利鈍の数をかんがえ、成敗の跡を尋ぬるには、勢い、主将の人物、性格を校評せざるを得ない。そもそもロ提督はもとこれ露国海将中の錚々《そうそう》たる人、決して凡庸《ぼんよう》の士にあらざるは明らかである。しかも長日月にわたる難航海と、双肩にになえる重任のため心身共に衰労し、くわうるに自己の建策しばしば本国政府に容《い》れられざるがため、悶々《もんもん》ついに病をなし、航海の終期においては、短慮、剛情、喜怒常ならざりしは、露国将士の語るところほとんど相一致しておる。ことにその部下を叱責すること峻酷にして、痛罵骨を刺し、将卒をして往々憤恨涕《ふんこんてい》泣《きゅう》せしめたということである。露国の一新聞紙は、日本海海戦に従事したる海軍軍人の言として、ロ提督に関し、左のごとき記事を掲げておる。

（上略）ロジェストウエンスキー司令長官と、艦隊乗員との間は、常に峻冽氷のごとき紀律をもって隔てられ、何ら温情の上下をつなぐものなく、部下の長官を見ることあたかも罪囚の獄吏に対するがごとし。たとえば、長官の旗艦たる「スウォーロフ」においてすら、長官の姿ひとたび上甲板に現わるるや、今まで上甲板にありたる者はたちまち下甲板に隠れ、参謀長すらも報告を持して長官室に入るを躊躇せしことあり。またその艦橋に現わるるや、信号兵のごときは、恐怖のあまり、いたずらに戦々兢々として、本心を失なうに至ることあり。しかして長官の信号兵に対するや、些少の過失といえども毫も仮借することなく、みずから望遠鏡をもって、過失者の頭《こうべ》を打ち、ために望遠鏡を破損せしこと一再にとどまらず。（中略）また長官はきわめて強我自尊の人にして、おのれの部下に英邁《えいまい》の士あるを信ぜず、ゆえに人言《じんげん》を容《い》るるの雅量なく、各艦長を見ることあたかも店主の小僧を見るがごとく、おのれの自信を遂行するためには、あえて粗暴の命令を発するを躊躇せず、ゆえに乗員は長官に対し、単に畏怖恐懼《ゐふきょうく》の念をいだくのみにしても、毫も親愛尊敬の心なし。（下略）

これ露国海軍軍人のロ提督に対する見評である。その真偽はにわかにこれを判ずるを得ざるも、陣中ロ提督の発したる幾多の命令、訓令を見れば、ほぼ首肯《しゅこう》することができる。司令官ネボガトフ少将もまた、

ロジェストウエンスキー司令長官は予《よ》に作戦計画を示さず、また司令官、艦長を集めて会

議したることなし。ゆえに各自の意見を長官に申白するの機なく、各艦はただ旗艦の行動に盲従するの外なし。予は長官の計画を知らんがため、諸種の命令を反覆研究したるも、命令の多くは石炭搭載法と、各艦の運動を嘲罵したる文句のみにして、ついにこれを知るを得ざりき。

とのことを新聞紙上に公言しておる。論者またいわく、これロ提督は機密の漏洩《ろうえい》せんことを恐れしがゆえならんと。それはたしてしかるか。いやしくも一隊一艦を指揮する司令官、艦長にして既に機密を漏らすの憂いありとせば、吾人また何をか言わん。しかし論者の言のごときは、ロ提督を弁護せんと欲して、かえって露国海軍を侮辱するものであろう。

それ明君、賢将は広く人言を容れて、明らかにこれを断ず。負薪《ふしん》の言、草莽《そうもう》の策といえども、なおこれを聞かざらんことを憂う。しかるになんぞや。ロ提督のごときは、祖国の安危興廃を決すべき大戦に臨に際し、ただに裨将《ひしょう》の意見をはからざるのみならず、これにむかって自己の計よ策をさえ告げざるに至っては、これ士を待つの礼を知らないものというべきである。古《いにしえ》の兵を語る者必ずまずその将を論ず。三略には、将はよく清く、よくしずかに、よくたいらかに、よく整えり、よく諫《いさめ》を受け、よく訟《うったえ》を聴《き》き、よく人言を納《い》ると教え、六《りく》韜《とう》には勇、智、仁、信、忠をもって、将に必要なる五材と説いておる。呉子いわく、凡人の将を論ずるや、常にその勇を見るも、勇の将におけるやすなわち数分の一のみと。智勇兼ね備わり、恩威並び行われて始めて良将というべきである。ロ提督のごときは、勇は勇にして、智は智なりといえども、その徳はいまだ全きものというを得ない。しかしながら戦後軍法会議の法廷における、その堂々として紳士的、かつ武士的なるロ提督の陳述は、実に同提督蓋《がい》棺《かん》の名をいさぎようしたるものにして、その陣中における言動は、これ疾病《しっぺい》に因するものと認めることができる。これと同時に、部下にして新聞紙に上官を非難するに至りては、軍紀の弛廃もまたきわまれりというべしである。

　信濃丸の警電に接して、急速根拠地を発したるわが各戦隊は、和泉《いずみ》の詳細確実なる偵察報告によって、敵艦隊の行動をつまびらかにし、おのおの敵に対して行動を開始した。対馬竹《たけ》敷《しき》に根拠を構えたる片岡第三艦隊司令長官の直率せる第五戦隊（厳島、鎮遠、松島、橋立）および東郷第六戦隊司令官の率いる須磨、千代田、秋津洲《あきつしま》（和泉は別に行動せり）はおのおの所属艇隊と共に、敵を東水道に迎えんがため、対馬の南方に向進し、午前十時ごろには早くも敵と接触のうちにあった。前夜来南方哨戒に従事したる、出羽第三戦隊司令官の率いる笠《かさ》置《ぎ》、千歳《ちとせ》、新高《にいたか》、音羽《おとわ》の快速巡洋艦隊も、また敵をもとめつつ北上し、十時三十分ごろこれに追及し、また鈴木司令の率いる第四駆逐隊（朝霧《あさぎり》、村雨《むらさめ》、朝潮《あさしお》、白雲《しらくも》）も、このとき母隊たる第三戦隊に合した。確実なる触接ここになり敵艦隊今やいかにもがくとも、とうていわが監視を脱することはできなくなった。爾後《じご》第五、第六戦隊は、もっぱら敵の前方に占位してこれを牽制しつつ、わが主力艦隊の方に導かんとし、第三戦隊および第四駆逐隊は、その快速力を利用して、あるいは敵の側面をうかがい、あるいは敵の前路を犯し、もってその運動を妨害するにつとめた。天色暗濁として日光力なく、激浪さか巻いて飛沫雪のごとき海面に、数十隻の艨艟《もうどう》が、蓊鬱《おううつ》たる黒煙を疾風になびかしつつ、縦横に馳突する光景は、既に壮烈の域を脱して、殺気森厳、空にみなぎるの概がある。

ロ提督はわが艦隊の続々現るるを見て、決戦避くべからずと思いしか、今までの二列従陣をあらためて、第一、第二、第三戦艦隊をば単従陣に備え、巡洋艦隊をして特務艦を掩護し、戦艦隊の右後方に避けしめ、もって戦闘陣形に転ぜんとした。敵のこの運動を覚知したるわが第三戦隊は、直に偵察のため敵艦隊に近づいた。彼我の距離約八千メートルを測るや紫、電鋭く敵の一艦にひらめくと同時に、夏雲のごとき白煙の一団は岫々《しゅうしゅう》として敵の艦側に簇《ぞく》立《りつ》した。やがて地鳴りのごとき大音響をば空中にうならしつつ、艦上を飛過せし八百五十斤の十二インチ砲弾は、笠置の舷側近く海面を打って、数丈の水柱をあげた。はやりにはやりたる敵兵は、この砲声に気昂りて旗艦の命令をも待たばこそ、名艦勝手に打ち出したる数十発の弾丸砲声殷々《いんいん》として海天にとどろきわたり、風浪ためにその声を潜むるばかりである。わが第三戦隊はおもむろにこれに応戦しつつ、全速力をもって無謀の戦いを避けた。敵の司令長官また「いたずらに砲弾を捨つるなかれ」との信号を掲げて、発砲の中止を命じた。敵の射撃はすこぶる良好にして、弾丸ことごとくわが附近に落下し、その腕前容易に侮り難きものがある。山雨至らんとして風まず楼に満つ。前衛既に戈《ほこ》を交う。本隊の決戦ようやく迫る。

　この間和泉は依然として、ひとりなお敵艦隊の右側に竝進し、わが運送船、商船等に敵艦隊来たるの警を伝えていた。午後一時前、門司方面より進み来たれる一隻の陸軍運送船は、敵艦隊に向かって真一文字に進んでいる。かくと見たる和泉は直ちに信号を掲げて危険の警

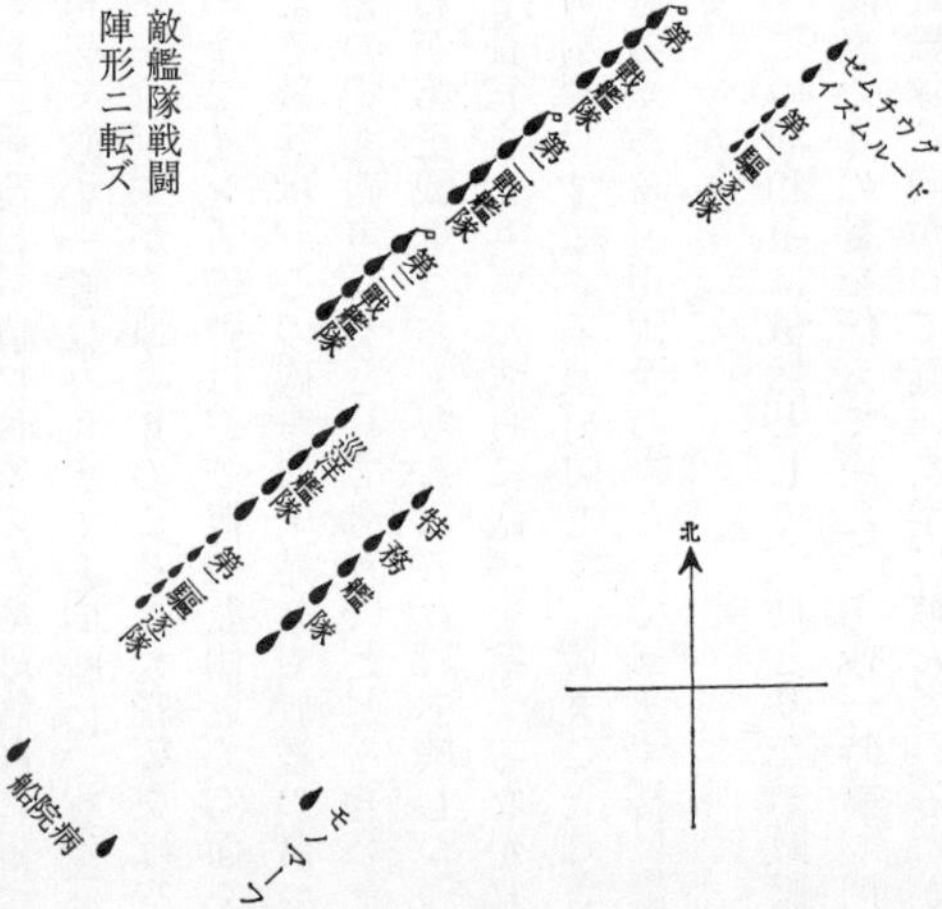

敵艦隊戦闘陣形ニ転ズ

告を与えた。運送船の乗員はいずれも、敵艦隊をもってわが艦隊と誤認せるもののごとく、数十隻の軍艦が、陣形堂々として航進せる壮観に見とれて、和泉の信号などは一人として顧みるものがない。危険は刻々に迫りつつある。和泉は、あるいは旗を振り、あるいは汽笛を鳴らす等、種々の手段を尽して警を伝うるも、なお応じない。見れば運送船の甲板には、戦地に向かわんとするわが陸兵が充満しておる。もしまちがいがあってはゆゆしき大事である。和泉は全速力をもって運送船に近づき、大声を発して危険を告げた。敵艦隊をもって味方と盲信せる陸兵のごときは、和泉の近づくを見て、帽を振り、ハンケチを振り、しきりに万歳を唱えておるので、わが言葉も容易に運送船に通じない。ようやくにして和泉の信号を了解するやいなや、該運送船は急遽船首をめぐらして南方に避けた。もし和泉おらざりせば、この運送船はあるいは常陸丸の轍を踏んだかも知れない。油断は大敵である。怪しき艦影を見ば、常に敵と思えとは、戦時における航海者、ことに運送船員の拳々《けんけん》服膺《ふくよう》すべき信条である。しかるに開戦以来幸いにわが海軍は、終始制海権を掌持《しょうじ》したるがため、わが運送船の乗員中には、軍艦とさえ見れば常に味方のものと速了し、十分の注意を払わざるのみならず、わざと接近して来るものが往々ある。常陸丸、佐渡丸の場合は知らず、この日のごときは、少しく注意を払えば、煙突の塗色を見ても、必ず不審の起こるべきはずである。まして敵艦隊来航の風評は世上に喧囂《けんごう》をきわめ、挙国騒然たる時においてをや。

露国艦隊はますます進んで正午、予定のごとく東水道の中央に達し、これより針路を北二十三度東に定め、一針直ちにウラジオストックに向った。この時に至るも、わが主力艦隊は、深く濛気《もうき》のうちに隠れて、いまだその隻影《せきえい》を現わさない。露国将士の多くは、日本主力艦隊ついに朝鮮海峡にあらずとなし、ようやくその愁眉を開くに至った。ひとりロジェストウエンスキー長官のみは、雙眼鏡を目より放たず、注意を八方に配《くば》りつつ、時々幕僚を顧みて何事をかささやいておる。この時わが第三戦隊は、更に一層敵情を精探せんがため、第四駆逐隊を率い、悠然として敵艦隊の前方に進出し、あたかも敵の航路を横断するごとき行動をとった。ロ提督はわが運動をもって、浮流水雷を投下するものと思惟し、これを駆逐せんがため、さきにつくりたる戦闘陣形より第一戦艦隊を離して、再び二列縦列の姿勢に転じた。これぞ露国艦隊にとりて挽回すべからざる戦術上の大過失であった。すでにして午後一時三十分ごろに至るや、千里鏡《せんりきょう》につきて前方を注視せし「スウォーロフ」の一信号兵は、いと激したる口調をもって、

「参謀！　前方に怪しき煙が見えます」

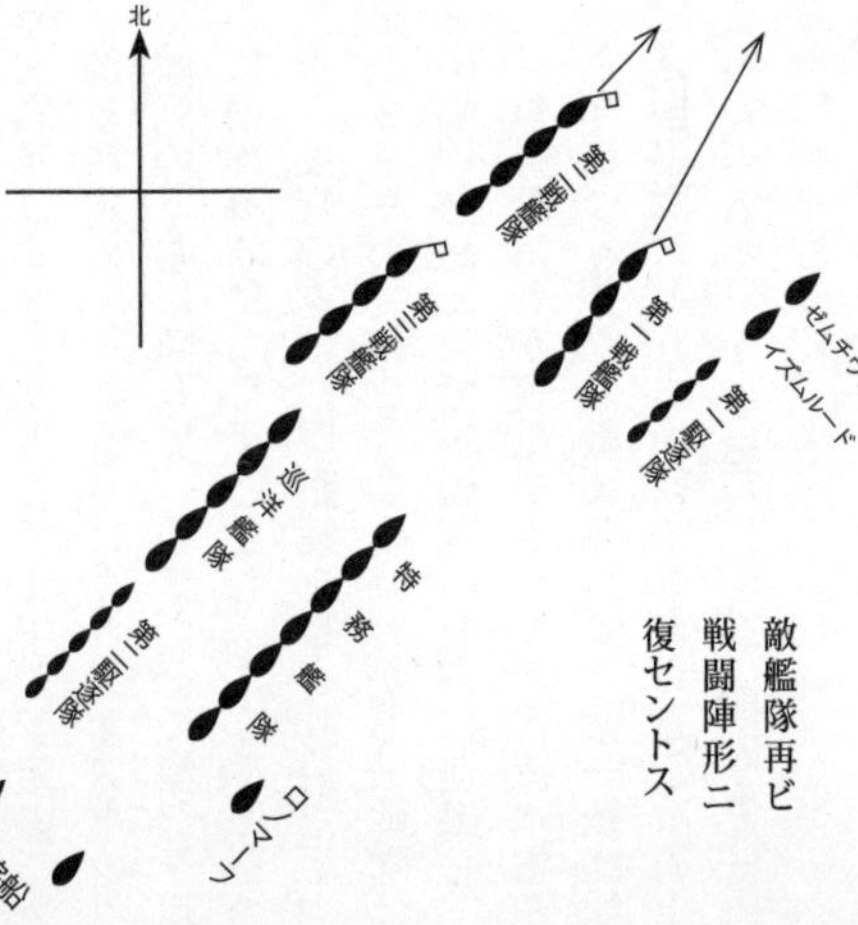

と叫んだ。「スウォーロフ」の艦橋にあり口提督以下士官一同は、いっせいに眼を前方に転ずると共に、

「どこに？」

双眼鏡をとって眺むれば、はるかに東北の空にあたり、数条の煤煙断続して立ちのぼっている。一人の参謀は口提督に向かい、

「閣下！　敵の主力艦隊らしいです」

口提督は、いとも沈着の態度をもって、

「そうかも知れん、幾艘おる？」

やがて濛気《もうき》をついて現われ出ずるわが艦隊の艦影、一隻、二隻、また三隻、陣形蜒々《えんえん》として長蛇のごとく、その数ついに十余隻を数えた。参謀は再び口提督に向かい、

「閣下！　いよいよ東郷の艦隊です」

「信号兵！　敵の旗艦は何か」

信号兵「三笠のようです」

参謀「三笠は水雷にかかって沈んだはずだ。朝日じゃないか、よく見ろ！」

信号兵「たしかに三笠です。朝日もおります」

ここにおいて、ロ提督は再び単縦列なる戦闘陣形に復せんがため、右翼列なる第一戦艦隊は速力を増し、左翼列なる第二、第三戦艦隊の先頭に転位すべき命令を下した。しかし、時機すでにおそし。露艦隊は再び陣形を立て直すいとまなく、ついにその不利益なる二列縦陣をもって戦闘を開始するに至った。

七　竜虎相対す

人事を尽して天命を待つ。大は国家の興亡より、小は子供の雙六《すごろく》に至るまで、人世の事必ず天運の命ずるところに従わねばならぬ。ゆえに仏帝ナポレオンも、「事のいかんを問わず、およそ人の企画するところ、その三分の二はこれを判断力に付し、三分の一はこれを天運に任すべし」と唱え、英提督ネルソンもまた「智力の判断及ばざるところは、推測によるの外なし。しかして推測のあたりしもの、これ成功者なり、英雄なり」といっておる。更にまた独将モルトケは、「天運は凡人もなお享受し得るも、英傑の士にあらざれば、これを保持することあたわず」と道破しておる。

露国第二、第三艦隊は、五月十四日仏領アンナンなるホンコーヘ湾を発し、ウラジオストックに向かい北進の途についた。前述べたごとく、露国艦隊がウラジオに入るには、朝鮮海峡、津軽海峡および宗谷海峡の三通路がある。そのはたしていずれの海峡を通過するやは、これ一にロ提督の心事に属するものにして、地形、その他の戦略上の利害をもって、これを判定することはできない。すなわちいやしくも軍艦の通航しあたう以上は、そのいずれの海峡といえども、敵艦隊の通航を絶対に否認することはできない。しかしてわが聯合艦隊は、たとい全力をあぐるも、その勢力はなおわずかに敵と拮抗し得るに過ぎざるをもって、今これを分割して三水道を守るがごときは、とうてい策の許さざるところである。ゆえに必ずその全勢力を一所に集中して敵に当らねばならぬ。ここにおいて東郷大将は、航海術における数理の許すかぎり、敵に最も近くして、かつ戦略上遭敵の機会最も多き朝鮮海峡にまず全力を集結し、もっておもむろに局面の推移に応ぜんと決定した。しかるに敵艦隊発進以来、既にむなしく十余日を経過し、数理上の最大期限まさに尽きんとするも、その動静なお藐《ばく》としてわからない。この時に当り北海方面に転進すべきか、はた朝鮮海峡に駐止すべきかは、これあたかも暗中に牛を数え、胎児の男女を判ずると等しく、疑いは迷いを生じ、迷いは疑いを招き、循環転輪ついに帰決するところを知らない。それ一家の婚嫁、祭葬も、これを易《えき》にたずね、卜《ぼく》に問い、なお容易に決しかねるのが常である。まして今日東郷大将の決せんとするところは、実に帝国興廃のわかるるところにして、もし一歩を誤れば、上下二千五百載《さい》にわたる、金甌《きんおう》無欠の神州の威をけがすに至るのである。事ここに至りては、稀世《きせい》の英雄、絶古の俊傑といえども、もはや理性の判断をもって進退を決することができない。ただ運を天命に委し、決心を自己の信念に託するのみである。しかもこの信念たるや、勇もって断ずべからず、智もって解すべからず、幻妙、機微の心霊に属するものにして、小疑に泥《なず》まず、小智を弄せず、戦運の大局を達観したる英傑の人にして、始めて求むべきである。わが東郷大将はこの信念に基き、敵艦隊必ず朝鮮海峡に来たるべしと推断し、その艦隊をば、朝鮮南東岸の良湾たる鎮海湾に伏せ、敵に対しては七段の戦法を定め、鶴首翹望《かくしゅぎょうぼう》、もって敵の来航を待ち受けた。

初め、敵艦隊のマラッカ海峡を過ぎて、支那海に侵入するや、世界の海軍評論家は、おのおの自家の憶想をもってわが艦隊の所在を揣摩《しま》し、敵また全力を尽してこれを偵知するにつとめた。しかしわが軍機の厳密なる、あたかも名工の器の水を漏らさざるがごとく、日本国民といえども当時よくわが艦隊の所在を知れる者は、軍事の枢機に参与せるきわめて少数の人ばかりであった。まして外国人ことに敵軍などにとうてい知れるはずがない。現代世界海軍戦略家の泰斗として名高き米のマハン大佐でさえ、東郷大将はたぶん台湾の北端なる基隆《キールン》にあるならんと唱え、英国海軍の耆宿《きしゅく》たるフリーマントル大将もまた、わが艦隊の根拠地は必ず澎湖島《ぼうことう》なるべしと説いていた。かくのごとくよくわが艦隊の所在を秘匿《ひとく》し得たるゆえんのものは、一はわが軍事当局者の注意警戒を密にしたるによるといえども、一はまたわが国民がみずから制して深く緘黙《かんもく》を守り、みだりに原論をほしいままにせざりしに因るものと言わねばならぬ。

顧みれば、敵の艦隊マダガスカルを発せりとの飛報に接し、春なお寒き三月の中旬、故国の山を霞《かすみ》に残しつつ、艦隊鎮海湾に集まりてより、はや二月《ふたつき》あまりの波枕《なみまくら》、浮世の春をよそに見て、煙硝のにおい、鉄砲の響、骨も砕くる訓練に、心胆いよいよ練れて、腕ますます冴《さ》え、士気はあがりて敵をのむ一万八千の海上男児、敵艦来たれと待ち構えておる。ころは五月の末つ方、老いたりといえども春は春、さすがにやせたる韓山も、緑翠赭岩《りょくすいしゃがん》をいろどりて麓に霞《かすみ》の裾《すそ》を引き、緑の海には波立たず、白鷗しずかに艦側に眠る。空には戦雲嶮なるも、地には春色平らかである。東郷司令長官は戦雲ようやく急なるを見るや、不時の出動に応ぜんがため、艦隊錨地を港口に移し、罐《かま》には蓄汽の火を絶たず、砲には終夜人を配し、備えに寸分の隙さえない。

二十六日も既に過ぎ、明くれば五月二十七日である。終日の訓練に疲れきりたる将卒の、暁の夢なおこまやかなる午前五時、思い出すさえ肉おどる、各艦の無線電信機に感ぜし一信の警電！

「敵第二艦隊見ゆ」

待ちに待ちたる敵艦隊来たる。君国に報ゆる時は今日、死後の恥をばのこさじと、衣服あらたむ将卒の、面は晴れて士気凜然、兜に香をたかずとも、帽章の桜花燦としてにおいがある。

東郷司令長官はこの警電に接するや、直ちに全艦隊に対し、急速出港の命を伝うると同時に、大本営にあて、

敵艦見ゆとの警報に接し、聯合艦隊は直ちに出動、これを撃滅せんとす。本日天気晴朗なれども波高し。

との電報を発した。なんぞその語の詩的にして、その意気の豪壮なる。戦わずして既に敵を圧するの概がある。かくてわが主力艦隊の各艦艇は、逐次錨《いかり》を抜いて予定の航行序列をつくり、午前七時、全艦隊根拠地を出発した。聯合艦隊司令長官東郷海軍大将はその将旗を高く三笠の大檣頭に翻し、戦艦三笠、敷島、富士、朝日、装甲巡洋艦春日、日進の六隻よりなる第一戦隊を直率し、三須第一艦隊司令官をして日進に坐乗して隊の後尾をかためしめ、

みずから列の最先頭に進み、上村第二艦隊司令長官は出雲《いずも》を旗艦とし、装甲巡洋艦出雲《いずも》、吾《あ》妻《づま》、常磐《ときわ》、八雲《やくも》、磐手《いわて》（浅間《あさま》は別に行動せり）の五隻よりなる第二艦隊を率いて第一戦隊に続行し、島村第二艦隊司令官は将旗を磐手に掲げてその後殿に備え、瓜生第四戦隊司令官は巡洋艦浪速《なにわ》、高千穂《たかちほ》、明石《あかし》、対馬《つしま》の四隻を率い、更に第二戦隊に続いて総殿軍を承り、また通報艦竜田《たつた》および第一、第三駆逐隊は、第一戦隊の右側に、通報艦千早《ちはや》及び第二、第五駆逐隊は第二戦隊の右側に、第十四、第十九艇隊は、第四戦隊の後方にそれぞれ占位し、なお装甲巡洋艦浅間は、勇敢決死の駆逐艦暁《あかつき》および第九艇隊を率い、別働隊となって本隊の側方に附随しておる。軍艦十八隻、駆逐艦、水雷艇合して、二十八隻、雄姿堂々として陣の延長は五海里にわたり、檣桁《しょうこう》は整然として電柱の連るがごとく、噴煙は鬱乎《うっこ》として雲竜ののぼるがごとしである。

東郷司令長官は、哨艦和泉《いずみ》よりの報告により、敵は五島《ごとう》宇久島《うくしま》の北西約二十五海里にありて、東水道に向進せるを知り、すなわち敵艦隊の速力を十二海里と推定し、敵を筑前沖の島附近に迎撃せんと決心した。針路は南東、風は南西である。朝鮮海峡西水道の吹き通しにおいて、横波を受くることとて、戦艦さえも動揺はげしく、中甲板の諸砲は、砲口波をすくうばかりである。ましてわずかに百噸あまりの水雷艇に至っては、輾転《てんてん》動揺箕《み》を翻すがごとく、艇の傾斜は実に六十七度に及び、怒濤艇首をのめば、人もろともに水中に没し、激浪艇尾を襲えば、湧波《ゆうは》、上甲板にみなぎり、汽罐は絶えず空転して、船体砕くるかと疑われ、潮水は煙突内に奔入して、汽罐の火も消ゆるばかり、船転覆するか、おのれ波にさらわれるか、水雷艇乗員は敵を見ずして、既に死を待っておる。部下を愛すること子のごときわが東郷大将は、この天候とうてい水雷艇の行動に適せざるを認め、風波衰うるまで、これをして対馬沿岸に避難せしめ、かつ別働隊を解散して、おのおのその本隊に復帰せしめた。

かくてわが艦隊はゆくゆく戦闘準備を整えつつ、洪波《こうは》を蹴って沖の島に向かい急進した。砲台には弾薬を備え、艦橋その他の要所には釣床《ハンモック》を縛著して防弾障を造《つく》り、重要品は水線下もしくは装甲部に納め、甲板各所には防火防水の要具を備え、隔壁戸を締め、通信装置を験し、その他一切の戦備を完整して、最後に甲板を清めて滑倒を防ぐ砂はまかれた。午前十時三十分東郷長官は、各艦に向い昼食の命を下した。

士官室は既に戦時治療所と変じ、食卓もなければ椅子《いす》もなく、一同「デッキ」に蹲坐《そんざ》して、心ばかりの昼食をしたためた。もしそれ戦闘一たび開始さるれば、また相見ることのできるやら、できぬやら、晩食の時再びここに集る者、はたして幾人あるであろう？　これぞ生別死別の会食と思えば、張り詰めし気にも、そぞろに感慨に堪えぬものがある。あるいは愛児の写真を「ポッケット」にした者もあるだろう。あるいはなつかしの父母に、はるかに別れを告げた者もあるであろう。食後各

羅鍼儀方位名稱

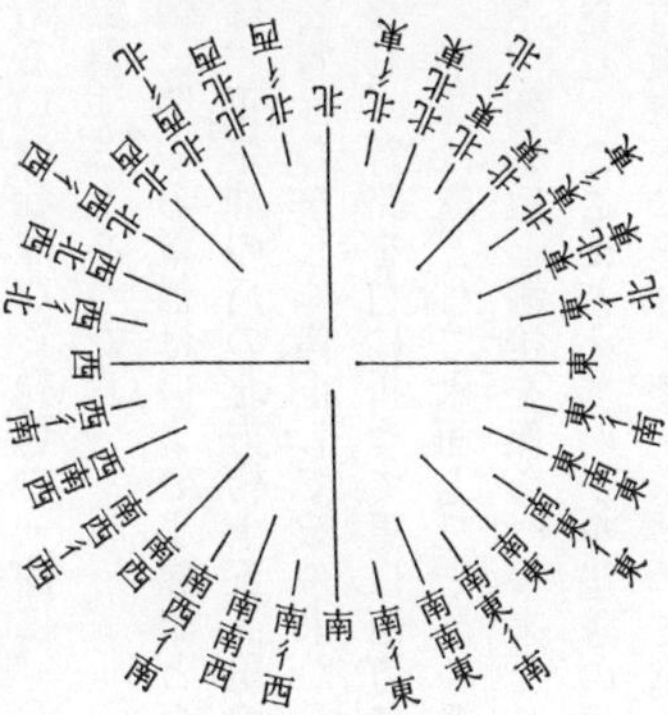

ィハ微の略字

艦の艦長は、部下総員を集めて、この日の戦闘こそ、邦家運命の決するところなる旨を訓諭し、あるいは壮烈なる琵琶の一曲に、兵気を興奮するもあり、あるいは勇壮なる軍歌に、士気を鼓舞するもあった。

敵情に関する電信はいよいよ頻繁となり、彼我艦隊は、刻々相接近しつつある。わが主力艦隊は、正午沖の島の北方約十五海里の地点に達した。しかもなおいまだ敵影を認めない。東郷長官はむなしく停止して敵の来たるを待たんよりは、むしろ進んでこれを迎うるにしかずとなし、針路を右に折って更に西方に向かった。山のごとき逆浪は艦首に激して甲板にあふれ、飛沫は颯《さっ》として水面上三十尺の艦橋にまで達する。すでにして午後一時三十分ごろに至るや、朝来敵と触接を保ちつつ来たりしわが第三戦隊を南西方に、第五、第六戦隊を西方に発見し、ここに初めてわが全艦隊の連絡を遂げた。ついで同四十分ごろわが主力艦隊は左舷南方数海里に当り、濛気を破って堂々進み来たる敵の全艦隊を発見した。敵は精鋭の「スウォーロフ」型戦艦四隻を右翼列の先頭に置き、「オスラービヤ」、「シソイ・ウェリーキー」、「ナワリン」、「ナヒーモフ」よりなる一隊は、右翼列よりややおくれて左翼列の先頭に占位し「ニコライ一世」、「アプラクシン」、「セニャーウィン」、「ウシャーコフ」よりなる一隊これに次ぎ、「ジェムチウグ」、「イズムルード」の二艦は駆逐艦数隻を率いて、右翼列の右前方に進み、「オレーグ」、「アウローラ」、「ドンスコイ」、「モノマーフ」の一隊、およびその他の巡洋艦、並びに特務艦、駆逐艦等は連綿として、更に両列の後方に続き、大小合して三十余隻の艨艟《もうどう》は、大戦闘旗を檣頭に翻し、はるかにその後尾を濛気のうちに隠しつつ、北々東の針路をとって真一文字に航進しておる。雲を抜け出づる黒竜か、波を蹴破る長鯨か、壮大雄偉の観、実に目もさむるばかりである。参謀長以下幕僚を率い、三笠の前艦橋に立って敵艦隊を睥睨《へいげい》せし東郷大将は各艦に戦闘用意を令すると共に、まず敵勢力の薄弱なる左翼部隊を撃破せんと決心し、戦闘速力をもって斜めに敵針路の前方を横断した。この時第四戦隊は、他の巡洋艦隊と行動を共にせんがため、主力艦隊と分離して敵の後尾に対する運動を開始し、各駆逐艦は敵を避けて、艦隊の非戦側に移った。たまたま旗艦「三笠」の檣頭、颯《さつ》と翻りし一連の信号、

　皇国の興廃この一戦にあり各員一層奮励努力せよ

厳として秋霜のごときこの信号に、将士奮躍士気更にあがり、報国の丹心《たんしん》は旭日の戦闘旗とその色を競い、決死の一念は鋼鉄の装甲よりもなお堅である。

敵の艦隊既に指顧の中にあり。艦内いかにと見渡せば、艦長は艦橋にあって戦備一切を督し、航海長は羅鍼儀《コンパス》を擁して、艦の操縦に任じ、砲術長は距離を測って、砲火の指揮をすべ、水雷長は方位盤を整えて、発射の機をうかがい、分隊長は受持砲台を指揮し、各従属将校はそれぞれ分担の配置を守り、万に一欠なきを期している。砲員は砲に、水雷部員は発射管につき、運弾員は弾薬を運び、防火隊は舵管《ホース》を繰り、信号部員は揚旗索《シグナルハリヤード》を握り、戦闘の開始今やおそしと待っておる。中下甲板に下り見れば、防火戸は密閉せられ、鉄窓《てっそう》扉《ひ》はとざされ、いずれの区劃も人影寥々《りょうりょう》として電燈ひとり輝き、ただ要所に配置せられたる伝令兵の耳を澄《す》ましてたたずめるのみ。副長と甲板掛士官とは、脱兎のごとく艦の前後に奔走して、火災

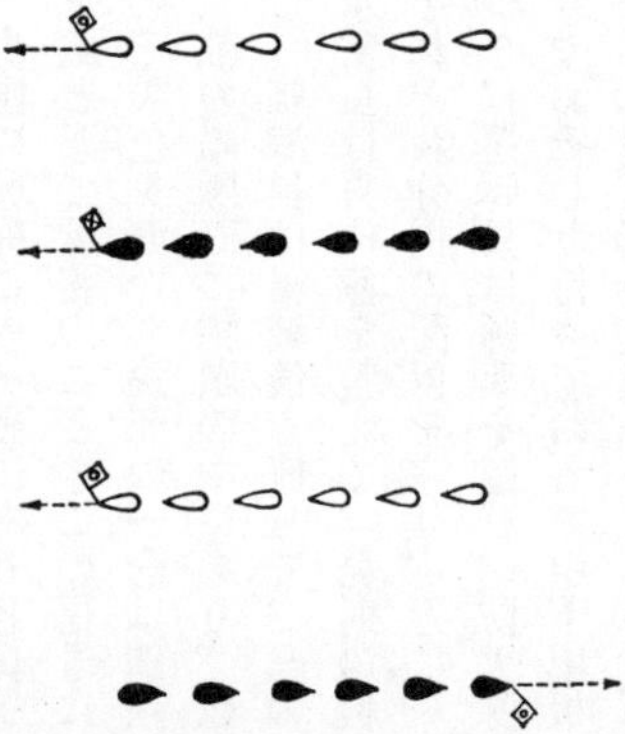

並航又ハ同航

反航

浸水の非常をいましめておる。前後二カ所の戦時治療所には、石炭酸のにおい紛《ふん》として鼻をつき、看護は繃《ほう》帯《たい》を整え、軍医は刀を執り、一脚の手術台は早く愛国の血潮を舐《な》めんと待っておる。更に下りて弾薬通路に至れば、ここは水線下十数尺なる温度百二十度の焦《しょう》熱《ねつ》地獄、流汗顎《りゅうかんがく》に交わるもぬぐうに暇《いとま》なく、裂けたる膚《はだ》の血をすりつつ、力に余る大小の弾薬を各砲台に供給する状、国のためなればこそ重罪の囚人も、かかる苦役にはよも服すまじと思われる。転じて機関室をのぞき見れば、油の焦ぐる異臭まず鼻をつき、こなたの機械室には幾百貫の大曲肱《クランク》が鞺々《どうどう》声を発し、全速力をもって回転せる有様、実に耳聾し目もくらむばかりにものすごく、かなたの汽罐室には、猛火烈々として石をも溶かし、鉄をも燃やす勢いに、絶えず投げ込む石炭は一瞬にして白熱の団塊と化す。蒸気炭塵朦朧たる中に、水を注ぐもの、油を差すもの、石炭をくぶるもの、ここには戦闘既に開始せられておる。

午後二時二分わが艦隊は、敵を左舷南方約一万メートルに見るに及んで、針路を南西に変じ、敵と反航の姿勢をとった。わが速力十五海里、敵の速力約十海里、彼我艦隊は今や一分間約八百メートル（約七町）の割合をもって相近づきつつある。このまま直進して敵と反航戦を交えんか、はた進路を反転して敵の先頭を圧せんか、正奇《せいき》の戦法いまだ決しない。

ここ三笠の艦橋上を眺むれば、赭顔《しゃがん》長身そるに暇なきあごひげに飛沫の露をぬぐいもやらず屹然《きつぜん》「コンパス」を擁して立てるものは、開戦以来旗艦艦長として命名嘖々《さくさく》たる艦長伊地知海軍大佐である。雙眼鏡片手に敵の行動を注視せるものは、冷静沈毅、頭髪焦ぐるもなお熱せざる参謀長加藤海軍少将である。炯眼《けいがん》隆鼻「ノート」を手にして悠々敵状を写せるものは、神謀鬼策機に応じて断ずる先任参謀長秋山海軍中佐である。その他航海長布目《ぬのめ》海軍中佐（満造）は海図を按じて彼我の位置を測り、砲術長安保《あぼ》海軍少佐（清種）は砂時計《クロノグラフ》を握って弾道の時間を計らんと構え、各少尉候補生はあるいは測程儀《レンジファインダー》をうかがいて距離を測り、あるいは伝話管《ボイスチューブ》につきて命令を各部に伝えておる。豊頬短軀、左手《さしゅ》堅く長剣の柄《つか》を握り、右手《うしゅ》軽く雙眼鏡を携え、半白の粗髯《そぜん》を潮風になぶらしつつ泰然として敵を眺むるものは、これぞわが聯合艦隊司令長官東郷海軍大将である。

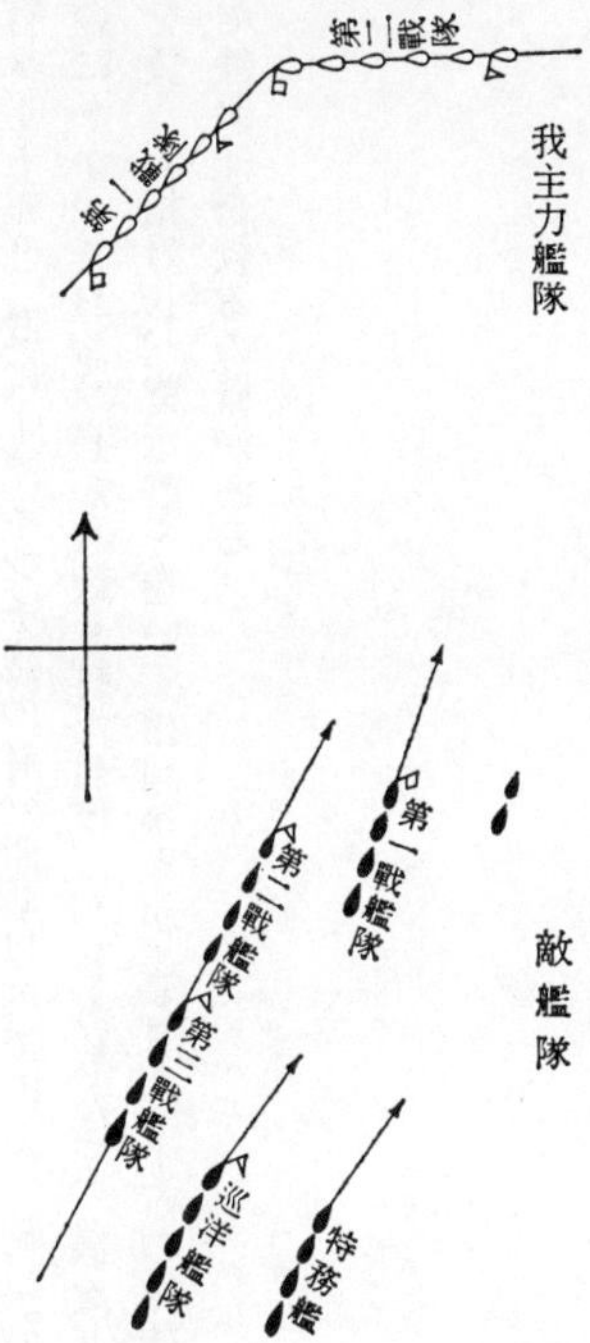

戦機はいよいよ熟して距離測程士の報ずる声は、九千メートル！　八千五

百メートル!! 既に十二インチ砲の有効距離以内である。砲は弾丸をはらんで射手の指は引金にかかっておる。しかも敵も打たねば、われも放たず、満をしぼって交《こう》持《じ》せる状、両虎嵎《ぐう》を負うて相対し、雙竜雲を巻いて相向かうがごとく、千古の偉観、万代の壮景、肉はおどって鉄拳汗を絞るの概がある。

八　竜争虎闘

竜虎爪牙《りゅうこそうが》をといで相対峙し、搏撃《はくげき》の機刻々に迫る。両軍士気は熱して火のごとく、戦闘の号音ひとたび響かば百貫の鉄丸空を切って飛ばんとす。殺気天に満ちて鬼気人をつく。

露国艦隊はその不利益なる二列縦陣より、単縦陣の戦闘陣形に復せんがため、右翼列なる第一戦艦隊は速力を増して左翼列の前頭につかんとつとめておる。敵と反航の針路を取って進み来りしわが主力艦隊は転廻して敵と同航せんか、はた直進してこれと反航せんか、旗艦艦橋上軍議まさにこまやかである。東郷大将は長剣を杖《つえ》ついて羅鍼《らしん》艦橋上に屹立《きつりつ》し、炯々《けいけい》たる眼はますます輝き、結びたる口はいよいよ締まり、敵の運動を注視しつつ黙して一語を発しない。既にして午後二時を過ぐること五分、敵の距離約八千メートルに近づくや、機を見て動くこと、迅電のごときわが大将は、決然として左舷回頭の令を下した。大胆！　また冒険！

由来勇断果決は東郷大将の性格をいろどる一大色素である。この瞬時における聯合艦隊司令長官東郷海軍大将の決心と、過ぎし日清の役、豊島沖《ほうとうおき》において清兵を満載せる英船高陞《こうしょう》号《ごう》を撃沈したる、当年の浪速艦長東郷海軍大佐の決心とは、全然同一式である。談いささか岐路に入るも、東郷大将の性格の一端をうかがうため、少しく当時の状況を述べん。

回顧すればはや十一年の昔となりぬ。明治二十七年七月二十五日、日清戦争開始の当日、坪井海軍少将の率いたるわが遊撃艦隊吉野、浪速、秋津洲《あきつしま》の三艦は、清艦済遠《さいえん》、広乙《こうおつ》をば韓国豊島沖に撃破し、吉野、秋津洲は敗敵の処分に向かい、浪速は命によりひとりとどまって、清兵を搭載し牙山《がざん》に向かわんとする英国商船高陞号の捕獲に従事した。しかるに清兵はいまだ開戦の公布なきを口実としてわが引致の命に従わず、英船長をおどして船を芝罘《チィフー》に返させんとした。ここにおいて英船長はわが命に従わんとすれば、清兵のために殺戮《さつりく》せらるる虞あり、清兵の言に従えば、わが砲撃を受くるの憂いあり、進退ここにきわまり、状を訴えてわれの救助を求めた。敵兵既にわが命を奉ぜず、渺《びょう》たる一運送船、これを撃沈するまことに易々《いい》たるのみである。しかしながらその掲ぐる旗色は、英国商船旗である。当時日英の関係は今日のごとく親善でなかった。英国はわが国よりはむしろ清国に対して同情を持っていたのである。もしこれがため他日英国と紛擾《ふんじょう》を構うるに至らば、それこそ容易ならぬ国家の大事である。されどまた既にいったん命を下し、敵の反抗に会うて今これを許さんか、わが軍威信の失墜はもちろん、将来におけるわが作戦上に、大煩累《はんるい》を来すの虞がある。国際法上撃つが是か、撃たざるが否《ひ》か、今更戦時国際法の書物などひっぱり出したとて間に合わない。

浪速艦長東郷大佐は拱手《きょうしゅ》瞑目艦橋上に沈思することしばし、決然英国船員に向って退船を命ずると共に、砲撃の令を下した。清兵はあるいは小銃を放って勇敢なる最後の抵抗を試みたるも、もとより竜車に向う蟷螂《とうろう》の斧《おの》に過ぎず、二千余噸の高陞号は、見る見るわが砲火のために撃沈せられ、海面はたちまち清兵の弁髪《べんぱつ》をもっておおわるるに至った。この報一たび東京に達するや、台閣《だいかく》の驚愕ひとかたならず、「海軍のやつらは乱暴だ」と諸公一時茫然たるものがあったという。これと同時に、英国の国論また大いに沸騰し、盛んにわが浪速の行為を非難し、事態ようやく容易ならぬ形勢を呈した。英国支那艦隊司令長官のごときはいかなるまちがいなりしか、自今その方法のいかんを問わず、英国国旗を掲ぐる船舶に対する臨検捜索はやめてもらいたいなどと、全然交戦国の特権を無視したる照会をば、わが艦隊長官に寄せたほどである。もってそのいかに激昂したるかが推知せられるであろう。時のわが出征艦隊司令長官伊東中将は、東郷大佐を旗艦に召して詰問するところがあった。東郷大佐はその撃沈のやむを得ざりしゆえんを述べ、かつ告ぐるに、撃沈もし非ならば、浪速艦長はいさぎよくその頭《こうべ》をはねて英国に謝せんのみと、意気凜然犯すべからざるものがあった。幸いに英の碩学《せきがく》ローロンス博士ら、毅然として、世論の反抗を意とせず、浪速の行為をもって国際法上正当なりと弁《べん》じたるがため、激昂をきわめたる英国《えいこく》の国論《こくろん》も、漸く鎮静に帰したのである。

「取舵——度」の号令と共に三笠の艦首は、俄然左舷に回転して、敵と同航の針路を取るに至った。敵はこの大胆にして意外なるわが艦隊の行動に驚きたるもののごとく、ある将校は手をうって「しめた！」と叫び、ある将校は狂喜して「わが軍勝てり」と叫び、またある者は「東郷大将は気が狂った？」とののしった、さきほどより「スウォーロフ」の艦橋上に立って、わが艦体の行動を注視せしロ提督は、わが回転運動を見るや、破顔一笑、機逸すべからずとなし、まさに三笠の回頭を終りて、新針路につかんとする時、全艦隊に向かって戦闘開始を令すると同時に、「スウォーロフ」の前部十二インチ砲は、三笠に向かって第一弾を送った。時に午後二時八分にして、両軍旗艦の距離まさに七千メートルである。

はやりにはやりたる敵軍は、戦闘開始の令に接するや、あたかも積水を千仞《せんじん》の壑《たに》に決するがごとき勢いをもって、いっせいにわが三笠に向かって弾丸を雨注した。砲声は殷々《いんいん》として百雷の一時にとどろくがごとく、大小の弾丸は三笠の周囲に集落して海水奔騰、爆煙うず巻き、わが後続諸艦よりこれを望めば、水柱《すいちゅう》沸々《ふつふつ》三笠の艦影を没し、人をしてそぞろに手に汗を握らしめた。

そもそも敵前における回転運動は、海戦術の原理において最も危険にして、最も忌むべきものと認められておる。これ回転中は、自艦の照準不正確となるに反し、敵の照準をして容易ならしめ、ことにこの時におけるわが艦隊のごとく、単縦陣の逐次運動をなす場合には、回転軸にある軍艦は、敵の全砲火を受けて、一艦一艦撃滅せらるるおそれがあるからである。東郷大将の取りたる運動は、ただに大胆なるのみならず、むしろ冒険というべきである。もしこれを兵棋《へいき》演習の試験とすれば、東郷大将はあるいは落第かも知れぬ。しかしながら兵は活術にして死学にあらず、虎穴に入らずんば虎児を得ずで、この冒険あってこそ、初めて日本海海戦の全勝が得られたのである。東郷大将にしていたずらに座上戦術の空理に拘泥し、危険を恐れて、敵と反抗せんか、爾後《じご》における戦機の発展は、すこぶる困難であったであろう。それ兵に常勢無く、水に常形無し、よく敵によって変化して勝を取るもの、これを神というと、東郷大将の取りたる策はこれすなわち敵に因って変化したるものにして、バルチック艦隊に対するわが聯合艦隊の場合においてのみ、初めてその成功を見たのである。ゆえに後世あるいはいたずらにこれにならうものあらば、必ずや美人の顰《ひそみ》にならう醜婦のあざけりを残すであろう。

驟雨《しゅうう》か急霰《きゅうさん》か、敵弾ますます降りしきり、近きは艦側数メートルに落下し、水煙艦をおおうて三笠の危機刻々に迫らんとす。東郷大将は寸鉄の防禦なき艦橋上に立って、飛瀑《ひばく》のごとき潮水に浴しつつ、なお満を持して発砲の令を下さない。軍紀森厳なるわが将卒は、煮え返る血をおさえつつ、雨よりしげき飛弾のもとに、粛然として戦闘開始の命を待っておる。

一齊回頭及逐次回頭

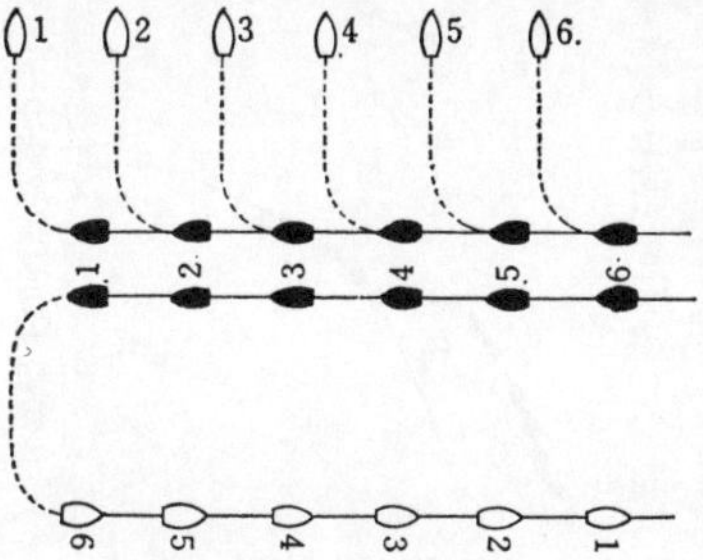

既にして午後二時十分、距離は近づいて、約六千メートルとなるや、東郷長官は手《て》ごろはよしと始めて発砲を令し、三笠まず「スウォーロフ」に対しておもむろに砲撃を開始した。二番艦朝日以下逐次これにならうて砲火を開き、二時十五分には第一戦隊の殿艦日進も、また既に回頭を終って戦線に入り、もっぱら敵の旗艦「スウォーロフ」および「オスラービヤ」の両艦に向って、全戦線の砲火を集中し、戦闘ようやく激烈となった。敵はわが集中火に圧せられ、針路を右折して北東方に変針し、第二、第三戦艦隊は、第一戦艦隊の後尾に入り、蜒々《えんえん》と

午後二時二十分頃敵艦隊我ガ猛撃ニ
耐エズ進路を右折ス

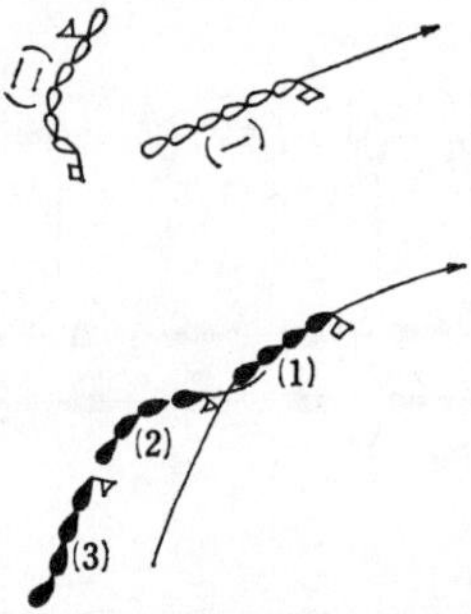

△ 我ガ艦隊
▲ 敵艦隊
(一) 我ガ第一戦隊
(二) 我ガ第二戦隊
(1) 敵第一戦艦隊
(2) 敵第二戦艦隊
(3) 敵第三戦艦隊

して不規則なる単縦陣を形成し、我と竝航《へいこう》の針路をとるに至った。

ついで同二十五分ごろには、わが第二戦隊もまた戦線に加わって第一戦隊に続航し、「スウォーロフ」、「オスラービヤ」並びにその他の敵艦に向かって猛烈なる砲火を注ぎたるがため、敵はこれにたえずして更に右折し、漸次東方に転針した。

ここにおいてわが艦隊は優速を利用して、ますます敵の先頭を圧迫し、同三十分ごろには距離は減じて五千メートル内外となり、各艦急射撃に移った。砲声轟々《ごうごう》、硝煙漠々《ばくばく》、波はさか巻いて日色暗く、彼我おのおの十二隻の主戦艦隊国運を賭《と》して相戦う、獅虎相搏ち、鯨鯢《げいげい》相争うの状、天柱砕けて地維折るるかと疑われ、偉絶雄絶、筆もってしるすべからず、言もって語ることができない。

わが弾丸はしきりに敵艦に命中し、あるいは舷側を貫き、あるいは甲板を砕き、紅炎逆発、爆煙海をおおい、敵はようやく苦戦の状をあらわした。なかんずくその両旗艦はしばしば大火災を起し、猛煙全艦を包んで艦影さえも定かならず、ただ見る、団々たる黒褐の濃煙強風にあおられて、炎火その間にひらめき、檣頭の戦闘旗わずかにその艦位を示すのみである。しかも敵は名に負う「スラブ」の強族、惨澹たる苦戦に屈せず、奮戦力闘最もつとめ、その射撃のごときも、いまだ容易に侮り難きものがある。

東郷大将の旗艦三笠は、この時既に巨弾十余を受けて死傷続出し、中にもその六インチ砲《ほう》郭《かく》に命中したる十二インチ砲弾のごときは、該砲員全部を殺傷し、補欠員またついで全滅せられ、肉塊四散して碧血甲板を染むるの惨状を呈し、第一戦隊の殿艦日進また数弾をこうむりて、参謀松井海軍中佐等これに倒れ、第二戦隊の浅間は艦尾水線部に十二インチの巨弾二個を受けて海水艦内に奔入し、応急修理のためついに列外に脱し、その他の諸艦多少の損害をこうむらざるはない。ただ幸いなるはいずれも艦の要部を避けたるがため、各艦いまだ戦闘力を減殺するに至らず、一弾をこうむるごとに士気ますます加わり、一兵のたおるるごとに敵愾《てきがい》の気いよいよあがった。

午後二時四十分頃酣戦ノ位置
敵艦火災ヲ起コスモノ多シ

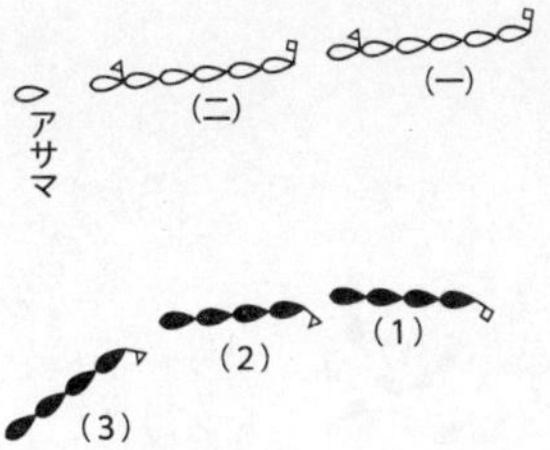

日本艦隊
露国艦隊
(一)第一戦隊
(1)第一戦艦隊

既にして二時三十分ごろより同四十分ごろに至りては、戦闘最もたけなわにして、彼我の砲火はまさに熾烈の頂点に達し、千弩万礮《せんどばんほう》並び発して、飛びかう弾丸は秋郊の蝗螟《こうめい》よりもなおしげく、空を切る弾声は枯林をわたる疾風よりもなおすさまじく、将士共に寸時もその配置を離るるのいとまさえない。ある副長のごときは、兵士より尿意促迫たえ難しとの訴に接するや、甲板放尿勝手次第との珍号令を発す

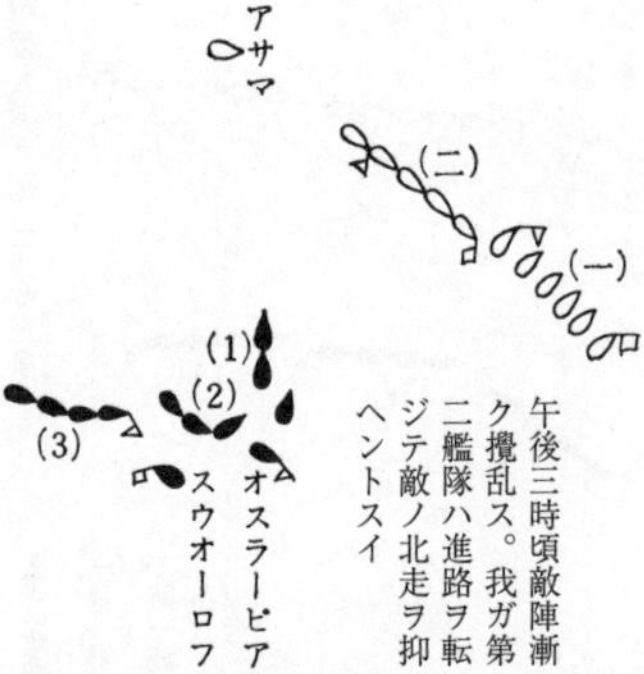

午後三時頃敵陣漸ク攪乱ス。我ガ第二艦隊ハ進路ヲ転ジテ敵ノ北走ヲ抑ヘントスイ

るに至った。この時に当りわが射撃はいよいよさえて巨弾の敵艦に命中炸裂するものますます多く、砲煙煤煙空にみなぎりて全く敵の艦列をおおい、わが諸艦はやむを得ず一時射撃を中止するに至った。

かくてわが艦隊は煙の絶え間をはかり、好敵を選んでますます精確なる砲火を注ぎしかば、毎発ほとんど虚弾なく、敵艦多くは火災を起し、かつその第三戦艦隊は著しく前続隊よりおくれ、陣形ようやく乱れんとした。しかして戦闘開始以来常にわが砲火の焼点となりし「スウォーロフ」、「オスラービヤ」の両艦はその損害最もはなはだしく、ことに「オスラービヤ」は敵の戦艦中唯一の三本煙突なりしがため、最もわが射撃の好目標となり、大檣は半ばより折れ、後部煙突は粉砕し、舷側の弾孔は蜂窩《ほうか》のごとく、その大なるは直径実に二十フィートに達し、海水は決河の勢いをもって艦内に奔入し、艦首は著しく沈下して艦体左舷に傾斜し、甲板は砕けて燃えて一面の火床となり、砲門並びに弾孔より吐き出す猛火はあたかも紅蓮《ぐれん》の火舌のごとく、伏屍《ふくし》累々、肉血飛散し、光景まことに凄惨をきわめておる。しかも彼なお発砲を停止せず、艦尾に残れる二三の砲門よりは、紫電の砲火しきりにひらめくを見た。

やがて二時五十分ごろに至り、わが艦隊は全く敵の前方に進出し、敵列に対してほぼイの字を描き、約四千メートルの距離をもってますます猛烈なる縦射を加えた。敵はこれをいとうてなおも右方に偏針し、ついに南東方に向かいて我と並行の航路を取らんとした。この時あたかもわが十二インチ砲弾一発は「スウォーロフ」の司令塔に命中して、轟然《ごうぜん》爆発すると共に、操舵機破損して艦はおのずから右舷に急転しつつ列外に逸走し、塔内にありたる司令長官ロジェストウエンスキー中将また重傷を負うて一時昏睡に陥った。ここにおいて二番館「アレクサンドル三世」代って嚮導艦《きょうどうかん》となり、わが艦隊の後尾をついて北方にのがれんと欲し、決然針路を左方に転じた。わが全艦隊の砲火は、たちまち「アレクサンドル三世」に向かって集中せられ、同艦は見る見る大火災を起して列外に走り、三番艦「ボロジノ」更に代って嚮導艦《きょうどうかん》となった。

わが艦隊は敵の運動を覚知するや、これに先んじてその前路を扼《やく》せんがため、第一艦隊は直ちに二回の左八点いっせい回頭を行い、日進を嚮導とし三笠を殿艦とせる逆列単縦陣をつくりて、戦闘側を左舷に転じ、逆浪を蹴破《しゅうは》しつつ約西北西に向かって急進した。

敵はわが第一戦隊の回転するを見て、とうてい北方に脱出することの難きを認めけん、たちまち前決心を翻して再び右舷に回頭し、針路を南方に転じた。

ここにおいてわが第二戦隊もまた回頭を見合わし、そのまま直進して敵と並航し、第一戦隊と共に約三千メートルの近距離より、敵列に対して猛烈なる十字砲火を注いだ。

かくて敵艦隊は陣形ますます混乱し、雑然としてなお南方に航下し、ついに煙霧のうちに一時その姿を没した。よってわが第二戦隊もまた午後三時十分右舷十六点の逐次回頭を行いて第一戦隊の跡を追い、彼我艦隊は次第に相遠ざかり、ここに第一次戦闘を終った。

　これより先「オスラービヤ」はその損害いよいよ激しく全く戦闘力を失い、午後三時前「スウォーロフ」と相前後して列外に脱した。上中甲板は火災の猛炎に包まれ、下甲板には浸水みなぎり、乗員は今や水火の挟撃に会うて身を置くに所なく、わずかに焼け残れる甲板の一所に集まれば、ここもまた頼む木蔭に雨漏りて、飛び来る弾丸は雨かあられか、一弾砕くるごとに死するもの、傷つくもの、その数を知らず、あるいは頭を砕かれ、あるいは手足を断たれ、苦痛を叫ぶ負傷者にも今は手当を施すすべもなく、瀕死の重傷者に対しても最期一杯の水さえ与うることもできない。弾丸に砕くるか波にのまるるか、二つに一つ。乗員はただ手をこまねいて死を待つばかりである。

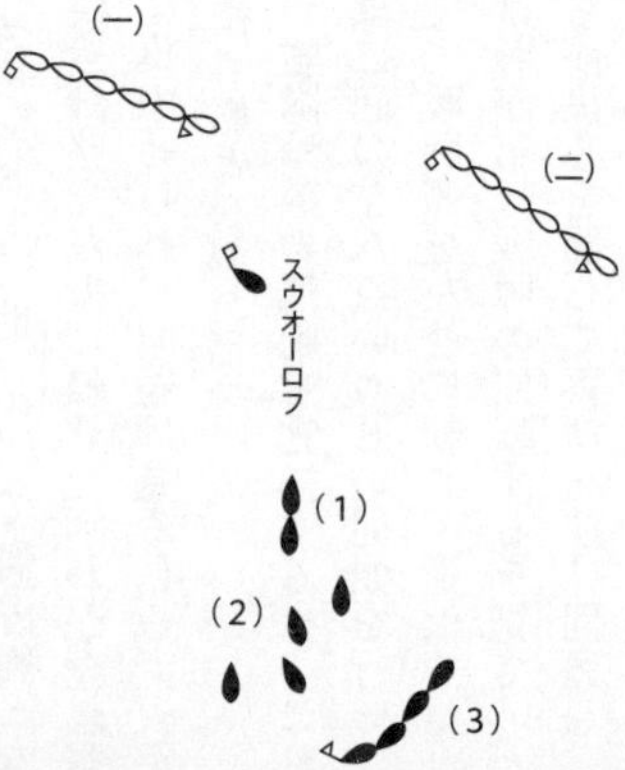

午後三時三十分「スウオーロフ」孤立シテ我ガ第一第二戦隊ノ集弾ニ浴ス

かかる間に艦はますます沈下して、さかまく激浪はものすごき渦《うず》をなしつつはや上甲板にまで襲い来たり、倒れし人の屍《かばね》や、砕けし艦具を一波ごとに奪うて行く。ことに身の運動さえ自由ならぬ負傷者の、波にさらわれて苦しみ叫ぶ有様は、実に悲惨のきわみである。かくて午後三時を過ぐること十分、「オスラービヤ」はついに艦首を下にし艦尾を高く空中に擡《たい》挙《きょ》すると同時に、一万二千余噸の戦艦は全く影を水面下に没し、乗員の多くは生きながら艦と共に千尋の海底に葬られた。跡には濛煙なお漠《ばく》として海面にたなびき、井のごとき大小の渦流は、轟々声を発して、人も艦具もただ一のみとし、幸いに海面に浮びたる人々も、あれ狂う激浪にのまれ、あるいは降りしきる弾丸に砕け、八百五十の乗員中、味方駆逐艦「ブイヌイ」、「ブラーウイ」等に救助せられたる約四百名の外は壮烈悲惨なる最期を遂げた。これぞ日本海海戦における劈頭第一の沈没露艦「オスラービヤ」終焉の概況である。

またさきに舵機を損じて戦列を脱したる敵の旗艦「スウォーロフ」はその後全く僚艦と分離し、単独北方に航走中、三時三十分ごろ約二千メートルの近距離より、再びわが第一、第二戦隊に要撃せられて、艦体破損はますますはなはだしく、前檣は根もとより折れ、一個の煙突は粉砕して影だにとどめず、火焔全艦をおおうて惨状目も当てられぬばかりである。この時千早（艦長海軍中佐江口麟六）、第五駆逐隊（司令海軍中佐広瀬順太郎）はわが砲火の絶ゆるを待ち、猛然荒波をついて、「スウォーロフ」に対し勇壮なる白昼襲撃を決行した。たまたま敵主力艦隊の一部は「スウォーロフ」掩護《えんご》のため近づき来たり、わが襲撃艦に向かって猛烈なる砲火を集中し、ために、千早は、三弾をこうむりて浸水を来たし、応急修理のため、一時戦線外に退き、第五駆逐隊の不知火また二弾を受けて汽罐を破られ、下士卒十名の死傷者を生じた。しかして「スウォーロフ」はなお浮んでおる。

九　勝敗既に決す

相撲《すもう》をとりて最初両三ッを取られたるものは負け、将棋《しょうぎ》をさしてまず飛車を奪われたるものは敗る。二時八分戦闘を開始してより、三時すぎ両軍ひとたび相離るるに至るまで約一時間の大激戦において、敵は戦艦「オスラービヤ」を失い、旗艦「スウォーロフ」を撃破せられ、その他の諸艦また多大の損害をこうむり、陣形潰裂してほとんど乱軍に陥った。これに反しわが艦隊は、多少の損害を受けたりといえども、陣形整然として旌旗《せいき》ますますあざやかに、一時戦列を脱したる浅間も既に応急修理を完成して隊に復し、隊伍堂々激戦の跡だに見えず、勝敗の数すでに明らかとなった。

戦いを避けて南方に転回したる敵主力艦隊は、わが砲撃を脱するにおよび、三時三十分ごろ再びウラジオストックに向かって針路を転じた。

日進を先頭とし敵を砲撃しつつ西北西に進みたるわが第一戦隊は、敵を後方煙霧のうちに失するや、三時四十分ごろ再び左十六点のいっせい回頭を行い、順列単縦陣に復して三笠嚮導艦《きょうどうかん》となり、第二戦隊もまたこの時再び第一戦隊に合してその左前方に占位し、共に敵を追うて北東方に向進した。

やがて午後四時ごろに至り、わが艦隊は東方に当り、敵主力艦隊の陣形錯然として北東方に向かえるを発見し、距離約六千メートルより、右舷砲火をもって第二次戦闘を開始した。

煙霧を透かして敵の陣列を眺むれば、さきに火災を起こして戦列を脱したる「アレクサンドル三世」は、この時既に列に復し、「ボロジノ」、「アリョール」と共に一隊をなし、「シソイ・ウエリーキー」、「ナワリン」、「ナヒーモフ」の諸艦は不規則にこれに続き、「ニコライ一世」以下の第三戦艦隊は遠く遅れて、姿を煙《えん》靄《あい》のうちに没しておる。敵は最初の一戦に敗れて士《し》気《き》沮《そ》喪《そう》せしか、今や決戦の勇気なきもののごとく、ただ遁走これつとめ、わが砲撃を再び開始するや、わずかにこれに応じつつ列を乱してまたも漸次右方に変針した。ひとり半壊の「スウォーロフ」のみはなおも猛煙に包まれつつ、あたかも傷蛇のノタくるがごとく漂浪としてわが艦隊と並進しておる。

回頭運動

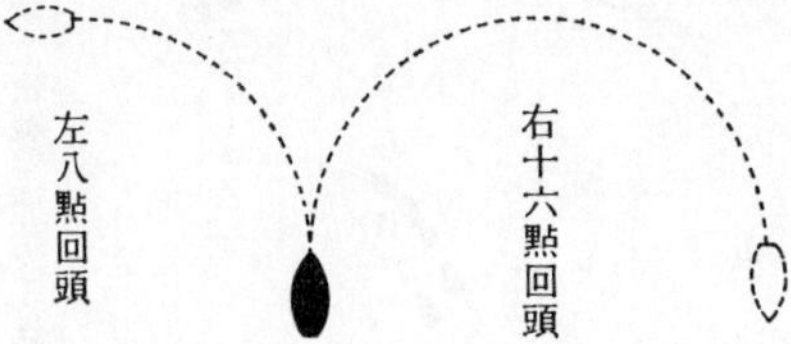

ここにおいてわが艦隊の砲火は再びこの哀れなる敵艦に集中せられ、見る見る残りの一煙突は飛散し、艦橋は粉砕し、砲塔は崩壊し、その他甲板上の諸装置は全然一掃せられて、残るはただわずかに枯木のごとき半折の大檣のみとなった。岩か船か、はた煙の団塊か。運転自由を失うて、逃れんと欲してのがるるを得ず、備砲の大部は破損して、戦わんと欲するも戦うあたわず、二千メートル内外の近距離より発射する、わが大小の弾丸は、雨よりも密に、あられよりも急に、あるいは舷側に砕け、

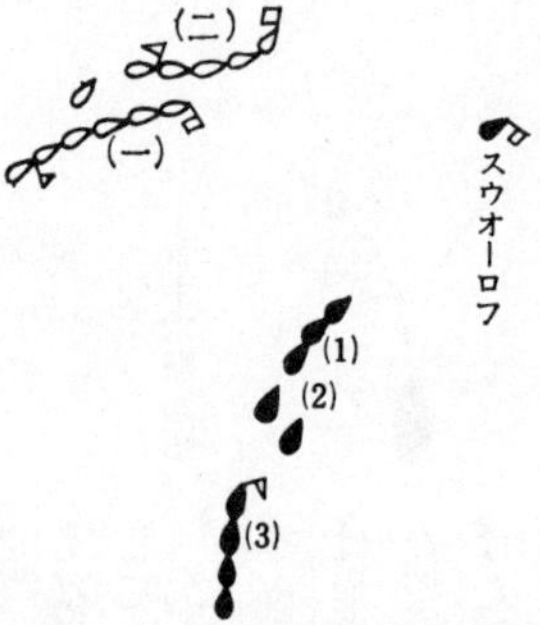

午後四時頃第二次戦闘開始ノ位置

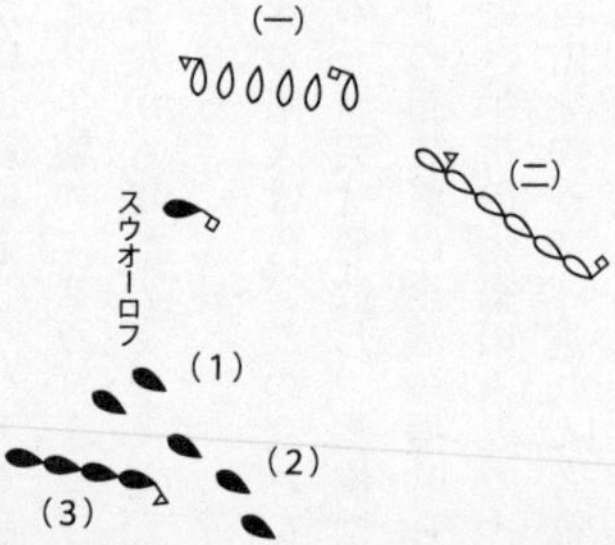

午後四時三十分敵ハ「スウオーロフ」ヲ棄テ、南方ニ逃ゲル我ガ第一戦隊ハ北方ニ転ズ

あるいは甲板に裂け、濛々たる黒煙のうちには、火炎の柱ひらめきて、天をも焦がし、波をも焼き、凄惨たる光景、人をして悚然《しょうぜん》たらしむるに至った。しかもさすがに厚き甲鉄をもって装われたる最新式の戦艦とて、なおいまだに沈没に至らない。かかる間に敵主力艦隊は、残骸に等しき「スウォーロフ」をば、わが砲火のもとに遺棄し、ますます右折して南方に遁逃せんとした。

わが艦隊は「スウォーロフ」の撃沈を駆逐艦に譲り、第二戦隊は直ちに敵主力を追うて南折し、第一戦隊は敵の再びわが後尾をめぐって北方に逸走するを扼《やく》せんがため、四時三十分左八点のいっせい回頭を行い、単横陣をもって暫時北方に航進した。

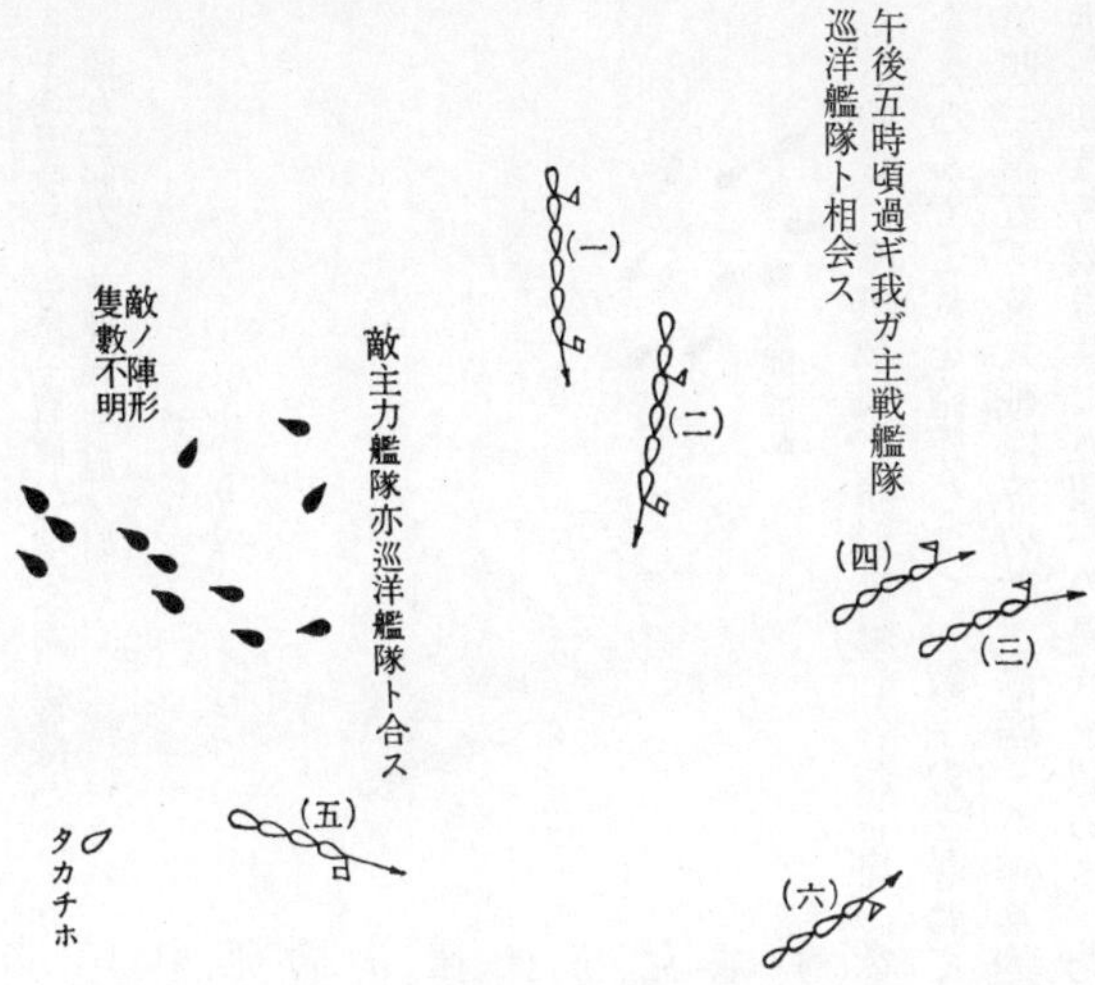

二時間半にわたる激戦に、彼我合して百余隻の艨艟《もうどう》より吐き出す煤煙は、発射の砲煙、裂弾の爆煙、並びに敵艦火災の焚煙《ふんえん》と相混じ相合して、うず巻きつ、たなびきつ、海空濛漠として遠望を妨げ、我はついに敵影を烟霧のうちに失するに至った。

これより先わが第四駆逐艦（司令海軍中佐鈴木貫太郎）は「スウォーロフ」襲撃の命を受くるや、直ちに敵艦に向かって挺進し、午後五時ごろ距離約三百メートルに肉薄して水雷を発射した。「スウォーロフ」は艦尾に残るわずかに一、二の軽砲を放ってなおも勇敢に抗戦し、ために朝潮は士官室に一弾を受けて一名の負傷者を生じた。しかも「スウォーロフ」はいまだ沈まない。

北方に向進したるわが第一戦隊は敵艦隊

午後五時三十分第一戦隊ハ北方ニ第二戦隊ハ
西方ニ向カウ敵陣混乱鴉群ノ如シ

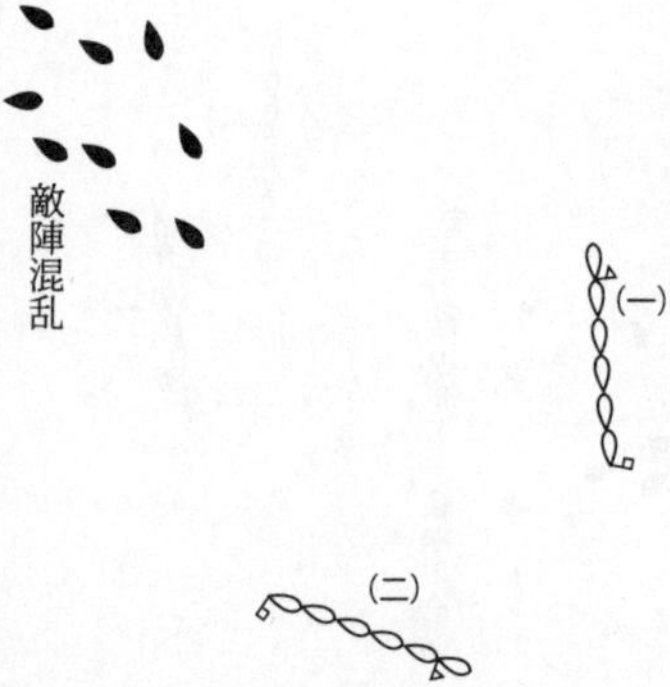

北向の形勢なきを認め、更に右八点いっせい回頭を行いて単縦陣に復し、第二戦隊を招いてこれを先頭に附け、敵主力をもとめつつ正南に航進した。この時南方に当りて砲声の殷々たるを聞き、あるいは敵主力艦隊のわが巡洋艦隊に迫りたるにあらざるやを憂い、第一、第二戦隊は速力を増して南方に急航すること約三十分、午後五時十分ごろに至り西方はるかに巡洋艦、特務艦等十余隻の敵艦船雑然として集団せるを発見した。塒《ねぐら》を求むる騒鴉《そうわ》の群れか、行を乱せし飛雁の列か。北向するもの西向するもの、南向するもの停止せるもの、傾斜せるもの焚焼《ふんしょう》せるもの等、隊伍滅裂、陣形支離し各艦各自の欲する所に向かっておる。わが艦隊は適当の敵をえらんでこれを砲撃しつつ、敵主力を尋ねてなおも南方に航下せしに、たまたまわが第三、第四、第五、第六戦隊等の敵巡洋艦、特務艦等と戦いつつ、南方より航進し来たるに会した。眺むれば各戦隊共に外観一の異状を認めず、ただ第四戦隊に属する高千穂のやや隊列よりおくれたるを見るのみである。戦闘開始以来わが主力艦隊と巡洋艦隊とは、全く相分離し、互にその安危に関して憂慮したるに、今やその無事なる容姿を見て、父子十年再会の思いがし

た。

　すでにして午後五時三十分に至るも、わが艦隊はいまだ目指せる敵主力をば発見するあたわず、よって第二戦隊は西方に転針して敗走する敵巡洋艦を追躡《ついじょう》し、第一戦隊はなおも敵主力を尋ねて針路を北方に転じ、両戦隊ここに一旦相分離するに至った。

　かくて第一戦隊はゆくゆく敗敵を砲撃しつつ進むうち、五時四十分ごろ敵の仮装巡洋艦「ウラール」の進退自由を失して単独漂航せるに会し、これも敵の片われと二千メートル以内の距離より全戦隊の砲火をこれに集中した。敵は船体に寸毫の防護なき仮装軍艦とて、わが弾丸はあたかも利槍の襖を刺すがごとく、敵艦の一舷より他舷に串通《かんつう》し、「ウラール」はたちまち大火災を起して、見る見る激浪の中に沈没した。

　これより先同艦はわが第三戦隊以下の砲撃に傷つきて、運転の自由を失い、かつ艦内浸水激しきに至りたるをもって、乗員は早くも艦を見捨ててボートに移り、その大部は僚艦「アナズイリ」および「スウイーリ」に救助せられ、一部は翌日わが長門《ながと》、石見《いわみ》の沿岸に漂着したるがため、艦と共に沈没したる人員は、きわめて少数であった。

　わが第一戦隊は激浪の中に沈み行く「ウラール」の惨状をうしろに見つつ、ますます北方に急ぐ途上、大破したる「スウォーロフ」の、なお煙炎におおわれつつ彷徨し、かつそのかたわらに工作船「カムチャーツカ」の漂蕩《ひょうとう》せるを発見した。しかし時既に六時に近く、晩春の長き日もはや暮れかかりて、日没までに余すところわずかに一時間余りである。敵艦隊はすでに大敗したるがごとしといえども、その損害の明らかなるものはわずかに「スウォー

午後六時頃第三次
戦闘開始ノ位置

ロフ」の戦闘力を失いたると、仮装巡洋艦「ウラール」の沈没したるとのみである。その他の諸艦ははたしていかほどの損害をこうむれるやは全く不明にして、「オスラービヤ」の沈没さえも、東郷司令長官はこの時いまだ知らないのである。

　ここをもって、わが艦隊は日没までに敵となお一戦を交えて、少なくもその五、六を撃滅し、彼をして再び立つあたわざるに至らしめねばならぬのである。日ひとたび没すれば、敵は夜陰に乗じていずこに逃走するやもはかられず、あすの会戦のごときはあらかじめこれを期することはできない。すなわちわが艦隊のためには、日暮れて道遠しの感があるのである。ゆえに我は今や廃艦に等しき「スウォーロフ」や、一工作船のごときを相手にするの暇《いとま》なく、わずかにこれに一撃を加えたるまま、五時五十分更に針路を北西に転じた。かくて進むこと数分時にして、たちまち西方に当り、北方に急ぐ敵の一群を発見した。

　敵は一時間にわたる憩戦を利用して、火災をしずめ、損所を修理し、再び陣列を立て直し、「ボロジノ」、「アリョール」の二戦艦を先頭に置き、やや離れて「ニコライ一世」、「アプラクシン」、「セニャーウィン」、「アレクサンドル三世」、「ウシャーコフ」、「シソイ・ウェリーキー」、「ナワリン」、「ナヒーモフ」など順次これに続き、内部の損害はいざ知らず、外観なおすこぶる堂々たるものがある。

わが第一戦隊は敵を発見するや、少しく針路を右折して北々西となし、午後六時約六千五百メートルの距離より、もっぱら敵先頭の二戦艦に向かって砲火を開いた。敵は初めウラジオストックに向い北々東なる針路を取りしも、わが砲撃を受くるに及び、たちまち我が並航の針路に転じ、窮鼠《きゅうそ》の勢いをもって、猛激なる応戦を開始した。時に朝来の濛気ようやく散じて煙霧また薄らぎしといえども、夕陽波に映じてわが射撃に便ならざるに反し、敵は日光を背にして我を明視し得るの利を占め、巨弾しばしばわが諸艦に命中し、我は多少の損害をこうむるに至った。

またさきに第一戦隊と分れ、敵巡洋艦を追うて西方に向かいたるわが第二戦隊は夜間第一戦隊と分離しあるの不利なるを思い、これと合せんがため、午後六時ごろ針路を北方に転じて第一戦隊の跡を追うた。すでにして同三十分ごろに至り、同戦隊は前方はるかに「ナヒーモフ」を殿艦とせる数隻の敵艦を発見し、ますます急進して同五十分距離約七千五百メートルより砲撃を開始した。

敵はわが第一戦隊にその先頭を撃たれ、第二戦隊にその後尾を脅かされ、首尾敵を受けてますます左方に屈折して、ついに北西に変針した。これより先戦艦「アレクサンドル三世」は既に多大の損害をこうむり、舷側にうがたれたる無数の弾孔よりは、海水滝のごとく艦内に奔入し、艦体傾斜して速力衰えたるがため、今や他の新式戦艦と共に行動することあたわざるに至り、わずかに第三戦艦隊と合して「セニャーウィン」と「ウシャーコフ」との中間にその位置を占めた。子供の中におとなを交えたるがごとき同艦はこの時わが射撃の好目標となり、たちまち猛烈なる砲火を浴びせられて大火災を起し、全艦蓊鬱《おううつ》たる黒煙におおわれつつ再び列外に走った。浸水はますます激しくして艦の傾斜はいよいよ加わり、低舷側の砲は水中に没し、高舷側には赤色の艦腹をあらわし、甲板は峙《そばだ》って急坂のごとく、乗員は柱をいだき綱にすがりてわずかにその身を支えておる。しかも炎々たる火災は強風に激してますます獰猛《どうもう》の威をたくましゅうし、大小の飛弾は艦辺に裂けて惨状いよいよはなはだしく、あるいは猛火に焼かれ、あるいは裂弾に撃たれて、激浪中に転落するものその数を知らず、死屍は海をおおうて波は朱《あけ》にと変ずるに至った。

　やがて午後七時ごろに至るや、艦の傾斜はいよいよ急にして甲板はほとんど垂直となった。この時あたかも汽罐の破裂したるがごとき響きして、白煙の一団空天にみなぎると同時に、艦は全く転覆して、巨鯨の背のごときものすごき艦底をば水面上に現わした。乗員の大多数は転覆と共に艦に圧せられてそのまま海中に没し、いったん艦底にはい上りたる数十名の人員も、これまたわずかに死期の寸刻を延ばし得たるに過ぎずして、艦底の水中に没入するや、いずれも激浪盤渦《げきろうばんか》のうちに吸入せられ尽した。かくて「アレクサンドル三世」八百五十の乗員は、全部艦と運命を同じゅうし、戦況を後に語るべきただ一人の生存者さえなく、その壮烈なる行動はむなしく沖の島北方の海底に葬り去られたのである。

　かかる間に第一戦隊は、敵の先頭にある「ボロジノ」、「アリヨール」の二戦艦に向かって、猛烈なる砲火を集中しつつ、極力これを急追した。しかるに敵もまた我に前路を扼せらるるをいとい、速力鈍き後続諸艦を顧みず、汽機の全力を尽して逸走をはかりしがため、我は容易に敵に近づくことあたわず、戦闘は依然として七千メートル内外の遠距離より継続せられた。たまたま太陽水線下に没して、紫紅の夕暉《せきき》西空《せいくう》を染め、今や我彼地の利を代えて、我は敵影を明視し得るの地位を占めた。

ここにおいてわが艦隊の射撃はますます正確となり、巨弾の敵に命中するものしきりに相つぎ、一番艦「ボロジノ」はたちまちにして、大檣は折断せられ、艦橋は粉砕せられ、艦の後部には大火災を起し、焚煙《ふんえん》爆煙相混じて全艦をおおい、我はついに照準をなすあたわざるに至った。よってわが各艦は更に目標を二番艦「アリヨール」に移して猛烈なる射撃を加えしに、同艦もまたたちまちにして濛煙に包まるるに至った。時に暮色ようやく深く、閃々たる砲火は次第に紅を増していよいよあざやかに、ことに「ボロジノ」の火災はますますさかんにして、数丈の紅炎天をいろどり波を染め、光景実に凄壮《せいそう》をきわめた。

すでにして午後七時二十分ごろ、わが一艦より放ちたる二発の巨弾一時に「ボロジノ」の艦尾に命中爆裂するや、いくばくもなく一段猛烈なる焔煙高く天に冲し、同時に艦は忽ちにしてその姿を海面より没した。これおそらく火災、弾薬庫を犯してその爆発を起したものであろう。

「ボロジノ」の沈没はかくのごとく急激なりしがため、その乗員は上甲板にありたるものの外は、ことごとく艦と共に海底に沈み、ようやく海面に浮び出でたるものも、多くは盤渦《ばんか》の中に吸入せられ、残りの一部もまた長時間、暗夜の激浪中に漂ううち、疲労と凍餒《とうだい》とのため、いつしかひとり沈みふたりおぼれ、全乗員八百五十名の中、万死に一生を得たるものは、同夜わが駆逐艦のために海中より拾い上げられたる、ただ一名の水兵のみであった。

旅順の攻撃惨は惨にして、突撃隊全滅、聯隊全滅の悲報はしばしば吾人の耳朶をつき、悲痛凄愴の感に堪えぬものがあった。しかしその全滅たるや、いわゆる戦闘力上の全滅にして、少くも隊員の過半は負傷者となって帰って来たのである。しかるにこの日の海戦における、敵の戦艦「アレクサンドル三世」、並びに同「ボロジノ」の最期の悲惨なりしことは実に言語に絶し、両艦合して一千七百名の将卒中、生存者わずかに一名とは、うそのようなまことにして、これぞ真の全滅である。ことにその大多数は無限の恨みをのんで生きながら数百尋の海底に葬られたのである。

男児ひとたび戦場に臨めば、水漬く屍、草むす屍は、もとより覚悟の上にして、念頭自己なくまた妻子もない。しかしかくのごときは弾丸縦横に飛び交い、剣戟前後に相交わる際における観念にして、中宵露営《ちゅうしょうろえい》の夢覚めて、虫声喞々《しょくしょく》枕頭に響くとき、三更直《こうちょく》に立って、半月皎々《こうこう》檣頭にかかるとき、征士の涙は一層熱く、血は一層紅《くれない》である。ことに時《とき》利あらず、騅《すい》逝かず、四面楚歌《そか》の声を聞きては、雄傑項羽《こうう》もなおはらわたを断ちしとかや。刀折れ、矢尽きて、おもむろに死を待つの時、たれか家郷をおもい、妻子を思わざるものがあろうぞ。

英国の大提督ネルソンでさえ、トラファルガーの戦いに傷つきて、死期ようやく迫らんとするや、おのが愛するハミルトン夫人および一女ホラシホの行く末をば国王並びに国民に託する旨を遺言し、また近くは佐久間海軍大尉が潜水艇内に死を待つの時、はるかに陛下に奏上するに、部下の遺族をして飢餓に泣かしむるなからんことをもってしておる。たれか軍人をもって涙なしというものぞ、たれか軍人の血をもって冷たしというものぞ。

そもそも戦士の戦場に倒るるや、死は一なるもその死にかたは決して一様でない。ただ一発の弾丸に急所を打たれてなんの苦もなく即死するものもあれば、肉裂け骨砕けて、苦痛のうちに転々悶死するものもある。なかんづくその最も悲惨なるものは、陸戦にあっては、身に重傷を負い、起居自由を失して、敵前に遺棄せられたるもの、海戦にあっては、身は死せずして艦と共に沈みたるものであろう。しかも前者はなお時としては、敵か味方に救助せらるる万一の希望がある。ただ後者に至っては、暗黒なる海底の鉄室内に閉じ込められて、救助を受くるの望みは絶対に絶え、のがれんと欲して逃るるあたわず、死せんと欲して死するあたわざるものである。浸水は室内の空気を駆逐して、漸次膝を没し、腰を浸し、時計の針の一「セコンド」ごとに迫り来る死を待つの時、胸中の苦悶はたしてどうであろうぞ！

「ボロジノ」の沈没するや、時に日は全く暮れて、海ようやく暗く、敵影模糊《もこ》として煙か波か。わが駆逐艦、水雷艇は襲撃の準備を整えて、既に各方面より敵に迫りつつある。ここにおいてわが艦隊は、戦いをこれに譲りて砲火を収め、敵と別れて翌朝の集合地点たる鬱陵《うつりょう》島に向進した。雄大なる艦隊戦はここにひとまず終りを告げ、壮烈なる水雷襲撃はまさに起らんとしておる。前夜来の強風やや衰えたりといえども、波はなお澎湃《ほうはい》として、破潮燐青を走らし、六十隻に余るわが駆逐艦、水雷艇は枚《ばい》をふくみ、燈火をおおうて、縦横に馳突する状、勇また壮！

わが第一、第二戦隊が北方より敵の主力艦隊を圧撃せる間に、わが第三、第四、第五、第六戦隊は、南方より敵の巡洋艦隊および特務艦隊を攻撃した。

朝来敵と接触を保ちつつ、これをわが主力艦隊の方に導きたる第一艦隊司令官出羽中将の率いる第三戦隊およびさきに主力艦隊より分れたる第二艦隊司令官瓜生中将の率いる第四戦隊は、第一、第二戦隊の外方を迂航して、敵の後尾に迫り、午後二時四十五分ごろ左舷反航戦を開始した。

この時、「オレーグ」、「アウローラ」、「ドンスコイ」、「モノマーフ」、「スウェトラーナ」、「アルマーズ」等の敵巡洋艦は、特務艦「ウラール」、「アナズイリ」、「カムチャーツカ」「イルツイシ」、「コレーヤ」、「ルス」、「スウィーリ」を掩護《えんご》しつつ、主力艦隊の右側後方に随航せしが、武装軽弱なる特務艦船は、わが攻撃を受くるや、たちまち列を乱して、右往左往に逃げ迷い、巡洋艦あるいは進み、あるいはおくれて、極力これが救援につとめた。

わが両戦隊は互に協同連繋して、漸次敵の後尾を旋撃しつつ、その南方に出で、四千ないし五千メートルの距離を測って、ますます猛烈なる砲撃を加えた。かくて敵と並航戦を持続すること約三十分にして、敵の後尾はますます乱れ、特に特務艦隊は既に多大の損害をこうむりたるもののごとく、「オレーグ」、「アウローラ」、「ドンスコイ」等の巡洋艦は、これが救援のため午後三時三十分ごろ針路を反転して西方に向かった。よってわが第三、第四戦隊もまたこれを追うて西方に転針し、爾後その優速を利用して機宜正面を変じ、あるいは敵の左に現われ、あるいはその右に回り、艦種をえらばず掃撃を加えしかば、午後四時ごろに至りては、敵はいよいよ乱軍に陥り、火災を起すもの、進退自由を失するものなど続出し、「オレーグ」、「アウローラ」等もまたしばしば火災を起こし、ようやく苦戦の状を呈した。

午後二時四十五分
第三第四戦隊敵ノ
後尾ニ対シ砲撃ヲ
開始ス

時に北方における彼我主力艦隊の戦闘はなおたけなわにして、殷々《いんいん》たる砲声、漠々たる濛煙、南北相合して、天にとどろき、海をおおい、凄壮たる光景、天地の終りもかくやとばかり思われた。

ついで午後四時過ぎに至り、第三艦隊司令長官片岡中将の直率せる第五、第六戦隊もまた戦闘に加わりしかば、敵陣全く潰裂し、東向するものあり、西走するものあり、ただ雑然として鴉群《あぐん》のごとく、仮装巡洋艦「ウラール」、工作船「カムチャーツカ」のごときは、ほとんど航進力を失い、曳船「ルス」はついにわが砲火のために沈没し、巡洋艦は特務艦を放棄して、遠く北方に航走した。この時わが第四戦隊の高千穂は、敵弾のため舵機を損じて、列外に出で、第三戦隊の旗艦笠置も、また水線下に一弾を受けて浸水を見るに至った。

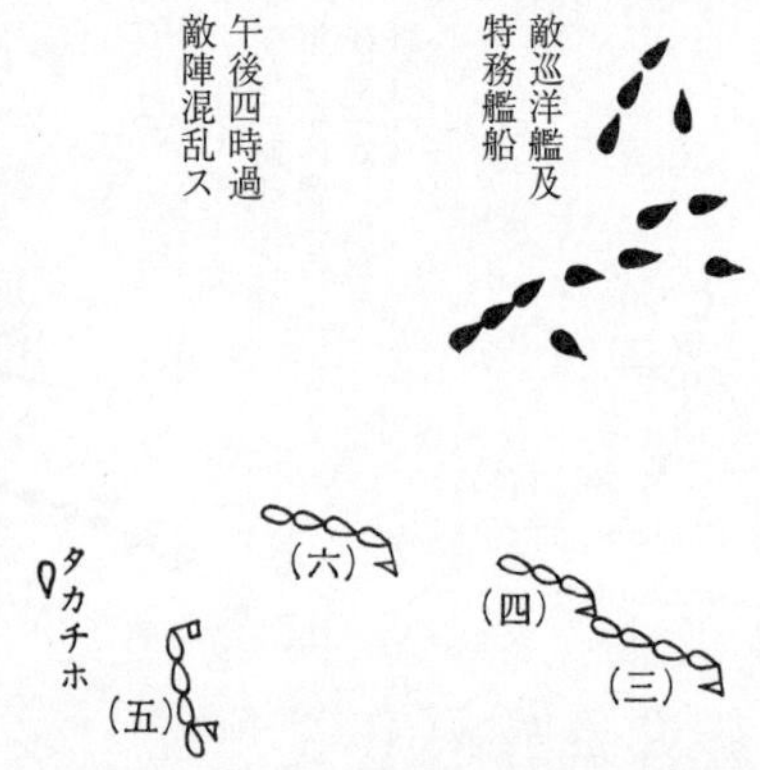

　これより先第五、第六戦隊は、敵艦隊をわが主力艦隊に導きたる後、敵の後尾に向かい航進中、午後三時過ぎ南方に当り、敵の病院船二隻の敵艦隊に続航せるを発見し、これが処分をたまたま来会したる仮装巡洋艦佐渡丸および満洲丸に命じた。ここにおいて両仮装巡洋艦は、直ちに敵病院船を三浦湾に引致して臨検したるに、その一隻「アリヨール」には、台湾附近において露艦隊のために拿捕《だほ》せられたる英国商船「オールドハミヤ」号の船員を収容せるを発見し、ヘーグ条約違反のかどをもって、また他の一隻「カストローマ」は、同条約違反の嫌疑をもって、共にこれを佐世保に回送した。

　かくてわが第三、第四、第五、第六戦隊は、共に敗敵を掩撃《えんげき》しつつ、なおも東方に航進せしに、午後四時五十分ごろに至り、さきに北方にのがれたる敵巡洋艦はその主力艦隊の一部と合して再び南下し来たり、わが艦艇に対して攻勢を取った。わが諸艦隊は直ちにこれを迎えて奮闘せしも、巡洋艦はついに戦艦に抗するあたわず、第三、第四戦隊は近距離より敵の猛火に浴し、ことに第四戦隊のごときはたちまち敵の数弾をこうむり、ややもすれば危地に陥らんとした。たまたまわが第一、第二戦隊は、北方より敵主力を追うて航下し来たり、彼我艦隊の中間に進入したるをもって、敵は更に西方に回転し、ついで北方に逃走した。この時第四戦隊の旗艦浪速《なにわ》は後部水線に敵弾を受けたるをもって、応急修理のため、第四戦隊は一時戦線外に避け、またさきに水線下に敵弾をこうむりたる笠置《かさぎ》も爾来浸水次第に増加しついに修理のため波浪静穏なる港湾に避難するのやむを得ざるに至り、午後六時ごろ戦場を退き、千歳《ちとせ》に護衛せられつつ、長門国油谷湾《ながとのくにあぶらたにわん》に向かい、音羽《おとわ》、新高《にいたか》は第四戦隊に合した。

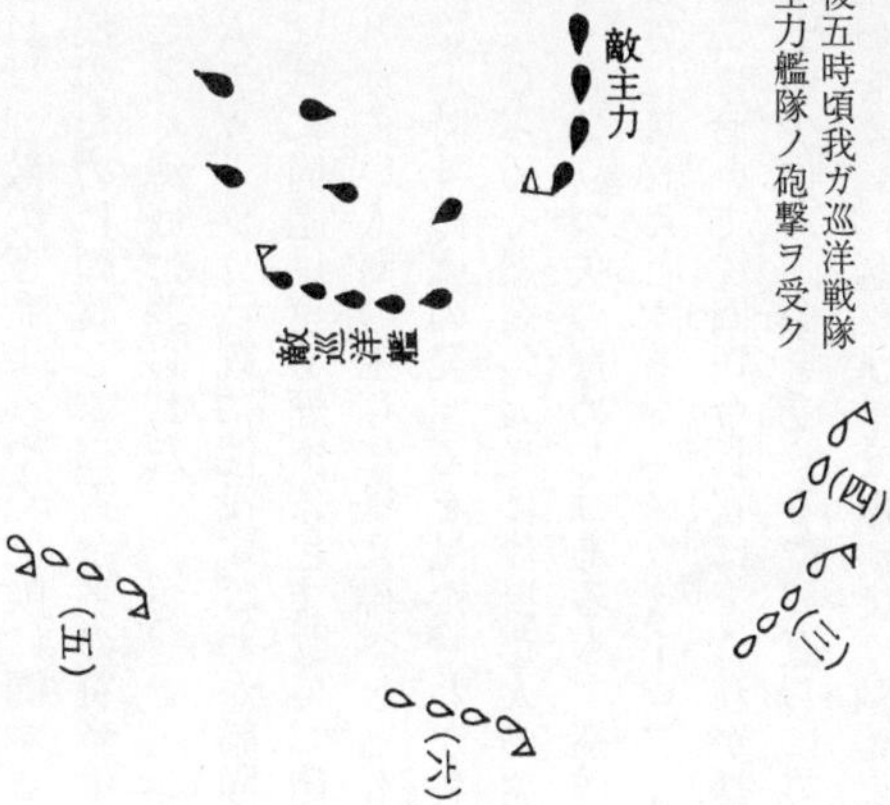

午後五時頃我ガ巡洋戦隊
敵主力艦隊ノ砲撃ヲ受ク

すでにして午後六時過ぎ浪速は応急修理を終り、高千穂《たかちほ》もまた舵機の故障復旧して来たり合した。第四、第五、第六戦隊は、更に北方に向かって敗敵を追撃する途上、敵の戦艦「スウォーロフ」および工作船「カムチャーツカ」の進退自由を失いて漂蕩《ひょうとう》せるを発見し、これを包囲して猛激を加えた。「カムチャーツカ」はもとこれ眇《びょう》たる一商船、「スウォーロフ」は既に残骸に等しき廃艦に過ぎず。わが諸艦は二千メートル以内の近距離に迫り、あたかも教練射撃におけるがごとく、悠々射撃を加えしかば、「カムチャーツカ」は午後七時過ぎついに右舷に傾倒して、徐々に沈没した。これより先同艦の乗員は、敵の運命ようやく危険に瀕するや、本艦を退去してボートに移りしも、その多くは激浪のために顛覆し、二百余名の将卒中、翌日長門の沿岸に漂着したる五十余名の外は、ことごとく海底に葬られた。

「カムチャーツカ」既に沈没す。わが艦隊の砲火はことごとく「スウォーロフ」に集中せられた。時に同艦は全く煙炎に包まれて、砲門、弾孔等よりは真紅の火舌を吐き、惨澹たる光景、とうてい人間の生存に堪え得べしとも思われない。しかもなお艦尾に残れる一門の小砲よりは、時々砲火の発するを見た。わが各艦より発射する弾丸は、しきりに敵艦に命中し、舷側にひらめく爆裂の火光は仕掛花火の開くがごとく、ほとんど数えるにいとまなきほどである。石に立つ矢のためしはあるも、巡洋艦の大砲はついに戦艦の装甲を砕くあたわず、日はまさに暮れんとするも「スウォーロフ」はなお沈まない。

ここにおいて片岡司令長官は、これが轟沈を附近に在りし第十一艇隊に命じた。同艇隊司令富士本少佐は、命を受くるや、直ちに第七十三号、第七十二号、第七十四号、第七十五号の四艇を率い、猛然洪波を蹴って、敵艦に向かい驀進し、距離約三百メートルに迫って、各艇逐次水雷を発射した。やがて轟然たる大爆音と共に、黄煙敵の舷側に立ちのぼると見る間に、さしも強堅なりし「スウォーロフ」もついに顛覆して、艦底を水面にあらわし、ついで全く沈没するに至った。時まさに午後七時二十分にして、北方における「ボロジノ」の沈没とあたかもその時を同じうしておる。「スウォーロフ」の沈没するや、わが各艦はここに戦闘を中止し、わが主力艦隊を追うて北方に急航した。

五月二十七日戦闘航跡圖

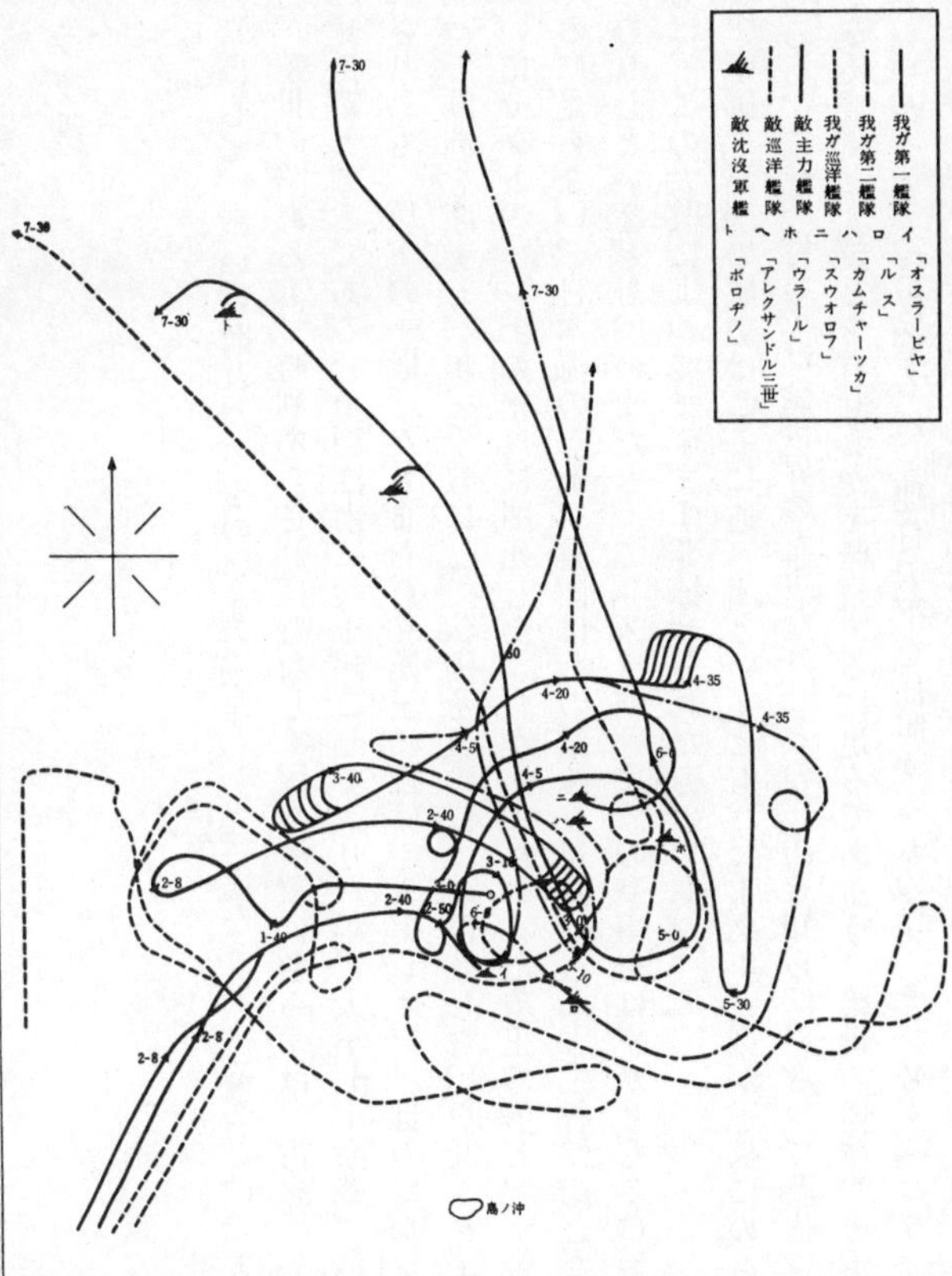

十　スラブ魂

勝敗は兵家の常にして、戦いに敗れたるものいまだ必ずしも怯懦《きょうだ》なりとすることはできない。抜山《ばつざん》の勇、蓋世《がいせい》の略あるも、時利あらざればむなしく屍を溝壑《こうがく》にさらすは、古来弓矢取る身の珍しとせざるところである。項羽《こうう》江南《こうなん》に兵を起こしてより八年、大小七十余戦、いまだかつて敗れざりしも、垓下《がいか》の一敗、たちまち首《くび》を漢王に授け、ナポレオン一世のコルシカの孤島より立って欧洲を席巻《せっけん》し、年三十五にして仏国帝王の位にのぼりしも、ウォーターローの一蹶、ついにセント・ヘレナの絶島に悶死した。しかもこれいまだ項王の勇と、ナ帝の略とを傷つくるに足らない。日本海の一戦、露国はその艦隊を覆滅せられ、主将俘虜となるの大敗をこうむりしといえども、いまだもって「スラブ」民族の豪勇をはずかしむるに至らず、露人の勇は、この大敗によってますます発揮せられたものである。

そもそもロシア帝国、建国の歴史はここに述べずといえども、ピーター大帝が子孫にのこしたりと伝えらるる、「露国の君主は全世界の君主なり」との一語を知らば、もって歴代露国の君臣がいかなる意気と大望とを有せるかを概察するに足るであろう。絶世の怪傑、ナポレオン一世さえも、かつて人に告ぐるに、他日天下を征服するものは、それ必ず「コサック」かと嘆息したとのことである。

しかして露国今日の大をなせるゆえんは、一に侵略《しんりゃく》併呑《へいどん》によるものなるがゆえ、その国民中にはポーランド人あり、フィンランド人あり、トルコ人あり、ビルマ人ありて、風俗言語を異にするはもとより、中には往々政府に対して敵意を有するものなきにあらずといえども、純ロシア種族たる「スラブ」人並に「コサック」人に至りては、皇帝をもって神と信じ、その命ずるところ、水火といえどもなお辞せざるの忠臣である。わが国民に日本魂があれば、ロシア人には「スラブ」魂がある。しかもこの魂たるや、不撓不屈、剛毅にして粘液質に富めること、おそらく世界に冠たりというべきであろう。

「オスラービヤ」、「ボロジノ」および「アレクサンドル三世」沈没の状況は、すでに述べたごとくである、ここに露国艦隊中、最も壮烈悲惨なる最後をとげたるものは、司令長官ロジェストウエンスキー中将の旗艦たりし戦艦「スウォーロフ」である。同艦の最後たるや、人間敵愾心の最高度と最極点とを発揮したるものにして、その崇高なる愛国心に至っては、敵ながらまことに敬嘆に値するものがあった。

およそ艦隊の戦闘においては、横陣にあっては左右両翼艦、縦陣にあっては首尾両端艦、なかんずく先頭艦が最も敵の猛激を受くるは、現今海軍術上の通則である。これをもって軍艦を排列するには、その最も強堅なるものをもって翼端に配置するのが普通である。ゆえに海戦においては、中堅というよりも、むしろ中虚と称する方が適切である。しかしてまた主将の意の欲するがままに、隊を指導せんがため、その司令部は常に列の先頭に占位するが定則である。すなわち陸戦においては、大部隊の司令官は戦線の後方数マイルに陣し、砲声さえ聞えざる安全の位置にあるも、海軍においては、司令長官なるものは、全艦隊中最も危険なる位置に立つものである。これ海陸戦術の大いに異なる点なると共に、艦隊の長官は最もその人を選ばざるべからざるゆえんである。

敵の旗艦「スウォーロフ」もまたこの通軌《つうき》を脱するあたわず、開戦の当初よりわが主力艦隊の猛火に浴し、司令長官重傷を負い、艦またついに沈没するに至った。しかしてその第一命中弾は、戦闘開始後いくばくもなく右舷舷側を撃ちたる十二インチ砲弾にして、舷側の装甲鈑《ばん》を貫き、その内方防禦部に設けられたる仮繃帯所《かりほうたいじょ》に入って爆裂した。室内にありたる器具は飛び、鉄は砕け、木は焼け、繃帯準備に従事せし人々は、全身たちまち粉韲《ふんさい》して一塊の肉団と変じた。

そもそも人の恐るる十二インチ砲弾とはいかなるものであるか、その直径十二インチ（一尺）。長さ三尺、重量百余貫を有する一大鉄丸である。この大鉄丸が一秒時間に八百メートルの高速力をもって飛行することとて、その響きはあたかも怪鳥のうそぶくがごとく、ひとたび打《ぶ》つかれば、いかに堅き鉄鈑も、とうていこれに耐うることはできない。而もその弾腔内には約百斤の火薬が装塡《そうてん》せられておる。ことにわが炸薬《さくやく》は世界に冠たる下瀬火薬である。その猛然として一たび爆裂するや、弾体はたちまち赤熱したる幾百千の小破片となって、四方八方に飛散し、船具乗員触るるものをしてことごとく破壊殺傷せざるはなく、炸薬の一部は白金を溶かしたるごとき、幾千度の高熱を有する溶液となって甲板にそそがれ、石と金とにあらざるかぎり、いかなるものをも焼き尽すのである。

ついでわが一巨弾は「スウォーロフ」の後部司令塔に命中し、附近にありし十余名の人員を一時に鏖殺《おうさつ》し、他の一弾は艦尾士官室に爆裂して大火災を起した。かくて戦闘ようやく激烈となるに従い、わが弾丸の命中爆発するもの引きも切らず、舷側は蜂窩《ほうか》のごとく貫かれて海水艦内に侵入し、甲板は筅箒《ささら》のごと砕けて火災各処に起り、将士は防水防火に忙殺せられ、死傷は刻々に増加して伏屍累々縦横に相重なるの惨状を呈して来た。しかも砲員は濛々たる焚煙のうちに立って、戦友前に倒れ後に傷つくも、泰然として戦闘を継続し、毫もその砲火をゆるめない。後続の諸艦はいかにと猛煙のすきまより透かし見れば、二番艦「アレクサンドル三世」、三番艦「ボロジノ」また煙焰におおわれて、同じ運命に苦しんでおる。折しもわが一弾は後部砲塔に命中してこれを爆破し、一門の十二インチ砲は破損して廃砲となり、一門の十二インチ砲は砲塔の根もとより切断せられ、数千貫の砲身は舷外遠く吹き飛ばされてしまった。

ついでまた午後二時五十分ごろ一発のわが十二インチ砲は「スウォーロフ」の前部司令塔を打って爆発し、塔内の操舵機はたちまち故障を生じ、艦はおのずから右方に旋転して列外に走った。爾後「スウォーロフ」は僚艦と別れ、わずかに両舷機を加減して艦を操縦しつつ単独北方に向進中、再びわが主力艦隊の猛撃をこうむること約一時間に及んだ。彼我の距離は往々減じてわずかに二千メートル以内に近づいたこともある。十二隻のわが軍艦より「スウォーロフ」一隻に向かって放つ弾丸は雨か霰か、一弾は一弾を追うて実に弾丸の行列である。三時三十分ごろ一発の巨弾は、前檣の根もとにあたって炸裂し、周囲一丈五尺高さ百尺に余る鉄檣は、轟然舷側を打ち破りて、まっさかさまに海中に倒れた。ついで大檣もまたその上半部を切断せられ、これと同時に直径十尺の二個の大煙突は、見る間に打ち砕かれて、形をもとどめず、前後の艦橋は、あるいは砕けあるいは焼けて、ただわずかに鉄骨の一部を残すのみである。その他通風筒、あかり窓等、甲板上の諸装置はことごとく撃掃せられ、折れたる鉄柱、切れたる鉄鎖、こわれたる鉄板、裂けたる木片、焦げたる釣床《ハンモック》など、あたかも薪《たきぎ》を乱せるごとく、雑然として甲板に堆積し、その間には血潮したたる人間の手足も交じっておる。

いくたびか取り代えられたる防火用蛇管も焼かれ裂かれて、今は代うべき予備品もなし、消防の術全く尽きてただ焼け放題燃え放題である。塗料の燃ゆる紫青の炎、木具の焼くる朱紅の火、釣床《ハンモック》その他布片のくすぶる黄褐の煙は、煤煙と共に縦横になびき、艦の前後は猛火のために中断せられ、上下甲板の梯子《はしご》はあるいは破壊せられ、あるは揺り落され、艦内各部の交通絶えて、風下側にある人々のごときは、強風に吹きつけらるる猛炎をのがるるに場所なく、煙にむせび炎に焦がされ、負傷者のごときは往々逃げおくれて烈火のうちに焼け死ぬるもある。かかる中にも飛び来る弾丸はますます激しく、一弾砕くるごとに火のつきたる木片や、砕けたる鉄片をば空中高く吹き飛ばして、火の雨、鉄の雨を降らしておる。

かかる間に死傷はますます増加して、司令長官傷つき、艦長傷つき、副長倒れ、その他将校の大部分はあるいは傷つき、あるいは倒れ、艦は後任の一大尉によりて指揮せらるるに至った。されば今は一々死傷者をば収容救護するのいとまなく、胴なき首、手足なき胴は、ここかしこに狼藉し、肉の焼け、骨の焦ぐる異臭は、紛々として鼻をつき、傷者苦悶の叫声は裂帛《れっぱく》のごとく耳を刺す。惨澹たる光景、真にこの世ながらの生地獄である。しかも生き残れる将卒は、傷を包み血をすすりつつ、なお残砲を放って勇敢に奮戦しておる。

更に中下甲板はいかにと見れば、ここもまた火災は各所に起り、紅炎窓にほとばしって黒煙室にみなぎり、血は白壁をいろどって屍は甲板に乱れ、器物の燃ゆる音、鉄管の裂くる響は、傷者呻吟の声と合してものすごきこと限りなく、善美を尽したる長官室も、士官室も砕けて焼けて惨澹たる修羅場と変じ、金色燦たる額縁のこわれや、銀光輝く食器の破片や、さては黒焦げの軍服、半焼けの帽子などかなたこなたに乱積し、五、六の死屍はその間に横たわっておる。あるいは頭を砕かれたるもあり、あるいは腹をえぐられたるもあり、中には息まだ絶えずして苦しげに手足をもがいておるのもある。かかるなまぐさき中にも何びとの携えたるにや、甲板に落ち敷く若き美しき婦人の写真、血にもまみれず、火にも焼かれず、万緑叢中まさに一点の紅《くれない》、写真の主は生きてか、はた倒れてか。万里西方の天、美人の夢今はたしていかん！

大砲は漸次にうちこわされて、今は残るものわずかに二、三にすぎず。持ち場を失いたる人々は、今やなすべきわざもなく、三々五々焼け残れるかなたこなたのすみに集まっておる。数時間にわたる力戦苦闘に、服は裂け、帽は飛んで、手足は血潮にまみれ、食いしばれる口には憤恨の情を含み、血走れる眼には希望の光絶え、ただ茫然として一語を発するものもなく、たがいに相顧みて長歎息するばかりである。

中に最も悲惨なるは治療所の光景である。煙にかすむ薄暗き電燈のもとに、枕を並ぶる幾多の負傷者、手なきもの、足なきもの、どうせ助かり難き重傷者のみである。

紅《くれない》の血は既に祖国のために流し尽して、色は青ざめ面やつれ、傷は繃帯に包めども、包みきれぬは苦痛の叫び、冷たき汗は玉と流るるも、ぬぐいやる人もなく、のどはかわきて焼くがごときも、水を与うる人もない。アア苦しい苦しい、長くこの苦しみを受けんよりは、むしろ一思いに殺してくれと叫ぶものもある。白き繃帯ににじむ血潮はあたかも人の命を刻み行く針のごとく、次第次第にひろがりて、苦悶の呻吟ようやくやみたる時は、息既に絶えたのである。――地獄――修羅場――。

そもそも戦術実施の第一要義とするところは、敵の戦闘力を撲滅するにある。しかしてこの戦闘力の主なるものは、陸軍においては人馬にして、海軍においては軍艦である。ゆえに陸戦においては人馬の殺傷をもって、また海軍においては艦船の破壊をもって各戦闘の第一目的としておる。従ってその用うる武器に至りても、海陸大いにおもむきを異にし、陸軍においては人馬の殺傷に適する、軽便にして数多き小銃を第一とし、海軍においては鉄艦を破壊するに足るべき、威力絶倫なる大砲をもって第一としておる。しかりしこうして陸戦においては国際公法により、あるいは包被なき鉛弾を禁じ、あるいはダムダム弾を禁ずる等、なるべく戦士の受くる苦痛を軽減するにつとむるのみならず、一面には小銃そのものの発達に伴い、弾径はますます小さく、速率をいよいよ増したるがため、その人体に及ぼす苦痛と危害とはすこぶる軽少となった。すなわち現今の小銃にては、脳と心臓と腹とをやられざる限り、大概の負傷では死ぬることはないとのことである。これに反し海軍においては、大砲――しかも大口径砲をもって第一武器となすがゆえに、その人間に及ぼす危害の程度は、すこぶる猛烈かつ残酷である。なにしろ厚さ十インチにあまる甲鉄鈑をも打ち砕くべき猛威を有する砲弾をもって、人間を打つのであるからたまったものでない。胴が真ぷたつになったり、首や手足がちぎれて飛ぶぐらいはあえて珍しくない。はなはだしきに至ると人間ひとり全く粉と砕けて、一塊の肉、一片の骨さえとどめぬこともある。しかのみならず砲弾の破片たるや、小銃弾のごとくまるきなめらかなものではない。その面は粗鬆《そしょう》にしてかど多きことあたかも土塊のごときものである。かかる弾片が人間の体内へ穿入《せんにゅう》することとて、傷口は柘榴《ざくろ》の割れたるがごとく、また無花果《いちじく》の裂けたるがごとく、見るさえ酸鼻《さんび》の極にして、その苦痛もまた辛烈である。これをたとうれば、小銃弾の負傷は剃刀で切ったごとく、砲弾の傷は鋸で引き割ったようなものである。

ことにわが下瀬弾の爆勢猛激にして、伊集院《いじゅういん》信管の感触鋭敏なる、そのあたるもの布幕と水面とを問わず、ひとたび触るれば必ず炸裂し、幾百幾千の小片となって飛ぶのである。一名の俘虜のごときは、身に大小百余の弾片を受けていたとのことである。指の先にとげ一本立ってさえ、痛みに耐えぬ人間の体に、百余の鉄片を打ち込まれたる苦しみは、どんなであったろうか。

日露戦争におけるわが軍の統計によれば、陸軍においては死傷者百人中、死者二十三人、傷者七十七人の割合なるも、海軍においては死者五十三人、傷者四十六人の割合にして、負傷者よりも戦死者の方が多いのである。これを思うと海軍の戦闘は、これを陸戦に比すれば、はるかに悲惨にして残酷なるものである。

かつまた軍艦においては、狭き場所に比較的多数の人員が集合せるため、時としては一発の弾丸により、数十名の死傷者を生ずることがある。この日「スウォーロフ」もまた戦闘たけなわなる時に当りては、一時に治療室に運び来る負傷者は数十人に達し、わずかに二、三名の軍医官ではとうてい治療の手が回らない。瀕死の重傷のごときはおのが治療順番の来るさえ待ち得ず、一杯の葡萄酒に露国の万歳を唱えつつ莞爾《かんじ》として長き眠りにつくもある。目をいからし、足をふんばり、無念残念と叫びつつ憤死するもある。いかでかたきを討ちてよとうわごとのうちに息絶ゆるもある。

治療所にもましてなお一層悲惨なるは、屍体収容所の光景である。蒸し暑き下甲板の一室に、ズラリと並べられたる幾十の屍体、面をおおう白布と、体を包む毛布とを取り除き見れば、あるいは手足全く切断せられて、ただ胴と首のみなるあり、あるいは頭砕けて両眼の飛び出したるものあり、あるいは下あごを奪われて舌のダラリと首に巻き付けるもあり、あるいは腹部をうがたれて臓腑の流露せるものあり、その他頭蓋の半ば欠けたるもの、手足折れて骨の露出せるもの、目をいからすもの、血を吐けるものなど、千態万様傷こそ変れ、いずれ悲惨のきわみならぬはない。わけて最も無残なるは、火薬の熱ガスに焼かれたるものである。顔は黒く赤く焼けただれて、所々裂けつぶれ、目もなく、鼻もなく、口もなく、眉鬚頭《びしゅとう》髪《はつ》ことごとく焼け落ちて、どちらが前やらうしろやら、これが人かと疑わしむるばかりである。何びとの子？　何びとの夫？

ああ文明をもって誇りとせる今日の世にかかる悲劇が演ぜられようとは、たれも思い浮べぬところであろう。

「スウォーロフ」はかく惨澹たる状態をもって午後五時ごろ全く敵味方より見捨てられ、激浪のうちにただひとり漂蕩するに至った。煙突破壊のため、汽罐の焚火《ふんか》十分ならず、汽力は漸次低下して今は汽機の運転も自由を失し、発電機さえいつしか回転をとどめて下甲板以下は無明のやみとなり、機関部配置の人々はその生死さえわからない。

これより先、司令長官ロジェストウエンスキーは、両度弾片を受けて、頭足二カ所に重傷を負い、人事不省に陥った。艦内は至る所火災起りて、司令長官六尺の軀を横たうべき所すらない。ここにおいて幕僚は長官をば他の健全なる軍艦に移さんがため、味方艦隊を招かんと欲するも、マストは倒れ信号索は切断せられて、信号を掲ぐることすらできず、将卒共に手をこまぬいてただ天の命を待つばかりである。

たまたま駆逐艦「ブイヌイ」は「スウォーロフ」の急を見て近づき来たりたるをもって、地獄に仏と直ちにこれを招き寄せ、長官をこれに移さんとするもボートは既にことごとく破砕せられて、一の使用に適するものなく、されどまたこの日のごとき荒海において、動揺激しき駆逐艦をば、「スウォーロフ」の舷側に横づけすることは最も危険なる仕事である。もし誤って舷々一たび相撃たば、駆逐艦はたちまち破砕せられて沈没するを免れない。この時「ブイヌイ」には七十余名の艦員の外、海中より拾い上げたる「オスラービヤ」の乗員二百余名を収容しておる。司令長官一人を助くるか、二百七十の生霊を空しく海底に沈むるか、ここ千番に一番の大冒険である。勇敢なる「ブイヌイ」艦長コメロイツエフ中佐は、艦隊砕けて沈まば沈め、我には腕に覚えありと、決然「スウォーロフ」の舷側に向かって艦を進めた。澎湃《ほうはい》たる怒濤は戦艦の舷側に激してますます洶湧《きようよう》し、寄せては返すあだ波に、駆逐艦の船体は一高一低「スウォーロフ」の舷側とこもごも相上下し、相接離し、危きこと累卵《るいらん》のごとく、一波来たるごとに人々手に汗を握った。

ロ提督は頭部を白き繃帯に包まれて、顔色衰え、体を垂れ、多数の将士に擁せられて「スウォーロフ」の甲板に立っておる。折しもわが第一戦隊は南方より攻め上り、再び「スウォーロフ」に向かって砲撃を始め、一弾は「ブイヌイ」に命中してその一汽罐を破壊した。ここにおいて今や寸時も猶予すべきにあらずと、「ブイヌイ」の「スウォーロフ」に接近したる一刹那、ロ提督の身体は投ぐるがごとく駆逐艦に移された。同時に参謀長以下幕僚並びに「スウォーロフ」の乗員十余名は飛鳥のごとく身をおどらして「ブイヌイ」の甲板に飛び移った。「スウォーロフ」の生存者は一同甲板に集まり、長官の無事移乗せるを見るや、いっせいに提督の万歳を唱え、かつ「ブイヌイ」移乗の勧告を退け、

我らは陛下の大命によりて本艦乗組となれるもの、艦の最後をもみとめずしてみだりにのがるべきにあらず、「スウォーロフ」もし沈みしと聞かば、願わくは我らの運命を家郷に告げよ、つつしんで露国の万歳と諸君の祝福とを祈る、

と。やがてわが艦隊の射撃はようやく激しく、「ブイヌイ」はついに「スウォーロフ」を見

捨てて味方艦隊に向かい急駛《きゅうし》した。時まさに午後五時三十分である。走せ行く「ブイヌイ」、見送る「スウォーロフ」、再会期し難き戦場の訣別、互に交わす「ウラー」の声も、波に湿りて、悲痛の感に堪えぬものがある。

　この時「ブイヌイ」より「スウォーロフ」を眺むれば、ただこれ火と煙とに包まれたる一個の怪物にして、もはや沈没までに間もなき状態である。しかもこれがわずかに数時間前までは露国艦隊一の旗艦として荘厳をきわめ、強堅を誇りし「スウォーロフ」のなれの果てかと思えば、感慨胸に迫りて禁ずるあたわず、ことに艦内に残れる戦友の行く末を思うては、「ブイヌイ」艦上将士の目にはおのずから露を宿した。

　ロ提督は頭部に受けたる重傷に悩まされ、狭き駆逐艦の士官室内に苦しげに横たわっておる。今後の作戦に関して参謀長より命を乞うや、ただわずかにネボガトフ――ウラジオストック――北二十三度東――等の数語を発したるのみにして、ついに昏睡の状態に陥った。ここにおいて参謀長らはそのとうてい再び立って艦隊を指揮するに堪えざるを認め、たまたま来会したる他の一駆逐艦をして、艦隊を率いウラジオストックに至るべき命を、ネボガトフ司令官に伝えしめた。

「スウォーロフ」の乗員は、身の飛弾のもとにあるをもうち忘れ、しばし茫然として煙に消え行く「ブイヌイ」の跡を見送った。長官既に避難せられたれば、もはや心にかかることもなし、生きるも死ぬるも、我らばかり、いでや最後の一戦に、「スラブ」民族の豪勇を日本の海に残さんと、我にかえればあな情なや、艦はますます焼けあおりて、甲板の大部ははや灰と化し、残る大砲はわずかに十二斤砲一門のみである。馬は倒れて刀折る、将士のこぶしに血涙一滴――。

ふと、そばを眺むれば、いついずこより来たりけん、工作船「カムチャーツカ」の進退自由を失して、同じ運命に彷徨せるを発見した。見れば同船は船体著しく傾き、乗員の一部は今やボートを卸《お》ろし、船を見捨ててのがれんとしておる。「スウォーロフ」の乗員はこれを見て、いかに職工なりとはいえ、さてもふがいなき人々かな、激浪さか巻くこの荒海に、木の葉に等しきボートを操りて、いずこまでのがれんとはする？　どうせ水漬《みづ》く我らが屍、いさぎよく「セントアンドレー」のみ旗のもとに、艦と共に沈まざるやと、思う間もなく一隻のボートは、あわれ山なす怒濤にのまれて、救助を求むる溺者の叫喚高く低く。

夕陽すでに傾きて、薄暮の海、波黒し。歓楽に満ちたる玉楼も暮れと秋とはなお思い深しとかや、まして破艦に死を待つ敗軍の将士、暮色ひとしお身に染みて、故郷の事妻子の事など、千思万感胸中に去来し、心緒乱れて血は沸き返るばかりである。かなたのすみにただひとりもの思わしげにたたずめるひとりの水兵、あたりをはばかりつつひそかに「ポッケット」より取り出したる一枚の写真、薄暗き窓のあかりにすかし見て、にっこりほほえむその目もとよりたちまち落つる一しずく、我に老いたる父母あり、いまだ顔知らぬ幼き子あり、病に臥せる若き妻あり、ああ我なき後をいかにせん、よしや不忠の臣となるとも、我は死すべき身にあらず、刀は折れて矢は尽きたり、み国に尽す道は既に果たせり、今我ひとりのがるとも、沈むべき「スウォーロフ」の助かるべきものにあらず、堅き心の一徹は、石に立つ矢のためしもあり、激浪怒濤、何かあらん、かなたにこぎ、「カムチャーツカ」のボート追わば、などか及ばざらん、幸いあたりに火とはなしと、傷める片足舷側に掛けてはまた思う、たとい命は助かるとも、国にそむき、俘虜となって生き恥をさらさんこと、よも父母の望みにはあるまじ、卑怯者の妻となり、子となりて、世のあざけりを受けんよりも、勇士の孤児となり、寡婦となるがかえって彼らの幸福かも知れぬ、されどまた我らが村のこじき老婆、年七十を越えて子もなく、家もなく、食を人の門前に乞う、聞けばかの女のふたりの子は、過ぎしセバストポールの戦いに戦死を遂げし勇士とかや、ああ我は死すべき身にあらず、しかも死なねばならぬ今の境、死せんかのがれんか、さすがの勇士も思は乱れて麻のごとく、捨つべきものは弓矢の道とは、かねて聞けるところなるも、情なきものは負けいくさとは今ぞ知る、心ふたつに身は一つ……敵弾に砕けざりしこそ、なまなかに恨みなれ。

　折しもわが第四戦隊以下の巡洋艦隊は、南方より攻めのぼり、「スウォーロフ」、「カムチャーツカ」の両艦を包囲して砲撃を開始した。十四隻の軍艦より放つ速射砲弾は、霰雨《さんう》のごとく両艦の甲板に降り注ぎ、「カムチャーツカ」はいくばくもなく横に倒れて沈没した。蛟龍雲《こうりゅうくも》を失えば蝘蜓《えんてい》の侮りを受け、鱸鰐《ろがく》水を離るれば蟻螻《ぎろう》にもなお苦しめられる。一万三千噸の最新式戦艦も、砲熕《ほうこう》全くやぶれては、旧式の巡洋艦橋立、和泉輩の嬲《なぶり》撃ちに任せねばならぬ。「スウォーロフ」乗員は心ばかりはたけれども、残るはわずかに十二斤砲一門のみ。もしこれが陸上であるならば、かなわぬまでも突貫し、敵のひとりなりとも倒さんものを、それさえかなわぬ籠の鳥、ただいたずらに手をむなしゅうして死を待つ無念さ……握るこぶしも砕くるばかり。

この時わが四隻の水雷艇は、山なす怒濤を蹴りつくぐりつ、疾風のごとく「スウォーロフ」に向かって突進した。「スウォーロフ」の将士はわずかに残る一門の軽砲をもって、なおも最後の抗戦を試みた。距離は接近して八百——五百——三百メートル——各艇の甲板にパッとひらめきたる発射の火光、波を泡立てつ「スウォーロフ」に向かって進む数個の魚雷。

今ははやいかんともするすべなく、君国のため尽すべきすべてを尽し、心に恥ずることもなし、いざや最後の別れを告げんと、将卒一所に集まれば、残るはいとどわずかである。やがて轟然として艦底を撃ち砕く爆音一発また一発、「スウォーロフ」の艦体はたちまち左舷に傾斜し始め、最後の「ウラー」の声と共に、艦はひとしきり猛烈なる煙炎を噴出しつつ、翻然として転覆した。波上に浮びたる巨鯨のごとき艦底も次第に沈み、あとには残煙漠として勇士の跡をとむらうがごとく、砲声全く収りて濤ひとり騒いでおる。かくて九百に余る乗員は、生きたるも、死したるも、傷つきたるも、ことごとく日本海海底の鬼と化した。

露国戦艦「スウォーロフ」の最期は、かくのごとく勇壮にしてかつ悲惨なるものであった。吾人は毎年五月二十七日を迎うるごとに、また沖の島附近を航するごとに、まず念頭に浮ぶものは「スウォーロフ」苦戦の光景である。そのマストもなく、煙突もなく、全艦煙と炎に包まれたる中より、なお残砲を放って奮戦せる壮烈の状は、永久にこれを忘るることはできない。

十一　日本魂（その一）

日本魂《やまと》とは何ぞ、朝日ににおう山桜。武士道とは何ぞ、飯は食わねど高楊枝。これかつてわが国民によって誤認せられたる見解であった。しかして国民中には今なおかくのごときをもって、大和《やまと》民族の真精神と心得、しいてかくのごとからんことをつとめておるものがある。よい越しの金を持たぬをもって意気となし、はらわたのなき五月鯉をもって理想とするごときは、これらの誤想より起ったものであろう。真の武士道なるものは、かくのごとくやせ我慢なるものではない。真の日本魂なるものは、孟子のいわゆる浩然の気と等しく、いわく、言い難きものにして、古来幾世紀の間、吾人大和民族の血管を貫流せる一種崇高の気である。科学や哲学で研究のできるものでもなければ、筆やことばで表わされるものでもない。しかしてこの日本魂の命ずる道、これすなわち武士道である。

射込まれし眉間《みけん》の矢をも抜かずして、当の敵を射殺したる鎌倉権五郎のごとき、檣《ほばしら》を倒して虜船に斬り込み、その将を擒《とりこ》にしたる河野通有のごとき、その武勇の点においてはもとより日本魂の権化である。しかしながら日本魂なるものは、必ずしもかくのごとき血なまぐさきことのみにあらわれるのではない。和気清麿のごとき、袈裟御前《けさごぜん》のごとき、楠氏《なんし》一族のごとき、赤穂義士のごとき、また近くは佐久間大尉のごときも、ある点において、皆これ日本魂の煥発《かんぱつ》したるものである。なお一層広義に解釈すれば、医師が危険を犯して伝染病者の治療に従事するのも、学者が利慾の外に超然として学術の研究に従事するのも、またこの発現に外ならぬのである。

今これを一隻の軍艦についていえば、日本魂なるものは、敵弾雨飛のもとに大砲を放ち、激浪怒濤をくぐって水雷を放つものばかりの、独占すべきものでない。温度百数十度の機関室内にあって炭と油にまみれつつ、従容機関の運転に任ずる機関部員も、砲声殷々、硝煙漠々たるうちに立って、なまぐさき血潮を浴びつつ、悠然刀を執って死傷者の手当に従う軍医部員も、その身を忘れ、家を忘れ、一意君国のために尽す心に至っては、これ皆日本魂というべきである。

そもそも海軍の戦争たるや、人の戦闘にあらずして軍艦の戦闘である。その進退、かけ引きことごとく船によるものなれば、勇者もひとり進むあたわず、怯者もひとり退くを得ず、すなわち為朝の勇あるもこれを施すに所なく、維盛《これもり》の怯もまた用うるに所がある。ことに近代の海戦は数千メートルの遠距離を隔てて行わるるを常とするがため、かの元寇時代や、あるいはネルソン時代におけるがごとく、敵と舷々相接着し、白刃長刀を振って敵艦に突入するがごときは、とうていなし得べきことでない。単騎敵陣をほふり、軽舸《けいか》敵艦を奪うがごとき、花やかなる離れわざは、現代の海戦においては見ることはできないのである。

盤根錯節《ばんこんさくせつ》に会わずんば、もって利器を分つことあたわず、暴風怒濤に乗らずんば、もって良船頭を知ることのできぬと等しく、難戦苦闘にのぞんで初めて豪勇の士を見ることができるのである。最後の血の一滴までも、最後の弾丸の一発までも奮闘したる敵艦「スウォーロフ」の勇戦は、実に日本海海戦の花にして、その壮烈鬼神を泣かしむるに足るものがあった。これに反しこの日におけるわが艦隊の戦況は、最初の数分時を除くの外はあたかも順風に帆《ほ》して追潮に乗るがごとく、理想の標的を有する戦闘射撃の演習というもあえてはなはだしき誣言《ふげん》ではなかったのである。それ乳犬の猛虎を搏つや、口は裂け、耳はちぎれ、その死を賭して戦うの状、勇壮まことに感ずべきものあるも、虎のこれに遇する、わずかに隻脚の軽撃に過ぎない。しかもこれをもって犬は勇にして、虎は勇ならずとすることはできない。敵艦隊の壮烈、わが艦隊の平凡、あるいはこれに類するものであろう？

日本海海戦におけるわが艦隊の将卒は、いずれも一死報国の決心をもっておのおのその職責を尽したるものにして、その勲《いさおし》に上下なく、その働きに甲乙なく、等しくこれ日本魂の精華である。今ここに述ぶるところは、帝国海軍軍人が、死生の間に立って、いかに沈着勇敢に戦いしかを、代表的に国民に紹介すると共に、忠烈国に殉じたる人々の英名を、不朽に伝えんと欲するに過ぎぬのである。

二十七日の昼戦において、わが艦隊中、最も多大の損害をこうむりたるものは、聯合艦隊司令長官東郷大将の旗艦三笠である。同艦の初めて敵弾を受けたるは、戦闘開始後五分時を経たる午後二時十三分にして、約六インチ大の敵弾は、前部煙突を貫通し、炸裂せずして舷外に飛び去った。ついで同十四分一個の十二インチ砲弾は、大気を震鳴せしめつつ三番六インチ砲郭の天蓋を撃ってこれを貫き、轟然砲郭内に炸裂した。大小幾多の弾片は、側壁を貫き甲板を破り、同砲員は一命を除く外全部重軽傷を負い、ほとんど全滅するに至った。幸いに砲に故障なかりしがため直ちに非戦側の砲員をもって欠員を補い、戦闘を継続せんとする一刹那、同十五分他の十二インチ砲弾一個は、再び同砲郭にあたって炸裂した。前弾の負傷に屈せず、淋漓《りんり》たる流血をすすりつつ奮戦を続けたる一等水兵星川高吉はこの時更に一腕を切断せられ、一等水兵中井初之助は頭蓋を砕かれて、共に壮烈なる戦死を遂げ、分隊長村越大尉（八郎）以下下士卒十四名は重軽傷をこうむり、さきに補充したる砲員は再び全滅するに至った。ここにおいて更に砲員を補充編成し、軽傷者は傷を包んで再び戦闘に加わり、すべる血のりを踏みしめつつますます奮戦を続けた。爾後敵弾の命中するもの次第に多く、碧血甲板を飾り、肉塊側壁に附着し、木鉄の破片は参差《しんし》狼藉《ろうぜき》して、ようやく、激戦の状を呈して来た。

ついで午後二時二十分前檣附近に命中炸裂したる一巨弾は、附近の諸倉庫を破壊して大損害をかもし、弾片の一部は飛んで司令塔および艦橋を襲い、副長松村中佐（竜雄）、水雷長菅野少佐（勇七）飯田、清河の両参謀および境兵曹長（吉次郎）に重軽傷を負わしめ、その他下士卒十余名を傷つけた。この時一個の弾片は最上艦橋に立てる東郷大将の身辺をかすめてかたわらの釣床にあたり、その間隙実に髪を入れなかったとのことである。これとほとんど同時に一個の六インチ砲弾は、五番六インチ砲郭内に突入して炸裂し、同砲員二等水兵岡本喜代八の後部を砕いて即死せしめ、下士卒十名を傷つけ、ために同砲員もまた全滅するに至った。時に二等水兵野村幸平は、砲員《ほういん》全部《ぜんぶ》枕《まくら》を並べて打ち倒れ、砲火のまさに絶えんとするを見るや、おのれもまた胸部に重傷を負い、流血全身を染むるにも屈せず、奮然として起き上がり、ひとりとどまって発砲を継続し、交代者の来たるに及んで初めて治療所に退いた。

午後三時敵の一弾は大檣の上部にあたってこれを折断し、その頂に掲げられたる大将旗および戦闘旗を打ち落した。そもそも大将旗は指揮権の所在を表明し、戦闘旗は戦闘の継続を命示するためのものにして、色あざやかなる旭日旗の片々《へんへん》として大空高く翻るを仰ぎ見るときは、士気おのずから興奮するものである。そのこれ無きは全軍の士気に影響すること少なからざるのみならず、敵に対してもまた大いに面目を失する次第である。たまたま前檣楼見張りの配置にありし二等信号兵曹柏森源太郎はかくと見るや、かねてよりかかる事もあらんかとひそかに準備したる戦闘旗をば、直ちに前檣頭に掲げてとっさの急に応じ、後続諸艦をして意を強からしめた。

爾後日没までに三笠は更に多数の敵弾を受け、一等水兵太田正太郎は胸部を撃たれ、三等水兵松沢利吉は左腕を折られ、同穴山謙治は頭蓋骨を砕かれて、いずれも壮烈なる戦死を遂げ、三等兵曹吉田菊次郎および二等水兵福岡直蔵は、共に両脚を断たれて重傷後ついに死亡し、安野少尉（康）以下下士卒の重軽傷をこうむりたるもの数十名に達した。しかしてこれらの負傷者中、一等兵曹繁山熊太は六インチ砲の射手として奮闘中、初め頭部に負傷せしも屈せず、なおとどまって破損せる砲具を交換し、発砲を続けしに、ついで第二の敵弾のため再び重傷を負い、立つあたわざるに至って、ようやく砲側を離れ、三等兵曹岡田与太郎は重傷をこうむりて、繃帯所に休養中、おのが砲員全部死傷したるを聞き、奮然蹶起傷みを忍んで配置に復し、再び戦闘に従事したるがごとき、その忠誠感ずるに余りあるもの少くない。

この日三笠は敵弾を受くることまさに三十、十二インチ砲弾のみにてもその数約十個の多きに達し、弾丸並びに弾片のため舷側にうがたれたる大小の穿孔《せんこう》は実に百余個所を数え、戦死八名、重傷二十一名、軽傷八十名を生ずるに至った。さきにわが艦隊の戦闘をもって平凡と言いしゆえんのものは、敵艦隊に比較しての言葉である。三十八隻の大艦隊を全滅せしむるためには、このくらいの犠牲はあたりまえである。むしろ旗艦の損害としてははなはだ軽きに過ぐるものといわねばならぬ。

三笠に続いて進みたるは敷島である。同艦はこの日敵弾約十個を受け、将校以下三十二名の死傷者を生じた。なかんずく午後三時十八分ごろ六番インチ砲郭の直下に命中して装甲鈑を貫通し、中甲板に爆裂したる十二インチ砲弾は、最も惨害を逞しゅうし、三等兵曹島岡甲、同有田助市、一等水兵平野宗一、同東《ひがし》荘五郎、二等水兵瀬尾義忠の五名を倒し、砲台指揮官分隊長油谷《ゆだに》大尉（堅三）および卒三名を傷つけて同砲員を全滅せしめ、弾片はなお四散して附近にありたる三等厨宰《ちゅうさい》坂手種七、一等水兵西野常吉、同中村長四郎、同町田金一、二等信号兵木野定次郎の五名を即死せしめ、その他黒田大主計（太一郎）および下士卒八名を傷つけた。同弾の爆裂たるやその勢いすこぶる猛烈をきわめ、災害は上中下の三甲板におよび、一水兵のごときは全身粉韲《ふんさい》して、わずかに頸部の一部を残し、衣服の記号によりてようやくそのたれたるを知ることを得、また一水兵は顔面を圧しつぶされて平となり、軀幹四肢ことごとく挫断《ざだん》せられて、古《いにしえ》の人彘《じんてい》とかもかくやと思わしむるほどの惨死を遂げ、その他の死傷者もまた両脚を奪われたるもの、一腕一足を失いたるもの、軀幹両断したるものなど、惨状目も当てられぬ光景を呈した。中にも木野信号兵はラッパを握って伝令に従事中、右手を敵弾に切断せられて倒れしも、手はラッパを握って離さず、断たれし腕にもなお精神の残れるかを疑わしめた。ついで午後六時三十分ごろ前檣に命中炸裂したる一弾は、分隊長行広《ゆきひろ》大尉（清太）、三等水兵藤本広人を倒し、森田中尉（但次）、白浜候補生（清）外下士卒数名を傷つけた。

三番艦富士はこの日敵弾十一個をこうむり、内一個の十二インチ砲弾は、午後三時ごろ後部砲塔に命中し、砲眼孔を貫きて塔内に爆裂した、たまたま同砲塔においてまさに弾丸装塡中なりしがため、火はたちまち数百斤の発射装薬に移りて塔内一面の猛火となり、砲塔員一等水兵宮脇松蔵、同玉秋文吉、同兼石新作、同永坂竹次郎、二等水兵芝田五十吉、同宗田宗太郎、同中楠源右衛門、同鋤柄《すきがら》仁右衛門の八名は、烈火に包まれて壮烈悲惨の最期を遂げ、砲塔長寺西兵曹長（益次郎）以下下士卒八名はあるいは火災に焼かれ、あるいは弾片に傷つき、相重なって碧血のうちに倒れた。この時負傷者運搬の配置にありし二等主厨《しゅちゅう》下元源次および艦長従僕山根源三の両名が、自己の危険を顧みず、濛煙なお立ちのぼる砲塔内におどり入って多数の負傷者を救護したる敏捷勇敢なる動作は、嘆賞に堪えぬものがあった。その他あるいは舷側に砕けあるいは甲板に裂けたる敵弾のため、航海長志摩中佐（猛）、水雷長高橋少佐（鎗吉）、分隊長安部大機関士（富次）、乗組池田候補生（光一）および下士卒十名重傷を負うた。

四番艦朝日は上甲板以上に大小数個の敵弾を受け、艦体の損害は比較的軽微なりしも人員の損害は軽からず、分隊長心得森下中尉（基一）は身に数箇所の重傷を負うて劈頭第一に治療所に運ばれ、勝報を聞くごとに万歳を連呼しつつついに逝き、二等水兵山本安太郎は頭部に重傷をこうむりて言語を発するあたわず、ようやく手まねきをもって紙筆を請い、日本海軍万歳と大書し、淋漓《りんり》たる墨痕《ぼくこん》いまだかわかざるうち莞爾《かんじ》として絶息し、その他三等兵曹前田正幹、同上坂又一郎、一等水兵宮沢義丸、同佐々木惣七、同森助太郎、二等水兵河井元次郎らいずれも敵弾に玉砕し、乗組合田中尉（四郎）以下下士卒二十二名の負傷者を生じた。中にも一等信号兵曹柳沼庫次は、司令塔内にあって按針《あんしん》に従事中、弾片塔内に飛入して右肩に重傷を負い、鮮血衣にしたたるもなお自若としてその配置を離れず、左手をもって舵輪を握り、激痛を忍んで他の按針手の来たり代わるを待ち、また二等水兵倉内庄三郎は敵弾のため右腕を挫折せられてみずから治療所におもむき、軍医に向かいてはおのれの軽傷なる旨を告げ、あとより来たれる者をして先に治療を受けしめ、軍医官またその言を信じ、最後にこれを診するに及び、右上膊は折れて傷はなはだ重きを知り、その勇に感じつつ応急治療を施して安臥せしめたるに、かたわらに伏したる重傷者のしきりに水を求むるを聞くや、倉内水兵は直ちに起《た》って左手をもってこれに水を与え、あたかも身に重傷を負えるを知らざるもののごとく、介抱慰藉至らざるなく見る者をしてその勇気と同情の厚きに感ぜしめた。

朝日に続いて進みたるは装甲巡洋艦春日である。同艦は、午後二時三十分戦闘まさにたけなわなるのころ、前檣附近に敵の十二インチ砲弾一個を受け、ために前艦橋にありて信号に従事せし二等水兵飯田庄蔵および二等水兵藤井元市の両名は全身粉砕せられてわずかに一抹の紅血と、離断せる隻脚とを甲板に残して悲惨壮烈なる戦死を遂げ、その他一等水兵高橋初太郎、同貝原丈四郎、三等水兵林謙治、同今井嘉十の四名戦死し、右田中尉（熊五郎）、三浦候補生（誠輔）および下士卒十三名重軽傷を負うた。これよりさき、戦闘まさに開始せられんとする際、十二番六インチ砲の砲門扉怒濤に打たれて繋止鏈《けいしれん》切断し、扉は艦の動揺につれて砲門をたたき、砲の操縦を妨ぐるに至った。よってこれを修理せんと欲するも、とびら重くして艦内よりは力およばず、されど舷外は激浪怒号して砲門を洗い、容易に近づくことができない。将士共に思案に悩むうち、敵はやや近接して戦闘開始の機、目睫《もくしょう》の間に迫ってきた。二等水兵池田作五郎勇敢にして膂力《りょりょく》人に過ぐ、自ら奮って身に一条の綱をまとい、荒れ狂う激浪をものともせず、舷外に出でて作業を果たし、まさに甲板にのぼらんとする際不幸にして命と頼む綱切れて、身はたちまち狂瀾のうちに陥った、甲板上の将士はこの勇士を救わんとつとめしも、波は荒し、速力は大なり、しかも敵は目前にあり、いかんともすることあたわず、池田水兵は隻手をあげて万歳を唱えつつ、見る見る後方に流れ去り、ついに激浪のうちに葬られた。身を挺して難に殉じたる池田水兵のごときは、たとい敵弾に倒れざるまでも、その勲功《くんこう》はむしろこれにまされるものというべく、春日の同砲台はために戦闘の終りまで奮戦を継続することができた。

六番艦日進は、温厚沈毅なる司令官三須中将これに坐乗し、第一戦隊の後殿を固めて大いに奮闘し、しばしば敵の集弾に浴して、大小被弾十余に及び、四門の八インチ砲中、三門は破壊せられ、三須司令官以下死傷九十六名を生じ、わが艦隊中、三笠に次ぐの大損害を受けた。すなわちその主なるものをあぐれば午後二時四十分には十二インチ砲弾一箇前砲塔に命中炸裂し、その右砲を折断してこれを海中に飛ばし、弾片四散して一部は艦橋を襲い、戦況を観測しつつありし参謀松井中佐（健吉）の両足を折って即死せしめ、一部は上中下の各甲板に散って、一等筆記松井尚敏、割烹稲垣駒太郎の両名を倒し、下士卒十七名を傷つけた。ついで四時五分には九インチ大の砲弾一発再び前砲塔を打って爆裂し、破片司令塔に潜入して三須司令官、航海長田中少佐（行尚）を傷つけ、三等水兵田中与次郎の頭蓋を砕いてこれを殺し、五時二十分ごろには十二インチ砲弾一個濛気のうちより飛び来たり、後砲塔左砲に命中してこれを砕断し、七時ごろには十二インチ砲弾一個三たび前砲塔にあたって更に左砲を切断し、太田中主計（利二）、高野候補生（のちの山本五十六）および下士卒数名を負傷せしめ、同時に六インチ砲弾一個は大檣の上部に命中した。この時三等兵曹中島文弥は水面上百尺の高所にあって、身を大檣に縛着し、上桁に腰打ち掛けて弾着の観測に従事中、敵弾に右大腿を奪われ、鮮血雨のごとく甲板に降り注いだ。負傷者運搬者はかくと見るや、直ちにこれを救助せんと欲するも、傷者は高く檣頭にあり、ただあれよあれと仰ぎ見るのみにしていかんともするあたわず、出血はますます激しくして甲板はあたかも落花の散り敷くがごとく、ようやくにしてこれを甲板に降ろしたるも、ついに不帰の客となった。そもそも日進、春日の姉妹艦は明治三十六年の暮れ、日露の風雲いよいよ急なるの際、時の政府が大英断をもって一千六百万円の巨資を投じ、南米アルゼンチン共和国より買い入れたるものである。その排水量わずかに七千七百噸の装甲巡洋艦なるも、攻防武器の堅鋭なること、在来の装甲巡洋艦にまさり、戦艦の間に伍してはなはだしき遜色なく、日露海戦の戦勝は同艦に負うところ少なくないのである。もし一歩おくれてこれが露国の手に帰したならば、戦争の大局はいかに変じたかも知れぬ。

十二　日本魂（その二）

東郷大将の直率せる第一戦隊と共に、わが聯合艦隊の主力となって奮闘したるものは、出雲および外五隻の装甲巡洋艦よりなる第二戦隊である。

そもそも装甲巡洋艦なるものは、その戦闘能力、普通の巡洋艦にはまさりて、戦艦には及ばざる一種の合の子軍艦にして、各国海軍においてはすこぶるこれが建造に躊躇したのであった。しかるにわが海軍においては日清戦役後、海軍拡張を画するにあたり、戦艦を造るには財力許さず、しかも普通の巡洋艦にては国防の用を充たすに足らず、ついに多数の装甲巡洋艦を建造することに決した。

当時列国は戦艦と同隻数の装甲巡洋艦を造らんとする、わが造艦政策に対し大いに奇異の感をなしたるのみならず、真偽は知らねど某国海将のごときは、我に対して忠告を試みたとさえ聞いておる。しかるに幸いにしてわが当局の先見誤らず、今回の戦役において、わが第二戦隊は第一戦隊を助けて、互に正となり、奇となり、協力策応して大いに敵を悩まし、もって装甲巡洋艦なるものは、戦術の運用よろしきを得ば、ある程度において戦艦に対抗し得ることを実証したるがため、今や列国海軍は大いにこの種軍艦の有効を認めたるもののごとく、ついに二万五千噸ないし三万噸の装甲巡洋艦さえ顕わるるに至ったのである。

さてもわが第二戦隊この日の排列は、出雲《いずも》を一番艦とし、豪勇豁達《かったつ》の聞え高き上村第二艦隊司令長官は、思慮綿密、判断明晰なる参謀長藤井大佐以下多士済々《たしせいせい》たる幕僚を率いてこれに坐乗し、常に先頭に立って隊を嚮導し、二番艦吾妻《あづま》、三番艦常磐《ときわ》、四番艦八雲《やくも》、五番艦浅間、順次これにつづき、智勇兼備の名提督島村少将は、六番艦磐手《いわて》にその将旗を掲げ隊の後尾を固めておる。凜たる風姿、斉《せい》たる儀容、その第一戦隊と駢馳《へいち》するの壮観、うたた人意を強うせしむるものがあった。

旗艦出雲はこの日大小の敵弾約十個を受けて、下士卒三十名の死傷者を生じた。すなわちそのおもなるものは、午後二時二十七分ごとには約六インチ大の敵弾一個上甲板を打って炸裂し、弾片飛んで五番六インチ砲台を襲い、同砲員一等水兵川畑六右衛門および二等水兵北岡亀太を倒し下士卒六名を傷つけて、ほとんど同砲員を全滅せしめ、三時過ぎには十二インチ砲弾一個舷側を貫きて中甲板に爆裂し、附近に多大の損害を与え、下士卒四名を傷つけ、また七時十分には十二インチ砲弾一個上中下甲板を貫通し、防禦甲板に至りてとどまり、三等機関兵副島儀八を即死せしめ、卒二名を傷つけた。

二番艦吾妻は午後二時五十分ごろ後砲塔に十二インチ砲弾一個を受けて、その左砲砲身を破壊せられ、砲塔長中村上等兵曹（兼次郎）以下数名負傷し、ついで同五十五分他の十二インチ砲弾は七番六インチ砲郭の上部にあたりて炸裂し、一門の十二斤砲をば全く海中に吹き飛ばし、三等兵曹坂内講平、一等水兵和田定次郎、同井上善三郎、二等水兵小林惣一、同村田友作、同水島金蔵、三等水兵中尾由平の七名をば、あるいは海中に吹き飛ばし、あるいは身体を粉砕し、副長東郷中佐（静之助）、乗組竹中候補生（徳太郎）及び下士卒六名を傷つけ、その他大小の敵弾十余個を被り、三等兵曹諏訪現末、一等水兵吉田末作、同三浦伊勢蔵の四名戦死し、下士卒十名の負傷者を生じた。

三番艦常磐はこの日敵弾九個をこうむりしも、いずれも軽砲弾、もしくは舷外炸裂弾の破片のみにして、艦体乗員共に損害大ならず、ただ二等水兵中本太三郎の重傷を負うてついに倒れたると、下士卒十四名の負傷者を生じたばかりである。中本水兵はこの日おのが受持砲台の砲門《ほうもん》扉《ぴ》繋《けい》止《し》鏈《れん》の切断したる際、怒濤を冒して舷外に出でてよくこれが修理を果たし、抜群の功績ありしに、ついに戦死したるはまことに惜しむべき至りである。

四番艦八雲もまた被弾七個を数え、三等兵曹田鎖丹治は頭部を砕かれて即死し、一等機関兵石崎与一は胸部を貫かれて重傷後ついに立たず、その他下士卒九名重軽傷を負い、また四等水兵金沢三之丞は中甲板六インチ砲の砲門扉繋止鏈を修理せんがため、舷外に出でて作業中、命綱《いのちづな》切断してついに激浪ののむところとなった。この日わが艦隊中、砲門扉鏈の切断したるもの少なからず、ために春日および八雲において二名の勇士むなしく怒濤のうちに葬られたのは遺憾の至りである。

五番艦浅間は戦闘の初期において、艦尾に近く十二インチ砲弾炸裂し、その激動のため舵機に故障を生じて操縦の自由を失し、修理のためついに列外に脱した。敵の後尾諸艦は浅間の独立するを見るや、たちまちこれに猛火を集中し、浅間の周囲は水柱《すいちゅう》簇《ぞく》立林のごとく、命中弾また少なからず。中にも艦尾水線附近にあたりたる二個の十二インチ砲弾は舷側に大破孔をうがって艦内に炸裂した。これがため艦長室並びに附近の諸室は粉砕せられて所々に火災さえ起こし、弾孔よりは激浪《げきろう》急湍《きゅうたん》のごとく艦内に奔入して、中甲板は浸水たちまち膝を没するに至り、艦は一時危殆《きたい》に瀕するに至った。この時防火隊の配置にありし二等機関兵池内熊一は、艦長室になお御真影の存置せられたるを認め、火災を冒して直ちに室内に挺進し御真影を捧持してこれを安所に奉移し、また一等船匠手徳永利一郎、一等木工油谷新四郎、一等機関兵山本吉松、二等水兵三木長太郎の四名は、危険を顧みず、数時間の久しき間濁水中にあって、防火並びに排水の作業に従事し、ついに応急修理を果たしてようやく沈没の危険を免るることを得しめた。しかして浅間はこの他数弾をこうむり、三等兵曹中村勘蔵、一等水兵尾越柳一、二等水兵藤田豊吉の三名戦死し、酒井船匠長（辰五郎）および下士卒十二名負傷した。

殿艦磐手は敵弾をこうむること大小実に十七個の多きに達し、うち一個の八インチ砲弾は水線附近に大孔をうがち、破損区画のごときは浸水たちまち二尺五寸に及びたるも、乗員の損害は比較的軽微にして、二等筆記星野定吉の重傷後死亡したると、松崎船匠師（安平）以下、下士卒十三名の負傷者を生じたるのみであった。

第二戦隊の乗員また忠烈勇敢の士をもって満され、軍人の亀鑑、日本魂の典型たるべきもの、決して少なからざりしならんも、ただ砲火倥偬の際とて、これを伝うることははなはだまれなるはまことに遺憾の至りである。

第三戦隊以下の巡洋艦に至りては、これを第一、第二戦隊の諸艦に比すれば戦闘の軽きと共に、その損害もまた大いに軽微であった。

第一艦隊司令官出羽中将の率いる第三戦隊の旗艦笠置は、この日敵弾二個を受け、その一弾は前部治療室に命中して室内の諸設備を一掃し、二等機関兵松下島吉の腹背を傷つけて即死せしめ、他の一弾は、水線下を貫きて浸水を来たし、ついに戦線を去るのやむを得ざるに至らしめ、軍医長横井軍医少監（太郎）以下、下士卒八名を傷つけ、二番艦千歳また二弾をこうむり、一等水兵中森彦四郎、同飯田利吉は共に頭部を撃たれて戦死し、その他下士卒四名重軽傷を負い、四番艦新高は一弾を受けて、一等兵曹吉田秀三郎、腹部を貫かれてこれに死し、外に卒二名負傷し、ひとり三番艦音羽のみは幸いにして一の敵弾をもこうむらなかった。

第二艦隊司令官瓜生中将の率いる第四戦隊は、巡洋艦隊中最も敵に近く位置したるがため、その被害もまた最も大であった。一番艦浪速《なにわ》においては数弾を受け、乗組小高少尉（謙之助）は下腹を貫かれて壮烈なる戦死を遂げ、外に下士卒数名負傷し、二番艦高千穂《たかちほ》においては一弾煙突の中央を貫きて卒一名を傷つけたると、一弾艦尾に近く水面を打ち、激動のため舵機に故障を生じて一時列外に出でたるとのみにして、一名の戦死者なく、三番艦明石《あかし》においては数弾をこうむり、二等水兵桜井年松、同猪熊惣平、四等水兵井口定市の三名戦死し、その他下士卒七名の負傷者を生じた。殿艦対馬《つしま》また数弾を受け、中にも午後五時頃艦長室に命中炸裂したる一個の六インチ砲弾は、附近に多大の損害を与え、一等水兵金谷要太郎、三等水兵嵐惣吉、同山下文平の三名を倒し、下士卒十三名を傷つけ、ついで約三十秒の後、十二サンチ砲弾一個は再び同室に命中炸裂してますます惨害をたくましうし、前弾の負傷に屈せず、なお戦闘を継続せし一等水兵横山辰之助を殺し一等水兵吉沢栄吉に更に重傷を負わしめ、その他の諸弾のため副長山崎中佐（米三郎）以下下士卒数名を傷つけた。

　謹厚にして剛毅なる第三艦隊司令長官片岡中将の直率せる第五戦隊、および司令官東郷少将の率いる第六戦隊においては、橋立《はしだて》の二弾を受けて伊藤候補生（源太郎）および下士卒六名の負傷者を生じたると、和泉《いずみ》の一弾をこうむりて二等水兵古川徳太郎、同坂井定三郎、給仕加福喜洋次の三名戦死し、下士卒数名の負傷者を生じたるとをもって損害のおもなるものとし、その他の諸艦に至りては、水面炸裂弾の破片等のため、少数の軽傷者を生じたるのみにして、艦体、人員共にその損害きわめて軽微であった。

　第七戦隊および特務艦隊の諸艦に至りては、この日砲戦に参加せざりしがため、その行動並びに損害の特にしるすべきものなく、また駆逐隊、艇隊においても、ただ第五駆逐隊の、「スウォーロフ」襲撃の際、不知火《しらぬい》の数弾をこうむりて、一等水兵山口勘一郎、一等機関兵沖長之助、同末藤嘉一郎、同川村喜作の戦死したると、下士卒六名の重軽傷を負いたるのみであった。

　以上述ぶるところは単にわが軍士気の一斑を示すに過ぎずして、軍隊教育を受けざる給仕、剃夫《ていふ》のごとき傭人に至るまで、決死報国の念は鉄よりも堅く、あるいは十五、六歳の少年にして、なおよく十余貫の砲弾をば軽々と運搬し、あるいは平素弱虫として笑われたる剃夫にして、惨烈目をそむくるばかりの死傷者の救護運搬に従事する等、その勇敢なる働きはあっぱれ日本男児として恥じぬものがあった。

ことにまた負傷者に至りては瀕死の重傷者といえども、苦痛を訴うるものほとんどなく、あるいは再び戦闘配置に復せんことを請い、あるいは負傷の早かりしを嘆じ、敵艦沈没、わが軍大勝利等の報を聞くごとに、陛下の万歳、帝国の万歳を唱え、あたかも身に重傷を負えるを忘れたるもののごとく、しかも軍医これに向かって疼痛の有無を問えば、ほとんど堪え難き劇痛と苦悩あるも、傍人の迷惑を思い、しいてこれを忍びつつありと答うるに至っては、一しお悲壮の感に堪えぬものがある。

もしそれ健康なる戦闘員に至りては、これ理想に近き兵士と称すべく、戦闘中、敵と遠ざかり、発砲を中止して休憩を命ずるときのごとき彼らの多くは肉塊斑々鮮血ただよう甲板上に嬉々《きき》として相戯れ、相語り、あるいは平然として小説をひもとくもの、あるいは「ノート」を出して悠々戦況を記するものなど、身の死生の境にあるを知らざるが如く、ことにはなはだしき下甲板その他の防御部に避けしめたる軽砲員のごときは、戦闘まさにたけなわにして、砲声爆音迅雷の落つるがごときうちにあって、ひじを枕に華胥《かしょ》を夢みるものあるに至っては、豪胆か無神経か、これを目撃したる将校もさすがに舌を巻いてあきれると共に、大いに心強く感じたとのことである。

およそ海戦において飲料水の消費高は兵の練否、士気の消長、戦いの難易を計るべき量器《メートル》である。いまだ戦いに慣れざる生《なま》兵士は敵艦の姿を見るや、戦闘いまだ開かれざるに、精神のみいたずらに興奮してしきりに渇を覚え、かつ尿意促進するのが常である。しかしてその心理的作用や、生理的作用はいざ知らずといえども、いまだこれをもって必ずしも怯者なりと断ずることはできない。ただし砲声を聞いてくちびるの色を失い、歯の根浮いて胴震いする者に至りては、あまり勇士と称することはできないようである。日本海海戦におけるわが各艦の飲料水使用の少量なりし一事は、もってわが軍士気の旺盛と戦いの平易なりしことを証明するに足るのである。

十三　風浪の敵

敵第二艦隊の来たらんとして来たらざること月また月、わが軍備既に整い、将士腕をさすって髀肉《ひにく》を歎ず。この時に当り敵の来たるもとより日と時とを辞せず、ただ願わくは波静かなる日に来たれとは、六十余隻のわが駆逐艦、水雷艇将士のひとしく希望したところである。石炭は上甲板までもうずたかく搭載せられ、総艦艇北海方面転進の準備を完整し、封緘命《ふうかんめい》令《れい》開披《かいひ》の令をば晩か朝かと待ち構えておる、ここ対州尾崎湾の奥深く碇泊せる水雷艇十余隻、長日月の哨戒勤務に塗料ははげて船体いと疲れたれど、艇尾にひらめく旭日旗は、紅《くれない》の色ますますあざやかである。

五月二十七日夢なおこまやかなる朝まだき、士官室のとびらをたたく当番の水兵、

「中尉！　旗艦よりの信号——敵第二艦隊見ゆ、直ちに出港用意」

と。中尉も艇長も「おう」とばかりに「ベッド」より飛び降りさま、異口同音に、

「当番！　天気はどうだ」

当番は、

「風がだいぶ強いようです」

と、はや前甲板に駆け行きつつ「パイプ」の音も勇ましく、

「総員起し、出艇用意」

士官室の小さき舷窓より眺むれば、海には白波むら立って艇の動揺ただならず、陸には松籟颯々として激浪岸に怒り、疾風の「ハッチカバー」をあふる声は、パタパタと胸を刺すばかりである。艇長は中尉と顔見合わして、

「いやな日にやって来た！」

寝巻のまままず上甲板に出で見れば、風は飄々《ひょうひょう》として檣《マスト》に激し、波は溂々《らつらつ》として舷を打ち、碇泊諸艦の檣頭には、紅黄青白、数旒《すうりゅう》の信号旗が翻っておる。汽罐は至急点火せられて、煙突より吹き出す棕褐《そうかつ》の煤煙は、強風になびきて登竜のごとく、錨鎖《びょうさ》を縮《つ》むる轆轤《れきろく》の響き、令を伝うる号笛の音、湾内いとど活気を帯び、狭き艇内にも勃々《ぼつぼつ》たる元気の磅礴《ほうばく》せるを覚えた。

顔を洗い服を改むれば、煙草一服やる暇もなく、はや「序列に従い出港せよ」との旗艦の信号――。

どうせきょうは濡れ仏！と雨も降らぬに長靴合羽《かっぱ》に身を固め、雙眼鏡を胸にぶら下げ、「コンパス」台の上に立てば、時まさに午前五時四十分。「錨《いかり》揚《あ》げ！」の号令に揚錨機《ケプスタン》軽きこと飛ぶがごとし。

第〇戦隊の後方に従うて大口湾口《おおぐちわんこう》を出ずれば、山のごとき怒濤ははや遠慮なく艇をのんで、面《おもて》を打つ飛沫は礫《つぶて》よりも激しく、艇の動揺はさながら箕《み》をあおるに異ならず、ほとんど起立にすら堪えない。柱をいだき、「コンパス」を擁して、わずかに顛倒を防いでおる。もし

寸時たりとも手を放たば、身はたちまち舷外怒濤のうちにほうり出されるのである。

既にして午前九時過ぎ対州の南方に達せしも、いまだ敵影を見ず。すなわち列を解き漂泊して敵の到るを待った。この日濛気深く海面をこめて、展望わずかに数海里に過ぎず、近き対州の山峰も烟霞《えんか》に隠れて濁浪ひとり威をほしいままにし、数千噸の軍艦さえも赤腹をあらわしてしきりに輾転《てんてん》してしておる。まして百噸内外の小艇に至りては、風に漂う秋の木の葉もただならず、合羽も外套も何の用かは、潮水は既に上衣を浸して襦袢にまで達した。

敵の来ぬ間にと、中尉と交代して朝食のため、士官室に下れば、こはまた何たる狼藉混乱ぞや。棚の書物はころげ落ち、箪笥の引出しは抜け出し、「テーブル」の上にはみそしるの洪水、床には麦飯の小山、足を踏むべき所だにない。

世に水雷艇乗りを称してこじき商売という。その困って来たるゆえんを知らずといえども、服装のきたなき点において、食事の粗末なる点において、居住の窮屈なる点においては、少なくも相類似しておる。ある人はその三日やればやめられぬ点において、更に一層よく似ておるといった。とにかく水雷艇乗りの生活は、これを軍艦の乗員に比すれば、すこぶる惨澹たるものである。

軍艦の兵員には、水兵あり、機関兵あり、信号兵あり、木工あり、看護あり、主厨《しゅちゅう》あり、その他割烹《かっぽう》、剃夫、給仕の傭人に至るまで、それぞれ専門の分業がある。しかるに水雷艇においては、ただ水兵と機関兵ばかりである。ゆえに水兵にして主厨の仕事もすれば、機関兵にして信号兵の仕事もやらねばならぬ。士官に至りても、ただ艇長と乗組の中少尉ひとりとのみで、軍医官も主計官もいない。「艇長！　腹が痛んでたまりません」といって来ればドウブル錠を与え、寒冒《かんぼう》で頭痛がするといえばサルサウ錠を飲ますくらいのことは承知しておらねばならぬ。

また軍艦では当直士官が五、六人もいて普通四時間ごとに交代するのであるが、水雷艇では艇長と、中少尉とただふたりで、夜も昼も、ぶっ通しに、当直するのであるからたまらない。それも一週間や、十日ならまだしもだが、旅順封鎖のごとく半年以上も続いては随分《ずいぶん》からだに無理がいくらしい。それかあらぬか、当時の水雷艇乗りで、今日からだをこわしておるものは少なくないようである。

始めて水雷艇に乗った士官の、最初最も閉口するのは食事である。前述べたごとく、水雷艇には主厨も「コック」もいないので、食物はすべて水兵や機関兵の手料理である。しかも人員に余裕なきため、士官の食事とて別に作ることはできず、艇長はじめ兵員と同じく、麦たくさんのご飯や、塩辛いみそしるで辛抱せねばならぬのである。ことにへたなまかない当番の時など、のりのようなベトベト飯や、朋友飯とかいってシンのあるやつをいただかされることはあえて珍しくない、そこで折々は士官室で艇長や中尉の手料理がまかなわれる。言うまでもなく教官は弦斎氏《げんさいし》の食道楽《くいどうらく》である。牛肉のてんぷらをば「ビーフカツレツ」といい、卵の柏餅《かしわもち》焼きをば「オムレツ」というくらいはかねて聞き覚えたるところなるも、さて実地にやってみると、「ビフテキ」が焦げて炭となり、「ライスカレー」固まりて餅《もち》となるなどの失敗も演ぜられる。ここに至ってこじき商売また難いかなである。

ぬれたる服をば脱ぎ捨てて、水のごとき茶に、麦飯二、三杯かき込むうち、伝令の水兵あわただしく、駆け来たり、

「艇長！　旗艦からの信号――西南西に敵艦隊見ゆ――」

「うん！　何艘ほどいるか」

「本艇からはまだ見えません」

「中尉に――すぐ行くから敵が見え出したら知らして下さいといえ」

　この天気の模様では、とてもきょうは昼飯は炊けそうにもなし、また食う暇もなさそうである。腹がへってはいくさのできぬは、古人の訓戒。更に三、四杯追加して上甲板に出た。雙眼鏡を執って眺むれば、はるかに南西の空にあたり、灰色にかすむ濛気のうちに、蜒々《えんえん》として連なる黄色の煙突六つ七つ八つ――わが艦隊は航進を起こし、敵を右舷艦尾のかたに保ちつつ、北東に向進した。

　沖に出ずるに従いて、海はますます荒くなり、さか巻く激浪、怒れる狂瀾、艇は揺り上げ揺り下げ、揺り倒されてぶらんこのごとく、振子のごとく、男波《おなみ》の頂に上がりては「スクリユー」むなしく空中に回り、女波《めなみ》の底に下りては甲板半ば水中に没す。面舵《おもかじ》、取舵《とりかじ》一たび誤れば艇も人も波の餌食《えじき》！　もしそれ隣艇を眺むれば、右に傾き、左に倒れ、艇尾を曲げ、竜骨あらわに赤き船腹を翻す様、あたかも祭の獅子の狂うがごとく、傷《いた》める蠑螈《いもり》のもだゆるに異ならず、一波寄せ来るごとに、今度こそはと、思わず眼をそむくるばかりである。

　敵は次第に近づいて、今ははや肉眼にても、その煙突を認め得るに至った。どうせ役に立

たぬ合羽や長靴、ただ身の運動を妨ぐるばかり。「ズボン」まくり上げてのたびはだしに、火事場ずきんをスッポリかぶり西洋手ぬぐい首に巻き付け（これは潮水が首より背中へ流れ込むを防ぐためである）舶来のどろぼうもかくやと思うばかりの扮装《いでたち》にて、中尉と交代し「コンパス」台に立った。時まさに午前十時三十分！　当直の申し継ぎさえまだ済まぬに、波はザブリとはや一浴びせ――。

満洲で戦争の結果、わが陸軍の服装はカーキー色に改正せられた。しかしながら海においてはカーキー色は禁制である。そもそも軍艦は戦時なるべくその姿を敵に発見せられざらんがため、外舷をば濃灰色に塗るのが普通である。しかるに敵の艦隊はその舷側をば濃灰色に塗れるにもかかわらず、なにゆえか煙突ばかりは淡黄色《カーキー》に塗っていた。海上においては黄色は灰色よりも遠見に適するは明らかである。これがため、敵はいまだ我を発見し得ざるに、我はすでに敵を発見することを得たるのみならず、その煙突の形状および数により、敵の陣形までも明知することができたのである。露国艦隊が特にかかる塗色を選びたる理由に至りては、吾人の切に聞かんと欲するところである。

かくて風浪と戦いつつ、第〇戦隊の後方に尾して航進した。見れば他の艇隊は、対州方面に向かって避難しつつある。しかし我らの艇はいまだそのお許しに接せず、ただわけもなく伴《とも》せ伴《とも》せでくっ付いている。敵の艦隊はようやく接近して約七、八千メートルとなり、その数また次第に増して二十余隻を数え得るに至った。ついでわが第三戦隊、第四駆逐隊等と逐次会合せしもいまだわが主力艦隊の姿が見えない。やがて正午となり、午後一時となり、敵はますます近寄って来るも、味方の主力はなお影さえ見えず、もしこの敵をのがしてはと、ひとりやきもき気が気でない。

既にして午後二時前に至り、東方はるかにわが主力艦隊の雄姿堂々、濛気を破って進み来たるを発見したる時には、やれ安心とようやく重荷を卸ろしたる思いがした。たまたま旗艦○○の檣頭に、「霧はれ、波静まり、天佑限りなし云々《うんぬん》」との信号が掲げられた。なるほど霧やや薄らいだようである、何で波が静まろう、水雷艇では飯もたけず、茶もわかせず、食わず飲まずの死にもの狂いである。波静まれという軍艦がしみじみうらやましかった。

彼我主力艦隊は刻々相近づき、今にも乾坤《けんこん》一擲《てき》の大激戦が始まるならんと、しばしが間は波も風も打ち忘れ、かたずをのんで見てあれば、折しも襲い来る一団の濛気に、敵も味方もおおわれて、姿はたちまち見えずなり、ただ殷々《いんいん》たる砲声の東方にとどろくを聞くのみである。ここにおいて我らの随航せる第○戦隊は敵の後尾をめぐってその右側に出で、他の巡洋戦隊と協力して、敵の特務艦に対して、砲撃を開始した。逆浪であろうと、横波であろうと何の遠慮もなく、縦横無尽につっ走られるので、これに随航する水雷艇の苦しみはとても筆紙に表わすことができない、一万五千噸の大鑑でさえ、この日風浪に逆航するときは、怒濤上甲板にみなぎって飛沫艦橋を襲うたほどである。まして蕞爾《さいじ》たる水雷艇に至りては、波艇内に打ち込むにあらずして、艇が激浪中に突き込むのである。水雷も大砲も今は何の用をかなさん、乗員は柱にかじり付いたまま動くことさえできぬのである。

かかる際にもなお隊列を乱すことはできない。しかし舵はきかず、汽機の回転は不規則なり、ややもすればあるいは前続艦を追い越し、あるいは列外に逸出する等、艇長の苦心と操舵手の労、また決して鮮少ではない。

ああ憎き風――恨めしき波――。

十二インチ砲弾もいまだもって戦艦を撃沈するに足らずとは、日露戦役以前において一般に承認せられたる定説であった。しかるに日本海海戦において、露国戦艦のわが砲弾のために沈没したるもの数隻に及びたるは、すこぶる世人の注意を呼び起こし、その原因理由について種々の解説が下された。あるものはこれを造船術における復原力の欠乏によるとなし、あるものはこれを石炭過載のため、装甲部全く水中に没入したるためとなし、またあるものはこれをわが弾丸威力の絶倫なるに帰しておる。なるほどこれらもあるいはその一因であったかもしれぬ。しかしその最も大なる因由は、この日の風である。この日の波である。

およそ軍艦の装甲なるものは、主として艦の水線附近に施されるものにして、水線より上方に至るに従いて次第に薄く、また水線下二、三フィート以下に至っては全く甲板を有せないのである。これ水線下は海水が防弾の作用をなすからである。すなわち海波平静なる天候においては、水線附近は装甲鈑をもって保護せられ、水線以下は、海水をもって防衛せられ、また水線上の部は、たとい敵弾に穿貫《せんかん》せらるるも、波浪侵入の恐れなきがため、沈没の憂いはないのである。これに反し波浪狂暴なる海面にあっては、艦の動揺と波の高低のため、あるいは水線下なる無防禦部に弾丸をこうむりて艦底を撃破せらるることもあり、あるいは水線上数尺の高所に受けたる弾孔よりも海水侵入することもあり、しかして水には復原力無きため、一たび艦内に侵入したる水は、ますます艦の傾斜と動揺とを大ならしめ、ついに覆没《ふくぼつ》に至らしめたのである。

すなわちこの日の風浪は、水雷艇乗員としての小局より見れば、大なる天災なるも、戦争の大局より見れば、非常なる天佑であった。これを思えば我らの苦痛は、むしろ上帝に向かって感謝せねばならぬ。

天佑か天災かは知らねど、とにかく苦痛は苦痛である。風と争い、波と戦いつつ戦場を馳駆すること数時間、流弾時々艇周を襲うて、潮水上ること数丈、やがて午後六時ごろ敵艦沈没の跡を航過した。こわれたるボート、裂けたるとびら、焼けたる木材、焦げたる釣床《ハンモック》などその他艦具の破片は、混然として海面に浮沈し、多数の敵兵はこれにすがりつつ、激浪のうちに漂うておる。かたわらを通るわが艦艇を望んでは、あるいは手を上げ帽を振り、泣き叫びつつ、しきりに救助を求むるものもあれば、襲い来る激浪にたちまち浮木《うき》を奪われて、見る見る波中に巻き込まれるものもある。あるいはいと恨めし気に無言のまま見送るもあれば、なおも我を恐るるにや、浮泛物《ふへんぶつ》の影に身を隠すもある。わけて哀れなりしは、半ば満水せる破れ「ボート」に乗じ、我らの艇側に近く流れ行きし三、四名の敵兵であった。見れば一人の士官らしきものは、頭部に繃帯を施して艇底に仰臥し、「シャツ」は血ににじんで緋の衣を着たるがごとく、他の二、三人は、しきりにこれが看護につとめておる。山のごとき巨濤のうちに、底の抜けたる「ボート」――運命の帰する所は既に明らかである。しかもなお傷つける上官をいたわりつつ、我らの艇を見て伏しうつむきたる痛ましさ!

折しもわがかたわらに立てる一水兵、

「ざま見やがれ、ロスケめ、艇長！　打ち殺してやりましょうか」

聞けば彼にふたりの兄弟があった。弟は昨年九月遼陽の大戦に、二十二歳の盛りの身をば、むなしく満洲の露と消え、彼の兄は妻あり、子ある後備より召集せられ、同年十月沙河《さか》の会戦に重傷を負うて、これまた朔北《さくほく》一坏《ぱい》の土と化したとのことである。ことに彼の兄の死は、聞くも哀れの至りである。十月十三日拉木屯《らむーとん》の攻撃にわが軍突撃功を奏せず、恨みをのんで退却の際、彼の兄は腰部を打たれてその場に倒れた。敵の塹壕をさることわずかに数十歩、銃丸砲弾雨のごとく、わが救護隊もこれに近づくことができない。やがて日没となるや、敵はひそかに塹壕をはい出でて、わが死傷者の携帯品を奪い、少しにても息の通えるものは、腹といわず、胸といわず、鋭き銃剣もて突きつ、えぐりつ、息の根を止めねば置かぬのである。彼の兄もまた残忍なる露兵の剣先に数か所を刺し貫かれ、翌暁再度の突撃の際、人事不省の間に、ようやくわが軍に収容せられたるも、胸部に受けたる突き傷のため、「などてかたきを討ちて」とのただ一言をなごりとし、ついに野戦病院に倒れた。年老いて病める彼の母は、一時に二人の愛児を失うて、病勢頓《とみ》にあらたまり、涙のうちに二児の跡を追うてこの世を去ったとのことである。聞けば彼の憤慨もあながち無理でもない。しかしかくのごときは、敵愾心を沸騰せる陸戦においては、彼我共にありがちのことであろうと思う。

　窮鳥ふところに入れば猟夫もなおこれを撃たず、狗仔《くし》飢えに叫べば屠者《としゃ》もなおこれを殺さずとかや。日露両国今や戦いを交え、剣戟弾雨のもと、人互に相殺傷すといえども、吾人、露人に対し、個人として何らの仇怨あるにあらず、敵となり、味方となるもただこれいくさする身の義理である。艦の沈没するまでも奮闘し、幸か不幸か、身は死せずして海中に陥りたる敵に対して、もはやこの上危害を加うるの必要もなければ、またこれを加うるに忍びない。なお事情許すならば、この勇敢なる敵をば、救助してやりたきが吾人の情である。

されどまた吾人の命ぜられたる第一の任務は、はむかう敵を撃滅するにありて、溺《おぼ》れたる敵を救助するのではない。いやしくも前に敵の存するかぎり、これに向かって猛進せねばならぬ。区々たる人情にとらわれ、撃つべき敵をも打ち捨てて、敗敵の救助に従事するごときは、畢竟《ひっきょう》人気取りにあらざれば、宋襄《そうじょう》の仁《じん》に過ぎぬのである。最も確実なる勝利は敵を鏖殺《おうさつ》するにありとは、泰西兵家の箴言《しんげん》である。六代を高雄山に殺したる源氏は、頼朝を伊豆に流したる平家よりも、軍略上における智者である。日はようやく傾きて波は次第に冷たく、海上に浮べる敵兵の救助を求むる声は、刻々に衰え行き、絹を裂くごとき悲哀の叫喚は、細く長く、波に響きて、暮れ行く空にひとしおの哀れを添え、張り詰めたる鉄石の心にも、そぞろに無情を感ぜられ、熊谷ならぬも捨つべきものは弓矢なりとの思いさえ起こった。

かくて哀れなる敵兵をば、怒濤のうちに残しつつ北上し、「カムチャーツカ」、「スウォーロフ」の沈没を認むれば、暮色はや檣頭に垂れて、今や我らが活動の舞台となった。今朝十時三十分「コンパス」台に立ってより、一杯の茶も飲まず、一本の煙草も吸わず、激浪怒濤と終日の乱闘に、身は疲れて綿のごとく、手足は凝って棒となり、ぬれたる衣服はかうるにいとまなく、冷寒ようやく肌《はだ》を犯し、飛沫と潮風とに打たれて、血走る眼は火よりも赤い。

ただ衰《おとろ》えざるは、一片耿々《かうこう》愛国の熱情！

苦心惨澹ようやくにして従卒が炊《かし》ぎたる麦飯の握り飯数個に勇を鼓し、ここに初めて戦隊と別れ、煙に消え行く敵艦隊のあとを追い、速力を増して急進した。波はひとしお激しく襲い来たりて、前方を正視することもできない。轟々たる砲声今や絶えて、風浪ひとり咆哮す。はるかに暮靄《ぼあい》のうちに暮れ行く味方艦隊を眺めたる一水兵、喟然《きぜん》として、

「アア艦隊の人たちはこれからゆっくり休めるのだなア」

咄《とつ》、何をいう。既にみ国に捧げし我らのからだ、生あるうちはやらねばならぬ——。

たとい手足は折るるとも！

「総員戦闘配置につけ！」

十四　快隼疲鷲を突く

天を翻し、海をくつがえさんばかりの大激戦も、日没と共に、ひとまず収まり、わが聯合艦隊は、敵を駆逐隊、艇隊に譲り、砲を洗って北方に遠ざかった。終日激浪を蹴破して機をうかがいたるわが駆逐艦、水雷艇は時こそ来たれと、網を脱したる走兎のごとく、籠《かご》を出でたる飛鳥のごとく、艦隊目がけて、東北南の三面より突進した。

北方にありて敵の前路を扼せるものは、藤本司令の率いる第一駆逐隊、矢島司令の率いる第二駆逐隊および河瀬司令の率いる第九艇隊である。東方より直ちに敵の側面を襲わんとせるものは、吉島司令の率いる第三駆逐隊、鈴木司令の率いる第四駆逐隊及び広瀬司令の率いる第五駆逐隊である。南方より進んで敵の後尾に迫らんとするものは、福田司令の率いる第一艇隊、大滝司令の率いる第十艇隊、近藤司令の率いる第十五艇隊、青山司令の率いる第十七艇隊、河田司令の率いる第十八艇隊および久保司令の率いる第二十艇隊である。その他さきに命により、風波を三浦湾に避けたる、関司令の率いる第十四艇隊、若林司令の率いる第十六艇隊、松岡司令の率いる第十九艇隊もまたすでに戦場に向かって進みつつある。駆逐艦、水雷艇合して六十余隻、敵の隻艦、片影だもなおのがさじと、網陣を張って取り囲んだ。

敵は半日の難戦に、力と頼む精鋭の戦艦四隻までも打ち滅ぼされ、残れる軍艦また多少の損害を受けざるはなく、士気は衰え、兵気はくずれ、戦う勇気もあらばこそ、一刻もはやくこの恐ろしき日の暮れよかしと、将卒共に心ひそかにこいねごうた。やがて日は暮れ、わが艦隊と別れ、やれうれしやと思えば、兜《かぶと》の紐締め直すいとまさえなきに、はやわが水雷艦艇に取り囲まれ、一敵わずかに去って、また一敵、司令官ネボガトフ少将は、隊を率いて血路を南西のかたに求めた。この時における敵艦隊の排列は、ネボガトフ司令官の旗艦「ニコライ一世」を先頭とし、戦艦「アリョール」、装甲海防艦「アプラクシン」、同「セニャーウィン」の三艦これに次ぎ、やや離れて装甲海防艦「ウシャーコフ」、戦艦「ナワリン」、同「シソイ・ウェリーキー」、装甲巡洋艦「ナヒーモフ」の四隻更にこれに続航し、快速巡洋艦「イズムルード」は通報艦として旗艦の左側方に占位し、装甲巡洋艦「ドンスコイ」、同「モノマーフ」、巡洋艦「スウェトラーナ」、同「アルマーズ」、特務艦船、駆逐艦等は本隊の左後方に竝進《へいしん》し、巡洋艦「オレーグ」、同「アウローラ」、同「ジェムチウグ」および駆逐艦二、三隻は、司令官エンクォイスト少将これを率い、その快速を利用して本隊を航越し、はるかにその左前方に進んでいる。

まさにこれ快隼《かいしゅん》疲鷲《ひしゅう》を突かんとするの景！

日は全く暮れて、波色ますます黎《くろ》く、月なき空におぼろの星影二つ三つ。わが第二駆逐艦はまず猛然として敵主力艦隊に向かって突進した。四隻の快艦波を切って進めば、一条の燐火銀河のごとく、暗海に流る。敵はたちまち探照燈を点じ、砲火を放ってこれを迎えた。やみを貫く紫青《しせい》の電光、波にひらめく真紅《しんく》の砲炎、天地は再び眠りよりさめて、煌々《こうこう》、閃々《せんせん》、また轟々。わが各艦は飛弾を潜り、探照を犯し、陣形整然としてただ真一文字に敵艦隊に肉薄した。矢島司令の乗艦朧《おぼろ》は、午後八時十分ごろ敵の距離約五百メートルに迫り、これに対して、当夜劈頭第一の水雷を発射し、電《いなずま》、雷《いかずち》、曙《あけぼの》の三艦、またこれに続きて襲撃を決行した。

敵の主力艦隊は、この時針路を再び北方に転じ、速力をきわめてウラジオストックに向かい、巡洋艦隊、特務艦隊等は陣形全く潰崩して、南遁《なんとん》、北走、おのが欲するところに従い、中には浸水激しくして沈没を免れんがため、わが沿岸に向かうものもあった。

第二駆逐隊の襲撃終ると同時に、他の駆逐隊、艦隊は、直ちに諸方面より敵艦隊に向かって殺到し、あるいは前を撃ち、あるいは後を襲い、一隊退けば一隊更に進み、息も継がせず攻め立てた。敵は首尾腹背よりわが猛激を受けて、防戦の応接にいとまなく、多数の探海燈を点照し、大小の弾丸を雨射し、死にもの狂いに防いでおる。もしそれ側方にあって襲撃中のわが艦艇を眺めんか、船体は幾多の探海燈に集照せられて、煌々《こうこう》たる銀光を放ち、全速力をもって駛走《しそう》する船首には、激浪の雪あふれ、白沫の渦流は、長く船尾に流れて奔河《ほんか》のごとく、蓊蔚《おううつ》たる煤煙は、火の粉を交えて、一文字に靆《たなび》き、落弾に怒る騰潮は、電光を浴びて、さながら、水晶の柱に異ならず、敵の艦上にひらめく砲火に至りては、高低《こうてい》参差《しんし》波に映じて、あたかも満池の紅蓮《ぐれん》一時に開くがごとく、大なるは火炎揺曳《かえんようえい》して、響き天にとどろき、小なるは石火瞬閃、声耳をつんざく。ことに汽罐を破られて、敵前に進退の自由を失したるものに至りては、濛々《もうもう》たる白煙、沸々たる水柱、電光これに映射して、暗夜五彩の虹を描き、凄中美あり、美中凄あり、人をして恍然神脱せしむるものがある。

既に進んでみずから敵探照のもとに立つに至らんか、四、五万燭力もあるべき爛々たる電光は、左右真向より面を射照し、眼は眩《げん》して前方を正視することもできない。今はただ面を伏せ、目をおおい、探海燈目がけて、真一文字に猛進するのみである。一分時間に数十弾を発射する速射砲、一秒時間に数弾を吐き出す機関砲は、轟々戛々《かつかつ》耳を圧し、頭上をかすむる飛弾の嘯声《しょうせい》、大なるはビューンとうなって強弩《きょうど》の鏑声《てきせい》のごとく、小なるはシューッと響いて熱鉄を水中に投ずるに異ならず。白銀の水柱は前後左右に簇立《ぞくりつ》し、倒れては沛然《はいぜん》として艇上に爆下し来たる。人は甲板に伏して発射管を按じ、艇長ひとり司令塔上に立つ。汽機ひとり鞺鞳《どうとう》としてまた人声を聞かず。ここに至れば自我を脱却して無念また無想、荒れ狂う波も錦の褥《しとね》、飛び交う弾丸《たま》も春の落花。心頭ただ存するは、成功の一念のみである。

艇いよいよ進めば、敵の砲火いよいよ激しく、わきて耳底に徹するは、機砲の響きである。トットットッ……といやな音響と共に、砲口より射出する弾丸の流れは、あたかも喞筒《ポンプ》の水を注ぐがごとく、船体を貫く音は、ビシュッビシュッ。折しも一声たま切る叫び、

キャッ！

たれかやられたなと思えど、顧みるいとまも、助くる暇もない。ただ驀進！　ただ猛進！　やがて敵艦上における喧噪叱咤《けんそうしった》を聞き得るに至れば、距離はすでに二百メートル以内である。敵の艦腹をねらって、発射管の電鑰《でんやく》一たび圧すれば、

シューッ！

一条の白線を海面に描きつつ、波をくぐって進み行く、魚形水雷、一個！　二個！　三個！

既に水雷を発射し終れば、長居は無用、転舵一杯、速力をきわめて退却の途につく。敵はのがさじと追撃、追照、いよいよ急。耳辺をかすむる飛弾の声の、往途《ゆき》にまさりて気味悪さ。いくばくもなく轟然海もくつがえるばかりの爆音と共に、船体ピリリと振動すれば、にわかに起る万歳の声。

命中ッ！

目標敵艦の探海燈は、たちまち吹き消すがごとく消滅し、砲火にわかに絶えて影は暗中に没す。沈否は知らねどたしかに成功！

前の負傷者はいかにと見れば、あわれ重傷を負うてはや虫の息。暗中ぬるりとすべるは、血潮か水か。

「水雷はあったぞ、しっかりせよ」

と抱き起こせば、声もかすかに、

「万——ざ——い」

治療を受くべき軍医はおらず、繃帯巻き付け下甲板にかつぎ込めば、艇動揺するごとに、傷者の面は顰《ひそ》みつ、蹙《ひか》みつ。

かくて第一駆逐隊（春雨《はるさめ》、吹雪《ふぶき》、有明《ありあけ》、霰《あられ》、暁《あかつき》）、第三駆逐隊（東雲《しののめ》、薄雲《うすぐも》、霞《かすみ》、漣《さざなみ》）、第五駆逐隊（不知火《しらぬい》、叢雲《むらくも》、夕霧《ゆうぎり》、陽炎《かげろう》）、第一艇隊（第六十七号、第六十八号、第六十九号、第七

十号水雷艇）、第九艇隊（蒼鷹《あおたか》、燕《つばめ》、雁《かり》、鴿《はと》）、第十艇隊（第三十九号、第四十号、第四十一号、第四十三号水雷艇）、第十五艇隊（雲雀《ひばり》、鷺《さぎ》、鷂《はしたか》、鶉《うずら》）、第十七艇隊（第三十一号、第三十二号、第三十三号、第三十四号水雷艇）、および第十八艇隊（第三十五号、第三十六号、第六十号、第六十一号水雷艇）の三駆逐隊、六個艇隊は午後八時三十分ごろより同十一時ごろまでの間において、激烈なる敵の探照砲火をものともせず、目眩《げん》ずれば目をおおい、人倒るるも救ういとまなく、ここぞ命の捨てどころとばかりに、遠きも五、六百メートル近きは二百メートル以内に迫りて、勇敢剛毅なる強襲を決行した。ことにあやめも分かぬ暗中に、燈火を全滅した る数十隻の艦艇、全速力をもって縦横に馳走《しそう》することとて、衝突の危険は言語に絶し、互に行き違うもの、相横ぎるもの、飛燕か、閃電《せんこう》か、危機真に一髪を入れない、見張りの水兵より、

　艇長！　右舷に船が……

　声いまだ消えざるに、はやわが艇首を摩《ま》しつつ、直前を横ぎる船影、敵か味方か、問う暇も、答うる暇もあらばこそ。

　あぶないッ！

　と思う間に、影は早くも暗中に消えて、燐波わずかに航跡を残すのみである。この時に当ってもし躊躇すれば、なおあぶないのみならず、いたずらに襲撃の好機を逸する恐れがある。どうせ盲の競争に等しき暗夜の仕事、ただ猪突、豨驀《きばく》、盲人瞎馬《かっぱ》的に突撃するより外はない。

　これより先、ネボガトフ司令官の率いる敵主力艦隊はわが猛烈なる襲撃に辟易《へきえき》し、一意こ

れを脱せんことをつとめ、いくたびか右折左転してその航路をくらましつつ全速力をもって北方に航走した。しかしてその先頭の諸艦は午後九時過ぎわが襲撃の絶え間を見て、断然探海燈を消滅したるも、後尾の諸艦は依然として探照を継続したるがため、特にわが艦艇の攻撃目標となり、右往左往に逃げ迷って、陣形全く潰裂するに至った。

やがて午後十一時ごろに至りては、さしも激甚なりしわが襲撃も、ひとまず中絶せしかば、敵は全く探照をやめ、砲火を収めて影を暗中に没し、天地は再び風濤の夜にかえった。空は全くはれて星斗密に、風はますます凪ぎて波動ゆるく、夜はいつしかふけて四更《しこう》に近づけば、二十三日の下弦の月は、はや東天に上り、金波漂揺、夜はいよいよしずかである。

暗澹たる広き海面のかなたには、疲れ果てたる敵艦の、波影濤声にもなお心をくばりつつ、戦々兢々《きょうきょう》恐しき夜の瞬時も早く明けよかしと待つあれば、こなたにはまた、敵をもとむるわが艦艇の、なおも縦横に奔馳《ほんち》しつつ、襲撃を果すまでは一刻も夜の長かれかしと祈っておる。探る味方も、逃ぐる敵も、共に光をおおい、響きを忍べば、相近づくも互に知らで行き過ごすこともあり、暗中不意の発砲に肝を冷やすこともある。日没後敵を見失いたるわが第四駆逐隊（朝霧《あさぎり》、朝潮《あさしお》、春雨《はるさめ》、村雨《むらさめ》）は、爾来索敵につとむるうち、午前二時ごろふと敵艦二隻の北航せるに遭遇し、たくみにこれを奇襲して、少くともその一隻を撃破した。これぞ当夜における掉尾《とうび》の一撃である。しかして爾余の艦艇もまた百難を排して、終夜敵を捜索したるも、ついにこれを発見せずして、むなしく二十八日の暁を迎えた。

前記のごとく、この夜におけるわが襲撃は、最も猛激をきわめ、あるいは敵の号令、叱咤《しった》の声を聞き、あるいは敵艦上における人影を認め得るまでも肉薄猛進し、ことに俘虜の言によれば中には大砲の俯角以内に迫りたるものさえありたりというほどにて、全艦艇いずれも万死を期して突撃したるがため、わが損害もまた決して少くなかった。

劈頭第一の襲撃を決行したる第二駆逐隊は、敵艦隊の全砲火をこうむりたるがため各艦共に多少の被弾なきはなく、なかんずく二番艦雷《いかずち》は、初め敵弾に汽管を打ち砕かれたるがため、蒸汽たちまち逸出して、白煙濛々艦をおおいて、一時敵前に停止するのやむを得ざるに至った。敵の砲火はたちまち同艦に集中して更に数弾をこうむり、たまたま発射管を按じて発射の機をうかがいたる池田中尉（宏平）は、胸部を貫かれてついに倒れ、山田上等兵曹（作太郎）、大宮司《だいぐうじ》上等機関兵曹（要人）、外下士卒九名負傷した。その他朧《おぼろ》においては従僕長沼漸《ながぬまぜん》全身を粉砕せられて即死し、高橋中軍医（元真）および下士卒四名軽傷を負い、曙《あけぼの》においては湯目上等兵曹（吉十郎）並びに下士卒三名の負傷者を生じた。

第一艇隊の第六十八号艇は午後九時十五分ごろ、敵艦距離約三百メートルに迫りて襲撃を果たし、まさに退却せんとする際、たまたま敵の一弾来たりて前罐を貫き、一等機関兵曹鈴木政太郎、一等機関兵山田藤七、同三田徳三、同宇佐美嘉十郎は熱湯を浴びて悲壮なる戦死を遂げた。ついで他の一弾は後罐の汽管を破り、ために蒸気噴逸して、ついに敵弾雨飛のもとに汽機を停止して、応急修理を施すのやむを得ざるに至り、たちまち敵の猛火に浴して、船体の弾痕実に三十に及び、床次上等兵曹（吉蔵）外下士卒五名の負傷者を生じた。

第十七艇隊および第十八艇隊は共に竹敷《たけしき》要港部の所属にして、開戦以来常に朝鮮海峡の哨戒に従事し、いまだかつて敵に接せず、旅順方面における他艇隊の勲功を聞くごとに、将卒共に腕を撫《ぶ》して脾肉を嘆じつつ、むなしく強風怒濤と戦うことここに一年有余に及んだ。しかも今日はからずこの大戦に会す、男児君国に報いるはまさにこの秋《とき》にありと、将士踴躍《ようやく》、意気天をつき、その戦闘最も壮烈をきわめた。

　第十七艇隊の第三十四号艇は、青山少佐、司令兼艇長としてこれに坐乗し、午後九時十分ごろ敵艦距離約二百五十メートルに迫り、水雷を発射したる一刹那、十二サンチ大の敵弾一個、前罐を貫通して更に舷側に大破孔をうがち、沸煮《ふっしゃ》せる熱湯はたちまち室内に流出し、強圧力の蒸気は猛烈なる勢いをもって煙突、弾孔等より噴出し、二等機関兵曹児玉利明、一等機関兵吉田武平次、同後藤欣次、二等機関兵楢崎弥作の四名は熱湯に焼かれて前罐室に倒れ、同時に他の一弾は前部発射管にあたって、これを海中に吹き飛ばし、管員二等兵曹富田尚武、および二等水兵林藤五郎を殺し、かつ舵鎖を切断したるがため、艇は敵前近距離において進退の自由を失うに至った。敵の砲撃はますます急にして、大弾小弾驟雨のごとく船体を貫き、乗員を殺傷し、たちまちにして青山司令、西村上等兵曹（元助）および下士卒数名の負傷者を生じた。加うるに艇の動揺は四、五十度に達し、乗員必死の防水も更にその効なく、浸水は刻々増加して、船体次第に沈降し、艦首ははや水中に没した。ここにおいて危難を僚艇に報じて救助を請わんと欲するも、この時進退自由を失せるがごとき一隻の敵艦は、わが近距離に停止して、しきりに砲火を開くがため、信号火《しんごうか》を揚ぐることさえかなわず、鷲《わし》につかまれたる小雀《こすずめ》の翼を動かすようもなく、応急の策全く尽きて、将卒共に今はただ死を期して、艇の沈没を待つばかりである。さきに波上に浮ぶ敵兵をあわれみしことの、今やわが身の上にめぐり来て、破艇に死を待つはかなき運命、いたずらに怒濤のうちに漂蕩すること約一時間、艇はますます沈んで海水はや上甲板を浸さんとした。かくて午後十時ごろに至り、ようやく敵艦と遠ざかりしが、たまたま第六十一号艇の来り救うに会し、まさに相近づかんとする際、この時早くかの時おそく、艇は全く沈没して総員身を激浪中に投じた。ここにおいて第六十一号艇は直ちに乗員の救助につとめ、青山司令以下生存者のほとんど全部を収容せしも、ひとり二等信号兵松村孫七のみは、ついに艇と運命を共にするに至った。もし第六十一号艇の来たること十分間おそかりせば、第三十四号艇乗員の運命は、すこぶる悲惨なものであったであろう。

同艇隊の第三十二号艇もまた襲撃中、敵の一弾、後部発射管に命中してこれを破り、たまたま照準に従事せし多伊良中尉（丈一）の胸部を貫きてこれを倒し、その他小口径砲弾二十余個をこうむりて、下士卒七名の負傷者を生じた。

第十八艇隊の殿艇第三十五号艇は、午後九時三十分ごろ兇猛なる敵の乱照弾雨を犯し、敵甲板上の人影を認め得るに至るまで迫進し、水雷一個を発射せしに、飛び来る弾丸実に雨よりもしげく、船体の各区画ほとんど敵弾をこうむらざるはなく、艇長副島大尉（村八）まず臀部《でんぶ》を貫通せられて重傷を負い、一鬼上等兵曹（信次郎）および三等兵曹豊村恒雄相ついで倒れ、その他下士卒の負傷少なからず、流血は甲板に漂い、奔潮は艇をおおい、光景うたた凄烈をきわめた。しかれども勇敢なる艇員はなお屈せず、山中中尉（義勇）、艇長に代って更に第二の水雷を放ちしに、この時飛弾いよいよ密にして、蒸気主管、高圧汽筩《きとう》等を破壊せられ、山中中尉らまた負傷し、艇はついに敵の直前において停止するに至った。白煙は驤々《じょうじょう》として電光に映じ、飛弾は切々として船体を貫き、戦わんと欲するも砲役せず、脱せんと欲するも、汽機動かず、艇の運命今や風前のともしびよりもなおあぶない。ここにおいて一面には防火、防水並びに死傷者の手当につとむると同時に、一面には敵の接近に備えんがため、わずかに固定発射管に残る一個の水雷をば、照準発射に便なる旋廻発射管に移装した。この作業たるや、昼間平静なる海面において、適当の機械を用いてさえ困難なるに、暗中激甚なる艇の動揺を冒し、全然手力のみをもってこれを遂行したる乗員の勇気はまことに感ずべき至りである。かくてようやく敵と遠ざかるに及び、危険信号を掲げて僚艇の来援を待つうち、第三十一号艇の来たるに会してこれに救援を依頼し、いくたびか曳航を試みたるも、激浪のため曳索つねに切断して功を奏せず、かかる間に浸水ようやく増加して、艇はついに沈没し、乗員全部第三十一号艇に収容せられた。この夜附近にありたるわが駆逐艦、水雷艇数十隻、しかも第十七艇隊の第三十四号艇は第十八艇隊の第六十一号艇に救助せられ、第十八艇隊の第三十五号艇は第十七艇隊の第三十一号艇に救われたるも、また奇なる因縁である。この他第十八艇隊の第三十六号艇も襲撃決行の際、敵弾一個、上甲板に命中して、岸田中機関士（東次郎）、瀬戸口上等兵曹（弥次郎）および下士卒二名重軽傷を負うた。

右の外この夜の襲撃中、第一駆逐隊の春雨《はるさめ》は、第五駆逐隊の夕霧《ゆうぎり》と衝突し、暁《あかつき》は第一艇隊の第六十九号艇と衝突し、また第十艇隊の第四十三号艇は、第十五艇隊の鷺《さぎ》と衝突し、いずれも多少の損害を負いたるも、ひとり第六十九号艇のついに沈没したるのみにして、他の艦艇は単独根拠地に帰るを得た。しかして第六十九号艇の乗員もまた、三等兵曹佐藤啓次郎および二等機関兵曹坂野恒久の溺死したるのみにして、他はことごとく第九艇隊の雁《かり》に救助収容せられた。

かくのごとくわが駆逐艦、水雷艇は、勇烈果敢の襲撃を決行したるがため、敵は防戦最もつとめしといえども、戦艦「シソイ・ウエリーキー」、同「ナワリン」、装甲巡洋艦「アドミラル・ナヒーモフ」および同「ウラジーミル・モノマーフ」の四艦はわが水雷に傷つきて、ついに沈没するに至った。

戦艦「シソイ・ウェリーキー」は、敵第二戦艦隊の二番艦として、昼間「オスラービヤ」に続航したるが、同艦の列外に脱するに及びて、たちまちわが艦隊の集弾をこうむるに至り、巨弾しばしば命中して二時間にわたる大火災を起こし、かつ前部水線部に大破孔をうがたれ艦首著しく沈降し、速力大いに衰うるに至った。ついで波に入るや、連続猛烈なるわが水雷攻撃を受け、ついに艦尾に一水雷をこうむりて浸水を来たし、乗員死力を尽して防水につとめたるも、更にそのかいなく、とうていウラジオストックまでの航行に堪え難きに至った。ここにおいて艦長は、洋中において沈まんよりは、むしろ陸岸に到りて乗員のみにても救助せんと決し、針路を転じてわが対馬《つしま》沿岸に向うの途上、二十八日朝わが仮装巡洋艦信濃丸《しなのまる》、八幡丸《やはたまる》および台南丸《たいなんまる》のために発見捕獲せられ、いったんその檣頭にわが旭日旗の翻るを見しも、浸水のためついに同日午前十一時韓崎《からさき》（対馬の北端）の東北東約三十海里の所に沈没し、乗員六百六十余名中約六百名は、前記のわが三艦に救助せられた。同艦は二十七日昼戦の初期においてわが弾丸治療室に命中し、軍医官および看護部員の多くは死傷し、ために他の死傷者に対する手当十分ならず、わが捕獲員の乗艦したる際には、負傷者は血まみれとなって各所に呻吟《しんぎん》し、戦死者の死体は艦具の破片と共に纍々《るいるい》として甲板に狼藉し、光景すこぶる惨澹たりしということである。

戦艦「ナワリン」は、敵第二戦艦隊の三番艦として、「シソイ・ウェリーキー」に続きしが、二十七日昼間の戦闘において、既に多大の損害をこうむり、艦長以下の死傷少なからず、ことに艦尾を大破せられて、浸水激しく、日没後ついに艦を停止して、破孔を閉塞するのやむを得ざるに至った。ここにおいてかたちまち前後左右よりわが水雷艦艇の猛襲を受け、艦尾および艦腹に各一個の水雷命中し、艦はにわかに傾斜し始めた。乗員は急遽上甲板にのがれいで、あるいはボートを卸ろさんとし、あるいはみずから海中に投ずる等、艦内喧騒をきわむるうち、更に舷側に二個の水雷を受け艦は忽焉《こつえん》として顛覆沈没し、六百八十余名の乗員中、万死に一生を得たるものは、わずかに翌日わが駆逐艦に拾い上げられたる一名の信号兵と、英国商船に救われたる二名の水兵とのみにして、他はことごとく日本海の海底に葬られた。

装甲巡洋艦「アドミラル・ナヒーモフ」は敵第二艦隊の殿艦として、「ナワリン」に続航し、昼戦においてははなはだしき損害をこうむらず、死傷者のごときもきわめて少数であった。しかるに日没後いくばくもなく、右舷艦首に一個の水雷を受けて大破孔を生じ、海水の奔入急湍《きゅうたん》のごとく、艦首はたちまち沈降して速力大いに衰え、とうてい遠距離の航海に適せざるに至った。ここにおいて艦長はウラジオストックに向うを中止し、最近の陸岸に近づきて、乗員を上陸せしめ、しかる後艦を自沈せんと決心し、翌朝七時ごろわが対馬の東岸に達した。よって直ちにボートを卸して乗員の上陸を開始せし際、わが仮装巡洋艦佐渡丸《さどまる》に発見せられ、残りの人員はたちまち海中に投じた。佐渡丸は一方敵兵の救助につとむると同時に、一方艦の捕獲に従事したるも、「ナヒーモフ」は浸水のため午前九時ごろついに対馬琴《こと》の浦《うら》の東方四海里に沈没し、乗員六百三十名中、五百二十余名は佐渡丸に収容せられ、他の百余名はボートに乗じて対馬《つしま》海岸に上陸した。

装甲巡洋艦「ウラジーミル・モノマーフ」は、エンクゥィスト司令官の率いる第一巡洋艦隊に属し、昼間はもっぱらわが第三戦隊以下の巡洋艦隊と交戦し、わずかに六インチ弾二個を受けたるのみにして、その損害きわめて軽微であった。しかるに速力鈍きがため、昼戦の終期においてエンクゥィスト司令官の指揮下を離れ、他の巡洋艦、特務艦等と共に主力艦隊の左後方に並進せしに、日没後猛烈なるわが襲撃を受けて、艦腹を撃破せられ、浸水のため艦体漸次傾斜するに至った。ここにおいて艦長はとうていウラジオストックまで航行し難きを認め、針路を西方に転じ、翌朝八時ごろわが対馬《つしま》の東岸に近づきし際、わが仮装巡洋艦佐渡丸のために捕獲せられた。この時「モノマーフ」は艦首大いに沈下して、かつ右舷に傾斜すること約十度に及び、とうてい曳航の望みなきをもって、佐渡丸はついにこれを断念し、敵の乗員全部はたまたま来会したる仮装巡洋艦満洲丸《まんしゅうまる》に収容せられた。しかして「モノマーフ」はその後なお沈まんとして沈まざること数時、ようやく午後二時過ぎに至り、韓崎《からさき》の東方約十海里にあたかも眠るがごとくに沈没した。

かくのごとくわが駆逐艦、水雷艇は激浪弾雨をものともせず、勇壮無比の襲撃を決行し、敵の艦隊四隻を撃沈し、凱歌をあげて更に翌日の戦場に急いだ。翻ってこの夜における敵駆逐艦の行動はいかん？　九隻の有力なる駆逐艦中、ただ一隻としてわが艦隊に対し襲撃を試みたるものさえあるを聞かない。そもそもロ提督が幾多の困難を冒し、わずかに三百噸に過ぎざる小艦をして、一万数千海里の遠航をなさしめたるゆえんのものは、ただこの一夜の攻撃をなさしめんがためである。あに単に沈没軍艦乗員救助の用のみならんや。開戦の当初、吾人これを世評に聞く、露国駆逐艦乗組将士は、露国海軍中最も有為勇敢の士なりと。これに対するわが駆逐艦、水雷艇の乗員は心中大いに戒むるところがあった。しかるにこれを実戦の結果に見るに……

十五　いくさ話し

二十七日日没と共に、敵を駆逐隊、艇隊に譲りて、戦闘を中止したるわが聯合艦隊は、一面には損所の応急修理、死傷者の手当等を施し、もって明日の戦闘に備うると同時に、一面には徹宵哨兵を配置して、敵駆逐艦の襲撃を戒めつつ、翌朝の集合地点たる鬱陵島《うつりょうとう》に向って航進した。はるかに後方を顧みれば、今やわが駆逐艦、水雷艇の攻撃まさにさかんなるもののごとく、閃々《せんせん》たる砲火の炎《ほのお》、耀々《ようよう》たる探海燈の光、朱青相混じて暗夜にひらめく様、まことに壮烈をきわめている。

ここ軍艦〇〇の士官次室《ガンルーム》。甲板は敵弾に貫かれて幾多の破孔を生じ、白きソーファのカバーには、黒ずみたる血痕斑々《はんはん》として腥気《せいき》人を襲う。かかる中に平然として集まれるは、いずれ血気盛んの中少尉ばかり、半日の激戦に火薬のガスにくすぶりたる顔を洗いもやらず、あるいはソーファに横臥し、あるいはデッキに蹲坐《そんざ》し、晩食の支度を待ちかねて、羊羹《ようかん》をかじる者、餅菓子を食うもの、半日の飢えを酒保の申し受けに医しておる。

いずこより待ち来たりけん、机の引出しをさかしまにして、腰打ちかけ、ビールのコップを手にせる、頑丈《がんじょう》なる青年将校は、折しも入り来たれる、ひとりの中将を見るや、

甲「ヤア貴様まだ生きていたか、悪運の強いやつだね、しかしおめでとう。一つ健康を祝

そう」

乙「サンキュー！　だが、生きていたかとはひどいね、オレなんぞは、ちゃーんと弾丸《たま》よけのお守りが付いているから安心だ」

甲「ハハ……とかくもてんやつは、やはり弾丸にまできらわれると見えるねえ」

乙「それこそ、いやで幸い、好かれてこまるじゃ、お気の毒だがあすは貴様が仏様になる番だよ。言い置きがありゃ言っておけ。友達がいにオレが一つ戒名を作ってやる、エート何と付けてやろうか、……そうだ、

デコボコ院殿アンポンウンテラガン居士」

甲「ばかッ！　一体そりゃ何ということだい、でも殿付きだけがありがたいね、……しかしきょう『ブリッジ』をやられた時には、実際貴様はやられたことだと思ったね、ドスン、ビリビリ、ズドンと体をシャくられるように感じたと同時に、司令塔の近辺で、敵弾の爆裂した真赤な炎がドス黒い煙の中に、ギラギラと光った、すると、はや弾片がカツカツと四方に打ッかって、『ボート』が砕ける、甲板に穴があく、『スタンション』が折れて飛ぶ、人が倒れる、血が流れる、甲板が燃える、しかもそれがほんの一瞬間じゃ、しばらくするとこわれた鉄片や、木片がバラバラと頭の上から降って来る。貴様の電気燈も。もう拝むことができないかなァと思いながら、ジッと見ていると、次第に煙の薄らぐと共に、天の岩戸を出ずる日のみ神か、雲間を漏るる三五の月か、煙の中からピカッと、貴様の電気燈の光を見た時には、まだ生きていたなと、うれしくって思わず飛び

上がったよ」

笑声にわかに室内に満つると共に、視線はたちまち乙君の頭上に集中した。

乙「よくまあベラベラとしゃべるやつだね、さぞ喉《のど》が疲れたろう。しかしそれほどにオレのことを心配してくれた好意に対してまァ一つつごう」

甲「ナーニ、貴様の生死なんぞ、オレにおいて何かあらんやだ、ただオレの心配したのは、たちまち今夜からガンルームの暗きをいかんせんの問題だ」

笑声再び起こって、乙君しきりにはげた額をさすりつつ、

乙「ひどいことを言う……。諸君まァ黙って聞け！

ちょうど三時ごろだったろう、『敵の五番艦「オスラービヤ」大火災を起し列外に出《い》ず』と『ノート』へ書き終ると同時に、ドスンと体を宙にはね飛ばされたが、あとはしばらく何が何だかわけがわからない、すると肩のあたりをイヤというほど、何かで打たれたような気がして、ふと気が付いて飛び起きると、あたり一面血の海となって、甲板はメチャメチャに砕けている、その中にオレのすぐ前に立っていた信号兵が腹をやられて打ち倒れ、臓腑がゾロリと流れ出ているじゃないか。一方を見ると、オレの一間ばかり右にいた水兵が、両足と片腕をもがれてまだウンウンうなりながら、ビクビクやっているという有様、艦長はどうせられたかと『コンパスブリッジ』を仰いで見ると、雙眼鏡を持って敵の方を見ておられる、『艦長おけがはありませぬか』と問うと、『大丈夫だ、君はやられたかと思ったが無事でよかった』と言われた。まず安心と、それから負傷者、運

搬員を呼んで、死傷者の始末をさせたが、あの弱虫の剃夫《ていふ》が、兵器で信号兵の臓腑を腹の中へ収めて繃帯をしたのには感心したね、ことに驚いたのは、〇〇水兵の腕が袖の付いたまま二間ばかり先の『デッキ』に突き立っていたことだね、日清戦争の時、ある軍艦で戦死者の首が見えないので、方々捜したら、棚のすみに乗っかっていたという話を聞いて、まさかと思ったが、実際弾丸というやつは、ひどいやつだね、どうだあの堅い『デッキ』へ腕が突っ立つなんて、とてもほんとうとは思えないじゃないか」

乙君の身ぶり、手まねの話じょうずに一同聞きとれておる折柄、頭に繃帯を施した一少尉が、「カーテン」をまくってはいって来た。甲中尉これを見るや、

甲「〇〇少尉！　どうした君もやられたのか」

少「少々ばかり従軍徽章を頂戴しました」

乙「そうか、まァ軽くって結構だ。今度は一つ君の勇戦談を聞こうじゃないか」

少「僕なんかのは、ほんのかすり傷で、繃帯に恥ずかしいくらいさ」

乙「でも、君の砲員はだいぶんやられたというじゃないか」

少「そうですなァ、戦死が二人に負傷が三人！」

甲「だいぶん大きかったと見えるね」

少「そう、どうしても十インチ以上でしたろう！　〇〇水兵なぞは身体寸断、残るはわずかに右足一本さ」

甲乙「フーン、かわいそうにいい水兵だったがなァ」

丙「それはそうと、△△少尉はどんな模様かね、よほど重いということだが」

丁「中軍医の話では、何でも六ところばかりやられたそうだ。あのとおり元気な男だけあって、気分はよほどしっかいしているそうだが、とてもあすの朝まではもつまいということだ」

甲「頭はよし、からだは丈夫だったに、惜しいことをしたなァ」

乙「それに、気の毒にあとには年寄りのおッかさんきりじゃというじゃないか、そうそう『エンゲージ』があったとかいうことだね、やっぱり美人薄運、才子短命かねえ」

甲「貴様なんか繋累《けいるい》はなし、代ってやればいいものに」

乙「冗談言うな！　これでも死んだら泣くものがふたりや三人無きにしもあらずだからねえ」

甲「裏の山椒の木に蟬が泣くか」

「アハハ……オホホ」

乙「口の悪いやつだね、敵の弾丸も気がきかない、△△少尉なんかにあたらずと、こいつのあの口へあたって引き裂いてやればいいのに」

この時食事の用意整い、一同はしを取った。むだ話はなお果てしもなく続いている。やがて食事もほぼ終りしころ、ひとりの水兵あわただしく駆け来たり、

「軍医長より△△少尉がむずかしいから、どなたかふたりばかりおいで下さい」

かねて期したることながら、いよいよと聞きては一同顔見合せて長大息！　それではと、

「キャプテン・ガンルーム」と「クラスメート」の一人とは、直ちに士官病室に駆けつけた。

後には室内しばし打ち湿りて、語る言葉も高からず。

丙「△△少尉が顔から、からだから、血まみれになって、担架にかつがれながら、『このくらい大丈夫だ。も一度砲台へ連れて行け』と動かぬからだをもがきながら、叫んでいたのが、まだ目の前にちらついているが、もうだめかねえ」

乙「昼飯の時には、あまりたくさん食うと、戦死した時に、恥をかくことがあるなどと、木村重成のようなことを言っていたが、言ついに讖《しん》をなしたかねえ」

丁「一体戦争というやつは、ドンドン打ち合っておる時よりも、すんだあとの方がいやなものだね」

丙「まアそんなものだね、ちょうど二時五十分ごろだったろうか、こちらから打つ弾丸はポンポンおもしろいようにあたる、見ている間に敵のマストが倒れる、煙突が飛ぶ、火災が起こる、列が乱れるという時には、天下またこれにまさる壮快事があるだろうかと思ったね」

今まで無言で人々の話を聞いていた、ひとりの中機関士は、この時いと残念らしく、

「君らはそんな愉快なことを見ておるけれど、僕なんぞは、ただトントン音を聞くばかりで、どちらが勝っているのやら、負けているのやらさっぱりわからず、船の底で石炭の粉《こな》を食って働いておる、おまけに船が沈む時には、イの一番にお陀仏とは、実に引合わん商売さ」

乙「そんなにコボすなよー、我々だってただおもしろい時ばかりじゃない。戦闘の初め、三笠が集弾を受けた時などは、水柱でさきが見えなくなったくらい、この先、まァどうなることかと、どんなに心配したか知れやしない、そんな時でも貴様なんかノンコのシャーとして油さえ差しておればよいのじゃないか、船の沈む時には我々だってお陀仏さ、一分や二分早くってもおそくっても、大した損得はないさ、それにきょうなんぞは、機関部員にゃけが人だって一人ありゃしないじゃないか」

丙「あの時は実際悲観したね、長官などは、とっくの昔、戦死せられただろうと思ったくらいだ、敵の弾丸も最初はずいぶんよくあたったね」

丁「中機（中機関士の略称）などは、最初から油虫たることを覚悟で海軍にはいって来たんだから、たとい戦争が見えないとて仕方もないが、オレなんぞは兵学校ビリ一番の優等生でありながら、地獄の底のような弾薬通路でおもしろくもない弾丸《たま》と相撲《すもう》さ、ヤレ鍛鋼榴弾《たんこうりゅうだん》を揚げろの、ヤレ徹甲榴弾《てっこうりゅうだん》を揚げろのと、まるで土方か人足のようなものさ、しかし兵隊は感心によく働いたね、ひとりで六インチ弾を二つくらい一度にかついで行くものがあるんだから、そこに至ると□□少尉なんか一番仕合せ者だね、十二インチ装甲鈑で防禦せられた砲塔内に安居して、戦争見物をやっておるんだからね」

□「ハハ……人の仕事というものは、何でもおもしろそうに見えるものだね、僕だってこれでなかなか人の知らない苦労をしたものさ、僕は弾丸《たま》の下をくぐるのは今度が初めてなんだが、分隊長と代り合うて、指揮塔から首を出して弾着を見ていると、敵の弾丸《たま》がビューンと頭の上にうなるたびに、頭がヒョコリ下がり、艦橋《ブリッジ》の上から艦長はじめたくさんの人が見ておられはしないかと思うと、恥ずかしくてたまらない、今度こそはどんなことがあってもお辞儀はしないと、全身の力を首に込めて待っていると、ビューン！ハッと思うと、いつの間にか、はや頭が下がっている、耳のせいか、艦橋の上で笑っておるように聞える、これではならぬと、今度は『ズボン』のひもをグッと締めて、下っ腹にウンと力を入れた、それからはあまり頭が下がらなくなったが、こんな気苦労は、君たちにはわからないだろう」

乙「昔のお大名にも、三つの不足があったということだが、□□少尉の心配なんかは、まァこれに似たようなものだね、僕らも最初はずいぶん敵弾に敬礼をしたものさ、昨年二月九日の初めての旅順攻撃の時なぞは、自分ながら情ないような気がしたね、しかし八月の黄海海戦の折には、もう平気だった！」

この時色の白い中主計が初めて口を開いた。

中主「だいぶん諸君の苦心談を聞いたが、僕も一つ仲間に入れてもらおう。君たちは皆それぞれ自分の本職をやっているのだからいいようなものの、僕は治療所の補助員で、頭が砕けたり、腹が裂けたりした負傷者がやって来るたびに、中軍医が手当をする間、手を押えたり、足をかかえたりする役目さ、軍医官などはしょっちゅう切ったり、切られたりを見慣れているから、何ともあるまいが、我々のためには、あまりいい気持はしないね、『ピンセット』とかで傷の奥をさぐる時なぞは、中には痛そうに玉のような涙をこぼすものがあるがね、見ておるとかわいそうで、僕らにはとてもお医者さんはできないね」

折しも聞ゆるラッパの響！

「右舷気を付け」

それ敵襲と一同闥《だつ》を蹴って、戦闘配置についた。やみを透かして眺むれば、かすかに見ゆる一点の火光――。敵か、味方か、砲口はたちまちこれに向けられて、寄らば撃たんと待ち構えた。夜間用雙眼鏡《ナイトグラス》を取って熟視すれば、へつぽつとして波に漂う一隻の帆船！　咄《とつ》！　戦闘配置は解かれて再び哨兵配置に復された。

士官病室の「ベッド」の上に横たわるひとりの若き負傷者、頭よりからだにかけて一面に巻かれたる白妙《しろたえ》の繃帯には、紅《くれない》の血潮にじみ、紅顔今はあせて土のごとく、目をつぶりて、つく息さえもかすかである。真白き診療衣に身を清めたる一名の軍医は、絶えず脈を計りつつ、憂いのまゆを寄せつ、開きつしておる。枕《まくら》もとに集まれる数名の士官は、息をひそめて軍医の面と傷者の顔を交《かた》み代りに見つめておる。夜は森《しん》とふけ行きて、艦内また人語なく、ただ聞ゆるは水をかく「スクリュー」の音と、艦側をたたく波浪の響きのみである。

軍医はやがて絶望のまゆをひそむると共に、握れる腕《かいな》を静かに離し、声を忍んで、かたわらの士官に向かい、

「いよいよだめじゃ、今注射をするから、何か言い置くことがあるか聞きたまえ」

と胸のあたりに薬をさすや、傷者はかすかに目を開き、軽くくちびるを動かした。

○「△△！　△△！　目が覚めたかい、僕だ僕だ、しっかりせいよ」

声の通じてか、傷者は光なき眼を見張りつつ、

「○○か――戦争はどうだ、敵はどうした？――君は無事か」

○「安心せ！　わが軍大勝利、少なくも敵艦五、六隻は撃沈した、どうだ痛むか」

△「ウム、少し――」

○「何か欲しいものはないか、外にたれもいない僕ばかりだ、言いたいことがあれば言って置け！」

△「何も言うことはない……が……母……」

傷者は何感じてか、蒼白の頬《ほほ》にはにわかに紅《くれない》をさして目にはいと力ある輝きを表わした。

しかしそれもただ一瞬間、再び目を閉ずると共に、断然と、

「何も言うことはない」

言葉は絶えて、呼吸は次第に迫り、はや臨終が近づいた。やがて二、三分たって傷者は再び眼を開き、いと凛乎たる語調をもって、

「○○！　オレは死んでも、わが艦隊の武運を守っているよ、艦長はじめ、諸君によろしく」

息はついに絶えて、忠魂むなしく天にのぼり、英霊呼べどもまた答えず、前途多望の好少尉は、心筑紫の沖の島、夕《ゆうべ》の嵐に散り果てた。並みいる人々は面をそむけて暗涙をのみ、無

心の電燈のみ静かに死者の蒼白の顔を照らしている。

△△少尉ついに絶命の報、一たび士官次室《ガンルーム》に伝えらるるや、一方には菓子折のふたに、

海軍少尉△△　△君霊位

と書かれたる位牌《いはい》が室の中央に祭られると同時に、一方には遺族に送るべき見舞状が認められた。

陣中忽卒《そうそつ》

前略御免下されたく候。ここに御賢息△君戦死の悲報を御報道いたすは、次室一同の深く遺憾とするところにして、悲痛傷心の至りに堪えず候。本日沖ノ島附近における大激戦において△君は○番砲を指揮せられ、奮闘中午後二時五十分ごろ戦闘まさにたけなわなるの際敵の一弾同砲台に命中し△君は左足に負傷せられしも毫も屈せられず、みずから繃帯を施し装塡杖《そうてんじょう》を杖《つえ》ついて、なお指揮を継続せられ、これがため全砲員の士気ますますあがり負傷者も起き上がりて戦闘に従事したる様、まことに勇壮の限りにこれあり候。然るに不幸にもついで来たりし敵弾のため、△君は再び数箇所の重傷を負われ、その場に打ち倒れられしも意気更に衰えず、息ある間は決して砲台を去らずと申され候を、しいて治療所に運び申し種々手当を加え候も、なにぶん重傷の事とてついに午後九時三十分死すとも霊魂艦にとどまって皇軍を擁護せんとの一語をなごりとして、いと静かに長き眠りにつかれ候。日ごろ勇気に富まれたる△君の事とて、この日の働きぶりはひとしお目ざましく艦長はじめ一同の感歎《かんたん》措《お》くあたわざるところにこれあり候。

思い余って筆尽さず候えども、まずはとりあえず右御報かたがた御見舞い申しあげたくあすの運命も知られぬ我々の事にござ候えば、もし幸いに生存者もこれあり候節は、改めて委細申し上ぐべく候。

明治三十八年五月二十七日夜十時

日本海の沖合軍艦○○の

弾丸《たま》に砕けたる士官次室において

在室者一同自筆で連署した。

折から艦内に響く低き力ある号令、

艦内二直哨兵右舷直哨兵交代用意！

オヤ！　はや当直交代だ、ぐずぐずすると寝る間がない、あすは朝から戦闘だと、次直の士官は亡友の新しき位牌に一礼しつ、外套かぶって上甲板に出で行けば、残りは毛布《ケット》まとうて「デッキ」の上に冷きゴロ寝！

十六　死栄生辱

　二十八日の夜は明けた。暁風颯《ぎょうふうさっ》として征衣を払い、紅暾《こうとん》あざやかに長波に映ず。旗艦「ニコライ一世」の艦橋上に立って、後方を見渡せば、おのれに続航せるものは、わずかに戦艦「アリョール」、装甲海防艦「アプラクシン」、同「セニャーウィン」、巡洋艦「イズムルード」の四艦のみとなり、その他の軍艦はいずこに行きしや、影だに見えない。昨朝三十八隻の大艦隊をもって、堂々朝鮮海峡に殺到したるバルチック艦隊も、あわれ一日の戦風に吹きまくられて、今や主力として残存するものはただこの五隻のみ。ネボガトフ司令官は、この光景を眺め、ひとり憮然《ぶぜん》として長息すること多時、ようやくにして心をはげまし、各艦に昼戦の準備を命じ、孤影悄然、ウラジオストックに向かい航進を続けた。水線になびく雲影にも、もしや敵かと心をいため、煙突よりのぼる煤煙も濃きを憂うる落武者の心のうちこそ哀れである。

　敵に先《さき》駆《が》けしてその逃路を扼《やく》せんがため、終夜北方に急航したるわが第一、第二戦隊は二十八日朝鬱陵島《うつりょうとう》の南方約三十海里に達した。この日天気晴朗、碧空ぬぐうがごとく、大気清澄にして展望水線をきわむ。しかるに午前五時に至るも四顧淼茫《びょうぼう》として煙影さえも認めない。東郷司令長官はいささか憂慮をいだき、まさに捜索陣を張って索敵を始めんとする際、たまたま後方にある第五戦隊の旗艦厳島《いつくしま》より「東方に当り敵の戦艦二隻、海防艦二隻、巡洋艦一隻、北東方に向かい航進しつつあり」との無線電信に接した。東郷司令長官はこれ必ず敵の主力なるべしと推断し、その前路をさえぎらんがため、直ちに東方に向かって変針し、かつ第五戦隊等には、敵と触接を保ち、時々敵情を報ずべきを命じた。これより先第五戦隊は敵を発見するや、直ちにこれを各方面に電報しつつ敵に向かって進み、第四、第六戦隊も、また厳島《いつくしま》よりの警報に接するや、敵方に向かって航進した。かくて午前九時に至るも、わが主力艦隊はなおいまだ敵を発見せざるをもって、東郷司令長官は第二戦隊をして速力を増し、急航して敵と触接を執らしめ、ついで同三十分ごろに至り右舷前方に当りようやく敵艦隊を発見した。敵は敗余の残艦、我は乗勝の全艦隊、これを撃つこと鉄槌をもって腐卵をつぶすよりも、なお容易である。しかし窮鼠往々猫をかむのたとえあり、大敵を恐れず、小敵を侮らざる東郷大将は、みだりに軽挙暴進せず、遠巻きに取り囲んで、敵をして自滅せしむるの策を執った。すなわち第一、第二戦隊は北方より敵の前路を扼し、第五、第六戦隊は南方より敵の退路を絶ち、第四戦隊は西方より敵の側面を撃たんとしておる。やがて午前十時三十分敵の距離約八千メートルに近づくに及び、第一、第二戦隊はまずおもむろに砲火を開いて戦いをいどんだ。敵は「ニコライ一世」を嚮導《きょうどう》とし、「アリョール」、「アプラクシン」、「セニャーウィン」の順序にこれに続き、「イズムルード」は旗艦の右側にあって通信に従事し、自重して満を持するものか、はた喪気して闘志なきものか、全軍静まりかえって、黙して応ぜざるのみならず、戦闘旗さえも掲げない。

これより先ネボガトフ少将は、優勢なるわが艦隊に包囲せらるるや、旗艦「ニコライ一世」の艦橋上に佇立《ちょりつ》して、沈思黙考、ひとり思えらく、

事ここに至る、天なり命なり、今や弾丸を尽して死戦するも、ただいたずらに部下の人命を損するに過ぎずして、戦争の大局において何ら利するところなし、たとい降将の汚名を被るも、重罪の刑辟《けいへき》に処せらるるも、しかず降伏の責めを一身に負い、部下二千五百の生霊を助けんには、

と。ついに意を決して、旗艦の檣頭高く降伏の信号を掲ぐると同時に、死をもって守るべき軍艦旗は、わが砲火のもとに卸ろされた。戦闘開始の令をば今やおそしと待ち受けたる後続諸艦は、旗艦の檣頭戦闘旗の代りに降伏の信号掲げられたるを見て、中には慷慨《こうがい》悲憤、あくまで戦闘を主張する忠勇の士なきにあらざりしも、乗員の大多数は、孤影煢々《けいけい》たる自国艦隊の惨状と、艤容《ぎよう》堂々、一糸乱れざるわが艦隊の雄姿とを眺め、絶望の極、心喪《うしな》い、気沮《はば》み、各艦、旗艦に盲従して降伏の信号を掲げ、ひとり「イズムルード」のみは、その快速力をたのみて、驀然《ばくぜん》東方に向かって逸走した。

わが艦隊は敵の応戦せざるを見て、やや怪訝《かいが》の念に駆らるるうち、一連の信号旗、忽然「ニコライ一世」の檣頭に掲げられたるを認めた。雙眼鏡を取って熟視すれば、何ぞはからん、降服を請うとの信号！　東郷司令長官は直ちにこれを入れ、敵に停止を命ずると共に、わが各艦をして砲撃を中止せしめた。天皇陛下、万歳——帝国万歳の歓声は、艦より艦に伝わりて、風なき海にも波沸《なみわ》かんばかりである。所は竹島《たけしま》の南西約十八海里、晩春のうらか

なる陽光は、深碧の波を射て、金紋を散らし、煤煙にくすぶりたる旭日の軍艦旗は戦勝を誇りげに桁端《こうたん》にひらめいておる。

東郷大将はわが各戦隊をして降伏敵艦を包囲せしめ、受降のため、参謀秋山中佐を敵の旗艦に派遣した。秋山参謀は三笠《みかさ》分隊長山本大尉（信次郎）と共に水雷艇雉《きじ》に乗じて「ニコライ一世」に向かい、ゆくゆく降伏敵艦の状態を視察せしに、いずれも艦体著しく汚損し、ことに「アリョール」のごときはわが砲弾のため、大損害をこうむり、一見すこぶる惨烈の状を呈し、再び戦闘に堪え得べしとも思われない。やがて「ニコライ一世」に着するや、ネボガトフ司令官は長日月の遠航と、敗戦の憂慮とのため、顔色憔悴《しょうすい》、意気銷沈《しょうちん》し、戦塵にまみれたる粗服のまま、出でて慇懃《いんぎん》に我を迎えた。席定まり、初対面のあいさつ終るや、秋山参謀はネボガトフ司令官に向かい、

東郷大将は貴下と共に、ここに惨烈なる戦闘の終りを告げたるを慶し、貴艦隊の名誉を尊重するため、貴下らをしてそのまま帯剣せしめんと欲す、かつ大将は降服委細の条件を協定せんがため、すみやかに貴下のわが三笠に来艦あらんこと希望せり、また既に降服の上は、貴艦隊の艦船、兵器等は一切現状を維持すべきことを、直ちに麾下《きか》に厳達せられたし、もし故意にこれを毀損《きそん》するものあるときは、わが軍律をもって処分すべし、

との旨をもってし、山本大尉これを仏語に訳してネボガトフ少将に伝えた。同少将は、いと沈痛の調をもって、前日来の戦闘常に利あらず、今や力尽きて降を貴軍の旗下に請うのやむを得ざるに至る。貴軍の命ずるところ、これ従わんのみと答え、かつこの意志を各艦に伝

うるため、暫時の猶予を与えられんことを請うた。

かくて約三十分の後、同少将は金線燦たる礼服を着し、幕僚と共に上甲板に出で来り、総員を集め告げていわく、

ウラルの山高しといえども、時来たればくずるることあり、黒海の水深しといえども、時来たれば乾《あ》することもある。天地の事物ことごとく天意の命ずるところに従わねばならぬ。戦いの勝敗は兵家の常とするところにして、時利あらざれば、ピーターも破れ、ナポレオンも滅ぶ。昨日来の戦闘、諸子の勇気乏しきにあらず、諸子の奮闘足らざるにあらず、しかも戦敗れて、事ここに至る。これ天命である、神慮である。見よ、この哀れなるわが艦隊を、見《み》よ、かの勝ち誇れる敵艦隊を。たといこの上、最後の血の一滴までも奮戦するも、勝敗の決するところすでに明らかである、昨日来我らが兄弟の戦場の露と消えしもの、その数実に幾千ぞや。予《よ》はこの上更に、子《し》ら二千五百の勇士をして、むなしく日本海底の鬼たらしむるに忍びない。予や既に頽齢《たいれい》、余命もとより惜しむに足らず、ただ惜しむところはひとえに諸子の身上にあり。諸子はなお春秋に富む、すべからく恥を忍んで、将来祖国のために尽すところあるべし、今一時の悲憤に激してむなしく死歿せんか、たれかよく露国将来の海軍を復興するものぞ、しかも諸子の身後に残る数千の孤児は、たれかよくこれを鞠育《きくいく》するものぞ。これ砲をそむけ旗を卸ろして敵に降れるゆえんである、降伏の責めは、予これを一身に負わんのみ、

と。言々悲痛、聴くもの声なく、語る人涙がある。訓示終るや、ネボガトフ少将は幕僚一

同を率い、秋山参謀に伴われ、わが水雷艇に乗じて午後一時三十分、三笠に来艦した。東郷司令長官はこれを将官室にひき、卓を隔てて相対坐し、彼我幕僚その左右にい並び、八《や》代《しろ》浅間艦長の露語通訳によりて、左の降服条件を協定した。

一、降服各艦の士官以上は帯剣並びにその私有金品を保有し、下士以下はその私有金品を受け取り得ること

二、降服各艦の艦船、兵器、物品は故意に毀傷《きしょう》することなくそのまま引渡すこと

三、東郷大将はネボガトフ少将をして露国皇帝に戦況を報告するの認許を得しむることに尽力すること

四、東郷大将は降服士官以上をして宣誓帰国するの認許を得しむることにつき尽力すること

右終りて東郷司令長官は正式に敵の降伏を受け、ここに「ニコライ一世」以下四隻の軍艦はわが軍の有に帰し、その乗員はわが軍の俘虜となった。東郷司令長官は厳然として、ネボガトフ少将以下に対し、爾後わが軍令に服従すべきを命じ、更にことばを改め、個人の資格をもって互に杯をあげ、悲惨なる戦闘の終結したるを祝した。こなたは敵の全艦隊をほふって余勇鬱勃《うつぼつ》たる戦勝の将軍、かなたは、戦敗れ、力屈して降服せる敗余の将軍、くむシャンペンの酒は同じきも、飲む味わいはいかに異なるであろう？　かくて両提督は二、三の談話を交換したる後、ネボガトフ少将は幕僚と共に、ひとまず三笠を退艦して、もとの旗艦「ニコライ一世」に帰った。

　ここにおいて東郷大将は直ちに降伏艦捕獲の部署を定め、すなわち第一戦隊をして「ニコライ一世」および「アリョール」を、第二戦隊をして「アプラクシン」および「セニャーウイン」を、それぞれ捕獲せしめ、また第五、第六戦隊をして朝鮮海峡に帰り、敵敗竄《はいざん》艦の南逃に備えしめた。これより先「イズムルード」の遁走するや、第六戦隊およびたまたま来会したる千歳《ちとせ》は、直ちにこれが追撃に向いしも、速力及ばずしてついにこれを北方に逸した。

　第一、第二戦隊の各艦は、命により直ちに捕獲員を選出し、降服艦の授受並びに回航の準備に着手した。俘虜将卒はあるいはわが命令を遵守して、艦船兵器の現状を維持したるものなきにしもあらざりしも、中にはわが捕獲員の乗艦に先だち、乱暴狼藉をほしいままにし、兵器のごときはみずからこれを破壊毀損したるものも少くない。ことに下士以下の軍紀風紀に至りては、その弛廃紊乱《しはいぶんらん》せること言語に絶し、筆にするだに耐えぬものがあった。もとより主将にして既に敵にくだる、下士以下の暴戻《ぼうれい》を制止することのできぬは当然である。されど鷺《さぎ》は立つともあとを濁さずということもある。もしやるならばいさぎよく死を期して艦を爆沈すべしである。しかるを何ぞや、ただこそこそと婦女子の小黠《しょうかつ》を弄するがごときは、まことに露兵のために取らぬところである。

　昨日来の戦闘においてわが艦隊は、敵艦隊の大部を撃滅もしくは捕獲して大勝を博せしも、なお動静不明の敵艦も少なくない。勇気絶倫なる東郷大将は、一昼夜以上にわたる大戦にも心身毫も衰えず、更に残敵に対して追撃を続行せんと欲せしも、降伏艦の捕獲に多時を要したるがため、今や敵を追及することの難きのみならず、天候ようやく異変の兆を呈し、かつ捕獲艦には多数の俘虜残留し、その船体機関の状態もまた不明なるをもって、単独回航の危険なるをおもんばかり、追撃を断念し、捕獲艦を警衛して佐世保に向かい回航することに決定した。たまたま南方に当り、敵海防艦「ウシャーコフ」の単独北上し来たるを発見し、島村司令官をして磐手《いわて》、八雲《やくも》の二艦を率いてこれが撃滅に向かわしめ、ついでまた西方に当り、敵装甲巡洋艦「ドンスコイ」の北走するを知り、第四戦隊、第二駆逐隊および浅間《あさま》をしてこれに向わしめ、みずから爾余《じよ》の艦艇を率いて捕獲艦四隻を護衛し、薄暮航を起こして佐世保に向かった。しかしてひとり「アリョール」のみは途中しばしば故障を生じ、かつ損害大にして浸水のおそれありたるをもって、別れて最近軍港たる舞鶴に向かわしめ、各艦いずれも五月三十日無事目的港に到着した。回航中、俘虜将卒はきわめて平穏にして、心中ひそかに生を得たるをよろこぶもののごとく、同僚中いささかにても、不穏の形跡あるものあれば、直ちにわが回航員に密告する等、きのうの敵はたちまちにしてわが忠良の民と豹変《ひょうへん》した。

　そもそもネボガトフ司令官の降伏たる、情においてはまことに同情の至りである。尽すべきをいまだ尽さずして敵にくだることの責めの重きは、ネボガトフ司令官よもこれを知らぬはずはない。しかも鼎鑊刀鋸《ていかくとうきょ》なお辞せずして責めを一身に負い、部下二千五百の人命を救いたるは、単にこれを人道の上より見れば、あるいは賞讃に値するものがあるであろう。もとより敗余の残艦をもってわが新勝の精鋭に対す、戦わずして勝敗の数は既に明らかである。しかりといえども兵戦の要訣は、わが損害をなるべく小にして、敵になるべく多大の損害を与うるにある。ゆえにたとい敵の一兵を殺し、一砲を傷つくるも、なおこれを殺傷せざるにまさるのである。更にまた、わが損害大にして全滅の不幸を見るも、敵に艦船兵器を授くるよりはましである。ネボガトフ司令官の率いる五隻の軍艦微力なりといえども、なお数十門の備砲を有す、もし力をあわせて、殊死奮戦《しゅしふんせん》するにおいては、わが損害また決して一兵一砲のみにあらざるべく、ネボガトフ艦隊たとい全滅するも、あにまさにむなしく竜車に砕かる蟷螂《とうろう》の類ならんやである。しかるにただに戦わざるのみならず、艦船兵器をあげてこれをおのれの敵に附す。これを戦術上より見れば、愚の至りにして、国家より見れば、許すべからざる大罪人である。過ぎし日清戦争の際、清国水師提督丁汝昌《ていじょしょう》は、戦い敗れて策のめぐらすべきなきに至るや、おのが部下将卒の生命を救わんがため、その率いるところの鎮遠《ちんえん》、済遠《さいえん》、平遠《へいえん》、広丙《こうへい》以下の艦船をわが軍にささげ、おのれは鴆《ちん》を仰いで自殺した。爾来風雨幾歳月、枯骨むなしく朽つるも、清国朝廷は今日いまだ彼の葬儀を許さない。丁汝昌たるもの、あるいはわが国のためには恩人かも知れぬ、しかし清国のためには許すべからざる罪人である。その責めやとうてい一死や十死で、償うことのできるものでない。ゆえに古《いにしえ》の兵法にも、

　それ将、千人より以上にして、戦うてにげ、守ってくだり、地を離れて衆をのがるることあらば、命じて国賊といい、身は戮《りく》せられ、家はそこなわれ、その籍をすて、その墳墓をあばき、その骨を市《いち》にさらし、男女は収めて官の奴隷とす、

とある。降伏の罪の大なる推して知るべきである。

ネボガトフ司令官の麾下《きか》に属する二千五百人の人命、もとより貴からざるにあらず、しか

も国家が将帥に部下を与うるゆえんのものは、これをもって国敵を撃滅せよというにありて、国家の威信と名誉とを損じてまでも、その生命を尊重せよというのではない。軍人戦いに臨む、営をいずる時、国家は既にこれに対して死を要求しておるのである。ゆえに敵を破るためには、たとい部下を全滅せしむるも構わないのである。国威を保持するためには、たとい部下を死地に投ずるも構わないのである。近き一例をあぐれば、かのウラジオ艦隊のために、永世《えいせい》不尽《ふじん》の恨みをのんで玄海の波に沈みし、わが陸軍運送船常陸丸《ひたちまる》の場合において、その乗員はたとい敵にはしって降を請うも、軍律はおそらくこれを恕《じょ》するであろう。しかも聯隊長須知中佐以下一千有余のわが将卒は、毅然として敵にくだるを肯《がえん》ぜず、あるいは軍旗を焼きて従容死につき、あるいは銃を執って敢然敵に抗し、遂に一人の降伏者さえなかった。たとい蚊螫《ぶんせき》の害をだに敵に与うるに足らずといえども、しかもこれがためわが国民の敵愾心を新たにしわが軍隊の士気を興奮したることいくばくであったろうぞ。

　されどまた翻って思えば、人間は意志のものである。心機一転すれば、盗児も時に惻隠《そくいん》の君子となり、勇士も時に驚風《きょうふう》の懦夫《だふ》と変ず。ことに戦場における人間の心的作用に至りては、座上の常識をもってこれを律することのできぬものがある。疲労困憊《こんぱい》の際、にわかに優越なる敵軍に包囲せられたる時のごときは、非凡の士といえども、心意驚倒して往々常軌を逸するの行動に出ずることがある。かの大ナポレオンでさえ、露都モスコーに敗れたる時などは、平常に似合わぬ見苦しい逃げ方をしたのであった。ゆえに吾人は決してネボガトフ少将の心意の皓潔《こうけつ》を疑うものでない。彼の降伏を決行したるは、自己の安きを欲してのためにあらざるは明らかである。ただ彼が部下を愛することの厚き熱情は、勢い彼をしてここに至らしめたのであろう。その「ニコライ一世」の乗員に与えたる訓示のごとき、祖国を思い、部下を思うの至情、人のはらわたを断たしむるものがある。吾人のここに同少将の降伏を論じたるゆえんのものは、降伏なるものの、軍人として最も大なる罪科たると共に、その国家に対する責任は、おのれ一人の死をもって、とうてい償うに足らざるを述ぶるに過ぎぬのである。

降伏に関連してなおここに一言せんと欲するは俘虜問題である。

それ死の栄あって生の辱《じょく》なしとは、古来わが国武士の信条にして、日本魂も武士道もその淵源するところは、一にこの精神に外ならぬのである。しかるに今日西洋かぶれのハイカラ者流《しゃりゅう》の、往々これをもって、人生の意義を解せざる野蛮の遺風なりと唱うるものがある。たとい人生の意義を解せざるにもせよ、また野蛮の遺風なるにもせよ、余人はいざ知らず、少なくも軍人においてのみは、この精神こそ絶対に必要なるものである。もし戦場における軍人にして死の苦をいとうて生の楽を欲するに至らば、国家の前途は想像するに難からずである。

吾人は戦役中、しばしば新聞その他において、名誉の降伏、名誉の俘虜なる文字を見て、すこぶる異様の感がした。およそ降伏なるものに名誉があるであろうか、俘虜なるものに名誉があるであろうか。もしはたしてこれありとすれば、吾人軍人の責任は大いに軽減せられたるものと言わねばならぬ。刀折れ、矢尽き、なすべきをなしたる後、やむを得ずして敵に捕わるるは、これ決して犯罪にはあらざるも、いまだこれをもって名誉とすることはできない。ただその勇敢なる行為、顕著なる勲功がたまたまもって俘虜となりたるの恥辱を償うに足るだけである。かかる場合においても、どちらかといえば、むしろ戦死した方が、より多く名誉である。遼陽《りょうよう》の戦いにおいてわが某聯隊の突撃功を奏せず、ひとまず陣地に向かって退却の際、一人の将校は敵弾に傷ついて動くことができなくなった。敵の追撃は急である。吶喊《とっかん》の声、靴の響きは刻々近づいて来る。この時かの将校は思えらく、生きて俘虜のはずかしめを受けんよりはむしろいさぎよく死するにしかずと、奮然意を決して、軍刀さか手に我とわが腹をえぐり、更にのどに突き立てた。手もと狂いしか、傷浅かりしか、いまだ死に切れない。敵はますます近づいてはや眼前に迫って来た。これではならぬと、更に力をこめて二突きまた三突き、無我夢中に突き立てた。されど痛手に弱りて腕に力なく、ついに刀を持つことさえできず、今はこれまでとその場に打ち倒れて敵のなすままに任した。やがて数名の敵兵は彼が身辺に集まり来たり、喃々喋々しきりに何事かを話しておる。今に銃剣一閃胸を刺すか、腹を突くかと、目を閉じてしずかに運命を待つうち、いつしか人事不省に陥った。その後幾時間をか経過してふと我に返れば、身は担架にのせられて、いずこにか運ばれておる。夜は深くして星影密に、銃声砲音なお遠近にとどろいておる。救われしは敵か、味方か、問わんと欲すれども、声出でず、見れば傷には丁寧に繃帯を施され、担架の横には軍刀までも添えてある。かくて行くこと数百歩、担架は静かに地上に卸ろされて、担架卒はたちまちいずれにか去ってしまった。傷の傷みに苦しむこと数時間、やがて天明《てんめい》となるや、彼はわが軍の歩哨線外に運ばれておることを知った。この将校のごときはあるいはいわゆる人生の意義にそむくかも知れない。しかもその壮烈なる意気は、敵の心胆をして寒からしめたであろう。なお聞くがごとくんば、旅順口第三回閉塞隊の勇士中には、乗船爆沈の後、敵営に切り込んだものもあったとのことである。あるいはこれをもって無謀の挙となすものあらんも、元来戦場において尊ぶところのものは、理窟にあらずして意気である。一人の勇気は時に敵三軍の気を奪うことがある。けだし戦死は軍人の最大名誉である。身に創傷をこうむり、人事不省の間に敵に収容せられたるもの、あるいは艦船沈没して、海上に漂遊中、敵に救助せられたるもののごときは、これを別とし、いやしくも身体の自由を有するものにして、敵の俘虜となるは、これ軍人として大なる恥辱といわねばならぬ。その情のいかんにかかわらずこれに名誉なる冠詞を付することはできない。すなわち名誉の降伏、名誉の俘虜なる言葉は、あたかも名誉の恥辱と称すると同様である。権利と義務で固めた西洋においては、いざ知らず、日本魂と武士道とをもって誇りとするわが国においては名誉の恥辱なるものは存在せぬのである。しかるを近来いわゆる名誉の俘虜優遇の結果、ようやく俘虜尊重の弊に陥り、わが国民中往々にして俘虜の恥ずべきを忘れんとしておるものがある。わが友陸軍将校かつて慨然《がいぜん》として語るらく、

　我らの郷里は幸か不幸か、戦争あるごとに俘虜収容地たるの光栄を有した。二十七、八年戦役においてもまた今回の戦役においても、劈頭第一に俘虜の珍客を迎えたるものは我らの郷里である。しかして、時世の変遷によりてしかるか、あるいは敵の人種によりてしかるかは知らねど、前回の俘虜と、今回の俘虜とは、その待遇の上において雲泥の相違が

あった。二十七、八年戦役における清国の俘虜はこれを市外の寺院に閉居せしめ、兵士はもとより将校といえども、ついに一回の自由散歩さえ許されなかった。当時我らはいまだ十七、八歳の少年に過ぎず、時々柵外より彼らの宿舎をうかごうては、その不遇なる境遇を目撃し心中深く俘虜の恥辱たるを感じ、死すとも俘虜となるべからずとの観念が起こった。しかるに今回の戦役における露国俘虜に至りては、わが待遇の寛なるによるか、はた俘虜の鉄面皮なるによるか、将校のごときは、青衣紅帽、美服をまとうて傲然狭き大道を闊歩し、あるいは白昼妓楼にのぼって豪遊をきわめ、あるいは妾を囲うて自由居住をなし、あるいは妻子を招いて同棲し、人をして俘虜か、外賓かを疑わしむるばかりであった。利のためには痔をねぶるもなおいとわざる商人輩は、金離れよき俘虜をもって最上の華客となし、同胞の顧客に対しては、冷々淡々としてほとんど顧みず、市内屈指の街路は、店頭を飾るに俘虜の嗜好に投ずる物品をもってせられ、ために俘虜町もしくは「ロスケ」通りの異名さえ生じた、かくて俘虜は揚々《ようよう》市民は、悄々《しょうしょう》、車夫は俘虜を乗せんことをこいねがい、妓は俘虜に聘せらるるをよろこび、酒楼はこばんで日本軍人をのぼらせず、鉄道会社は特別列車を仕立てて俘虜の遊覧に供し、市民は能楽、演芸を催して俘虜の無聊を慰む、博愛仁慈もここに至りてまたきわまれりというべしである、貧家の小児は俘虜の後方より尾続《びぞく》し、彼らが投げ与うる一銭二銭を争い拾うの状、戦勝国の値うちがどこにある、唐辛子も常にこれを口にすれば、その辛きを忘る、俘虜大明神熱に浮かされたる市民は、これをもってあっぱれ文明国の態度となし、大国民の襟度と心得、見て怪しまず、聞いて驚かざるも、たまたま戦地より帰りてこれを見れば、顰眉《ひんぴ》側目、憤慨に堪えぬものがある、かくのごとくにして人はようやく俘虜の卑むべく、俘虜の恥ずべきを打ち忘れ、かえって俘虜の尊く、俘虜のありがたきを拝するに至った、しかも俘虜の消費したる数十万の金銭は、大部分開港地より入り込みたる、いわゆる俘虜商人なる者の嚢中に奪い去られ、我らの郷里の得たるところのものは、ただこれ浮華の悪風のみである、淫靡の醜俗のみである、と侃々《かんかん》として述べ来たり、諤々《がくがく》として述べ去り、語る者悲憤の腕を扼すれば、聞く者慷慨《こうがい》のこぶしを固めた。わが友更に語をつぎていわく、
ことにその意を解せざるは、俘虜にわが神聖なる学校を参観せしめた事である、中学校、師範学校の生徒に至りては、既に多少事理を弁別するの能力がある、純潔神のごとき小学校、幼稚園の生徒に至りては、美しき軍服をまとい て、意気揚々たる俘虜を見て、はたしていかなる感動を起こしたであろうか、俘虜の参観終りたる後、教師は生徒に向ってはたして何と教訓したであろう？必ずや軍人として俘虜の恥ずべく、卑むべきを説いたであろう、しかも生徒は、目前におのれが最も敬信する校長、教師の慇懃なる接待を受くる俘虜を見て、心中はたして教師の教えを信じたであろうか、俘虜を利用してわが教育制度の発達を世界に紹介せんと欲するがごときは、根をつんで肥料を与うるよりもなお愚なる策である、ああ‼

友の舌鋒いよいよ激しく、面は熱して、眼は蒼隼《あおたか》のごとく輝いた。

しかしてかくのごときは、これひとりわが友の郷里のみならず、俘虜将校を収容せし地方ほとんど皆しからざるなしということである。俘虜優遇まことに可なり、俘虜歓待また大い

に可なり。日本俘虜の露国における薄遇のごときは、あえて問うを要せず、既に敵国の囚虜の身となる、多少の不自由、欠乏は、これ当然である。ただ憂うべきは、かかる地方に成長したる少年の、俘虜に対してはたしていかなる観念を有するかである。未来の国民にして、既に俘虜をもって恥辱ならずと思惟《しい》するに至れば、軍隊の教育いかに優良にして、軍律いかに森厳なるも、実戦の結果は、まことに寒心の至りである。そもそも俘虜の待遇法に関しては、国際法上一定の規約ありて、みだりに虐待、凌辱を許さない。しかし決して国民性を害してまでも、これを優遇せよとは要求していないのである。

ネボガトフ少将降伏の報わが大本営に達するや、聖恩海のごときわが大元帥陛下は、ネボガトフ少将をして戦況を露国皇帝に奏報すること、並びに降伏士官は再び本戦役に従事せずとの宣誓の上、帰国することを御裁可あらせられた。ここにおいてネボガトフ少将以下わが陛下の寛仁《かんにん》に感泣し、同少将は直ちに露国皇帝に向かい、次のごとき電報を発した。

セントピータースブルグ

皇帝陛下

謹んで奏す。前夜の激戦の後、五月十五日（二十八日）戦艦「ニコライ一世」、「セニャーウィン」、「アプラクシン」、「アリョール」および巡洋艦「イズムルード」は、ウラジオストックに向け進航の途次、二十七隻の日本軍艦（水雷艇を算入せず）のために包囲せられたり。弾丸の欠乏、大砲の破損、および「アリョール」の戦闘力喪失のために、敵艦隊に抵抗を試みるは、絶対に不可能なる状態にあり、かつこの上二千四百の人命を失うは、無益なるのみならず、また他に避くべき道なかりしをもって、高速力を利用して逃走したる「イズムルード」を除くの外、他の四隻は、士官以上の帯剣を許し、かつ士官以上は宣誓の上本国に帰還するを得るよう、日本政府に対し尽力すべしとの条件をもって降伏するのやむを得ざるに至れり。しかして右条件は日本皇帝陛下の寛大なる聖意により御承認を得たり。臣は右につきて陛下の御聖鑒《かん》を仰ぐ。

ネボガトフ

古来尚武をもって国を建つるロシア帝国、ネボガトフ少将降伏の報に接するや、上下の憤《ふん》懣《まん》大方ならず、皇帝陛下また逆鱗《げきりん》あらせられ、ついに同将校らの宣誓帰国を許されず、ネボガトフ少将以下はやむを得ず俘虜としてわが国に残留することになった。しかして平和克復後本国に帰るにおよび、同少将並びに「ニコライ一世」、「アプラクシン」、「セニャーウィン」の艦長（「アリョール」艦長は重傷のため降伏の翌日死亡せり）は、その官職を褫奪《ちだつ》せられ、かつ宣誓の義務を尽さず、軍人の名誉を汚損し、いまだ戦闘を交えずして敵に軍艦を交附したるものとして、いずれも軍法会議に附せられた。審問の結果ネボガトフ少将および元三艦長は死刑の宣告を受けしも、皇帝陛下の仁慈により、旅順の降将ステッセルらと共に特赦せられて、いずれも十年の要塞禁錮に処せられた。きのうは一軍一艦の長として世人の尊敬を受けし身の、きょうは鉄窓光暗き獄裏の罪囚となる、軍人の運命もまたはかなきものである。

わが海軍刑法にいわく、

指揮官その尽すべき所をつくさずして敵にくだり、またはその艦船もしくは兵器を敵に交附したるときは死刑に処す。

十七　韓盧蹇兎を搏つ

整陣《せいじん》は攻むべし、乱軍は襲うべし、潰兵は擒《とりこ》にすべし。わが聯合艦隊は二十七日午後における正攻により、敵の精鋭「スウォーロフ」、「アレクサンドル三世」、「ボロジノ」、「オスラービア」および特務艦数隻を撃沈して、敵軍を混乱せしめ、ついで同夜の水雷奇襲により、「シソイ・ウェリーキー」、「ナワリン」、「ナヒーモフ」、「モノマーフ」の四隻を撃滅し、敵をしていよいよ潰敗に陥らしめ、更に翌二十八日の追撃戦において、「ニコライ一世」、「アリョール」、「アプラクシン」、「セニャーウィン」を捕獲し、ここに理想的戦果を収むることを得た。しかし大魚を網《あみ》するには細鱗の漏るるを免れず。わが艦隊がもっぱら敵主力に対して作動せる間に、敵巡洋艦以下は、支離滅裂、各方面に向かって遁走をはかった。しかも塒《ねぐら》を急ぐ鳥は網を見ず、餌をむさぼる獣は穽《おとしあな》を覚らず、一意ウラジオストックにのがれんと急ぐ敵は、みずから来ってわが艦隊の哨線に投ずるものも少なくなかった。飛んで火に入る夏の蟲、わが軍艦はあたかも韓盧《かんろ》の蹇兎《けんと》を搏つがごとく、追撃、迎撃、随所にこれを撃滅し、合戦の数実に七カ所に及んだ。

前夜油谷湾《あぶらたにわん》を発したる出羽《でわ》第三戦隊司令官の旗艦千歳《ちとせ》は、わが主力艦隊に合せんがため、鬱陵島《うつりょうとう》に向かって急航中、二十八日黎明のころ、前方に当り、敵駆逐艦一隻の北航せるを発見し、直ちにこれを追躡《ついじゅう》して砲撃を開始した。敵は極力逃逸をつとめしも、ついにわがために追及せられ、多数の弾丸をこうむりて、たちまち操舵の自由を失するに至った。たまたまわが駆逐艦有明もまた砲声をたずねて来たり会し、戦闘に参与せしがため、敵はついに戦闘航海の力を失い、かつ浸水のため、船体次第に沈降するに至った。ここにおいて我は敵のとうてい遠距離まで逃走するの力なく、かつ早晩沈没すべきを認め、砲撃を中止して再び北方に急いだ。この駆逐艦は「ベズウプリヨーチヌイ」にして後ついに沈没したるもののごとく、乗員はことごとく艦と運命を同じゅうし、その最後の状況は、永久に海底に葬られてしまった。

わが第四戦隊は二十八日天明、第五戦隊より、東方に敵艦隊を発見せりとの報に接し、まさにこれに向わんとする際、たまたま西方にあたり、仮装巡洋艦らしき敵影を認めたるをもって、瓜生《うりゅう》第四戦隊司令官は、第三戦隊より臨時麾下《きか》に属したる音羽《おとわ》、新高《にいたか》の二隻をして、これが撃滅に向わしめた。両艦は直ちに速力を増して、これに向いたるに、敵は巡洋艦「スウェトラーナ」および駆逐艦一隻なるを知り、ますますこれを急追し、午前九時三十分ごろ距離約九千メートルに近づき、互に砲戦を開始した。敵は黒煙を海上にみなぎらしつつ、全速力をもって、西方に向かい逸走せんとせしが、いくばくもなくわが一弾「スウェトラーナ」の艦尾に命中爆発するや、敵は舵機を損じたるもののごとく、爾後速力大いに衰え、十時三十分ごろには距離は減じて六千メートルとなった。この時戦闘いよいよ盛んにして、わが弾丸の敵艦に命中するものすこぶる多く、敵はしきりに火災を起し、煙炎《えんえん》全く艦を包むに至った。しかれども彼なお毫も屈せず、ますます勇敢に応戦し、音羽《おとわ》の艦橋に命中したる一弾のごときは、乗組宮崎少尉（敬次郎）の頭蓋を砕き、一等兵曹日野仙三郎の胸部を貫きて、共に即死せしめ、四等水兵植田顕次および給仕宮沢勇二郎を重傷死に至らしめ、野村少主計（環二郎）外下士卒十八名に軽傷を負わしめ、その船体に多少の損害をこうむらしめた。

すでにして同四十分ごろに至るや、敵の砲火は次第に衰え、かつ操縦の自由を失いたるものの如く、艦は全く同一地点に旋転するに至った。この時敵の駆逐艦は「スウェトラーナ」に別れ、単独西北方に遁逃せんとしたるをもって、新高《にいたか》はたまたま来会したるわが駆逐艦叢《むら》雲《くも》と共に、直ちにこれが追撃に転じ音羽《おとわ》はなおも「スウェトラーナ」に迫り、ついに距離一千メートルに近づきてますます猛烈なる砲撃を加えた。敵は既に戦闘力を失いたるもののごとく砲火はほとんど絶えてただむなしくわが砲撃に委しておる。艦上に砕くるわが大小の弾丸は雨のごとく、霰《あられ》のごとく船体を破壊し、甲板を焼燬《しょうき》し、乗員は刻々死傷して、肉は飛び、血はただよい、猛火艦をおおうて、光景凄烈をきわめておる。しかも敵はなお頑として降旗を掲げず、艦と運命を共にせんと決心しておる。敵の艦長セーン大佐は最後の弾丸の一発を発射し終るや、今やわが事終れりとなし、乗員救助の準備をなすと共に、艦の爆沈を命じた。しかるにこの時浸水既に火薬庫に満ちて、爆薬を得ることあたわず、やむを得ず、海水弁《かいすいえん》を開放して沈没を早めんとした。かかる間にもわが弾丸の命中するものいよいよしげく、艦長、副長共に戦死し、その他将卒の死傷するもの救うべからず、累々たる伏屍は猛火に焼かれ、傷者の苦呻《くしん》は腸を断つばかり、乗員の多くはついにみずから海中に投ずるに至った。かくて十時五十分ごろ、敵は浸水のため漸次傾斜して沈没に垂んとするに至りたるをもって、音羽《おとわ》は射撃を中止し、敵兵の救助をたまたま来会したる仮装巡洋艦亜米利加《あめりか》丸に託し、南方に現われたる煤煙を追うて急航した。しかして勇敢なる敵艦「スウェトラーナ」は十一時過ぎついに朝鮮竹辺湾《ちくへんわん》の東方約十五海里の所に沈没し、乗員四百六十名中、生残者約三百名は亜米利加丸に救助せられた。

またさきに「スウェトラーナ」と別れ、単独西方に逃走したる敵駆逐艦は「ブイスツルイ」にして、わが新高《にいたか》および叢雲《むらくも》に追撃せらるるや、とうてい脱走の見込なきを認め、ついに朝鮮竹辺湾《ちくへんわん》の北方数海里なる海岸に至りて、みずから擱岸《かくがん》破壊し、その乗員はことごとく陸上にのがれしも、ついでわが望楼員に降伏した。

第五駆逐隊の不知火《しらぬい》は、二十八日午前八時三十分ごろ、対馬の東岸において、敵の装甲巡洋艦「モノマーフ」および駆逐艦「グロームキー」の漂航せるを発見し、直ちにこれに向かいしに、「モノマーフ」は前夜のわが水雷攻撃に傷つき、沈没に瀕したるがため、直ちに軍艦旗を降ろして降意を表せしも、「グロームキー」はたちまち全速力をもって北方に逃走した。ここにおいて不知火《しらぬい》は「モノマーフ」の処分をば附近にありしわが仮装巡洋艦に譲り、みずから「グロームキー」の追撃に向かった。しかるに不知火《しらぬい》は昨日の戦闘において、一汽罐を破られたるがため、速力大いに減退し、追躡三時間に及びしも容易に敵に追及することあたわず、十一時二十分ごろには既に朝鮮蔚山《うるさん》の沖合に達し、ややもすれば敵を逸せんとした。たまたまわが第二十艇隊の第六十三号艇はこの時東方より来たりて敵の前方に現われしがため、敵は進退ここにきわまりて、けなげにも決戦を期し、たちまち艦首をめぐらし、猛然として不知火《しらぬい》に向かい突進し来った。不知火は直ちにこれを迎え、三百ないし八百メートルの近距離をもって、互に激烈なる旋回戦を行い、第六十三号艇もまた同四十分ごろより戦闘に参加し、三隻の艦艇解けつ、結びつ、卍巴《まんじともえ》と相追うの状、あたかも雛龍《すうりゅう》の争うがごとく、接戦実に四十分間に及んだ。この間敵はあるいは巧みに魚形水雷を発射して、ほとんど我を危うからしめ、あるいはわが砲弾のため、軍艦旗の落下するや、直ちにこれを再揚する等、きわめて勇敢に奮戦したるも、ついにわが砲火のために、汽罐および備砲の全部を破壊せられ、艦長ケルン中佐以下乗員の過半数は死傷し、艦は全く停止して、砲火また沈黙するに至った。よって不知火および第六十三号艇は、これを捕獲せんがため、直ちに敵艦に迫りしに、生残の敵兵あるいはボートに乗じ、あるいは海中に投じて降を請いたるをもって、不知火は敵兵の救助収容に従事し、将校以下四十五名を捕獲した。また第六十三号艇は敵艦に近づき、これを蔚山《うるさん》に曳航せんとつとめしも、艦体の弾孔あたかも蜂窩《ほうか》のごとく、浸水漸次増加して、ついに午後零時四十分ごろ、蔚山《うるさん》の北東方約十五海里の所に沈没した。この時敵の艦上には逃げおくれたる七名の敵兵なお残留せしをもってこれを捕らえ、かつ艦内を捜索したるに、甲板は全然粉砕せられて破屋のごとく、体軀砕け手足ちぎれたるあまたの死屍《しし》は、あなたこなたに横たわり、あるいは砲の引金を握りたるまま倒れたるもあり、あるいは発射管を擁したるまま死したるもあり、牛肉をたたきたるごとく肉塊は四方に飛散し、紅《べに》を流したるごとき鮮血は甲板にただよい、汽罐室には熱湯に焼爛して白ぶくれとなりたる数名の敵兵、虚空《こくう》をつかんで悶死せるあり。艦橋には艦長および一候補生の相重なりて、碧血のうちに戦死せるあり。悲壮凄惨の状、人をして酸鼻に堪えざらしむるものがあった。

敵の奮闘かくのごとく勇烈なりしがため、不知火《しらぬい》もまた敵弾のため右舷汽罐および操舵機を破壊せられて、一時運転の自由を失し、ついに同一場所に旋転しつつ敵に対するのやむを得ざるに至り、左右戦闘舷をかうること数回に及び、敵弾をこうむること二十余個に達し、乗組杉浦中尉（正雄）外下士卒四名の負傷者を生じた。

敵の戦艦「スウォーロフ」、巡洋艦「スウェトラーナ」および駆逐艦「グロームキー」は、露国艦隊中最も壮烈なる最期を遂げたるものにして、たとい戦い利あらずして沈没するに至りしといえども、その勇行は永く露国の青史を飾るものであろう。

敵の装甲海防艦の「ウシャーコフ」は、前夜わが水雷攻撃に悩まされて逃げ迷う際、ついに味方軍艦と分離し、群を離れし浜千鳥の、ひとりさびしくウラジオに向かう途上、二十八日午後二時ごろ、数十条の煤煙、はるかに行くての空に簇立《ぞくりつ》するを発見した。敵か味方かと、心を配りつつ進むうち、ようやく近づくに及び、四隻の露国軍艦二十余隻のわが軍艦に取り囲まれあるを認め、たちまち艦首をめぐらして、南方に引き返した。

これより先わが艦隊は「ニコライ一世」以下四隻の降伏敵艦を包囲して、これが捕獲に従事中、敵艦「ウシャーコフ」の単独北航し来たるを発見し、東郷司令長官は島村司令官をして、磐手《いわて》、八雲《やくも》の二艦を率いこれに向かわしめた。

「ウシャーコフ」はわが両艦に追躡《ついじょう》せらるるをさとるや、こはかなわじと汽機の全力を尽して逸走をつとめしも、弩《ど》はついに驥《き》に及ばず、距離は次第に減じて、午後五時ごろにははや一万メートル内外に近づいた。

島村司令官は東郷大将の訓令により、砲撃開始に先だち敵に降伏を勧めんがため、左の信号を掲げた。

Your admiral surrendered,
I advise you to surrender.
（なんじの司令官は降伏せり、予はなんじに降伏を勧告す）

「ウシャーコフ」艦長はこれを見て、無礼なる敵の言条《いいじょう》かな、我は陛下の命によりて本艦を預るもの、戦わずしてオメオメ敵にくだるべきにあらず、生ある間は決して艦を敵手に委せず、と部下を勒《ろく》して戦備に就かしめ、五時三十分答信の代りに砲火を開いて戦いをいどんだ。

わが二艦は、小癪《こしゃく》なる敵の振舞かなと、直ちにこれに応じて戦闘を開始し、猛烈なる砲火を敵艦に注いだ。敵は旧式の海防艦一隻にして、我は二隻の新式装甲巡洋艦、勝敗の数は戦わずして既に明らかである。かくて砲戦約十余分、我はいまだ一弾をこうむらざるに反し、敵は既に多大の損害を受けたるもののごとく、砲火は次第に衰え、五時五十分ごろには艦もまた全く停止するに至った。わが両艦はますます敵に迫りてその周囲を繞航《じょうこう》しつつ、緩徐なる砲撃を行いしに、敵は長くわが砲火に浴するをきらいて、みずから爆沈を企てたるもののごとく、六時十分蓊鬱《おううつ》たる黒煙高く天に沖すると共に、艦は漸次沈降して、ついに右舷に傾倒した。ここにおいてわが軍艦は直ちにボートを派出して、敵兵の救助につとめ、約二百四十名を収容したるも、艦長ミクルフ大佐以下八十余名は、あるいは弾丸に砕け、あるいは海中に溺死するに至った。

　さきに二十七日午後五時ごろ、幕僚と共に、旗艦「スウォーロフ」を退去して駆逐艦「ブイヌイ」に移乗したる敵の司令長官ロジェストウエンスキーは、艦隊の指揮権をネボガトフ司令官に譲り、味方巡洋艦隊の後方に続航せしに、「ブイヌイ」は機関損傷のため、速力大いに衰え、同夜ついに他艦と分離し、かつ石炭欠乏のためとうていウラジオストックまで航行し難きに至った。ここにおいて参謀長らは、今後の行動に関して協議したる結果、日本の海岸に近づき、司令長官を上陸せしめたる後、艦を爆沈し、もしまた途中において日本軍艦に遭遇したる際には、戦闘を交えずして、降伏することに決し、なおこれにつきてロ提督の意見を求めた。この時ロ提督は眠りより覚め、苦しき中にもいと力あることばをもって、「予《よ》があるのゆえをもって顧慮することなく、予をもってこの艦にあらざるものとなし、必要の所置を断行せよ」と答えた。かくて同駆逐艦は、暗中ひとりわが海岸に向かって航走中、二十八日天明のころ、味方巡洋艦「ドミトリー・ドンスコイ」の駆逐艦「ベドウイ」、および「グローズヌイ」と共に北航せるに会し、すなわちこれに情を告げて、司令長官を「ドンスコイ」に移乗せしめんとした。しかるにロ提督はなにゆえか「ドンスコイ」に移ることを肯《がえん》ぜず、駆逐艦「ベドウイ」の石炭豊かにして、機関完全なるを聞きて、これに移乗し、直ちに「グローズヌイ」と共に、「ドンスコイ」、「ブイヌイ」と別れ、北方に向かい航走した。砲声を聞きては右にのがれ、煤煙を見ては左に避け、こころを八方に配りつつ戦々として航行するうち、同日午後二時過ぎ、南西の方位に当り、二条の煤煙低く海面にたなびくを認めた。見つけられては一大事と、ますます程を早めて鬱陵島《うつりょうとう》の西方に向かい、姿を島影に隠さんとした。半歳の遠航に艦底けがれ、汽機ゆるみたる駆逐艦は、速力とかく意に任せず、先の煤煙は次第に近づいて、はや船体を現わした。

見れば二隻の日本駆逐艦！　艦首に蹴上ぐる波は、雪よりも白く、煙突より吹き出す煙は墨よりも黒く、ただ一直線におのれに向かって突進し来つつある。

「ベドウイ」はとうてい脱出の難きを認め、あとより続く「グローズヌイ」をさしまねき、全力を尽してウラジオストックに至るべきを命じ、おのれは司令長官を助けんがため、降伏することに決し、速力をゆるめて、檣頭に白旗および赤十字旗を掲揚した。戦闘を期したる「ベドウイ」の水兵らは、これを見て大いに憤慨し、中にも某大尉のごときは、ロ提督のゆえをもって、艦を敵に交附するの不条理なるを唱え、部下に向かって艦の爆沈を命じた。されど幕僚並びに他の将校らは、みずから降伏の責を負うべきを叫び、百方水兵らを慰撫するにつとめた。

これより先わが第三駆逐艦の漣《さざなみ》および第五駆逐隊の陽炎《かげろう》は、前夜敵艦隊を襲撃したる後、再び戦備を整えて鬱陵島《うつりょうとう》に航進中、二十八日午後二時過ぎ、同島の南西方約四十海里において、前方に当り一抹の煤煙模糊《もこ》として水際に断続せるを発見し、直ちに速力を増して、これに向かった。すでにして午後四時ごろ距離ようやく近づくに及び、その敵の駆逐艦二隻なるを知り、ますますこれを追躡《ついじょう》して、同四十五分ごろ、距離約四千メートルより砲撃を開始した。この時敵の一番艦は応戦しつつ全速力をもって北西方に逃走せしも、二番艦はたちまち速力をゆるめてその檣頭に白旗を掲げ、かつ重傷者ありとの信号を掲げた。ここにおいて陽炎《かげろう》は敵一番艦の追撃に向かい、漣《さざなみ》は敵二番艦の捕獲に向かった。

　この降伏艦こそ、すなわち「ベドウイ」にして、その士官室には敵の司令長官ロジェストウエンスキー中将が、重傷に悩まされつつ横たわっていたのである。わが捕獲員はかくとも知らず、敵艦に赴きしに、敵の参謀長は我に向かい、告ぐるに情をもってし、かつ長官は傷重きがゆえ、移動せざらんことを懇願した。漣《さざなみ》艦長相羽少佐はこれを諒とし、ロ提督をばそのまま「ベドウイ」に残し、その檣頭にわが軍旗艦を掲揚し、漣《さざなみ》これを引きて回航の途に就いた。

　また敵の逃走艦に向いたる陽炎《かげろう》は、ますます速力を増して敵を急追し、四千ないし六千メートルの距離をもって、砲戦を継続すること約二時間に及びしも、敵は速力意外に優大にして、ついにこれを北方に逸した。しかしてこの駆逐艦はすなわち「グローズヌイ」にして、三十日午前ウラジオストックに到着した。

　敵駆逐艦「ベドウイ」の降伏たるや、その情状、大いにネボガトフ少将の場合と異なるものがある。すなわちネボガトフ少将の降伏は、優勢なるわが艦隊に包囲せられて、脱出の道なく、全滅を期して戦うか、はた乗員を救助するため、降伏するか、二者その一を選ぶより外、他に道がなかったのである。しかるに「ベドウイ」の場合においては、その勢力彼我全く同一にして、排水量においては彼むしろ我よりも優勢であった。かつその速力に至りても、彼我ほとんど軒輊《けんち》なく、脱出の望また無きにしもあらずである。現にその一艦「グローズヌイ」のごときは、わが陽炎《かげろう》の追躡《ついじょう》を脱してついによくウラジオストックに到達したではないか。そもそも初めロ提督の乗艦を選ぶに当り、「グローズヌイ」、「ベドウイ」の両艦中より、特に「ベドウイ」を採りたるをもって見れば、機関並びにその他の現状、「グローズヌイ」よりも優良なりしは明らかである。されば「グローズヌイ」にしてなおよくわが追撃より脱し得たりとせば、「ベドウイ」といえども決して脱出の望みなしということはできない。これに困ってこれを見れば、「ベドウイ」はこの時戦う逃がるるも、おのれの意の欲するままであったのである。しかも一弾を発することなく、降旗を掲げたるゆえんのものは、ただ戦闘によって司令長官の身に万一の危害の及ばんことを恐れてのためとしか思えない。艦隊司令長官たるロ提督一人の身は、まことに他の将卒百人にもまして貴重なるものである。しかしその貴重なるは、艦隊指揮の重任を有するがためである。既に重傷を負うて艦隊の指揮権を放棄したるロ提督は、ただこれ一個の海軍中将たるに過ぎずして、戦闘力上より言えば運弾の一兵卒にも及ばぬのである。この一個の海軍中将の万一の危難を救わんがため、戦闘力完備せる駆逐艦を敵に交付するの可否は、ここにあらためて論ずるまでもないことである。

しかりといえども部下として上官の危難を救わんとするは、人間として最も尊むべき情である。吾人はここに「ベドウイ」の降伏に関して、深くその正否を論究するを好まない。ただ読者が賢明なる常識の判断に委せんと欲するのである。一方には身を殺して部下を助けんとする上官あれば、一方には責めをおのれに負うて上官を救わんとする部下がある。単にこれを道徳上より観ずれば、まことに賞讃すべき行為であろう。しかも軍律は決してこれを許さない。ここにおいてか、ああ兵は凶器なるかな！　を叫ばざるを得ない。

わが主力艦隊は竹島《たけしま》の南西方において、ネボガトフ艦隊の捕獲に従事中、二十八日午後四時三十分ごろ、西方に当り、一条の淡煙《たんえん》波際にたなびくを発見し、瓜生《うりゅう》第四戦隊司令官は東郷司令長官の命により、第四戦隊（浪速《なにわ》、高千穂《たかちほ》、明石《あかし》、対馬《つしま》）および第二駆逐隊（朧《おぼろ》、電《いなずま》、曙《あけぼの》）を率いて、これが偵察に向かった。すでにして五時五十分ごろに至り、第四戦隊は鬱《うつ》陵島《りょうとう》の南方において、西方はるかに敵の装甲巡洋艦「ドミトリー・ドンスコイ」の単独北方に向かい航進しつつあるを認め、直ちにこれを追躡《ついじょう》しつつ、無線電信をもって敵に勧降を試みた。敵はわが電信を了解せざるものか、何らの応答をもなさず、ますます速力を増して一意逃走をつとめしがため、第四戦隊は速力をきわめてこれを追いしも容易に敵に接近することができない。あたかもよし、この時わが音羽《おとわ》、新高《にいたか》の両艦は西方より来たりて敵に向いしがため、敵はにわかに針路を北方に転じ、爾後《じご》彼我の距離大いに減じ、七時四十分砲撃を開始するに至った。

　これより先音羽《おとわ》、新高《にいたか》は竹辺湾《ちくへんわん》附近において、敵の巡洋艦「スウェトラーナ」および駆逐艦「ブイスツルイ」を撃滅したる後、主力艦隊に合せんがため、東航中、駆逐艦朝霧《あさぎり》、白雲《しらくも》を合し、ついで午後六時過ぎ東方に当り「ドンスコイ」の北航するを発見し、直ちに全速力をもってこれが追撃に転じた。たまたま第四戦隊の東方より敵を追うて来たるを認め、これと協力して左右両側より敵に迫り、午後七時過ぎ鬱陵島《うつりょうとう》の南方約二十海里においてようやく敵に追及し、戦闘を開始した。

　また敵艦「ドンスコイ」は前日の昼戦においては、わずかに甲板並びにボート等に軽微の損傷をこうむりたるに過ぎず、同夜またわが水雷攻撃を受けしも、幸いに命中を免れしが、この時ついに僚艦と相分離するに至った。すでにして翌二十八日天明に至り、駆逐艦「ベドウイ」、「グローズヌイ」を合し、ついでまた司令長官ロジェストウエンスキーの乗れる駆逐艦「ブイヌイ」に会し、司令長官を「ベドウイ」に移したる後、「ブイヌイ」を率いてウラジオストックに向かい航進した。しかるにいくばくもなく「ブイヌイ」は汽罐故障のためとうてい航海に堪え難きに至りたるをもって、「ドンスコイ」は「ブイヌイ」乗員並びに同艦に収容せる「オスラービヤ」乗員を自艦に移し、みずから「ブイヌイ」を撃沈した。かくて「ドンスコイ」はひとりなお航海を継続中、午後五時ごろ右舷にわが第四戦隊を発見し、ついで左舷にわが音羽《おとわ》、新高《にいたか》を認め、とうてい衆寡《しゅうか》敵せざるをもって鬱陵島《うつりょうとう》に至り、擱岸《かくがん》自沈せんと決し、全速力をもって同島に向かい急進した。しかるにこの時「ドンスコイ」の速力はわずかに十二、三海里を越えず、ついにわが軍艦に追及せられて左右両舷より挟撃を受くるに至った。

やがて彼我の距離次第に接近するに従い、戦闘はますます激烈となり、わが六隻の軍艦より猛射する弾丸は、あたかも霰《あられ》の板屋《いたや》を打つがごとく、しきりに敵艦に命中し、あるいは舷側を打って紅炎《こうえん》のほとばしるもの、あるいは甲板を砕いて猛煙を揚ぐるもの、黄昏《たそがれ》の波に映じてすさまじく、敵は死力を尽して奮闘せしも、多勢に小勢、見る見る煙突は破られ、大砲はこわされ、艦長、航海長以下死傷続出し、ことに艦内には二百七十余名の「オスラービヤ」および「ブイヌイ」の乗員群集するがため、一弾砕くるごとに、死傷数知れず、伏屍《ふくし》累々《るいるい》、碧血漾々《ようよう》、光景うたた惨烈をきわめた。時に日は既に西海に沈んで、暮色低く垂れ、多数のわが駆逐艦はあたかも鯨《くじら》をねらう鯱《しゃち》のごとく、眈々《たんたん》として機の至るを待っている。敵の乗員は一刻も早く、鬱陵島《うつりょうとう》に達せんものと、心ばかりは急げども、舵機は損じて操縦意に任せず、汽機またやぶれて、速力わずかに五海里に減じ、艦足遅々として牛歩のごとく、眼前にそびゆる鬱陵島《うつりょうとう》も遠きこと千里の思いがある。

わが艦隊は夜に入るにさきだって敵を撃沈せんと、いよいよ猛烈なる砲火を注ぎしも、腐っても鯛《たい》は鯛、老朽といえども、さすがは装甲艦、雨よりしげきわが弾丸も、ついに敵の舷側を打ち砕くことあたわず、夜暗と共に敵を駆逐艦に譲りて、砲撃を中止するのやむを得ざるに至った。これより先東郷司令長官は、瓜生司令官より「ドンスコイ」発見の報に接するや直ちに応援のため浅間《あさま》を急派せしも、同艦は敵に達するにさきだち夜に入りしがため、ついに戦闘に参与するに至らなかった。

艦隊の砲撃終るやいなや、かねて機をうかがいたるわが駆逐艦朧《おぼろ》、電《いなずま》、曙《あけぼの》、朝霧《あさぎり》、白雲《しらくも》および吹雪《ふぶき》の諸艦は、直ちに敵に向かって驀進した。この時敵は鬱陵島を隔つることわずかに数海里に過ぎず、わが駆逐艦の襲撃を防ぎつつ、跛足蹣跚《はそくまんさん》としてついにようやく同島に達し、直ちに乗員の上陸を開始した。わが駆逐艦は敵の砲火を冒し、午後九時ごろまでに逐次攻撃を決行したるも、敵はなおいまだ沈没に至らず、わずかに残存せる一、二のボートをもって、徹宵人員の上陸を行い、翌天明再び艦を深所に引き出し、みずから海水弇《かいすいえん》を開きてこれを沈没せしめた。

この戦闘において第四戦隊の旗艦浪速《なにわ》は、敵の一弾に水線下を貫通せられ、浸水するに至りしも、直ちに応急修理を施し、また音羽《おとわ》は一弾を受けて、船体に多少の損害をこうむり、卒二名重傷を負いしも、その他の各艦は一も損害をこうむらなかった。しかして鬱陵島に上陸したる敵兵七百七十余名は、後俘虜としてわが軍艦に収容せられた。

「ドンスコイ」の撃滅を最後として、わが聯合艦隊の全艦艇は、ひとまず根拠地に引き上げ、ここに日本海における竜闘虎撃の大海戦は振古《しんこ》未曽有の大勝をもって、光輝ある終りを告げた。

天皇陛下万歳！　帝国万歳！　海軍万歳！

勝報一たび天聴に達するや、五月三十日東郷司令長官に左の優詔を賜わった。

聯合艦隊ハ敵艦隊ヲ朝鮮海峡ニ激撃シ奮戦数日遂ニ之ヲ殲滅シテ空前ノ偉功ヲ奏シタリ

朕ハ汝等ノ忠烈ニ依リ祖宗ノ神霊ニ対フルヲ得ルヲ懌フ惟フニ前途ハ尚遼遠ナリ汝等愈
ヲ奮励シテ以テ戦果ヲ完フセヨ

皇后陛下並びに皇太子殿下よりもそれぞれ戦勝に対して、優渥《ゆうあく》なる令旨を賜わった。

東郷大将は勅語に対し、左の奉答文をたてまつった。

日本海ノ戦捷ニ対シ特ニ優渥ナル
勅語ヲ賜ハリ臣等感激ノ至リニ堪ヘス此海戦予期以上ノ成果ヲ見ルニ至リタルハ一ニ陛
下御稜威ノ普及及ヒ歴代
神霊加護ニ依ルモノニシテ固ヨリ人為ノ能クスベキ所ニアラス臣等唯益、奮励シテ犬馬
ノ労ヲ尽シ以テ皇謨ヲ翼成センコトヲ期ス

令旨に対してもそれぞれ奉答する所があった。

ああ「汝等の忠烈に依り祖宗の神霊に対《こた》ふるを得るを懌《よろこ》ぶ」との聖勅、死者はもって瞑《めい》すべく傷者はもって慰むべし。

十八　戦果戦績

東洋の海権を回復し、もって戦局の敗運を既倒にささえんがため、露国上下の重望をおい、半歳の日子を費やし、一万五千海里の波濤を越えて来航したるバルチック艦隊は、五月二十七、八日の海戦において、もろくもわが聯合艦隊の一撃に粉砕せられ、その惨烈なる最後の状況は、既に次《じ》を逐《お》うて述べたところである。されどまたその巡洋艦、特務艦および駆逐艦等の中には、なお若干のゆくえ不明のものがある、しかしこれら艦船の爾後の行動を詳叙《しょうじょ》するはただいたずらに記事の繁冗《はんじょう》を来たすと、読者の倦怠を招くこと過ぎずして、戦術研究以外においては趣味きはめて薄きをもって、特にこれを省略し、ここに敵艦船全部の末路を一括略述し、もってこの大海戦の戦果を校量するとともに、いささかその戦績の及ぼす所を概説せんと欲するのである。

●戦艦「クニャージ・スウォーロフ」（排水量一三、五一六噸）
二十七日の昼戦において、沖の島北方に沈没。

乗員約九百五十名中、艦隊司令長官以下約二十名はわが軍の俘虜となり、他は全部戦死。

●戦艦「インペラートル・アレクサンドル三世」（排水量一三、五一六噸）
二十七日の昼戦において、沖の島北方に沈没。
乗員約八百五十名中、一人の生存者だになし。

●戦艦「ボロジノ」（排水量一三、五一六噸）

二十七日の昼戦において、沖の島北方に沈没。乗員約八百五十名中、生存者唯一人のみ。

◇戦艦「アリョール」（排水量一三、五一六噸）

二十八日、竹島《たけしま》附近においてわが艦隊に降伏。乗員八百余名はわが軍の俘虜となる。後これを石見《いわみ》と命名せらる。

●戦艦「オスラービヤ」（排水量一二、六七四噸）

二十七日の昼戦において劈頭第一沖の島北方に沈没。乗員約九百名中、味方駆逐艦に救助せられてウラジオストックにのがれしもの約百七十名、我が軍の俘虜となりしもの約二百十名、残り四百余名は艦と運命を共にす。

●戦艦「シソイ・ウエリーキー」（排水量一〇、四〇〇噸）

二十七日の夜襲において損傷。翌二十八日対馬《つしま》の北東沖合に沈没。乗員約六百六十名中、約六百名はわが軍の俘虜となる。

●戦艦「ナワリン」（排水量一〇、二〇六噸）

二十七日の夜襲において、対馬の北東沖合に沈没。乗員約六百九十名中、生存者わずかに三名のみ。

●装甲巡洋艦「アドミラル・ナヒーモフ」（排水量八、五二四噸）

二十七日の夜襲において損傷。翌二十八日対馬の東岸に沈没。乗員約六百三十名中、生存者五百二十余名はわが軍の俘虜となる。

◇戦艦「ニコライ一世」（排水量九、六七二噸）

二十八日、竹島《たけしま》附近においてわが艦隊に降伏。乗員約七百七十名中ネボガトフ司令官以下約七百六十名はわが軍の俘虜となる。後壱岐と命名さる。

◇装甲海防艦「ゲネラル・アドミラル・アプラクシン」（排水量四、一二六噸）

二十八日、竹島附近においてわが艦隊に降伏。乗員約四百二十名は、ことごとくわが軍の俘虜となる。後沖島《おきのしま》と命名せらる。

◇装甲海防艦「アドミラル・セニャーウィン」（排水量四、七九二噸）

二十八日、竹島附近においてわが艦隊に降伏。乗員約四百二十名はことごとくわが軍の俘虜となる。後見島《みしま》と命名せらる。

●装甲海防艦「アドミラル・ウシャーコフ」（排

水量四、六四八噸）
二十八日の戦闘において隠岐《おき》の東方約六十海里に沈没。乗員約四百二十名中、生存者三百四十名はわが軍の俘虜となる。

■装甲巡洋艦「ドミトリー・ドンスコイ」（排水量六、二〇〇噸）
二十八日の戦闘において大破し、つひに鬱《うつ》陵島《りょうとう》附近に自沈。乗員約五百二十名中、四百九十余名はわが軍の俘虜となり、他は戦溺死。

●装甲巡洋艦「ウラジーミル・モノマーフ」（排水量五、五九三噸）
二十七日の夜襲において損傷。翌二十八日対馬《つしま》の東岸に沈没。乗員約五百名中、四百六十余名はわが軍の俘虜となり、他は戦溺死。

◎巡洋艦「オレーグ」（排水量六、六七五噸）
二十七日夜、戦場を脱し、六月三日マニラに竄入《ざんにゅう》武装を解除し、米国官憲に抑留せらる。戦死十五名、負傷三十余名。

◎巡洋艦「アウローラ」（排水量六、七三一噸）
「オレーグ」と共に、六月三日マニラに竄入《ざんにゅう》、武装を解除し、米国官憲に抑留せらる。戦死十二名、負傷者二十余名。

◎巡洋艦「ジェムチウグ」（排水量三、一〇六噸）
「オレーグ」と共に六月三日マニラに竄入《ざんにゅう》。武装を解除し、米国官憲に抑留せらる。戦死十二名、負傷二十余名。

●巡洋艦「スウェトラーナ」（排水量三、八六二噸）
二十八日の戦闘において、竹辺湾《ちくへんわん》の東方に沈没。乗員約四百六十名中、約三名はわが軍の俘虜となり、他は戦死。

■巡洋艦「イズムルード」（排水量三、一〇六噸）
二十八日戦場を脱し、二十九日ウラジオストックの北方約二百海里なるセント・ウラジミール湾に入港の際、坐礁自沈。乗員は陸路ウラジオに入る。負傷十名。

○巡洋艦「アルマーズ」（排水量三、二八五噸）
二十七日夜戦場を脱し、二十九日ウラジオストックに入港。戦死五名、負傷十名。

◇駆逐艦「ベドウイ」（排水量三五〇噸）
二十八日、わが駆逐艦に降伏。乗員七十余名はわが軍の俘虜となる。後皐月《さつき》と命名せらる。

■駆逐艦「ブイヌイ」（排水量三五〇噸）

二十八日、汽罐破損のため自沈。乗員七十余名はいったん「ドンスコイ」に収容せられ、後わが軍の俘虜となる。

○駆逐艦「ブラーウイ」（排水量三五〇噸）

二十七日「オスラービヤ」乗員約百七十名を救助収容し、同夜戦場を脱し、三十日ウラジオに着す。

●駆逐艦「ブイスツルイ」（排水量三五〇噸）

二十八日の戦場に於て、竹辺湾《ちくへんわん》の北方に沈没。乗員七十三名（外に「オスラービヤ」の乗員十名あり）は我が軍の俘虜となる。

●駆逐艦「グロームキー」（排水量三五〇噸）

二十八日の戦闘に於て、蔚山《うるさん》の北東方に沈没。乗員約七十五名中、五十四名は我が軍の俘虜となり、他は戦死。

■駆逐艦「ブレスチャーシチー」（排水量三五〇噸）

二十七日夜戦場を脱し、南西に逃走中、損傷のため、二十八日朝五島《ごとう》の北西方に於て沈没、乗員約七十五名は同行の駆逐艦「ボードルイ」に収容せられ、上海《シャンハイ》にのがる。

◎駆逐艦「ボードルイ」（排水量三五〇噸）

二十七日夜戦場を脱し、南西に逃走中、途上駆逐艦「ブレスチャーシチー」の乗員を収容し、上海に向いしに、途中石炭を消尽し、海上に漂蕩すること数日、漸く英国汽船に発見救助せられ、六月四日上海に入港、武装解除の上清国官憲に抑留せらる。

○駆逐艦「グローズヌイ」（排水量三五〇噸）

二十八日戦場を脱し、三十日ウラジオストックに着す。

○駆逐艦「ベズウプリヨーチヌイ」（排水量三五〇噸）

二十八日の戦闘において、見島《みしま》の北方約四十五海里に沈没。乗員約七十五名中一人の生存者なし。

●仮装巡洋艦「ウラール」（排水量八、二七八噸）

二十七日の昼戦において、沖の島北方に沈没。乗員中、約三百三十名は味方運送船「スウィーリ」に救助せられて上海にのがれ、五十余名はわが長門《ながと》、石見《いわみ》の沿岸に漂着し俘虜となる。

●運送船「ルス」
二十七日の昼戦において、沖の島北方に沈没。乗員中、五十余名は味方運送船「スウィーリ」に救助せられて上海に逃がる。他は戦死せるがごとし。

◎運送船「スウィーリ」
二十七日夜戦場を脱し、二十九日上海に入港。清国官憲に抑留せらる。

■運送船「イルツイシ」（排水量七、五〇〇噸）
二十七日の昼戦において損傷し、二十八日石《いわ》見国《みのくに》浜田港北方の海岸に至りて沈没。乗員二百五十八名はわが軍の俘虜となる。

○運送船「アナズイリ」
二十七日昼戦中、仮装巡洋艦「ウラール」の乗員を収容して同夜戦場を脱し、長駆遁走七千海里。六月二十七日マダガスカル島に着し、ついで本国に帰航。

◎運送船「コレーヤ」（排水量六、一六三噸）
二十八日朝戦場をのがれ、三十日上海入港、清国官憲に抑留せらる。

●工作船「カムチャーツカ」（排水量七、二〇七噸）
二十七日の昼戦において、沖の島北方に沈没。乗員三百余名中、六十四名はわが長門の沿岸に漂着して俘虜となり、他は戦死せるがごとし。

◇病院船「アリョール」（排水量五、〇七四噸）
ヘーグ条約違反のかどをもって、二十七日午後沖の島附近において、わが軍艦のために抑留せられ審検の結果、捕獲せらる。後楠《くす》保《ほ》丸《まる》と命名せらる。

○病院船「カストローマ」
ヘーグ条約違反の嫌疑をもって、二十七日午後沖の島附近において、わが軍艦のために抑留せられ、審検に附せずして特に解放せらる。

なおこれを統計換記すれば左のとおりである。

戦艦
- 「クニャージ・スウォーロフ」
- 「イムペラートル・アレクサンドル三世」
- 「ボロジノ」
- 「オスラービヤ」
- 「シソイ・ウェリーキー」

「ナワリン」

●わが艦隊に撃沈せられたるもの

- 装甲巡洋艦
  - 「アドミラル・ナヒーモフ」
  - 「ウラジミール・モノマーフ」
- 装甲海防艦
  - 「アドミラル・ウシャーコフ」
- 巡洋艦
  - 「スウエトラーナ」
- 駆逐艦
  - 「ブイスツルイ」
  - 「グロームキー」
  - 「ベズウプリヨーチヌイ」
- 特務艦
  - 「ウラール」
  - 「ルス」
  - 「カムチャーツカ」

■わが艦隊に撃破せられて自沈したるもの

- 巡洋艦
  - 「ドミトリー・ドンスコイ」
- 駆逐艦
  - 「ブレスチャーシチー」
  - 「ブイヌイ」
- 特務艦
  - 「イルツイシ」

■坐礁自沈したるもの

- 巡洋艦
  - 「イズムルード」

◇わが艦隊に捕獲せられたるもの

- 戦艦
  - 「イムペラートル・ニコライ一世」
  - 「アリョール」
- 装甲海防艦
  - 「ゲネラル・アドミラル・アプラクシン」
  - 「アドミラル・セニャーウィン」
- 駆逐艦
  - 「ベドウイ」
- 病院船
  - 「アリョール」

◇中立国港湾に逃入し抑留処分を受けたるもの

- 巡洋艦
  - 「オレーグ」
  - 「アウローラ」
  - 「ジェムチウグ」
- 駆逐艦
  - 「ボードルイ」
- 特務船
  - 「コレーヤ」
  - 「スウィーリ」

○自国港湾に到着もしくは帰航したるもの

- 巡洋艦
  - 「アルマーズ」
- 駆逐艦
  - 「ブラーウイ」
  - 「グローズヌイ」
- 特務船
  - 「アナズイリ」
  - 「カストローマ」（病院船）

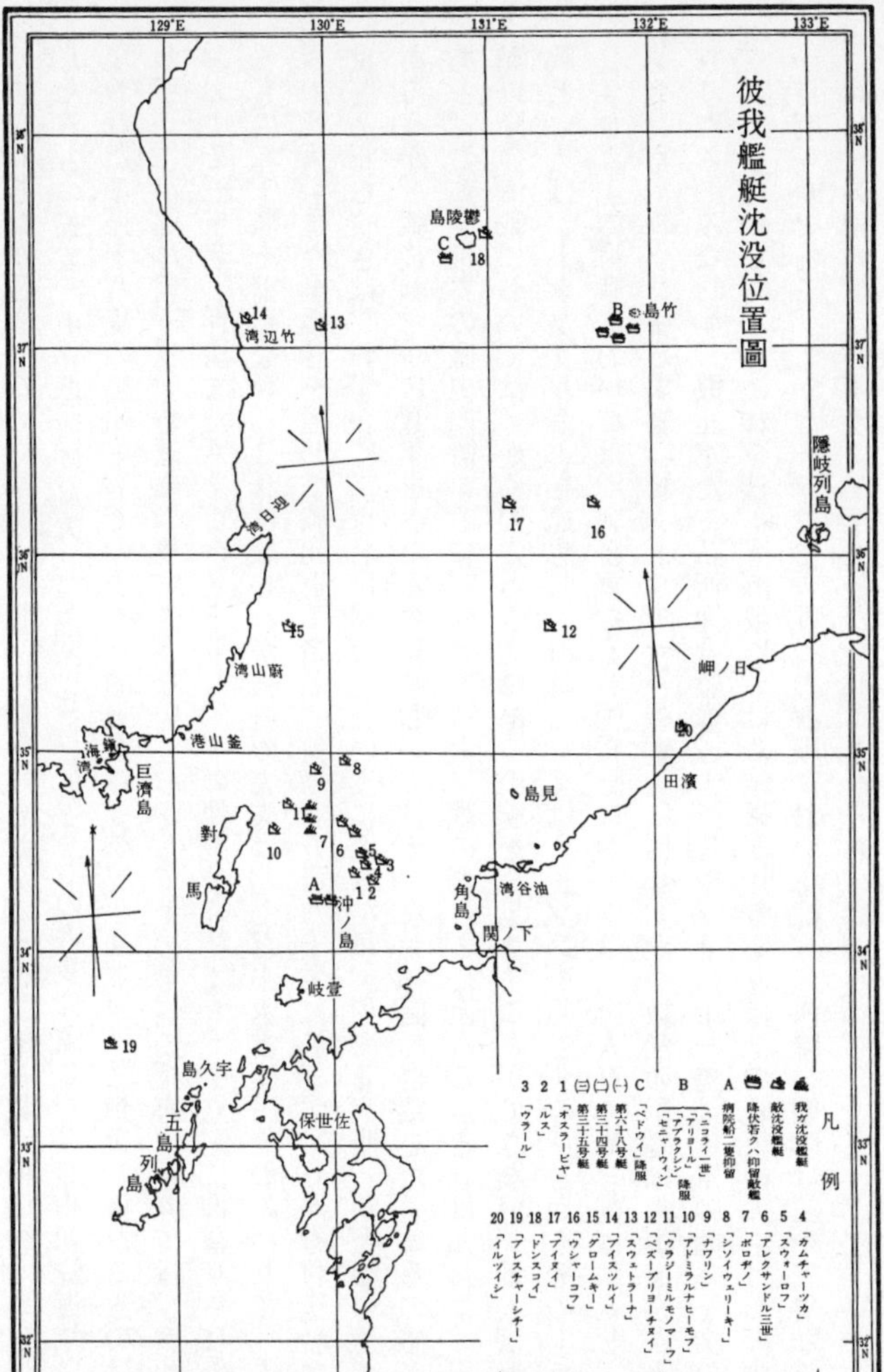

彼我艦艇沈没位置圖
凡例
我ガ沈没艦艇
敵沈没艦艇
降伏若クハ抑留敵艦
A 病院船二隻抑留
B 「ニコライ一世」「アリョール」「アプラクシン」「セニャーウィン」降服
C 「ベドウイ」降服
(一) 第六十八号艇
(二) 第三十四号艇
(三) 第三十五号艇
1 「オスラービヤ」
2 「ルス」
3 「ウラール」
4 「カムチャーツカ」
5 「スウォーロフ」
6 「アレクサンドル三世」
7 「ボロヂノ」
8 「シソイウェリーキー」
9 「ナワリン」
10 「アドミラルナヒーモフ」
11 「ウラジーミルモノマーフ」
12 「ベズーブリヨーチヌイ」
13 「スウェトラーナ」
14 「ブイスツルイ」
15 「グロームキー」
16 「ウシャーコフ」
17 「ブイヌイ」
18 「ドンスコイ」
19 「ブレスチャーシチー」
20 「イルツイシ」
鬱陵島
竹辺湾
竹島
隠岐列島
迎日湾
蔚山湾
日ノ岬
釜山港
鎮海湾
巨濟島
濱田
見島
對馬
沖ノ島
油谷湾
角島
下ノ関
壹岐
宇久島
佐世保
五島列島
129°E
130°E
131°E
132°E
133°E
38°N
37°N
36°N
35°N
34°N
33°N
32°N

すなわちわが艦隊のために撃沈、もしくは捕獲せられたるもの二十一隻、損傷のため自沈したるもの五隻、中立港湾に竄入《ざんにゅう》して抑留せられたるもの六隻に達し、はじめ朝鮮海峡に現われたる三十八隻の艦船中、そのよく目的地たるウラジオストックに到達し得たるものは、わずかに小巡洋艦一隻、駆逐艦二隻に過ぎない。しかしてその乗員の損害に至りては、戦死おおよそ五千名、俘虜また六千百余名を算し、その他戦争終結まで、中立国に抑留せられたるもの二千名を下らない。これに反しわが艦艇の喪失は、ただ小水雷艇三隻のみにして、人員の死傷もまた全艦隊を通じて戦死百十余名、負傷者五百八十名に過ぎず、しかも負傷者中、重傷と認むべきは、わずかに二百名に満たずというに至りては、何たる大勝、何たる奇勝であろうか。戦後わずかに数年をへたる今日においてさえ、なお神話的奇蹟をたずぬるの感がある。これを世界の歴史に徴するに、サラミス大海戦のごとき茫漠たる遠き昔は知らず、紀元以降の海戦においては、かくのごとき光輝ある戦勝を発見することができない。世人は海戦といえば、トラファルガーを連想し、海将といえばネルソンを想起する。しかもそのトラファルガーの海戦においては、戦勝軍たる英国艦隊においては、全人員の約一割は戦死し、司令長官ネルソンまた旗艦「ビクトリア」号の艦上に倒れ、かつ数隻の軍艦は大損傷をこうむりたるのみならず、敗北軍たる仏西連合艦隊三十三隻中、その十一隻は英軍の囲みを突いて脱走したのである。これを日本海海戦における結果と比較すればその戦果の大小はおのずから明らかである。しかしトラファルガーの海戦においては、仏西聯合艦隊は三十三隻なるに対し、英国艦隊はわずかに二十七隻なりしことを忘れてはならぬ。

日本海海戦においてわが艦隊の収獲したる絶大なる戦果は、右述べたごとくである。しからばこの戦果によって導かれたる戦績は、はたしていかなるものであろう？　またわが国民はこの戦勝に対し、はたしていかなる注意を払うておるであろう？　提灯《ちょうちん》行列や祝勝会をもって、この大戦勝を帳消しにすることなく、少しくまじめに研究して欲しいのである。

それ火の暖きを知らんと欲せば、まず氷の冷たきを知らざるべからず、戦勝のありがたさを知らんがためには、まず敗戦の苦痛をきわめねばならぬ。この海戦もし不幸にして、彼我の勝敗その地を代え、制海の権敵手に帰したりとせんか、わが帝国のこうむるべき結果ははたしていかがであろう？

これを軍事上に見ればいかん？　当時満韓《まんかん》の野にありし百万に近きわが軍隊は、後方輸送の道全く絶えて、食らうに糧食なく、戦うに弾薬なく、進んでは敵を敗るあたわず、退いては本国にかえるを得ず、連戦連勝の常勝軍も、餓死するか、敵にくだるか、二者その一を選ばねばならぬのである。ここに至りては旅順の勇戦も、奉天の大勝も、ただこれ実を結ばざる、美花一朝の妍を誇りしに過ぎずして、十万の生霊をほろぼし、巨億の資財を費やして得たるところ、むなしくこれを敵手にささげねばならぬのである。しかのみならずわが沿岸は至る所、敵襲をこうむりて住民その堵《と》に安んずるあたわず、海上交通は全く杜絶して、諸島嶼は敵の占領に任せねばならぬのである。この時に当りたとい国民皆銃を取って海岸に堵《と》を作るも、敵に取りてはこれ烏《からす》をおどす案山子《かかし》にも及ばぬのである。

これを通商上に見ればいかん？　海外貿易は全然破壊せられ、煤煙の跡近海に絶えて、埠頭汽笛の声を断ち、商売は資産を破りて、工場は雀羅《じゃくら》を張り、久しきにわたれば国民ようやく飢えに迫るのである。かのウラジオ艦隊がわずかに数日間、東京湾外を荒したる時、バルチック艦隊が約一カ月間、安南《アンナン》沿岸に滞留したる際、わが通商上に受けたる打撃のいかに大なりしかを思わば、制海権を失いたる後におけるわが帝国通商のいかに悲惨なるべきかは、思いやることができる。

これを財政上に見ればいかん？　開戦以来連戦連勝のわが公債と、連戦連敗の露国公債とは、この海戦まではロンドン市場において、ほとんど同一価格であったのである。連戦連勝にしてなおかつしかりとすれば、もし敗戦の悲運に接せんか、わが財政の信用地を払うて、国家的破産するの外はあるまい。

これを外交上に見ればいかん？　英国のごときわが同盟国はしばらくおき、その他の列国はなお依然として我に同情を寄せるであろうか。弱者に同情するは、わが国民の性情なるも勝者に同情するは、由来欧米人の性質である。ことに事大思想の強き清韓《しんかん》両国のごときは、なおよく我に好意を表したであろうか。

敗戦に基く四囲の状況は、かくのごとく悲惨なるものである。この時に当り、わが国民の採るべき道はどうであろう？　全国を焦土と化し、国民最後の血の一滴までも奮闘するか、しからざれば露国の命ずるところこれ従い、降伏に等しき和を請うの外はあるまい。連戦連勝でさえ講和の条件は彼がごときものであった。もし露国にして我の死命を制するに至らば、いかなる過大の要求を持ち出すかも知れない。台湾を奪わるるも可なり、北海道を奪わるるもなお忍ぶべし。ただ大日本帝国なる独立国の存在を危うすることなくんば、幸いなのである。東郷大将がその信号に「皇国の興廃この一戦にあり」と言いしもの、決して誇張の言ではない。

十九　勝因いかん

バルチック艦隊来たる！　バルチック艦隊来たる！　悪魔襲来のごときその声は、いかに久しくわが国民の胸を刺戟せしことよ。

敵艦隊朝鮮海峡に現わる！　砲声殷々終日絶えず！

霹靂《へきれき》のごとき一信の飛電は、いかに激しくわが国民の心を痛ましめしことよ。

敵艦隊全滅！　敵司令長官降伏！

鈴声《れいせい》鏘々《しょうしょう》、号外四方に飛びしとき、わが国民の血はいかに踊躍《ようやく》せしことよ。

前年四月、その編成の発表せられてより、一年有余の間、わが国民をして常に懊悩として奥歯に物のはさまりたるごとき心地せしめたるバルチック艦隊も、あわれ日本海の一戦に敗れて、ほとんど遺孑《いげつ》なく、国民はここに初めて十年の溜飲一時に下がりしがごとき思いがした。この海戦におけるわが戦果の大にして、戦績の偉なるは、前述べたごとくである。おおよそ天下の事物、因あれば必ず果あり、果あれば必ず因がある。わが聯合艦隊が物質的勢力ほぼ相等しき敵に対して、この赫々《かくかく》たる大勝を博し得たるゆえんのものは、これはたしていかなる原因によるであろうか。謙譲にして功に誇らざる東郷大将は、これをもって陛下の御《み》稜威《いっ》と天佑と神助とに帰しておる。その陛下の御稜威に因るは、もとよりいうまでもないことである。しかしながらこれを藐《ばく》たる天佑と、神助とに帰して顧みざるは、国民としてあまりに無責任であると信ずる。吾人は今軍人としてではなく、国民の一人としていささかこれが因由するところを攷覈闡明《こうかくせんめい》せんと欲するのである。

二十カ月にわたる戦雲血雨もようやく晴れて、日露両国間の平和は、ここに克復し、わが聯合艦隊は偉勲を奏して、堂々東京湾に凱旋した。艨艟《もうどう》海に満ちて、檣桁《しょうこう》空にむらがり、軍容ますます整うて艦旗いよいよ鮮かである。秋気森厳、金風粛颯《しゅくそう》たる十月二十二日、車《しゃ》駕親臨《がしんりん》して凱旋の観艦式を横浜沖に挙行あらせられた。十里の海浜拝観の人をもって埋められ、遠近の海上拝観の舟をもっておおわる。誠に照代の盛事である。国民は海軍万歳の叫びにのどをからし、凱旋の将士は海軍万歳の声に耳聾するばかり。長日月の間陣中になめたる苦楚《くそ》辛酸もただこの熱誠なる歓声に消散した。

ここ横浜の一旗亭に集まれる数名の人士、「フロックコート」あり、羽織袴《はおりはかま》あり、髯《ひげ》あるあり、頭髪油に輝くあり、中にも変りたるは、虎髯《こぜん》短髪、顔面鉄よりも黒き、ひとりの短剣士官である。教育家、実業家、新聞記者、軍人と、世界にさおさす道こそ変れ、昔は同じ学窓のもとに、語り合い、なぐり合うたる者ばかりである。杯盤既に幾献酬、人々の面は熱し、耳は熱し、遠慮気がねをるすにして、各々わがまま勝手の気炎を吐き散らしている。短剣士官の戦争話も既に終りて、玉山まさにくずれんとする時、何びとよりか、なにゆえにわが日本は露国に勝ったかとの話題が提出せられた。

近き将来の代議士、遠き未来の大宰相をもってみずから任ぜる辯護士A君、朦朧たる酔眼

をばかっと開き、既に議会の壇上に立ちたるかのごとき態度をもって、

「諸君！　本問題は吾人国民として今日研究すべき、最も緊急かつ重要なるものであると信ずる、いやしくも戦後の経営を講ずるにあたりては、まずこの問題を研究解決し、その我の勝ちたるところは、ますますこれを奨励し、彼の負けたるところは深くこれをかんがみ、もってそれぞれ計策をめぐらさねばならぬのである。ただいたずらに皮相の観、主我の念に駆られて、事をなすがごときは、これこの光輝ある戦勝を永久に保持するの道でない、（ヒヤヒヤ謹聴）そもそも神武開闢《かいびゃく》以来、わが国礎を危うしたる国難が二つある、すなわちその一は元寇《げんこう》の来襲にして、他の一は今回の戦争である、いずれももし一歩を誤らば、わが帝国は制を他人に受けねばならぬのであった、幸いにして先には、胆甕《かめ》のごとき鎌倉の獅子児、北条時宗のあるあり、後にはおそれ多くも允文允武《いんぶんいんぶ》の大元帥陛下のおわしますありて、仇《あだ》を千里に退けたまい、我々今日こうしてあたたかき酒も飲める次第である。ゲープ。（『ウイスキー』のがぶ飲みはたれのおかげだ。歴史の講釈ならば本職のC君が控えておる！）シーッばかッ！　他人の発言権を侵害すると、場外へつまみ出すぞ、アハ……さてあらためて諸君！　ウ……議題は何だったかね……ゲープ」

社会の木鐸《ぼくたく》と無冠の帝王とをもって、みずから任じ、みずから慰むる新聞記者B君は、この時議長気どりに、

B「自称未来の宰相A君の議論は問題外なるをもって発言権を取り消します」

A「何だと、発言権を取り消すじゃ、失敬な、貴様にもらった権利じゃない、――たれか

らもらったって？――たれからももらわない、オレに先取の権があるんだ、（いくら職掌柄だって、そう権利や義務を振りまわすなよ）、よし、じゃァ権利を譲ってやろう、（また権利か）、が、とにかく議論の結末を付けなくッちゃ、せっかくの卓説《たくぜつ》も仏作って目を入れず、になるからね、……これを要するにだ、――この小さき日本のダビッドが大なる露国のゴライヤスに勝ちたるゆえんはだ、――我は立憲国で彼は専制国だからだ、――つまり彼は政府と人民との意志が疎通しないからだ、（ゲープ）そうだ――これがわからなけりゃ、あすオレのところへ聞きに来い、……マアN君一つ飲め！　何と言っても君らがやってくれたからさ、ね」

B君はあるかなきかの髭《ひげ》をひねりつつ、

B「実戦者たるN君を前に置いて言うのは、いささか失礼かも知れぬが、……なるほど戦争をしたのは軍人である。しかしこれをして勝たしめたのは国民である。国民の後援がなかったならば、軍隊いかに勇敢なりといえども、とても思うままに働くことはできないであろう、しかしわが輩の言うこの国民の後援なるものは、一、二の富豪がお礼奉公として、いやいやながら献納する軍資金などを言うのではない。すなわち、国民の世論よりなる、熱誠なる後援を言うのである、可憐の少女が、心こめたる慰問袋は、いかに戦士の士気を励ましたであろう！　美しき繊手《せんしゅ》によって巻かれたる繃帯は、いかに傷者の痛みを和らげたであろう！　しかしてこの国民の世論を喚起したるものは、すなわち我々新聞記者である。ゆえに他日論功行賞のある暁には、軍人よりも、たれよりもまず勲章をいただくものは我々であろうと信ずる、ハハ……」

五紋《いつつもん》の羽《は》織袴《おりはかま》に、近眼鏡を掛け、薄き朝鮮髭《ひげ》をダラリとはやしたる、中学校の先生C君は、手酌で一杯グッとほし、

C「およそ世の中に臀《しり》の皮の厚いものは、猿にしくはなし、面の皮の厚いものは、新聞記者にまさるものなしと言うが、中にもB君のごときは、靴の底皮に適する方だね、聞けば政治家は、戦勝の原因を立憲政治に帰し、新聞記者は、これを新聞の筆力によるという、ここに至っては僕は教育家として戦勝の原因は国民教育の普及に因ることを絶叫せざるを得ない。そもそもわが帝国の教育……」

と、容貌の優しきに似ず、C君の論鋒なかなか鋭い。B君ようやくこれを制して、

B「貴様の教育論なら、もうたくさんだ、あてられるとまた四、五日休まにゃならぬからね、この忙がしい際に、そんなに休もうものなら、たちまちこの口が干上がってしまう。勲章をもらったら、半分わけてやるから、きょうだけは教育論は許してくれ……」

つやつやしたる頭髪を二つに分け、金の指輪の三つもはめたる白面のM君、有象無象《うぞうむぞう》らが何をしゃべる！　と言わんばかりに、奥歯の金を光らしつつ、

M「国会が満場一致で軍備を可決したって、新聞記者が筆を禿《とく》して国民の元気を鼓舞したって、教育家が舌をただらして忠君愛国を説いたって、直接戦争に必要なるものは金力さ、金がなければ、軍人いかに力んだとて、一発の弾丸も買うことはできないんだ、そこに至ると戦勝第一の功は、我々実業家すなわち資本家だね、アハ……しかし我々ばか

りのひとり天狗では、結着が付かない。審判官として、戦争に最も関係あるN君の意見を聞こうではないか」

さきほどより長鯨の九川《きゅうせん》に飲《みずか》うごとく、他人の話に聞くともなく、聞かぬともなく、ひとり満を引きつつありし、海軍将校N君は、底光りのする眼に、ギョロリと一座を見まわし、

N「オレなんかにゃア、そんな世間並の事はわからないさ、ただ打て！　といや打つ、やめ！　といややめるばかりだ、ドンとあたりゃ、キャッとまいるからだで、そんな悠長なこと考えておられるかい、強い方が勝つたまでさ、……が、何だね、諸君の説によると、もし負けたら、責任はやはり、諸君が負うてくれるんだろうね、ハハ……」

M「こいつは、きわどい所で逆襲されたね」

B「寄るだけ寄せておいて、ただ一撃に撃ち取るなどは、さすが東郷さんの手下だけあるね」

N「全勝は戦わず、敵によって勝を制すさ」

この時緊急動議として、二次会開催の案、M君より提出せられ、満場一致をもって可決せられた。

これを日露戦役全般の勝因について考うれば、国民の後援も、議会の協賛も、教育の普及も、軍費の融通も、皆その一因であるであろう。しかしここにはもっぱら日本海海戦なる一局面における勝因に関して、説かんと欲するのである。

そもそも戦闘の運命を支配するものは、天、地、物、人の四要素である、天とは風雨寒暑の変化をいい、地とは山野河海の利害をいい、物とは艦船銃砲等の堅脆《けんぜい》をいい、人とは戦いに従う将卒の賢愚《けんぐ》怯勇《きょうゆう》をいうのである。しかしてこの四要素中、天時、地利は、陸戦においてこそ戦いの勝敗上に大なる関係を有するも、海戦においては敵味方共に等しく、その利害を受くるのである。すなわち風の順逆《じゅんぎゃく》日の向背《こうはい》のごときは、一に将帥たるものの能否によって、利ともなり、また害ともなるのである。日本海海戦当日における怒濤も、濛気《もうき》も、彼の苦しむところは我もまた苦しんだのである、これをもって海戦においては、天地の関係は、勝敗の数と、ほとんど影響するところがないといってもよいのである。されば艦戦砲熕《ほうこう》等の物質的関係は、どうであったろうか。そもそも、彼我両軍ほとんど相匹儔《あいひっちゅう》せることは、前既に詳説したるところである。ここにおいてか、この大海戦戦勝の原因はこれを人に帰せねばならぬ。しかりしこうして人なるものの戦闘力は何である？　これを分解すれば、技術および精神の二つである。技術とは、主将の帥兵《すいへい》上における才能より、一卒の操砲上の技倆に至るまで、皆これに属するものである。精神とは愛国心の旺弱、士気の消長、軍紀の振弛《しんし》等をいうのである。わが艦隊勝利の原因、敵艦隊敗滅の理由が、技術、精神のいかんに属するやは、今更めて論ずるまでもなく、前段記述したる戦闘の状況に照らして、およそ推知することが出来るであろう。

　そもそも技術なるものは、数月もしくは数年の訓練によって、これを熟達することができる。しかも精神に至りては、かかる短年月間においては、とうてい十分なる修養のできるものではない。幸いにしてわが帝国には、吾人の祖先より伝えられたる日本魂なるものがある。わが国民は生まれながらにして、この精神の幾分かを享有しておるのである。

しかりといえどもわが国民が日本魂を有するは、わが日本人が黒き毛髪と、黒き眼を有するのとは、大いにそのおもむきを異にしておるのである。吾人日本人の有する黒き毛髪と、黒き眼は、これ天然の賜ものなるも、日本魂なるものは、これ吾人の祖先が熱血と、紅涙とによって、鍛え上げたる人為的のものである。これをたとうれば、吾人の毛髪と、眼とは、山河に磊々《らいらい》たる石塊にして、日本魂はこれ百練、研磨の正宗の名刀である。石塊は百年これを溝泥のうちに置くも、その質を変ずることはない。正宗の名刀に至りては、常にこれをみがき、これをぬぐうにあらざれば、たちまち腐銹《ふしゅう》を生じて刃《やいば》は虧《か》け、身は蝕《むしく》い、ついには薪割にも劣るに至るのである。しかるに古来、明光々として万国に冠たりしわが日本魂なる名刀も、拝金主義と、物質主義の風潮に吹きさらされて、近来ようやく腐銹を生ぜんとして来た。ただ幸いに日清、日露両戦役の荒砥《あらと》に掛けて、わずかにその銹《さび》をとぎ落したるも、しかも常に陸離たる光芒《こうぼう》と、鋭利なる切れ味を保たしめ、いつにてもその用に応ぜしむるには、平常の拭磨《しきま》こそ大切である。それ鉄礦より名刀を作るは、困難なるも、鋼塊よりこれを作るは、比較的容易である。しかれば鉄塊となって生まれ来たりたるわが国民は、鉄礦として生まれたる他国民に比し、精神修養上多大の天恵を有せるものといわねばならぬ。わが国民たるもの、この天恵をむなしゅうすることなく、ますます切磋琢磨《せっさたくま》して、万邦無比のこの皇国を無窮に擁護せねばならぬのである。

されどまた戦闘なるものは、決して精神のみで勝てるものではない。たとえば百人の決死隊、剣をふるって突撃するも、隘路を扼せる一門の機関銃に敵することはできない。将士肉弾となって敵艦にぶっつかるも、巡洋艦はついに戦艦に及ばぬのである。すなわち精神いかに剛勇なるも、一挺の銃は、とうてい一門の砲に勝てないのである。しかしながら百発百中の一砲は、よく百発一中の百砲に抗することができる。ここにおいてか技術なるものの必要が起こるのである。ゆえに日本魂なるものも、熟練なる技術と、堅鋭なる物質的勢力とがあって、はじめて完全なる奏功を見ることができるのである。我に日本魂あり、軍艦なくとも、大砲なくとも、戦争はいつでも勝てるなどと、迷想をいだくものあらば、これ国家を誤るの賊子にして、噬臍《ぜいせい》の悔なお及ばざるに至るであろう。

勢力相《あい》如《し》く一隻の戦艦をもって、一隻の戦艦と戦えと言わば、吾人は必ず勝つべきを誓うも、一隻の戦艦をもって、二隻の戦艦と戦えと言わば、吾人はあるいはその勝つあたわざるを憂うるものである。

二十　戦後の覚悟

一たび清国を破って、ようやく世界に存在を認められたる、わが帝国は、再び露国に勝つに及んで、嶄然《ざんぜん》として世界列強の班に伍するに至り、今や国運隆々として旭日昇天の勢いあるに至った。世界をもって白人のために造られたるかのごとく、うぬぼれている欧米人中には、はやくも嫉妬の眼と、ひがみ根性とをもって、我を誣《し》うるに好戦国民をもってし、あるいは黄禍説《こうかせつ》を唱道し、あるいは東力西漸《せいぜん》を憂惧《ゆうぐ》し、中にもある国のごときは、わが国勢の隆昌を憂うるのあまり、嫩《ふたば》にして摘まずんば斧《おの》を用うるに至らんとの懸念をもって、しきりに我に対して、挑戦的態度を執っておるものもある、隣家の壁を高くするは、あるいは彼の勝手たるべきも、強風一過、わが屋上に倒るるの虞あるに至れば、我もまたこれに応ずるの道を講ぜねばならぬ。吾人の隣家の壁はようやく高くして、すでにわが家の光線をさえぎらんとしておる。我もまた今にして屋《おく》を高うし、階《かい》を重ぬるにあらざれば、我らの家族は日光欠乏のため、ついに病に倒るるか、しからざれば壁倒れて圧死するに至るであろう。

今やわが家の負担は非常に大である。この上屋を高うし、階を重ぬるは、ずいぶん苦しいであろう。しかしこれまたやむを得ざる勢いである。長屋生活と屋敷住居《すまい》とは、その日々の入費において、種々のかかりものにおいて、相違あるは、これ自然の結果である。もし屋敷住居の費用をいとうならば、再び元の長屋生活に舞いもどるより外はないのである。

そもそも国防充実、財政整理、殖産興業、民力休養、皆これ今日わが帝国においてなさねばならぬところにして、そのいずれを先にすべきかは、まさに経世家の攷究《こうきゅう》すべき問題である。しかして吾人は軍人として政事に容喙《ようかい》するの自由を有せざるも、軍人の見地よりして、今日軍事上における帝国の地位と、列国の形勢とを考査して、これに応ずる策を建て、これを国民に警告するは、吾人の義務であると信ずる。しかしながらかくのごときは、もと本書の目的とするところでない。ゆえにここにはただきわめて簡単に、吾人の希望を述べて、もって巻末の辞となさんと欲するのである。

およそ一国には、必ず国是なるものがある。米国の唱うる「モンロー」主義、露国の取りたる侵略主義、イギリス、ドイツの帝国主義、スイッツル、ベルギーの中立主義など、すなわち国是である。政策は時の為政者によって変更左右せらるるも、国是は大権の発動と、国民の世論によるの外、みだりに政府の意見によって動かさるるものでない。しかして国是には、政事的並びに軍事的の両面がある。すでに軍国主義をもって国是となす以上は、これに応ずる軍是なるものが確立せられねばならぬ。たとえば英は海主陸従主義をもって、露は陸主海従主義をもって、各々軍是としておる。しかるにわが帝国においては、あるいは海主陸従を唱え、あるいは陸主海従を説き、いまだ上下一貫せる国防の方針なるものを認めない。その陸を主とするか、海を主とするかは、今ここに論ぜず、ただ主を充実するためには、従はこれを犠牲に供するは、やむを得ざるところである。それ富国にしてしかして後に、強兵を養い得るか、はた強兵にあってはじめて、富国となり得るか、史をひもといてこれをきわむれば、古来富国にして、久しく強兵を保ち得たるものまれなると共に、強兵にして永く貧国に苦しみたるものも、またはなはだまれである。畢竟《ひっきょう》富は多くの場合において、人間を堕落せしめるものである。貧は多くの場合において人間を激励するものである。ギリシャ、ローマの衰滅も、わが源平の興亡も皆これ堕落せる富が、元気ある貧に打ち負けたのである。歴史は常に繰り返す。前車のくつがえるは、後車の戒めとかで、わが国民にして、常に国力の緊満をこいねがうならば、兵を強くして、多くの富をむさぼらないのである。いたずらに貧をかこちて、武備をゆるがせにせんか、国家の前途はまことに憂うべき至りである。古《いにしえ》より富国弱兵にして、よくその社稷《しゃしょく》を保ち得たるものあるを聞かない。しかしながら、ここに強兵と称するは、いたずらに勇をたのんで、戦いを好むをいうのではない。ただ国防を充実して、外侮をふせぐに足るだけの武備をいうのである。戦争の悲惨にし、人道に反するは、前既に述べたごとくである。しかもこの戦争を未発に防ぐものは、平和会議にあらず、仲裁裁判にあらず、ただその国の軍備である。

およそ平和の保障のために要する軍備費は、戦争のために投ずる軍事費よりも、はるかに廉価である。日露戦役に要せしわが軍事費は、陸海軍を合せて、実に十五億余円の巨額に達した。もし戦前において仮にその十分の一を投じ、戦艦十隻を製造し置きたらんには、露国はかのごとき暴慢なる挙動を執ることなく、従って戦争を未発に防ぐことができたであろう。更に一歩を進め、もし不幸にして今後ある国と開戦するのやむを得ざるに至りしとせんか、敗戦のためにこうむる損害は、あらかじめ軍備充実のために要する経費に比して、幾十倍に達するかも知れない。過般の戦争において、露国の軍費約二十八億円、これに樺太、満洲における土地並びに造営物等を合算すれば、その額は更に驚くべき多額に達するであろう。今これを彼我海軍のみにつきて比較するに、わが海軍軍事費は、総額二億五百余万円（陸軍軍事費の約五・五分の一）にして、しかもそのうちより日進、春日《かすが》の購入費、筑波《つくば》、生駒《いこま》等の建造費、並びにわが海軍において捕獲したる艦船物品の価格等を計算するときは、実際戦争のためにこうむりたる損害は、わずかに六千七百余万円に過ぎない。これに反し戦敗国たる露国においては、その亡失したる艦船のみにてもその額少なくも四億円を下らないであろう。

そもそも生命保険や火災保険は早世したる時、または火災にかかりたる時の利益のみにして、あらかじめ死亡や火災を防止する力はない。されど軍備はただに開戦の際における勝利を保険するのみならず、なお戦争を未発に防ぐの効力がある。ゆえにいやしくも保険の必要を認むる人は、軍備充実のより多く必要なるをさとり得るであろう。

雨は牖戸《まど》のしまるを待って、始めて降るものにあらず。今日にして明日の変化を窺測《きそく》しあたわざるは、現時における国際関係である。利害一たび相反すれば、今日の与国《よこく》も、明日の敵国となり、国力一たび衰うれば、昨日の独立国も、今日は他国の属邦となるもの、あえて珍らしくない。本書稿を起こしてよりいまだ一年ならぬに、大韓国は日本朝鮮州と改まり、日露協商結ばれて、きのうの仇敵も、今や親友となった。しかも二年以前に起工したる戦艦は、今日なおいまだ竣工しない。そもそも国際の紛擾は、国技館の相撲《すもう》と異なり、わが軍備の気合いの熱するを待ってくれるものでない。たとい立ち遅れて、ただ一突きに突き落されても、物言《ものい》いを付くべき行司もおらねば、審判をなすべき四本柱の検査役もおらないのである。さればとて第二の日進春日は、そういつでもあるものではない。億兆の金を積むも一隻の駆逐艦さえ得られぬこともあるであろう。吾人はわが国民が常にウラジオ艦隊のために東京湾を脅かされた当時、並びにバルチック艦隊がホンコーへ湾を出発したる当時の感を忘れざらんことを望むのである。

国大といえども、戦いを好む時は必ず滅び、天下安しといえども戦いを忘るる時は必ず危うし。

附録

日本海海戦日本公報

日本海海戦露国公報

露帝とロ提督との電報往復並にネボガトフ少将の電奏

日本海海戦感状

日本海海戦日本公報（東郷聯合艦隊司令長官報告）

第一

（二十七日午後著電）

適艦見ゆとの警報に接し聯合艦隊は直に出動之を撃滅せんとす本日天気晴朗なれども波高し

第二

（同日夜著電）

聯合艦隊は本日沖の島附近に於て敵艦隊を邀撃し大に之を破り敵艦少くも四隻を撃沈し其他には多大の損害を与えたり我艦隊には損害少し駆逐隊水雷艇隊は日没より襲撃を決行せり

第三

（二十九日午前著電）

聯合艦隊の主力は二十七日以来残敵に対して追撃を続行し二十八日竹島附近に於て敵艦「ニコライ第一世」（戦艦）、「アリョール」（戦艦）、「セニャーウィン」（装甲海防艦）、「アプラクシン」（装甲海防艦）及「イズムルード」（巡洋艦）より成る一群に会して之を攻撃せしに「イズムルード」は分離して逃去せしが他の四艦は須臾にして降伏せり我艦隊には損害なし

捕虜の言に依れば二十七日の戦闘に於て沈没したる敵艦は「ボロジノ」（戦艦）、「アレクサンドル第三世」（戦艦）、「ジェムチウグ」（巡洋艦）外三隻なりと云う

捕虜海軍少将ネボガトフ以下約二千

第四

（三十日午後著電）

五月二十七日午後より翌二十八日に亘り沖の島附近より鬱陵島附近までの海戦を「日本海の海戦」と呼称す

第五

（同　上）

聯合艦隊の大部は前に電報したる如く一昨二十八日午後竹島附近に於て敗残的艦隊の主力を包囲攻撃して其降伏を受け追撃を中止し之が処分に従事中午後三時頃更に南西方面に敵艦「アドミラル・ウシャーコフ」の北走するを発見し磐手、八雲は直に之を追撃し先ず降伏を勧告せしも敵之に応ぜざりし故午後六時已むを得ず之を撃沈し其生存者三百余名を救助収容せり又午後五時北西に敵艦「ドミトリー・ドンスコイ」を発見し第四戦隊及第二駆逐隊之に追及し日没後に至るまで猛烈に砲撃せしも撃沈するに至らず夜に至り第二駆逐隊も之を襲撃し其結果不明なりしかば昨日に至り第二駆逐隊は「ドミトリー・ドンスコイ」の鬱陵島の東南岸に擱坐せるを発見し目下春日と共に其処分中なり又漣は一昨二十八日夕鬱陵島南方に於て敵の駆逐艦「ベドウイ」を捕獲せり同艦には二十七日の戦闘中沈没したる敵の旗艦「クニャージ・スウォーロフ」より敵艦隊司令長官ロジェストウエンスキー中将、エンクイスト（？）少将及幕僚以下八十余名移乗し居りしを以て悉く之を捕虜とせり

右両将官は共に重傷なり又千歳は一昨二十八日朝北航の途上敵の駆逐艦一隻を発見して之を撃沈し新高及叢雲は同日正午竹辺湾附近にて敵の駆逐艦一隻を撃破擱岸せしめたるの報告に接せり今迄に得たる諸報告及捕虜の言を綜合するに二十七日より二十八日に亘れる戦闘に於て撃沈し得たる敵艦は「クニャージ・スウォーロフ」、「アレクサンドル三世」、「ボロジノ」、「ドミトリー・ドンスコイ」、「アドミラル・ナヒーモフ」、「ウラジミール・モノマーフ」、「ジェムチウグ」、「アドミラル・ウ

シャーコフ」、仮装巡洋艦一隻、駆逐艦二隻にして捕獲艦は「ニコライ一世」、「アリョール」、「アドミラル・アプラクシン」、「アドミラル・セニャーウイン」、「ベドウイ」の五隻なり尚お捕虜の言に依れば敵の戦艦「オスラービヤ」は二十七日午後三時、四時の交大破の後沈没し又「ナワリン」も沈没せりと云う其外第三戦隊は同日日没敵艦「アルマーズ」が進退自由を失ひ将に沈没せんとするを目撃せしと云ふも暫く疑を存し未だ報告に接せざる二十七日日没後より決行したる或駆逐隊、水雷艇隊襲撃の成果と共に之を後日に調査報告せんとす

　我艦隊諸艦艇の損害に就きては未だ詳細の報告に接せざるも本職の視界内に在りしものには一も大破したるものなく孰も尚お作戦任務に従事しつゝあり死傷も未だ調査に暇なきも第一戦隊に於て将校以下四百余名あり

　依仁王殿下は御無事に在らせられ三須司令官は二十七日の海戦に軽傷せり

第六　（同上）

「オスラービヤ」（戦艦）、「ナワリン」（戦艦）の沈没は確実なりと認む

（備考）戦艦「シソイ・ウェリーキー」も亦二十八日午前沈没せるの確報に接せり故に敵の損害を計算すること左の如し

戦　艦「クニャージ・スウォーロフ」（一三五一六噸）　撃沈

同　「インペラートル・アレクサンドル三世（一三五一六噸）　撃沈

同　「ボロジノ」（一三五一六噸）　撃沈

同　「オスラービヤ」（一二六七四噸）　撃沈

同　「シソイ・ウェリーキー」（一〇四〇〇噸）　撃沈

同　「ナワリン」（一〇二〇六噸）　撃沈

巡洋艦「アドミラル・ナヒーモフ」（八五二四噸）　撃沈

同　「ドミトリー・ドンスコイ」（六二〇〇噸）

同「ウラジーミル・モノマーフ」（五五九三噸）　撃沈
同「スウェトラーナ」（三七二七噸）　撃沈
同「ジェムチウグ」（三一〇三噸）　撃沈
海防艦「アドミラル・ウシャーコフ」（四一二六噸）　撃沈
特務艦「カムチャーツカ」（七二〇七噸）　撃沈
同「イルツイシ」（七五〇七噸）　撃沈
駆逐艦　三隻　撃沈
戦　艦「アリョール」（一三五一六噸）　捕獲
同「イムペラートル・ニコライ一世」（九五九四噸）　捕獲
海防艦「ゲネラル・アドミラル、アプラクシン」（四一二六噸）　捕獲
同「アドミラル・セニャーウイン」（四九六〇噸）　捕獲
駆逐艦「ベドウイ」（三五〇噸）　捕獲

即ち敵の損害を艦種に区別すれば左の如し

	撃沈	捕獲	計
戦　艦	六	二	八
巡洋艦	五		五
海防艦	一	二	三
特務艦	二		二
駆逐艦	三	一	四
総計	十七	五	二十二

噸数総計　十五万三千四百十一噸

右の外巡洋艦「アルマーズ」（三二八五噸）は沈没の疑あり

俘虜中将ロジェストウエンスキー、少将ネボガトフ、少将エンクィスト（？）以下三千余名

第七

（三十一日著電）

佐世保軍港に送りし各戦利艦は昨三十日夕刻までに其の乗員の陸送を了り全く我有に帰せりロジエストウエンスキー中将は海軍病院に収容せられたり前報告に戦利艦「ベドウイ」の捕虜中にエンクイスト少将あるを電報したけれども後右は全く無線電信の誤謬なるを知れり取消されたし

露国病院船「アリョール」、「カストローマ」

の二隻抑留に関する聯合艦隊司令長官報告の要領

五月二十七日敵艦隊に従い朝鮮海峡に来たれる露国病院船二隻は海牙条約違反の嫌疑あり且つ作戦上重要の必要ありたるに依り一時之を抑留して翌二十八日佐世保軍港に引致せしめたり

第八

（三十一日著電）

其後続々到達せる麾下各部隊よりの報告を綜合するに敵の戦艦「オスラービヤ」は二十七日海戦の初期に大破して隊列を脱し午後三時過第一に沈没したること確実なり又戦艦「シソイ・ウェリーキー」巡洋艦「アドミラル・ナヒーモフ」及「ウラジーミル・モノマーフ」は已に二十七日の昼戦に撃破せられたる後同夜我駆逐隊水雷艇隊の水雷攻撃に大破し全く戦闘航海力を失い対馬附近に漂流し翌朝に至り我仮装巡洋艦信濃丸、八幡丸、台南丸、佐渡丸等之を発見して将に捕獲せんとせしも幾何もなく皆沈没せり其生存者約九十五名は右仮装巡洋艦及沿岸民家に収容せられたり又戦艦「ナワリン」は二十七日日没後我水雷艇隊攻撃の結果水雷四発命中し沈没せること其生存捕虜の言に依り確実なり又敵の巡洋艦「スウェトラーナ」は二十八日午前九時頃竹辺湾沖に於て新高、音羽の一隊に追撃せられ遂に撃沈せられたりとの新高艦長の報告に接す其他敵艦「アウローラ」、「アルマーズ」も二十七日夜の我水雷攻撃のため撃沈せられたるの疑あり又前報告撃沈敵艦中に「ジェムチウグ」を算したりけれども稍疑あるを以て正確の調査を了るまで暫く之を取消す

茲に報告する所と前電報告とを綜合すれば敵艦隊の主力たりし戦艦八隻、装甲巡洋艦三隻、及装甲海防艦三隻は悉く撃沈又は捕獲せられ其手足たりし二等巡洋艦以下も大部分撃滅せられたるを以て此一戦に於て敵艦隊は事実上已に全滅に帰せり我艦隊の損失に付ては其後の報告に依り二十七日の夜襲に際して三十四号艇三十五号艇及六十九号艇の三隻が敵の防禦砲火に撃沈せられ其乗員の大部分は僚艇に救助収容せられたるの外損失と認むべきものなく駆逐艦以上は其損害の程度予想外に

尠く一として今後の戦闘航海に支障あるものなし若し夫れ麾下将卒の死傷に至りては対戦の頭初に当り其多数を予期したるに其後の死傷報告比較的僅少にして今日の所之を八百以内に算す是等死傷報告は到達次第著々電報し成るべく速に家族の慰安に努めんとす

今回の海戦は彼我海軍共に殆ど其全力を捧げて対抗し戦場の曲面頗る宏大なりしのみならず当日の天候濛気深くして砲煙煤煙を混ぜざるも尚お展望五里以外に及ばず為に昼戦に於ても麾下各部隊戦状を本職の限界に置くこと能わず加之戦闘二昼夜に亘り麾下各部隊は各方面に離散せる敵を追撃し今尚お戦後の諸任務に従事せるものさえあれば全軍の戦闘詳報に至りては尚お数日の後にあらざれば進達すること難し

第九

（三十一日著電）

敵艦「ドミトリー・ドンスコイ」の生存者を収容して本日午後帰合したる春日艦長の報告に拠れば「ドンスコイ」は一昨二十九日朝排水を中止し「キングストン」を開き自ら沈没し其乗員は尽く鬱陵島に上陸したるものにして同艦の生存者中には沈没敵艦「オスラービヤ」及駆逐艦「ブイヌイ」よりの収容者あり右「ブイヌイ」は二十七日午後敵の旗艦沈没の前司令長官ロジェストウエンスキー以下幕僚を収容し此際一弾を受け尋で「オスラービヤ」の乗員三百余名を収容したるも航海困難なるを以て司令長官以下幕僚を僚艦「ベドウイ」に移し北方に遁走中二十八日朝「ドンスコイ」に邂逅し其乗員を悉く該艦に移し「ブイヌイ」は自ら沈没せりと云う又「オスラービヤ」生存者の言に拠れば同艦は二十七日戦闘の初期第一の命中弾を司令塔に被り司令官フエリケルザム直に戦死し次で連続惨烈なる集弾を被り午後三時過僚艦の間に沈没せりと云う又「ドンスコイ」生存者の言に拠れば二十七日昼戦中駆逐艦二隻が乱軍の中に沈没せるを目撃せりと之を事実とすれば敵駆逐艦の沈没したるもの前後六隻と為れり

（備考）「ブイヌイ」はロジェストウエンスキー乗艦の上浦港に到達せる旨露国に於て公表せりと

の噂するものあり

第十

（六月一日著電）

一昨三十日北方の追撃より帰り直に南方の捜索に赴きたる磐手、八雲の一隊は只今（六月一日午後）帰著せり同隊は鳥島附近より上海航路の両側を隈なく捜索せしも遂に敵影を見る能わざりしと云う又島村第二艦隊司令官（磐手坐乗）の報告に依れば二十七日の海戦中午後三時七分敵艦「ジェムチウグ」が磐手の前面約三千米突に於て同艦の猛射に遭い約十分時にして沈没せしこと確実なりと当時該艦火災に罹り其騰煙海面を掩い我他の諸艦よりは「ジェムチウグ」の沈没を目撃する能わざりしを以て先に暫く疑を存し置きしものなり

第十一

（六月二日著電）

敵の特務艦船中去る二十七日の海戦に撃沈せられたるは仮装巡洋艦「ラウール」、運送船「イルツイシ」、工作船「カムチャーツカ」外一隻あり右一隻は敵艦隊が給炭用として随伴したる曳船二隻中の一にして捕虜の言に拠り其沈没したるを知れり

海戦当時戦場に現在せし敵の艦船中今日までに其行方不明なる者は二等巡洋艦「オレーグ」、「アウローラ」、三等巡洋艦「イズムルード」、「アルマーズ」、特務艦三隻、駆逐艦二隻、曳船一隻にして其他は悉く撃滅又は捕獲せられたり右残艦中「オレーグ」、「アウローラ」は二十七日の海戦中我第三戦隊の射界内に入り時々火災を起せしを目撃したるを以て仮令残存せりとするも其の戦闘力の回復には多数の日子を要すべしと信ず

確定詳報

天佑と神助に因り我聯合艦隊は五月二十七八日敵の第二、第三艦隊と日本海に戦いて遂に殆ど之を撃滅することを得たり始め敵艦隊の南洋に出現するや上命に基き当隊は予め之を近海に迎撃する

の計画を定め朝鮮海峡に全力を集中して徐に敵の北行を待ちしが敵は一時安南沿岸に寄泊したるの後漸次北行し来たりしを以て其我近海に到達すべき数日前より予報の如く数隻の哨艦を南方警戒線に配備し各戦列部隊は一切の戦備を整え直に出動し得る姿勢を持して各其根拠地に泊在せり果然二十七日午前五時に至り南方哨艦の一隻信濃丸の無線電信は敵艦隊二〇三地点に見ゆ敵は東水道に向うものの如しと警報し全軍踊躍直に発動し各部隊は予定の部署に準じて対敵行動を開始せり午前七時内方警戒線の左翼哨艦たりし和泉亦敵艦隊を発見して敵既に宇久島の北西二十五海里の地点に達し北東に航進するを報じ巡洋艦隊（片岡中将直率）東郷（正路）戦隊続で出羽戦隊も午前十時、十一時の交壱岐、対馬の間に於て敵と触接し爾後沖の島附近に至るまで此等の諸隊は時々敵の砲撃を受けしも終始能く之と触接を保持し群に時々刻々の敵情を電報せしかば此日海上濛気深く展望五海里以外に及ばざりしも数十海里を隔つる敵影恰も限界に映ずるが如く未だ敵を見ざる前既に敵の戦列部隊は其第二、第三艦隊の全力にして特務艦船約七隻を伴うこと敵の陣形は二列縦陣にして某主力は右翼列の先頭に占位し特務艦船は後尾に続行せること又敵の速力は約十二節にして尚お北東に航進せること等を知り本職は之に依り我主力を以て午後二時頃沖の島附近に敵を迎え先ず其左翼列先頭より撃破せんとする心算を立つるを得たり主力隊（主戦艦隊（東郷大将直率）装甲巡洋艦隊（上村中将直率））瓜生戦隊及各駆逐隊は正午頃既に沖の島北方約十海里に達し敵の左側に出でんがため更に西方に針路を執りしが午後一時三十分頃出羽戦隊、巡洋艦隊及東郷（正路）戦隊等も敵と触接を保ちつゝ相前後して漸次に来たり合し同時四十五分に至り正に我左舷南方数海里に始て敵影を発見せり敵は予期の如く其右翼列の先頭に「ボロジノ」型戦艦四隻の主力艦隊を置き「オスラービヤ」、「シソイ・ウェリーキー」、「ナワリン」、「ナヒーモフ」より成る一隊左翼列の先頭に占位し「ニコライ一世」外海防艦三隻より成る一隊之に次ぎ「ジェムチウグ」、「イズムルード」の二艦は両列の間に介在して前方を警戒せる者の如く尚お其後方濛気の中に「オレーグ」、「アウローラ」

以下二三等巡洋艦の一隊「ドミトリー・ドンスコイ」「ウラジーミル・モノマーフ」其他特務艦等数海里に亘りて連綿続航するを仄に認むるを得たり是に於て全軍に戦闘開始を令し同時五十五分視界内に在る我全艦隊に対し『皇国の興廃此一戦に在り各員一層奮励努力せよ』との信号を掲揚せり而して主戦艦隊は少時東西に向首し敵と反航通過すると見せしが午後二時五分急に東に折れ其正面を変じて斜に敵の先頭を圧迫し装甲巡洋艦も続航して其後に連り出羽戦隊、瓜生戦隊、巡洋艦隊及東郷（正路）戦隊は予定戦策に準じ孰も南下して敵の後尾を衝けり之れを当日戦闘開始の際に於ける彼我の対勢とす

主力艦隊の戦況

敵の先頭部隊は主戦艦隊の圧迫を受けて稍其右舷に転舵し午後二時八分彼より砲火を開始せしかば我は暫く之に耐えて射距離六千米突に入るに及び猛烈に敵の両先頭艦に集弾せり敵は之が為め益東南に撃圧せらるゝものの如く其左右両列共に漸次東方に変針し自然に不規則なる単縦陣を形成して我と竝航の姿勢を執り其左翼列の先頭艦たる「オスラービヤ」の如きは須臾にして撃破せられ大火災を起して戦列より脱せり此時に当り装甲巡洋艦隊も既に尽く主戦艦隊の後方に列し我全隊の掩撃砲火は射距離の短縮と共に益顕著なる効果を呈し敵の旗艦「クニャージ・スウォーロフ」二番艦「アレクサンドル三世」も大火災に罹り戦列を離れ敵の陣形愈乱れ後続の諸艦亦火災に罹れるもの多く其騰煙西風に靉きて忽ち海上一面を蔽い濛気と共に全く敵影を包み主戦艦隊の如きは為に一時射撃を中止せるの状況なり又我軍に於ても各艦多少の損害を蒙り浅間の如きは後部水線に近く三弾を受けて舵機を損じ且つ浸水甚しく一時止むを得ず列外に落伍せしが幾もなく応急修理して再び戦列に入れり之れ午後二時四十五分に於ける彼我主力の戦況にして勝敗は既に此間に決せり我主力隊は如此敵を南方に撃圧し煙霧の中敵影を発見する毎に緩除に之を砲撃しつゝ午後三時頃には既に敵の前路に出で約南東に向針しありしが敵は俄に北方に向首し我後尾を回りて北走せんとするが如

きを以て主戦艦隊は急に左十六点に一斉回頭し日進を嚮導として北西に向い装甲巡洋艦隊も其通跡を過ぎたる後正面を変じて之に続き再び敵を南方に撃圧し之を猛射し午後三時七分敵艦「ジエムチウグ」は装甲巡洋艦隊の後方に突進し来たりしも遂に我砲火に因り多大の損害を蒙り既に戦闘力を失いたる「オスラービヤ」も同時十分に沈没し孤立せし「クニャージ・スウォーロフ」は益大破して其一檣二煙突を失い全艦煙焔に包まれて操縦する能わず混乱せる爾余の諸敵艦も更に多大の損害を受けつゝ又其針路を東方に採れり是に於て主戦艦隊も亦一斉に左十六点に回頭し装甲巡洋艦隊之に次ぐ遁ぐるを追うて益敗敵を掩撃し時々機を見て水雷発射をも試み午後四時四十五分頃に至るまで主隊の戦闘に就ては別に著しき現象なく終始敵を南方に圧して砲撃を継続したるに過ぎず此間壮烈の事績として特記すべきは千早及廣瀬（順太郎）駆逐隊が午後三時四十分の頃鈴木（貫太郎）駆逐隊が午後四時四十五分の頃敵の廃艦「スウォーロフ」に対し勇敢なる水雷攻撃を決行したることにて前者の奏効は確実ならざりしも後者より発せし一水雷は敵艦の左舷後部に命中し須臾にして艦体十度許傾斜するを見たり此両回の襲撃中廣瀬駆逐隊の不知火及鈴木駆逐隊の朝潮は附近敵艦より猛射せられ共に一弾を受けて一時危殆に陥りしも幸にして遂に無事なることを得たり午後四時四十分の頃に至り敵は北方に血路を開くを断念せしにや漸次南方に向いて遁走するものの如く依て我主隊は装甲巡洋艦隊を先頭とし之を追撃せしが少時にして遂に敵影を煙霧の中に失し南下すること約八海里行く我右方に離散彷徨せる敵の二等巡洋艦以下特務艦船等を緩射し午後五時三十分主力艦隊は再び針路を北方に執りて敵の主力を索め装甲巡洋艦隊は南西方に折れて敵の巡洋艦に迫り爾後日没に至るまで此の両戦隊は分離して各別の行動を執り又相見る能わざりき

主戦艦隊は午後五時四十分頃其左舷近距離に在りし敵の特務艦「ウラール」に一撃を加えて直に之を撃沈し尚お北方に策戦し航進せる際左舷艦首に当り敵主力の残艦約六隻の一群が北東に向い遁走しつゝあるを発見し直に近づきて之と竝航戦を再始し漸次敵の前方に出でて其先頭を撃圧せしか

ば敵は始め北東の針路を採りしも次第に西方に屈折し遂には北西に向針するに至れり此竝航戦は午後六時より日没まで連続し敵は大破の余其砲力減少せるに反し我沈著なる射撃は益其威力を逞うし「アレクサンドル三世」と見えたる敵艦は早く列外に出でて後方に落伍し先頭に占位せし「ボロジノ」型戦艦は午後六時四十分頃より大火災を起こし七時二十三分に至り俄然爆煙に包まれて瞬時に沈没せり蓋し火災の弾薬庫に及びしならんか又当時南方に在りて敵の巡洋艦隊を北方に迫撃しつゝありし装甲巡洋艦隊の諸艦は已に傾斜して進退自由ならざる「ボロジノ」型敵艦一隻が午後七時七分敵艦「ナヒーモフ」の側に来たり遂に顚覆沈没せるを目撃せり後日捕虜の言に依り是れ即ち「アレクサンドル三世」にして主戦艦隊の見たるものは「ボロジノ」なりしを知るを得たり

此時夕陽已に舂き我が駆逐艦、水雷艇隊は東南北の三面より漸次に敵に迫り已に襲撃準備姿勢を執れるを以て主戦艦隊は次第に敵に対する圧迫を弛めて日没（午後七時二十八分）と共に東北に変針し同時に本職は竜田をして全軍北航して明朝鬱陵島に集合すべしと伝令せしめ茲に当日の昼戦を結了せり

出羽、瓜生戦隊、巡洋艦隊及東郷（正路）戦隊の戦況

午後二時戦闘開始の令下に出羽、瓜生戦隊、巡洋艦隊、東郷戦隊は孰も我主力艦隊と分離し敵を左舷に見て反航南下し予定戦策に準じて敵の後尾に占位せる特務部隊及「オレーグ」、「アウローラ」、「スウェトラーナ」、「アルマーズ」、「ドミトリー・ドンスコイ」、「ウラジーミル・モノマーフ」等の巡洋艦隊を脅威迫撃せり出羽、瓜生戦隊は終始共同連繋して午後二時四十五分より先ず敵の巡洋艦に対して反航戦を開始し漸次敵の後尾を旋撃して其右方に出で更に竝航戦を試み爾後優速力を利用し機宜我正面を変じて或は敵の左に顕れ又は右に廻り攻撃を持続すること約三十分にして敵の後方部隊は漸次に動揺潰乱し其の特務艦船の如きは遂に右往左往して為す所を知らざるの状態に陥れり此間午後三時を過ぐるの頃「アウローラ」と

見えたる敵艦単独敵中より突進し来たりしも我が猛射に多大の損傷を負うて撃退せられ又午後三時四十分頃突撃し来たりたる敵の駆逐艦三隻も為す所なくして撃攘せられたり出羽、瓜生戦隊協力攻撃の効果は午後四時の交に及んで著しく発展し敵の後方部隊は全く潰乱して個々分裂し其諸艦船皆多少の損害を受けたるものの如く特務艦船中には既に操縦の自在を欠けるものあるを見るに至れり

　瓜生戦隊は午後四時二十分頃三檣二煙突を有する敵の特務艦船一隻（或は「アナズイリ」ならん）が一方に孤立するを認め直に近づきて撃沈し尋で四檣一煙突の特務艦船（或は「イルツイシ」ならん）を猛射して殆ど之を撃破せり此頃より巡洋艦隊、東郷艦隊も来たり加わり出羽、瓜生戦隊と協力して共に潰乱せる敵の巡洋艦及特務艦船を掩撃しつつありしが午後四時四十分の頃北方より我が主隊に撃圧せられたる敵の戦艦（或は海防艦）四隻南下し来たりて其巡洋艦に合力せしかば瓜生戦隊、巡洋艦隊の如きは少時近距離に於て之と対戦するの苦境に陥り孰も多少の損害を受けしも幸に大ならざることを得たり

　之より先き出羽戦隊の旗艦笠置は其左舷炭庫水線下に一弾を蒙りしが爾来浸水漸く増加し其応急修理のため波静なる所に行くの止むを得ざるに至り出羽司令官は自ら笠置、千歳を率い麾下の他艦は之を一時瓜生司令官の指揮の下に属せしめ午後六時油谷湾に赴き其将旗を千歳に移し夜に入りて出港北行せしも笠置は修理に時間を要し遂に翌日の追撃に参加する能わざりき

　又瓜生戦隊の旗艦浪速も後部水線に敵弾を蒙り為に午後五時十分同戦隊は一時避戦して其損所の応急修理を為せり此時に当り敵は南北両方面共に既に全軍潰乱滅裂の悲境に在りしを以て午後五時三十分の頃装甲巡洋艦隊が我主隊と分離して此方面に来たり南方より敵の巡洋艦を追撃すると同時に敵は群を為して悉く北方に遁走し瓜生艦隊、巡洋艦隊及東郷戦隊も共に之を追撃せしが其途上に於て既に進退の自由を失せる敵の廃艦「クニャージ・スウォーロフ」及工作船「カムチャーツカ」を発見し巡洋艦隊、東郷戦隊は直に其撃滅に転じて午後七時十分「カムチャーツカ」を撃沈し尋で巡洋艦隊に随伴せる富士本水雷艇隊は突進して

「クニャージ・スウォーロフ」を襲撃し同艦は尚お艦尾の小砲一門を以て最終の抵抗を試みしも遂に我が水雷二発の下に沈没せり時に午後七時二十分なり幾もなく此等の諸戦隊は鬱陵島集合の電令に接し孰も戦を止めて北東に向進せり

各駆逐隊及水雷艇隊の戦況

二十七日の夜戦は昼戦の終結後直に各駆逐隊及水雷艇隊に依り猛烈果敢に開始せられたり

此日朝来南西の強風浪揚ぐること高く小艇の操縦大に困難なるを認め本職が直率せし水雷艇隊の如きは昼戦開始に先ち悉く三浦湾に避泊せし程にて夕刻に至りて風較和ぎしも浪尚お静らず洋中の水雷攻撃は我に不利尠からざるの状況なりしも然も各駆逐隊及艦隊は此一遇の時機を失するを恐れ皆風濤を冒して日没前に来し会し各先を争うて敵に当り藤本駆逐隊は北方より矢島駆逐隊及河瀬艇隊は北東方面より敵主力の先頭を圧し吉岡駆逐隊は東方より広瀬（順太郎）駆逐隊は南東より其後尾に迫り福田（昌輝）大滝、近藤（常松）青山、河田の艇隊等は南東より敵の主力部隊及其左後に伴行せる巡洋艦の一群に追尾し日没の頃次第に三面包囲の形勢を為せり敵は此勢威に屈したるにや日没後倉皇南西に避け更に東方に変針したるものの如く午後八時十五分矢島駆逐隊が第一撃を敵主力艦隊の先頭に加えたるを始として各駆逐隊、水雷艇隊一時に突進して敵の周囲に蝟集し午後十一時頃に至るまで連続激烈なる肉薄襲撃を決行したり敵は日没より探照砲火を以て極力防戦せしも遂に此攻撃に耐えず其僚艦相失して四分五裂の状態となり各血路を求めて任意に運動せしかば我襲撃隊の追躡と共に茲に一場の大混戦を現出し少くも敵の戦艦「シソイ・ウェリーキー」装甲巡洋艦「アドミラル・ナヒーモフ」及「モノマーフ」の三隻は此間我水雷に罹りて全く其戦闘航海力を失い又我軍に於ても福田艇隊の第六十九号艇（司令艇）青山艇隊の第三十四号艇（司令艇）及河田艇隊の第三十五号艇の三隻は襲撃の際敵弾の為め撃沈せられ駆逐艦春雨、暁、雷、夕霧、竝に水雷艇鷺、第六十八号、第三十三号艇等は敵弾又は衝触等のために多少の損害を被り爾後一時戦闘に参加し難く死傷も又比較的尠しとせず就中福田、青山及河田艇隊の死傷最も多し但し沈没水雷艇三隻の乗員は友艇雁、第三十一号及第六十一号艇等に依り救助収容せられたり

後日捕虜の言を聞くに当夜水雷攻撃の猛烈なりしは殆ど言語に絶し我艦艇連続肉薄し来たりしを以て其応接に遑なく且其距離余り近き為め備砲俯角の度を過ぎ照準する能わざりしと云う

前記のものの外鈴木（貫太郎）駆逐隊及爾余の水雷艇隊は当夜他方面に索敵せしが鈴木駆逐隊は二十八日午前二時の此韓崎の北東微東約二十七海里の地点にて敵艦二隻の北走するのを発見して直に之を襲撃し其一隻を轟沈せり後日生存捕虜の言に依れば轟沈せられたる此戦艦は敵艦「ナワリン」にして同艦は両舷に連続二発宛の水雷命中し少時にして沈没せりと云う爾余の諸艇隊は終夜各方面を捜索せしも遂に獲る所なかりき

二十八日の一般戦況

二十八日黎明前日来の濛気拭うが如く主戦艦隊、装甲巡洋艦隊は既に鬱陵島の南方約二十海里に達し爾余の戦隊竝に前夜の襲撃を果したる各駆逐隊等も各航路を異にし順次後方より集合の途上に在り午前五時二十分本職は敵の退路を遮断する為め麾下巡洋艦隊を以て東西に捜索列を張らしめんとする際後方約六十海里に占位して北進しつつありし巡洋艦隊は早くも敵影を発見して東方に当り艦隊の煤煙数条あるを警報す幾何もなく同戦隊は敵に近づき復報じて曰く敵は戦艦四隻（後に至り二隻は海防艦たるを知る）巡洋艦二隻より成り今北東に向針すと是れ問わずして残敵の主力たるや明なり此に於て主戦艦隊、装甲巡洋艦隊は其針路を反転し漸次東方に向いて敵の前路を扼し東郷、瓜生戦隊も亦巡洋艦隊に合して敵の後方を抑え午前十時三十分の頃竹島の南方約十八海里の地点に於て全く此敵を包囲せり敵は即ち戦艦「ニコライ一世」、「アリョール」、海防艦「ゲネラル・アドミラル・アプラクシン」、「アドミラル・セニャーウイン」及巡洋艦「イズムルード」の五隻にして他の一隻の巡洋艦は遙に南方に後れて当時其影を失す固より敗余の敵艦已に多大の損傷を負えるのみ

ならず我優勢に抵抗し得べきにあらざれば主戦艦隊、装甲巡洋艦隊が先ず砲火を開くや須臾にして敵艦隊司令官ネボガトフ少将は其部下と共に降意を表し本職は特に其将校以上に帯剣を許して之を受けたり然るに敵艦「イズムルード」のみは降伏に先ち其快速力を以て南方に遁れ我東郷戦隊に遮られて復東方に走れり此時油谷湾より帰港したる千歳も其朝途上に於て敵の駆逐艦一隻を撃沈したる後此地に来たり会し直に転じて「イズムルード」に追尾せしが遂に及ばずして之を北方に逸せり

是より先き瓜生戦隊が北航の途に在るとき午前七時の頃西方に一隻の敵影を発見し音羽、新高の一小隊を有馬音羽艦長の指揮の下に之が撃滅のため分派せしが同隊は午前九時に至りて漸く敵に近接し其敵艦「スウェトラーナ」が一駆逐艦を伴なえるものなるを知り益之を追窮し戦闘約一時間の後午前十一時六分竹辺湾沖に於て全く「スウェトラーナ」を撃沈し尚新高は其時来会したる駆逐艦叢雲と共に残れる敵の駆逐艦「ブイスツルイ」を追撃し午前十一時五十分遂に之を竹辺湾の北方約五海里の無名湾に擱岸破滅せしめたり而して右二敵艦の生存乗員は我特務艦亜米利加丸春日丸に依り悉く救助収容せられたり

敵の降伏を受けたる聯合艦隊の大部は爾後尚其地附近に漂泊して敵艦四隻の捕獲処分に従事しつつありしが午後二時頃南方より戦艦「アドミラル・ウシャーコフ」の来るを発見し、磐手、八雲の一隊は直ちに之に向い午後五時過其南走するを追及して先ず降伏を勧告せしも之に応ぜず反て彼より砲火を開きしかば止むを得ず砲撃して遂に之を撃沈し其生存者約三百余名を救助収容せり又駆逐艦漣、陽炎は午後三時三十分の頃鬱陵島の南西約四十海里に於て東方より遁走し来たる敵の駆逐艦二隻を発見し極力これを北西に追躡し午後四時四十五分追及して戦闘を開始せしに敵の後続駆逐艦は白旗を掲げて降意を表せり依て漣は直に之を捕獲せしにこの駆逐艦は「ベドウイ」にして敵艦隊司令長官ロジエストウエンスキー中将及其幕僚の移乗し居るを知り其乗員と共にこれを捕虜と為せり尚陽炎は他の駆逐艦を追撃して午後六時三十分に及びしも遂にこれを北方に逸せり又午後五時

頃西方に索敵したる瓜生戦隊及矢島駆逐隊は敵艦「ドミトリー・ドンスコイ」の北走するを発見しこれを追尾して午後七時鬱陵島の南約三十海里に至りし頃恰も好し竹辺湾方面より来会しつつありし音羽、新高の一隊竝に駆逐艦朝霧、白雲、吹雪等が既に西方より敵に迫りて砲撃を開始し瓜生戦隊と共にこれを夾撃するの好位を制し左右相待ちて日没後までこれを猛撃し殆ど敵を撃破し得たるも未だ撃沈するに至らずして遂に夜に入り其影を失せりこの攻撃中止と共に吹雪及矢島駆逐隊等連続これを襲撃し其効果不明なりしも習朝に至り「ドミトリ・ドンスコイ」は鬱陵島の東南岸に漂い遂に沈没したるを発見せり而して同島に上陸したる其の生存者は春日、吹雪等にて救助収容せられたり

　聯合艦隊の大部が北方追撃の戦果を収むるに汲々たる際南方前日の戦場に於ても亦相応の残獲ありたり此日早朝戦場掃除の任務を持して出発したる特務艦信濃丸、台南丸、又八幡丸は韓崎の北東約三十海里の地点に於て戦艦「シソイ・ウェリーキー」が前夜の水雷攻撃に傷つき将に沈没せんとするを発見しこれが捕獲の手続を了して其乗員を救助収容せり而して該艦は午前十一時零五分終に沈没せり又駆逐艦不知火特務艦佐渡丸も午前五時三十分頃対馬琴崎の東方約五海里に於て敵艦「アドミラル・ナヒーモフ」が沈没に垂んとするに会し続いて又敵艦「ウラジーミル・モノマーフ」が著しく傾斜して其附近に来たるを発見し孰も佐渡丸にて捕獲処分を為ししに二艦共に大破して浸水甚しく遂に其乗員を救助し得たる後午前十時の交相前後して沈没せり其時又敵の駆逐艦「グロームキー」も此附近に来たりしが遽に北方に遁逃せしを以て不知火は直に之を追撃して蔚山沖に至り午前十一時三十分頃水雷艇六十三号と協力攻撃し敵砲の沈黙するに及んで之を捕獲し其生存乗員を捕虜とせり

　該艦も亦大破して遂に午後零時四十三分に沈没したり其他麾下砲艦、特務艦等にて戦場附近の沿岸等を捜索して救助収容し得たる撃沈敵艦の乗員尠からず戦利艦五隻の捕虜と合して其数殆ど六千に達す

　以上は五月二十七日午後より二十八日午後に亘

れる海戦の経過にして其後当隊の数部は尚お遠く南方に敵を捜索せしも遂に又其隻影を見ず日本海を通過せんとせし敵艦隊約二十八隻にして我撃滅又は捕獲に洩れたりと認むるものは巡洋艦、駆逐艦及特務艦数隻に過ぎず而して此の二日間の戦闘に於て我艦隊の失いたる所は水雷艇三隻のみにして其他多少の損害を蒙りたる者あるも一として今後の役務に支障あるものなし又死傷は全軍を通じ将校以下戦死百十六名負傷五百三十八名にして其細別は別に報告せるが如し

此対戦に於ける敵の兵力我と大差あるにあらず敵の将卒も亦其祖国のために極力奮闘したるを認む然も我聯合艦隊が克く勝を制して前記の如き奇蹟を収め得たるものは一に
天皇陛下の御稜威の致す所にして固より人為の能くすべきにあらず殊に我軍の損失死傷の僅少なりしは歴代神霊の加護に依るものと信仰するの外なく嚮に敵に対し勇進敢戦したる麾下将卒も皆此成果を見るに及んで唯々感激の極言う所を知らざるものの如し

（備考）戦場に現れたる敵艦船

- 戦艦 八隻内
  - 六隻 撃沈 「クニャージ・スウォーロフ」、「アレクサンドル三世」、「ボロジノ」、「オスラービヤ」、「シソイ・ウェリーキー」、「ナワリン」
  - 二隻 捕獲 「アリョール」、「ニコライ一世」
- 巡洋艦 九隻内
  - 四隻 撃沈 「アドミラル・ナヒーモフ」、「ドミトリー・ドンスコイ」、「ウラジーミル・モノマーフ」、「スウェトラーナ」
  - 三隻 マニラニ逃走抑留「アウローラ」、「オレーグ」、「ジェムチウグ」
  - 一隻 ウラジオへ逃入「アルマーズ」
  - 一隻 ウラジミール湾へ逃走擱岸破壊「イズムルード」
- 海防艦 三隻内
  - 二隻 捕獲 「アプラクシン」、「セニャーウィン」
  - 一隻 撃沈 「ウシャーコフ」

駆逐艦　九隻内
- 四隻　撃沈「ブイヌイ」、「ブイスツルイ」、「グロームキー」外一隻
- 一隻　捕獲「ベドウイ」
- 一隻　上海ヘ逃入武装解除「ボードルイ」
- 一隻　上海ヘ遁逃ノ途損害ノ結果沈没「ブレスチャーシチー」
- 一隻　不明
- 一隻　浦塩ヘ逃入「ブラーウイ」

仮装巡洋艦
- 一隻　撃沈「ウラール」

特務船　六隻内
- 四隻　撃沈「カムチャーツカ」、「イルツイシ」、「アナズイリ」、「ルス」
- 二隻　上海ヘ逃入武装解除「コレーヤ」、「スウィーリ」

病院船　二隻
- 抑留「アリョール」、「カストローマ」、内「カストローマ」ハ解放

合計　三十七隻内
- 二十隻　撃沈
- 五隻　捕獲
- 二隻　逃走後破壊若クハ沈没
- 六隻　逃走後抑留若クハ武装解除
- 一隻　不明
- 二隷　抑留（一隻解放）
- 二隻　逃走

日本海海戦露国公報

1　（リネウイッチ将軍五月二十九日附報告）

ウラジオストックに入港したる巡洋艦「アルマーズ」の艦長が報ずる所に依ればバルチック艦隊は五月二十七日対馬海峡に於て日本艦隊と交戦せり「ボロジノ」、「オスラービヤ」両戦闘艦及び巡洋艦一隻は沈没し「アレクサンドル三世」は大に破損しロジェストウエンスキー提督は開戦の初に負傷して他艦に移され「アルマーズ」は艦隊より離れたり戦争は夜に入りて継続せられたるも其結果明かならず

2　（駆逐艦「ブラーウイ」艦長ツルノーウォ大尉報告）

本艦は五月二十七日午前九時艦隊と分れたるが当時「オスラービヤ」及「スウォーロフ」型一隻を除き他の諸戦艦は戦陣を作り快速力にて航進せるを認めたり午後四時本艦は猛烈なる十字火を受け六時砲弾は本艦の艦橋を貫き上部汽罐室爆発し前部汽罐二個蒸汽主管及前檣共に破壊せり本職は成るべく本艦の人目に触るるを避けんが為め大檣を下し日中煙突を白色に塗替えたり五月二十九日夜に至り第三蒸汽管爆発し爾来本艦は五海里以上の速力を以て汽走すること能わず又石炭欠乏を告げたるより一切木造の部分を焼棄せり五月三十日大檣を揚げ浦塩斯徳に著港せり

（外務省著電）

3　（「イズムルード」艦長フェルゼン男より六月一日オルガ湾（浦塩の北方約二百海里）発露国皇帝宛電奏）

「バルチック」艦隊は五月二十七日対馬海峡に進

航せるに茲に敵の全艦隊と邂逅せり

砲火は午後一時二十分を以て開かれたり敵の砲火は先ず旗艦「スウォーロフ」と「オスラービヤ」とに集注せり黄昏前に於て「オスラービヤ」、「アレクサンドル三世」及「ボロジノ」は沈没せり「スウォーロフ」、「カムチャーツカ」及「ウラール」は甚しく破壊せられ遂に行く処を知らず是に於て艦隊指揮の権はネボガトフ少将に帰したり

黄昏より「ニコライ一世」、「アリョール」、「アプラクシン」、「セニャーウィン」、「ウシャーコフ」、「シソイ・ウェリーキー」、「ナワリン」、「ナヒーモフ」及「イズムルード」の各艦は上述の順位にて北方に向い進航し我艦（「イズムルード」）は戦艦に伝令の任務を負えり二隻の巡洋艦即ち（「ナヒーモフ」及「ナワリン」なるべし）は艦列より遮断せられ再び相見ることあたわず

戦艦は十四海里の速力を以て進航せしが此間幾度か敵の水雷艇に攻撃せらる殊に艦列の両端に在るものを然りとする翌朝黎明に至り我艦隊を為すものは「ニコライ一世」、「アリョール」、「アプラクシン」及「セニャーウィン」のみなるを確知せり（即ち、「シソイ・ウェリーキー」及「ウシャーコフ」の喪失せるを意味す）

二十八日暁天水平線上に敵煙を認む本職之をネボガトフ司令官に伝えたるに司令官は是に於て速力を進めたり「セニャーウィン」、「アプラクシン」の両艦は遮航の為め艦後に落ちたり午前十時に至れば日本艦隊は先ず我左舷に顕れ次で右舷に転見す同時に敵の巡洋艦隊は我後方より左舷を圧せり

我艦は隊列より分隔せられ再び之に投合すること不可能となりたるを以て浦塩斯徳に向け進航することに決したり本職は敵の追躡を受けつつ全速力を以て進めり石炭の不足と敵の巡洋艦に出会するを免れんが為め本職途中航路を転じてウラジミール湾（オルガ湾より稍北方に当る）に向えり我艦は二十九日夜を以て同湾に著きしが会真黒咫尺を弁ぜず午前一時半我艦は全く湾入口の暗礁に乗上げたり

石炭を余すこと僅に十噸、剰え艦体を浮上げしむること到底不可能と認めたるを以て本職は乗組員を上陸せしめたる後艦の敵手に落つるを防がんが為め之を爆沈せり

海戦中水兵の負傷者十名あり士官及其他の水兵は総て安全なり

（六月五日附マニラ発エンクィスト海軍少将報告）

4

海戦は二十七日に始れり日本艦隊は午後一時四十五分北方に現れ夫より戦闘に入れり敵の戦略は我艦隊の浦塩斯徳に達するを防ぐにありき我艦隊が針路を北方に執らんとする毎に敵は優勝なる速力を以て常に我艦隊の先頭を圧したり敵の戦闘艦は我の重なる戦闘艦に砲火を集中し九隻の日本装甲巡洋艦及鎮遠は独立に運動し我戦闘艦を挟撃せんことを試みたり交戦中我巡洋艦は此の敵艦に対して行動する必要あり為めに我運送船をして甚だ困難の地位に陥らしめたり

夜に入り敵は水雷攻撃を開始せり其結果如何は彼我艦艇を区別し能わざりしに由り本職之を明言するを得ず本職は屢北方に逃れんことを企てしも、累次の敵の攻撃は本職をして南に逃るるの止むを得ざるに至らしめたり

二十八日朝本職は我主力艦隊の所在を失し敵の全艦隊の攻撃を受くるの危険に瀕し我巡洋艦は既に多大の損害を蒙り加うるに石炭の欠乏を来たしたるを以て遂にマニラに向うことに一決せり本職麾下水兵の行動は称讃に余りあり

（六月六日附上海発ライノフエンスタイン海軍少将報告）

5

駆逐艦「ボードルイ」号艦長の報告に曰く

戦争は二十七日午後一時に始れり午後七時頃駆逐艦「ブイヌイ」号は旗艦「クニャージ・スウォーロフ」艦側に赴き頭部に負傷したるロジェストウエンスキー提督を引取れり我艦隊は当日左記の順序に於て北進せり「ニコライ一世」、「ボロジノ」、「アレクサンドル三世」、「アプラクシン」、「セニャーウィン」、「ウシャーコフ」、「シソイ・ウェリーキー」、「ナワリン」、「ナヒーモフ」は右縦隊に「スウェトラーナ」、「アルマーズ」、「オレーグ」、「アウローラ」、「ドミトリー・ドンスコイ」、「モノマーフ」は左縦隊に運送船及び水雷艇は右縦隊の間に位置せり而して午後七時半巡洋艦は左方に転向せり若干時の後「ドミトリー・ドンスコイ」、

「モノマーフ」、「イズムルード」、「アルマーズ」、「スウェトラーナ」は更に北方に転じ「アウローラ」、「オレーグ」、「ジェムチウグ」は南方に駆逐艦「ボードルイ」及「ブレスチャーシチー」も亦十節の速力にて之に従えり二十八日午前一時過此等南向諸艦は対馬海峡を通過せしも「ブレスチャーシチー」は午前五時沈没し其乗組将校四名下士卒七十五名は「ボードルイ」之を救助収容せり「ボードルイ」は南方に航行を継続せしも遂に巡洋艦を見失い加うるに石炭及艦体の木製部分を焚き尽し遂に進退谷まるに到りしが英国汽船は之を発見し上海迄曳き行きたり

清国官憲は「ボードルイ」号に対し二十四時間内に出港せんことを求めしも同夕上村艦隊はサッドル島に到著し加うるに同艦は大洋を航行する為めには石炭不十分なるを以て其出発は即ち同艦を失うに至るの外なきを以て本職は同艦を上海に止むることに決定したり

露帝とロ提督との電報往復並にネボガトフ少将の電奏

ロジェストウエンスキー提督は我軍に収容後左の電報を露国皇帝陛下に電奏方東郷聯合艦隊司令長官に依頼し来たりたるを以て許可せられたり

ツアールスコエ邑に於て

皇帝陛下

五月十四日（五月二十七日）午後一時三十分対馬南端と日本との間に於て十二隻より成る日本艦隊主力及十二隻より尠からざる其巡洋艦隊と戦闘を開始せり二時三十分「スウォーロフ」は中央位を去るの止むを得ざるに至れり

三時三十分幕僚の一部及小臣は知覚を失いたるまま「ブイヌイ」に移されしが同艦には已に沈没せる「オスラービヤ」乗員一部を収容しありたり

艦隊の指揮権はネボガトフに委せり「ブイヌイ」は夜間艦隊と相失せしが習朝二隻の駆逐艦を伴える「ドンスコイ」に遭遇して「オスラービヤ」の兵員を同艦に移し又小臣は「ベドウイ」に移され「グロームキイ」と共に前進せり

十五日（二十八日）の夕刻「ベドウイ」は二隻の日本駆逐艦に降伏せるを知れり

十七日（三十日）「ベドウイ」は佐世保に引致せらる

十八日（三十一日）ネボガトフ佐世保に在りと聞く

侍従将官　ロジェストウエンスキー

露国皇帝陛下は在本邦仏国公使館を経て左の勅電をロジェストウエンスキー提督に賜わりたり

六月九日午後発電

仏国公使　アルマン

ロジェストウエンスキー提督宛

唯今左の勅電に接し候に付閣下に伝達致候

ロジェストウエンスキー提督、朕は卿及艦隊の全員が露国及朕の為に戦闘に臨み身命を抛ち誠実に其任務を尽したるを深く嘉す上帝は卿に名誉の戦勝を冠するに至らざりしも卿等不朽の勇武は向後祖国の恒に誇とする所となるべし朕は卿が速かに全快せんことを望む神は卿等を慰藉せらるべし

ニコライ

ネボガトフ少将は我国に収容後間もなく左の電報を露国皇帝陛下に電奏方東郷聯合艦隊司令長官に依頼し来たりたるを以て許可せられたり

聖彼得堡

皇帝陛下

謹んで奏す前夜の激戦の後五月十五日（二十八日）

戦艦「ニコライ一世」、「セニャーウイン」、「アプラクシン」、「アリョール」及巡洋艦「イズムルード」は浦塩斯徳に向け進航の途次二十七隻の日本軍艦（水雷艇を算入せず）の為に包囲せられたり弾丸の欠乏大砲の破損及「アリョール」の戦闘力喪失の為に敵艦隊に抵抗を試むるは絶対に不可能なる状態に在り且此上二千四百の人命を失うは無益なるのみならず亦避くべからざりしを以て高速力を利用して逃走したる「イズムルード」を除くの外他の四隻は士官以上の帯剣を許し且士官以上の宣誓の上本国に帰還するを得る様日本政府に対し尽力すべしとの条件を以て降伏するの已むを得ざるに至れり右条件は日本皇帝陛下の寛大なる聖意に依り御承諾を得たり小臣は右に付て陛下の御聖鑒を仰ぐ

戦死者

海軍大尉男爵　ミルバフ

海軍少尉　ツユーピンスキー

下士卒　六名

重傷者

艦長　ユング（「アリョール」艦長）

負傷者

艦長　スミルノフ（「ニコライ一世」艦長）

陸軍中佐　テオドチェフ

陸軍大尉　クーロシュ
海軍少尉　スイコフスキー
下　士　卒　二十名
軍艦「アリョール」の死傷者を除く

ネボガトフ

尚六月十二日に至り更にロジェストウエンスキー提督よりもネボガトフ少将以下の降伏に関して左の電報を露国皇帝陛下に電奏方以来し来たりたるを以て許可せられたり

皇帝陛下

陛下の御親電を拝受したる数時間前に至り小臣は戦艦「アリョール」、「ニコライ」、「セニャーウイン」、「アプラクシン」が五月十五日（二十八日）敵に降伏したるの報道に接せり小臣は此災害を聞き茫然為す所を知らずこれ全く小臣一人の責任に対するものと思惟す小臣は茲に悲惨の状況に在る者に対し陛下の御聖鑒を切願す

ロジェストウエンスキー

右二将官の電奏に対しては其後何等の勅答なし而してネボガトフ少将以下降伏士官は露国皇帝陛下の允許なき以上は宣誓帰国を欲せざるに付又此上永く海軍の手に於て右将校等を留置くことは双方に取りて不便なるを以て将来露国皇帝陛下の勅許来たりたるときは宣誓帰国を許すとの条件を附してネボガトフ少将以下投降士官を陸軍俘虜放容所に移すこととせり

日本海海戦感状

感状

仮装巡洋艦　信濃丸

明治三十八年五月中敵艦隊ノ北上ニ対シ連日連夜ノ哨戒勤務ニ服シ同月二十七日払暁早クモ敵艦隊ヲ発見シ其確実迅速ナル警報ハ聯合艦隊ノ作戦ヲ利セシコト少ナカラス其功績大ナリトス仍テ茲ニ感状授与スルモノナリ

明治三十八年六月二十日

聯合艦隊司令長官　東郷平八郎

（当時ノ指揮官）

信濃丸艦長海軍大佐　成川　揆

感状

軍艦　和泉

明治三十八年五月二十七日午前早ク敵艦隊ト触接シ爾後敵ノ砲火等ニ屈セス敵ヲ監視シテ我陸軍運送船等ヲ掩護シタルノミナラス詳カニ時々ノ敵情ヲ観察報告シ聯合艦隊ノ作戦を利セシコト少ナカラス其功績大ナリトス仍テ茲に感状ヲ授与スルモノナリ

明治三十八年六月二十日

聯合艦隊司令長官　東郷平八郎

（当時ノ指揮官）

和泉艦長海軍大佐　石田　一郎

感状

軍艦　千早

明治三十八年五月二十七日ノ海戦中機ヲ見テ屢敵艦隊ニ接近シ水雷発射ヲ試ミ且ツ大破セル敵ノ旗艦「クニャージ・スワロフ」ニ対シ附近敵艦ノ猛射ヲ冒シテ突進シ勇敢ナル水雷攻撃ヲ遂ケタルハ其武勇顕著ナリトス仍テ茲に感状ヲ授与スルモノナリ

明治三十八年六月二十日

聯合艦隊司令長官　東郷平八郎

（当時ノ指揮官）

千早艦隊海軍大佐　江口　鱗六

感状

第五駆逐隊

明治三十八年五月二十七日海戦中大破セル敵ノ旗艦「クニャージ・スワロフ」ニ対シ附近敵艦ノ猛射ヲ冒シテ突進シ勇敢ナル白昼攻撃ヲ遂ケ且ツ日没後ヨリ諸駆逐艇隊ト共ニ猛烈果敢ナル夜襲ヲ続行シ翌二十八日ニ至リ不知火ハ敵艦「アドミラル・ナヒモフ」ヲ捕獲シ更ニ蔚山沖ニ於テ第六十三号艇ト共ニ敵駆逐艦「グロームキー」ヲ撃沈シ又叢雲ハ竹辺湾附近ニ於テ新高ト共ニ敵駆逐艦「ブイストルイ」ヲ撃滅ス其功績多大ニシテ武勇顕著ナリトス仍テ茲ニ感状を授与スルモノナリ

明治三十八年六月二十日

聯合艦隊司令長官　東郷平八郎

（当時ノ編制及指揮官）

第五駆逐隊司令海軍中佐　廣瀬順太郎

不知火艦長海軍少佐　桑島　省三

叢雲艦長海軍少佐　島内　桓太

夕霧艦長海軍少佐　田代巳代次

陽炎艦長海軍大尉　吉川　安平

感状

第四駆逐隊

明治三十八年五月二十七日ノ海戦中大破セル敵ノ旗艦「クニャージ・スワロフ」ニ対シ附近敵艦ノ猛射ヲ冒シテ勇敢ナル白昼攻撃を遂ケ且ツ二十八日午前敵艦「ナワリン」ヲ奇襲シテ之ヲ轟沈ス其功績大ニシテ武勇顕著ナリトス仍テ茲ニ感状ヲ授与スルモノナリ

明治三十八年六月二十日

聯合艦隊司令長官　東郷平八郎

(当時ノ編制及指揮官)

第四駆逐隊司令海軍中佐　鈴木貫太郎
朝霧艦長海軍少佐　土師勘四郎
朝潮艦長海軍少佐　南里　団一
村雨艦長海軍少佐　小林　研蔵
白雲艦長海軍少佐　鎌田　政猷

感状

第十一艇隊

明治三十八年五月二十七日夕刻大破セル敵ノ旗艦「クニャージ、スワロフ」ヲ襲撃シテ之ヲ轟沈ス其功績少ナカラス仍テ茲ニ感状を授与スルモノナリ

明治三十八年六月二十日

聯合艦隊司令長官　東郷平八郎

(当時ノ編制及指揮官)

第十一艇隊司令海軍少佐　富士本梅次郎
第七十二号艇長海軍大尉　笹尾源之丞
第七十三号艇長　司令　兼務
第七十四号艇長海軍大尉　太田原　達
第七十五号艇長海軍大尉　河合　退蔵

感状

第一艇隊
第十七艇隊
第十八艇隊

明治三十八年五月二十七日夜各駆逐隊ト共ニ風濤ヲ冒シテ敵艦隊ニ肉薄シ多大ノ死傷ヲ顧ミス猛烈ナル襲撃ヲ遂ケシノミナラス敵艦隊ヲ四分五裂ノ情態ニ陥ラシメ間接ニ翌二十八日ノ追撃戦ヲ利セシコト尠シトセス其功績大ニシテ武勇顕著ナリトス仍テ茲ニ感状ヲ授与スルモノナリ

明治三十八年六月二十日

聯合艦隊司令長官　東郷平八郎

（当時ノ編制及指揮官）

第一艇隊司令海軍少佐　福田　昌輝
第六十七号艇長海軍大尉　中牟田武正
第六十八号艇長海軍大尉　寺田　平吉
第六十九号艇長　司令　兼務
第七十号艇長海軍大尉　南郷　次郎
第十七艇隊司令海軍少佐　青山　芳得
第三十一号艇長海軍大尉　山口宗太郎
第三十二号艇長海軍大尉　人見　三良
第三十三号艇長海軍大尉　河北　一男
第三十四号艇長　司令　兼務
第十八艇隊司令海軍少佐　河田　勝治
第三十六号艇長　司令　兼務
第六十号艇長海軍大尉　岸科　政雄
第六十一号艇長海軍大尉　宮村　暦造
第三十五号艇長海軍大尉　副島　村八

感状

第九艇隊
第十艇隊

明治三十八年五月二十七日夜風濤ヲ冒シテ敵艦隊ニ迫リ有効ナルヘキ襲撃ヲ遂ケタルノミナラス敵艦隊ヲシテ潰乱分裂セシメ間接ニ翌二十八日ノ追撃戦ヲ利セリ其功績少ナカラス仍テ茲に感状ヲ授与スルモノナリ

明治三十八年六月二十日

聯合艦隊司令長官　東郷平八郎

（当時ノ編制及指揮官）

第九艇隊司令海軍中佐　河瀬　早治

蒼鷹艇長　司令　兼務

雁　艇長　海軍大尉　粟屋　雅三

燕　艇長　海軍大尉　田尻　唯二

鴿　艇長　海軍大尉　井口第二郎

第十艇隊司令海軍少佐　大瀧　道助

第三十九号艇長海軍大尉　大　金　實

第四十号艇長海軍大尉　中原　彌平

第四十一号艇長海軍大尉　水野　廣徳

第四十三号艇長　司令　兼務

感状

駆逐艦　漣

駆逐艦　陽炎

明治三十八年五月二十八日鬱陵島ノ南方ニ於テ敵ノ駆逐艦二隻ト戦イ其一隻ヲ捕獲シ敵ノ主将ヲ擒ニス其功績大ナリトス仍テ茲ニ感状ヲ授与スルモノナリ

明治三十八年六月二十日

聯合艦隊司令長官　東郷平八郎

（当時ノ指揮官）

漣艦長　海軍少佐　相羽　恒三

陽炎艦長　海軍大尉　吉川　安平

著者の言葉

僕が『此一戦』を書くに至った動機や目的は、書頭の自序に述べたとおりで、言うまでもなくその主目的は帝国海軍があの奇蹟的大勝を博したる日本海海戦の真相を世間に紹介するにあったのであるが、それと同時にかたわらこれによって海事知識の普及と軍事思想の発達とをはかるにあったのである。なにしろ日露戦争ころにおける日本国民の軍事知識ことに海軍に関する知識の幼稚であったことはまことに驚くべきもので、海軍専門の新聞記者ですら、十二インチ砲と十二サンチ砲とを混同したり、巡洋艦と戦艦との性能の区別がわからない者が少なくなかったのである。それもそのはずで、当時の軍人は新聞記者と言えばゲジゲジのごとく忌みきらい、面会するさえ、快しとしなかったのである。従って軍人が筆を執って書物を書くなどは軍人精神の堕落でもあるかのごとく考えていたのであるから、一般国民に軍事知識が乏しかったのも決して無理ではなかった。

それがこの節ではどうだろう。陸軍も海軍も、大いに社会化して、省内に新聞班や宣伝部を設け、大臣をはじめ下級軍人に至るまでも、新聞記者はもちろん一般国民となるべく接近をつとむるようになり、営門や舷門を開放して、兵員を映画の材料に使用することすらいとわなくなったのである。ことに海軍では、以前は軍人以外は猫の子一匹でも軍艦に乗せることを許さなかったのだが、近来はヤレ演習じゃ、ヤレ射撃じゃといっては、代議士や新聞記者を案内までして乗せるようになった。わずかに二十年にも足らぬ間に世相も変れば変るものである。

右のように軍艦は舷門をとざし、軍人は口を閉じ、世人は海軍の事に関しては全然無知識であったところへ、たまたま『此一戦』が出たのであるから、あたかも渇したる者が水を見つけたかのような観が無いでもなかったらしい。この書が意想外なる世間の歓迎を受けたのは、主としてこの時機に投じたためであると信じている。そしてこれを書いたころの僕は、一般軍人に通有なる盲目的軍国主義の信仰者であり、明治初期に生まれた者に普遍なる侵略的帝国主義の讃美者であったことをここに断っておく。

今日からこの書を読み返してみると、その文においても、その想においても、拙劣卑低まことに汗顔に堪えぬものであるが、それでもこれを書いた当時には人知れぬ苦心もしたものである。もっとも当時海軍軍令部で『日露海戦史』の編纂に従事していたから、公報的材料には不足はなかった。かつまたみずから実戦に参加して戦況を見知していたから、記述に対する自信は十分にあった。ただしかし僕は水雷艇の甲板から艦隊戦闘の外況を見物したのであるから、軍艦内部の戦況に至っては、形式的報告と自己想像とによる外はなかったのである。ゆえにこの点に対する非難や叱責は甘んじて受けざるを得ないのである。

さて柄にもなきことを思いつき、いよいよ筆を執るとなると、たちまち直面した問題は叙述の方法と形式と読者の標準とであった。普通の小説のごとくあまりに平易に砕き過ぎては戦争の豪壮味が無くなる。といって教科書のごとくあまりに専門に走り過ぎても戦争の興味が無くなる。そこで読者の標準を中学校の三四年程度におき、漢文くずしの口語体によることと決めた。いよいよ戦闘開始の幕となって更に困ったのは戦記の参考書である。戦争の書物は日本には『保元物語』や『平治物語』から『源平盛衰記』や『太平記』などがあり、支那には『漢楚軍談』や『三国志』などがあるけれども、いずれも一騎打の物語で団体戦闘を書いたものがない。ことに海戦記となると壇の浦合戦では参考にならない。近代海戦記としては小笠原長生氏の『海戦日録』（日清戦争黄海海戦）があるけれども、これとても艦艇の進歩によって十年間によほど事情が異なっている。

かような有様で、第一に現代海戦に適切な表現詞がない。なかんずく形容詞がない。有るのかも知れぬが無学の僕には見つからない。それに加うるに前述べたように世人の海軍知識が乏しいため海軍の術語をそのまま使ったのでは読者に了解ができにくい。一々説明を加えると教科書的になって記事がダレてしまう。相当注意したけれども、それでもなお田山花袋氏から何かの雑誌で「著者は日本海の海戦を記実的に書こうとせずに説明して聞かせるという程度で筆を執っている」との叱評を受けた。まことに当然な評であると自分も思った。そんなこんなで何べんか行詰って、時には字を半分書いたまま原稿を一月ばかりも机のすみにうっちゃって、柄にも無いことを始めたものじゃと後悔したこともあった。そのかわりいよいよ脱稿するまではだれにも相談せず、だれの助言も請わず、徹頭徹尾自分の思うままに書きつづったのである。ただ巻末にある海軍充実の意見は、脱稿後当局の認可を受ける際その意を受けて書き足したのである。

　この書を書くに際し僕の特に意を用いた点は敵軍に関する記事である。とかく古い日本人は、大和《やまと》魂《だましい》万能病に犯されて、平時でも感情的に外国人を軽侮する癖がある。ことに戦時にあっては敵愾心の興奮するためか、敵に対しては頭ごなしに罵詈讒謗を加うるが常である。日露戦争の場合もその例にもれず、新聞雑誌などの戦争記事を見ると、日本軍は鬼神のごとく強く、敵軍は虫ケラのごとく弱いように書いてある。もっとも海陸共にわが軍連戦連勝であるから、日本軍が強く露軍の弱かったことは争われぬ事実であった。しかしながら露軍の敗れたのは、当時敗れるべく軍隊そのものに欠陥のあったためで、必ずしもロシア人そのものが個人として怯弱であったのではない。日本海に全滅したるバルチック艦隊のごときも、その組織において、その編制において、その機械力において、その訓練において、敗けるべき多くの欠陥を持っていたのである。

　勇敢なる敵に対して敬意を表するは武士道の精神であり、人間性の美点である。弱き敵に勝つことは大なる名誉ではない。強い敵に勝ってこそ真の名誉である。敵の実力を察せず、敵の敗因をきわめず、ただ敗れたるがゆえに弱しとして罵詈軽侮することは、国民の真の勇気を鼓舞するゆえんでなく、かえって国民をして盲目的うぬぼれに堕せしむるものである。日本国民のある者は既にこの病気にかかっている。現代の戦争に機械力と経済力とを無視せる大和《やまと》魂《だましい》盲信連がそれである。

　僕はかかる見解のもとに、一は勇敢なりし敵に対して武士の同情と敬意を表すると共に、一はかかる勇敢なる敵に勝ちたるわが軍の更に勇敢なりしことを国民に示すため、あるいは隊としての、あるいは個人としての、敵軍の勇行をば見たまま聞いたままを率直に赤裸に書くことにつとめた。あの悲壮なる敗戦の陰には、なお幾多の勇行美談が潮つめたき日本海の底深く永久に葬られていることであろうと思う。

この拙著に対しては、新聞雑誌その他知己未知の各方面から多くの讃辞的批評を頂戴した。それらのうちで僕のこの微意をくんでくれた者は、ひとり「雑誌学生」において『此一戦』を読むという題のもとに、

> （前略）
>
> この書を読んでまずうれしく思わるるは、ただに詳しくわが軍の偉勲をしるしたるのみならずして、大いに敵軍をつまびらかにしたるにあり、しかして寄せ得べきかぎりの同情を寄せたるにあり。武士は物の哀れを知る。著者の態度が既に日本武士の精神を発揮せるを見るなり。
>
> （後略）

と評した故大町桂月氏ばかりであったと記憶する。

冬初めて稿を起しながら、牛歩すこぶる遅々として、いつしか夏となり、予定の転任時期も次第に接近するので公務の方もかたづけねばならず、結末を急いで夏の末にともかくも脱稿した。初めて同室の先輩小笠原長生氏（当時大佐？）と丸橋彦三郎氏（当時中佐？）とに供覧し、出版その他のことについて種々援助を受けた。最初某書肆に出版の相談をしたら無印税なら引き受けてもよいという。別に印税が欲しいわけではなかったけれども、お情け的

に出版してやるというような態度がイヤだったので、同僚より巌谷小波氏を介して更に博文館に交渉し、ついに同館より出版することとなったのである。

さて次の問題は書名である。『此一戦』という書名は、今日では非常に良名として世間に認められているけれども、最初二、三人の人と名前をえらんだ時には、何だか間の抜けた緊張味を欠いたものとして候補名より省いたのである。それを出版者側の意見によって復活採用したもので、当時著者としてはあまり感服しなかったのである。しかし今日より考えればこれ以上の良名は無い。元来書物の名前などというものは何でもないように思っていたが、むすこの名を決めるよりもよほどむつかしいことを知った。かくて担任の仕事も終り、地方へ転任を命ぜられて東京を離れることとなったので、校正その他出版一切の事は丸橋氏を煩わしたことをついでながらここに深く感謝する。

『此一戦』が初めて世に出たころには、桜井忠温《ただよし》君の『肉弾』が熱狂的に歓迎されて読書界を風靡している時であった。桜井君と僕とは共に伊予松山の生まれで同じ中学校の出身である（もっとも僕の方が数年の長ではある）が。それに東郷大将の幕僚として海軍作戦の実際の案劃者であり、簡潔流麗なる名文戦報の作者として有名であった故秋山真之氏もまた同郷の先輩であった。その他郷里よりは俳句界においては故正岡子規子を御大として河東碧梧桐、高浜虚子、故内藤鳴雪などの大家輩出し、現文相勝田主計氏なども綿入りか人絹かは知らぬが「即墨や……」などと十七字文学もやるし、「へちま」の何とかを初め二、三の文学的著書もある。現陸相の白川大将のごときも巧みに鋒鋩を収めているけれども、「乃公《だいこう》の出世は報告がうまかったため」と自讃しているそうであるから、これもひとかどの文章家らしい。

かく数えて来ると世間の人々が、松山の人間と言えば猫も杓子も文章を作り俳句をひねくるがごとく考えるのも無理はない。されば幾回となく松山と文学との関係について質問を受けた。しかし僕の知れる範囲においては、それはただ偶然の現象であって、何ら歴史的因由の存するわけではあるまいと信ずる。その証拠には、現在の松山人にして著名なる純文学者や流行の作家などはひとりとして見当らない。

僕らのごときは少年時代から札付の乱暴者いたずら者で、書は姓名を記すれば足るなどと項羽を気どって、文章などは柔弱者の携わるわざであると軽蔑したものである。ことに海軍出身と決心して後は、兵学校の入学試験に英、漢、数以外の普通学の無いことを幸いとして、中学校の作文の時間などはほとんど席に着いたことはなかった。

しかるにその後、入学試験に作文その他一般普通学が加えられることになり、大いに狼狽したが、天罰踵《きびす》をめぐらさず、たちまち作文で落第した。されば後年文筆を弄して書物を書こうなどとは当時全く無想だもしなかったのである。

ところが運命の神は時々罪ないたずらをする。日露戦争中僕は一水雷艇長として、あの戦史空前の壮烈と悲凄とをきわめた第三回旅順口閉塞の掩護並びに隊員収容の任務に従事した。その際艦隊司令部から、閉塞隊の記録を編纂するからその材料となるようなものを書いて出せという通知があった。規定の戦闘報告は既に提出してあるのだからそれ以上はめんどうでもありかつ暇も無かったので無精を構え、二三度催促を受けた後ようやく当時見たまま感じたままを書きつづって送った。幸か不幸か既に原稿締切後であったと見えて、閉塞隊記録にのせるわけにもゆかず、と言って海中へ捨てるわけにもゆかず、仕方なしにどこかの新聞か雑誌へ送られたらしい。軍艦には従軍記者が許されなかったので、海戦記事が珍らしかったためか、全国の新聞に転載せられて、「砲煙漠々砲声轟々」が天下の名文などとおだてられ、一躍して海軍部内の文章家になりすましたのである。人間名《な》をなすまた易いかなの感なきにあらずであった。

　これが因縁となって戦争後海軍軍令部へ引き出され、『日露海戦史』編纂に従事することとなった。『此一戦』は実にこの時の副産物である。水雷艇の狭き士官室で無意識に書いた一文が、僕の後半生を支配するに至ろうとは当時思いも及ばなかった。

『此一戦』はかなりよく売れた。しかも、実際に書物が売れた以上に評判が高かった。これがため印税で五万円もうけたとか、十万円もうけたとか、途方もないうわささえ耳にした。うわさの十分の一にせよ、二十分の一にせよ、とにかく僕にとりては予期せざる収入である。別に恥ずべき悪銭では無いけれども、俸給をもらっていながら内職かせぎと言われては軍人気質が許さない。そこで富友から多大の補助をもらい、私費留学の允許《いんきょ》を得て、戦時戦後の二回、西洋見物としゃれたのである。

　最初の外遊は戦争第三年目と第四年目とで、まさに激戦の最絶頂であった。英仏伊等を巡遊して、現代文明国の戦争なるものがいかに大規模であり、これに比すると日露戦争のごときは子供のいくさごっこに毛の生えたくらいに過ぎず、日本のごとき経済要素に貧弱なる国はとうてい今日の戦争に堪え得るところにあらざることをさとった時、僕は愛国的見地より戦争を否認せざるを得なかった。

次回の外遊は休戦後わずかに半歳、あたかも酔っぱらいが酔いの力で手当り次第に皿小鉢をたたき割り、さめて後頭かかえて悔んでいると同様、聯合国民は五年の長年月にわたってみずから破壊し尽した戦いの跡を眺めて、戦争に勝ちながら後悔と疲労とに茫然自失している時であった。僕はまず北仏の戦跡をたずね、その狂暴なる破壊、その残忍なる殺戮の跡を見て、満目のただ荒涼、満心ただ悲哀、僕は人道的良心より戦争を否認せざるを得なかった。更に敗戦のドイツに入り、人は藁パンをかじって栄養不良にやせ、物は軍用に徴発せられてほとんど完物を見ず、往年世界を睥睨してユーバーアルレスを誇りたるドイツ人の意気とドイツの繁栄今いずこぞと顧みたる時、僕は柔順に軍国主義侵略主義の幻滅を感ぜざるを得なかった。

要するに現代の戦争なるものは、不幸にして負くれば国家民族の廃滅を意味し、幸いに勝っても子弟と骨肉の血をもって野草を肥やす以外に、大衆の生活に寸毫の幸福をもたらすものでないことは、欧州戦争が最も明確に、最も雄弁にこれを立証している。

外遊前数カ月、軍国主義の鈍刀を振りかざして姉崎正治博士の平和論に打ってかかった僕は、ここに至って、いさぎよくかぶとを脱いで博士の門に下らざるを得なくなった。戦争の害毒、軍備の危険、軍国主義の亡国、これ僕が二回の外遊によってさとり得たる唯一最大の土産であった。ベルリン滞在中、在留邦人の天長節祝賀会の席上、僕は人類の幸福、世界の平和のため、軍備撤廃論を述べて、同席の陸軍将校と深更までも論戦したこともある。ロシアのソビエート政府よりも僕の方が軍備撤廃の大祖かも知れぬ。

軍事思想鼓吹によって得たる印税をもって平和主義を買い得たのも、仏家のいわゆる因果の輪廻であろう。

この書はあえて凶険なる軍国主義を鼓吹せるものではないが、幾分なりと軍国主義や好戦心を刺激するきらいがあるので、出版者の好意ある了解を得て数年来増版を停止していたのである。しかるところ今回改造社からこれを本全集に加えたいという交渉に接したので大いに躊躇はしたが、既に時世も変っているし、読者の思想も進んでいるし、今では単なる歴史的文学に過ぎないとの見解のもとにこれを承諾した次第である。

かような書物が文学書として本全集に輯収せらるる価値があるやいなやは僕は知らない。ただしかし明治より昭和にかけて蒼天の星のごとく現われたる無数の書籍のうち、この書もまた天の一隅にきわめてかすかな光の一絲を印した小さき流星のひとつとして本全集に加えられたることを光栄とする。

何か著者の言葉を書けという命により、与えられたる頁を駄言に汚すこと件のごとし。

昭和三年十二月初旬　　著者しるす

解説　文字通りの「此一戦」

伊藤正徳

一

米国大統領セオドラ・ルーズベルトは、明らかに親日的であった。米国民も亦、小さい日本が、大きいロシアを負かすことを熱望していた。が、小さい日本は、大きいロシアを負かし得ると考えたであろうか。否な、当時の軍部代表——大山参謀総長や児玉参謀長——は、それを不可能と知っていた。それ故に、作戦計画の主宰者大将児玉源太郎は、開戦直前の作戦を練ると同時に、早くも既に終戦計画を練った。一言にして尽せば

> 日本軍が未だ有利に戦っている時に、成るべく早く中立国の調停によって日露間に和を結べるよう、外交の万全を期すること

であった。彼我の国力を知り、長期戦の不利を達観していた軍部代表は、無鉄砲に戦争を続けるようなことは、頭初から考えず、外交の全力発動を含みとして、ロシアの侵略に抗戦したのであった。

宣戦が布告された時は、遣米特使金子堅太郎は、アメリカへの旅仕度を終っていた。金子はアメリカの大学でルーズベルトと同級であり、親友でもあった。黒木大将の第一軍が鴨緑

江を渡った頃には、金子もワシントンに渡っていた。そうして日本政府の大戦略要綱を大統領に打ち明けて、適切なる時期に和平会議の斡旋者となって貰うことを約束させたのであった。

二

ルーズベルトの第一回の斡旋発動は、旅順要塞が陥落した直後であった。日本陸軍は既に遼陽会戦に於て勝ち、今や猛攻百日にして旅順を抜き、両軍主力は沙河の戦場に対陣中であって、日本の為に終戦の好機と信じられた。が、ロシア皇帝は、戦争はこれからだと考えて、相手にしなかった。駐露米国大使マイアーが捧呈した米国大統領の書翰を、大使が辞去すると同時に、ストーヴの中に放り込んで了った。

事実、ロシアの軍部は、今後こそロシアの勝つ順番だと確信していた。彼れの満州に於ける作戦本源地はハルピンである。日本軍を遼陽、奉天、或は新京の近くまで引き付け、その腰の伸び切った所を叩いて逆襲に転じ、勢を駆って之を日本海に追い落すという戦略構想を持っていた。現に彼れは、幾つかの師団を満州に輸送中であった許りでなく、未だ動員を下さない師団が欧露に四十個以上も残っていた。

之に反して日本は、師団の増加が武器的に殆ど不可能の窮地に陥っていた。現に奉天会戦後に於ける第三期会戦に於ては、日本は二十九ケ師を以てロシアの五十ケ師と戦うの外なく、児玉総参謀長も勝算期し難きを密かに訴えるような実情にあったのだ。

陸上作戦に関する限り、ロシアの戦局見通しは、決して空虚のものではなかった。しかも、それと相呼応して、その全海軍力を結集したバルチック艦隊が、根拠をウラジオに求めて日本海を遮断する為に遠征の途中にあった。

三

戦艦八、巡洋一〇、海防三、駆逐九、特務六、病院二から成る三十八隻の大艦隊は、当時の世界に於ては一流の戦力であった。幸いにして其来航前にロシアの旅順艦隊（戦艦五、巡洋二、駆逐一二）を撃滅したが、万一両艦隊が予定通りに合流し得たとしたならば、流石の東郷平八郎にも成算はなかったろう。その一方のバルチック艦隊でさえ、一流戦艦の比較に於ては、東郷の四に対するロシアの五であって、勝敗は未知数とされ、恐らくは勝利を得るとしても、大半の軍艦はウラジオ軍港に航入するであろうと心配された。

これらが浦塩に拠って日本海を荒らす段になったら、大山元帥の満州軍は後方を脅威され、その兵力の不足と相俟って、ロシアの陸上反攻を守るのに至大の困難を感じ、折から戦時物資の峠を下り坂に差しかかった日本の前途は、真に寒心に堪えないものがあった。

「皇国の興廃此の一戦にあり」とのZ旗を三笠の檣上に掲げた東郷長官の信号は、単なる激励の形容詞ではなくして、肺腑から奔った血染めの信号であった。勝つだけでは不可い。撃滅だ。それが東郷の不動の決意であり、また、軍国日本の要求であった。我が艦艇の半分、或は七割を失うとも、敵の一隻たりともウラジオに航入するを許さずに之を洋上に撃沈す可しというのが、五カ月に亘って東郷が全艦隊に訓示し且つ訓練を積んで来た唯一の戦術目的であったのだ。

四

文字通りの「撃滅」が出来れば、我が艦隊に仮りに九割の損害があっても、残る一割が一〇〇%の制海権になるのだ。故に、如何なる犠牲も恐れずに撃滅戦を完遂するというのが、将兵全部の胸臆に浸透した攻撃精神であった。その為に、東郷は、対馬水道附近から浦塩までの海上で昼戦を三回、夜戦を四回、合せて七つの戦闘を強いて、浦塩軍港の入口の処でバルチック艦隊の全艦を沈めて了う計算で出陣した。

戦闘は、五月二十七日の昼戦、同日の夜戦、翌二十八日午前の昼戦だけで終った。しかも、それは驚異以上の大戦勝であった。対馬水道に現われた敵艦三十八隻の中、二十六隻が撃沈又は捕獲、八隻が中立国港湾に遁入して武装解除、一隻の輸送艦が本国に逃げ、僅かに仮装巡洋艦一隻と、重傷の駆逐艦二隻だけが、ウラジオ軍港に落ち延びただけであった。之に対して日本の損害は僅かに水雷艇三隻、将兵の死傷は六百九十名に過ぎなかった（敵は戦死四千五百、負傷と捕虜六千二百）

それは実に、世界海戦史上に於ける「完勝」のレコードであって、トラファルガルの勝利をも遙かに優越するものであった。

之によってロシア皇帝は勝利を断念した。翌月（明治三十八年六月）、ルーズベルト大統領から第二回目の和平勧告の書翰を受けるや、直ちにそれを受諾して平和交渉の段階に入った。

一体、何うして斯かる「完勝」が得られたのか。それは今も尚お、世界海戦史上の「名誉」として記念されているのだ。大東亜戦争では負けたが、日本もこのような大勝利を挙げたことのある光輝ある歴史を、国民は永く記憶して欲しいと思うのである。

解説

長山靖生

日露戦争は近代日本が経験した幾多の戦争のなかで、ひときわ輝かしい記録と記憶に彩られた戦いだった。それは日本ばかりでなく、近代になってはじめて東洋人が西洋人に勝利した戦争だった。しかも日本はこの戦争であくまで国際法を順守し、文明国として戦おうと努めた。戦争は望ましい行為ではないが、国家間の交渉手段の一つとして国際社会で認められている範囲があり、戦時国際法が定められていた（その内容は時代とともに変化する）。

強国ロシアに勝利したことで、日本は世界の一等国に躍進したと自負した国民は、幕末以来の屈辱を晴らした思いに酔った。戦勝後は従軍者による戦争回顧談が人気となり、公私大小さまざまな戦記が書かれ、読み継がれた。なかでも長く人気を誇ったのは、陸軍では桜井忠温の『肉弾』、海軍では水野広徳の『此一戦』であり、戦争文学の双璧と称された。どちらも前線で戦った士官の手になる著作である。水野広徳は日露戦争に海軍大尉・第四一水雷艇長として臨み、旅順口閉塞作戦では封鎖作戦のための哨戒任務や第三回旅順口閉塞作戦での閉塞隊収容任務などに当たった。また黄海海戦ならびに日本海海戦では大瀧道助少佐率いる第十艇隊の一艇長として戦った。主力部隊ではなかったが、それだけにやや俯瞰的に戦況を眺め得る立場だった。

水野広徳は明治八年五月二四日、愛知県伊予国温泉郡三津浜村（現・松山市）に生まれた。

父は旧伊予松山藩士の水野安左衛門光之、母はナホといい、兄に光義、姉に芳子、トヨ、千代がおり、広徳は水野家の末子だった。広徳は親との縁が薄く、母は彼が生まれた翌年に亡くなり、父も明治一三年、彼が六歳の時に亡くなっている。維新後にはよく知られているように士族の没落があり、下級武士だった水野家の家政はもとより苦しく、若い長兄には独立して家を支えることは困難だったため、遺児五人はそれぞれ一人ずつ親戚のもとに預けられることになった。

広徳が引き取られたのは、母方の伯父笹井家だった。伯父の妻の親戚に秋山好古・真之兄弟がいた。広徳は子供の頃、時々、お使いで秋山家を訪れたという。松山巽小学校・松山高等小学校と進んだが、勉強は出来たもののいたずらがひどかった。それが高じて伯母の手に負えなくなったため、とうとう笹井家から出され、兄の光義の家に寄寓することになる。兄は頭脳明晰な人物だったが癲癇の持病があり、また足を悪くしていたために按摩を業としながら細々と暮らしていた。それでも学費をどうにか工面して、広徳を中学校にあげてくれた。

中学在学中、広徳は軍人を目指すことを決意し、はじめは学費のかからない陸軍幼年学校を志望した。だが、縁者でもある秋山真之への憧れや、海軍のほうが向いているとの友人の勧めもあり、海軍兵学校志望に転じた。

当時、海軍兵学校の入学試験科目は代数・英語・漢文の三科目だけだったため、広徳はそれ以外の学科を蔑ろにし、また粗暴放埒の気味もあった。当時の広徳は項羽を気取って豪放磊落な態度に憧れ、品行方正型の謹直さを軽蔑していた。また当時の中学校は、何しろ地方では県に一つか二つしかない「上級学校」であり、そこを卒業すれば地方では十分に知識人で通る一方、庶民に学問など不要という時代だったため、生徒にも富裕な家庭の子弟が多かった。おそらく没落士族で親のいない広徳は、学内で最も貧しい生徒の一人だったろう。口には出し難い不愉快も多かったと思われる。このためもあって明治二六年三月、中学校の卒業試験に落第すると、原級にとどまることを嫌って自主退校した。弟の卒業を心待ちにしていた兄は落胆したが、当時の海軍兵学校は中学卒業を必要資格としていなかったので、広徳は受験に臨んだ。しかし結果は不合格。代数の点数が不足だったという。

明治二七年には兄が病死し、いよいよ窮乏した広徳は、新聞配達などしながら自炊独学の生活を続け、再び兵学校を受験。この時は痔疾のために身体検査ではねられてしまった。ちなみにこの年、広徳は数え年で二十歳になっていたが、当時の海軍兵学校受験資格は二十歳未満となっていたため、戸籍の生年月日を明治十年十月二十四日に訂正し、二歳若く偽装した。明治期には戸籍の届け出がいい加減で、届が遅れて生まれ年が一、二年ずれたという話はよくあるが、一度作った戸籍を作り直した事例は多くはない。

明治二八年、兵学校の試験が改正され、前述三科目のほかに普通学科が加えられた。慌てた広徳は、これまでの独善を反省して四月に中学校に復学すると、自炊もやめて下宿して勉学に励んだ。しかしかつての不勉強が祟り、八月の正規受験では漢作文科で不合格となった。彼が海軍兵学校に合格するのは、この年の一二月、兵学校追加募集試験が行われた時だった。これは日清戦争後の海軍拡張政策による臨時措置だった。

その後は兵学校で修練研鑽を積み、明治三一年に兵学校を卒業すると少尉候補生に補せられ、翌三二年には実地訓練のため北米西海岸まで遠洋航海をした。三三年一月に少尉に任官し、呉水雷艇隊付、上海警備陸戦隊長、戦艦初瀬乗員、砲艦鳥島航海長心得などを経験したのち、三四年一〇月に海軍中尉、さらに三六年九月には大尉に昇進した。そして一二月、水野広徳は第十艇隊水雷艇第四十一号艇長を拝命、この職において日露戦争開戦に臨んだのである。まだ開戦が決まっていたわけではないが、ロシア軍は条約を無視して満洲にとどまっており、国内世論は主戦論でほぼ固まっていた。ロシアの南下政策に対しては、いつかは対抗しなければならないものと、帝国陸海軍は以前から覚悟を決めていた。

日露戦争は明治三七年二月八日に勃発、以降三八年九月五日まで続くことになる。水雷艇長として出陣した広徳は、朝鮮海峡ならびに旅順方面作戦に従事し、広瀬武夫中佐らの戦死で有名な旅順口閉塞作戦にも関与した。広徳は第三回旅順口閉塞の掩護ならびに隊収容の任務にあたったのである。

旅順は当時、難攻不落の軍事要塞都市であり、旅順艦隊だけでもかなりの戦力であった。この上、もしバルチック艦隊が旅順に入れば、陸海両面の極東ロシア軍の戦闘能力は日本に対して圧倒的となり、日本が苦境に立たされることが予測されていた。だからこそ、そうした事態を避けるために、陸軍は多大な犠牲を払ってでも一日も早く旅順を攻略しようとし、海軍は軍港の出入り口を塞ぐべく努めたのだった。当然ながら、ロシア側からは猛攻撃があり、どちらの作戦も決死のものとならざるを得なかった。

明治三八年一月一日、ついに旅順要塞が落ちた。ロシア旅順艦隊の残存艦艇も事実上日本の手に落ち、バルチック艦隊は旅順ではなくウラジオストックを目指すことになる。そのバルチック艦隊が、どのルートで日本近海を航行するかをめぐっては官民あげての監視努力がなされたことは、よく知られているだろう。

五月二七日、ついに帝国連合艦隊とバルチック艦隊は対馬沖にて遭遇、ここに日本海海戦が展開することとなる。本書はその詳細をわかりやすく描いており、ここであらためて解説する必要はないだろう。何しろ第一級の記録なのである。

ここでは水野広徳が本書を執筆するに至った経緯を述べておきたい。

日本海海戦は日本の勝利に終わり、水野の属する第十艇隊は、僚隊第九艇隊とともに偉功をたたえて連合艦隊司令長官東郷平八郎大将から感状を授与された。海軍では諸戦闘の記録作成が図られたが、水野にはまず彼も参加した旅順閉塞隊の記録を作成するので、その材料となるものを出すよう命ぜられた。ところが詳細で正確な記録を描こうと努めたためか、提出した時にはすでに記録編纂に遅れており、閉塞隊記録には載せられずに、一般公開に付せられた。日露戦争では記者の従軍が認められていたものの、軍艦への乗船が許されなかったこともあり、水野の文章は広く全国の新聞や雑誌に転載され、一躍有名人となった。その評判と文章力を買われた形で広徳は海軍軍令部戦史編纂部出仕を命ぜられ、日露戦争の海軍戦史『明治三十七八年海戦史』の編纂に従事することとなった。この戦史編纂事業は足かけ五年に及ぶこととなり、途中、明治四一年九月には少佐に昇進したものの、事実上軍人としての栄達から遠ざけられる結果となった。

それでも水野広徳自身、戦闘や軍務による武功勲功への野心は減退していたようで、この時期に結婚をし、また長男光徳を得るなど、落ち着いた私生活を営んでいる。また公式で専門的な『明治三十七八年海戦史』編纂のかたわら、一般読者にも海戦の何たるかを伝えられるような読み物の刊行を志して、『此一戦』を並行して執筆していた。

明治四三年九月、戦史編纂がようやく終わり、水野は第二十艇隊司令に任じられて舞鶴へと赴任した。『此一戦』を刊行するのは翌四四年三月、版元は博文館だった。博文館は機を見るに敏な出版社で、日露戦争中には雑誌「日露戦争実記」やヴィジュアル戦争報道誌「日露戦争写真画報」などを出していた。前者からは田山花袋が従軍記者として大陸に派遣され、後者では冒険小説で人気の押川春浪が編集に当たっていた。実は水野は、先に別の出版社に相談したが、そこからは印税なしでよければ出版すると言われていた。博文館から刊行された『此一戦』はたちまち大評判となり、『肉弾』とならぶ大ロングセラーとなった。

田山花袋は、「文章世界」明治四四年五月号でこの本を取り上げて次のように評している。

日本海々戦を記したものゝ中で群を抜いて居る著書であるといふことには異論はない。私等は安心して、当時の大体の作戦と経過とを知ることが出来る。砲の数量と其構造、軍艦の性質と其の操縦、敵と味方との位置と運動、さうしたことはかなり詳しく知ることが出来る。文章の上から言つても、海戦のはじまる前後は、かなり巧みに書いてある。

その一方で〈私達は其当時、外国新聞に載せられたロシア艦隊の航海日誌とか、航海録とか言つたやうなものを見て、其記述の精彩に富んで居るのに驚いたものゝ一人であるが、それ等に比べて、この書が記述に於て、描写に於て、著しく劣つて居るのを此上ない遺憾に思つた。私等の願では、今少し詳しく作戦の状態が聞きたい。艦隊の運動した光景が見たい。姿勢の間に出没した船員の奮闘ぶりが知りたい。〉とも書いている。だが私には本書は十分、戦闘の詳細を伝えているように思われるし、『ツシマ』などに比べても戦闘の細部は正確に説明されている。またこれ以上の専門的で詳細な戦時情報を求めるなら、先に述べた公式の海戦記があるというのが、編纂者広徳の気持ちだったろう（ただし公刊された戦記では、機密部分はあいまいに書き換えられていたが）。

『此一戦』の価値と意義は、複雑な戦闘経緯を正確且つ簡明に一般読者に伝えるところにある。また船員個々の感情の高ぶりや奮闘を見たいというのは、小説家としては当然の興味だと思うが、水野が意図したのは、そうした個人の感慨や奮闘とは無関係に、すべての戦闘員を飲み込み、無個性化しながら使役して展開する大戦闘の全体像であったろう。後に水野は、この著述の苦心や意図をいろいろな場合に問われて答えているが、ロシア側の描写には特に気を遣ったという。日頃から日本人は、何かというと大和魂万能を信じ、また語りたがり、平時でも感情的に外国人を敵視軽蔑する傾向があった。水野はそうした世間一般の傾向には迎合せず、勇敢な敵に対しては敬意を表すよう努めたと述べている。感情に流れることを排し、事実を冷静に、礼節を以て描こうとしたのである。『肉弾』が最高の戦争抒情詩、『此一戦』が最高の戦争叙事詩と称された所以はここにある。

水野は執筆に当たっての基準を中学三四年生程度においていたという。とはいえあまり平易すぎても戦争の壮大さが伝わらないので、漢文くずしの口語体を選択した。文体にリズムがあるので流れるように読めるのだが、そうした調子に慣れていない現代読者には、これでもやや難解に感じられるかもしれない。ちなみに中学三四年生と言えば、水野自身は海軍兵学校に入学したいと奮闘していた年代だ。この本を読む中学生たちに、海戦とはどのように展開するのかをしっかり伝え、そのうえで海軍への関心を喚起したいとの思いがあったのかもしれない。

水野広徳の名は、広く一般国民に知られるものとなったものの、軍人としての立場はかえって苦しいものとなった。組織というものは個人としての表現者に警戒心を抱く傾向があるが、命令系統が厳格なうえに機密事項も多い軍隊という場は特に惰弱、異端視されがちだった。水野は明治四五年に海軍省文庫主管に任じられ、東京に戻された。懲罰人事ではないが閑職だった。

ところで日露戦争では、英米は共に親日的態度を示したが、そこには日本勝利後の満州市場開放への期待もあった。しかしロシアを追い出したのち、日本は満州利権の独占を進め始めた。そうしたことも背景の一つとなって、大正二年に米国で排日問題が起こり、日本側では日米開戦の議論が盛んになった。

この時局を受けて水野は日米戦争シミュレーション『次の一戦』を執筆した。内容は太平洋艦隊に加えて大西洋艦隊をもパナマ運河などから回送できる米国の海軍力は日本を圧しており、戦費負担能力からみても日本には勝ち目はないと分析したものであり、書き上げたものの出版は見合わせていた。しかし翌大正三年、友人の窮乏を救うために金が必要となり、この小説を「一海軍中佐」という匿名で金尾文淵堂より刊行、その印税を友人救済に充てた。出版した『次の一戦』自体は、現在の兵力では太平洋の制海権を得るには心許ないとし、太平洋決戦で連合艦隊が全滅する事態をも記している。しかし主張としては、だからこそ海軍力増強が必要であると結論付けて海軍力増強を訴えており、日露戦争後の戦費削減傾向に不満を抱く海軍の主張に沿う内容でもあった。とはいえ軍事や外交の機微に言及する部分があったのも事実だ。このため匿名出版のことがばれると、軍の許可なく軍事にかかわることがらを書いたとして謹慎処分に付せられた。この騒動で世間の注目が集まり、かえって本は評判になり、また著者が『此一戦』の水野広徳と分かったことで大いに売れたものの、折しもその八月に第一次世界大戦が勃発し、日英同盟にしたがって日本も対独宣戦布告の運びとなったため、対米政策との絡みもあって、同書は絶版されることになった。

ちなみに日露戦争後は、次の仮想敵国は、ハワイやフィリピンを抑えて太平洋に勢力を拡大しているアメリカだという認識は広く国民に潜在しており、虎髯大尉『未来小説　日米戦争夢物語』(明治四三)、同「時事小説　日米の未来」(同)、河岡潮風「日米石油胆力戦争」(明治四四)などが書かれていた。しかしこれらは国民奮起を促すことに主眼を置き、戦力などへの冷静な分析を欠いていた。

『次の一戦』絶版の埋め合わせのようにして、同年一二月には海軍当局の認可の下、金尾文淵堂から『戦影（旅順海戦私記）』を刊行したが、その筆名を再び「一海軍中佐」としたのは、水野の反骨精神のあらわれだったかもしれない。なお水野は軍務としては海軍省文庫主管として『日独戦史』編纂事業を命ぜられた。翌大正四年には、編纂事業ばかりの生活に倦み、海上勤務を強く志願して巡洋艦出雲副長、ついで戦艦肥前副長に補せられた。だが艇艦勤務から長く離れていたために現場状況が一変しており、自分が軍務の前線から取り残されているような戸惑いを覚えた。

大戦中のヨーロッパ見学を志して、海軍当局より私費留学の許可を得、大正五年七月に渡欧。ロンドンではドイツ軍による空襲を体験、市民を巻き込む総力戦の何たるかを知り、また現代文明国の戦争がいかに大規模で悲惨な破壊に満ちているかを肌で知った。それは経済的に欧米諸国に劣る日本には、とうてい耐えられるものではなく、愛国的見地から総力戦回避が必須だと考えるようになっていく。また防空体制整備と空軍力の必要性も痛感した。この危機感は後に幾多の評論や『戦争小説　海と空』（昭和五）、『打開か破滅か　興亡の此一戦』（昭和七）、『空爆下の帝都』（昭和一四）といった小説に描かれることになる。

大正六年八月に帰国した水野は、海軍軍令部出仕となり、軍事調査会の業務に携わった。翌七年に大佐昇進したが、これが彼の最後の昇進となった。

大正八年は水野広徳にとって大きな転機となる年だった。文学博士姉崎正治が「大阪毎日新聞」に掲げた軍国主義批判論に対する反駁論文「我が軍国主義論」を「中央公論」同年一月号に載せ、軍の立場を代弁した水野だったが、再び許可を得て私費留学で欧州に向かう。そして休戦から半年を経たフランスの戦跡やドイツの惨状を実見し、改めて姉崎博士の主張と自分が信じてきた軍国主義の間で悩み、懊悩と苦悶の末に「人道的平和主義」へと傾いていったのだった。翌九年五月に帰国、水野はすでに軍人としての前途への希望を失っていた。その一方で、新時代のあるべき軍隊、軍人像を模索するようになる。

大正一〇年一月、「東京日日新聞」の依頼で「軍人心理」を連載したが、軍隊の社会化や現役軍人の参政権享受にもふれており、現役軍人の筆としては大胆すぎると物議を醸し、またこの回も無許可の執筆だったため謹慎処分を受けた。そして謹慎後、再出勤の勧めを受けたものの現役引退を希望し、同年八月に予備役に編入。以降は軍事および社会評論に筆を振るった。

以降、太平洋戦争に至るまでの水野の基本認識を記しておくと、経済力・工業生産力で圧倒的な米国に勝利することは不可能だという日米非戦論であった。そしてその立場から、無責任な扇動的好戦的論調に対して、厳しい批判を繰り返した。また統帥権は軍の権利ではなく、あくまで国家元首である天皇の大権であって、軍部が言及するのは越権行為と捉えていた。後者は「軍部大臣開放論」（「中央公論」大正一一年八月号）などで明確に示された。

政治は内閣が行い、軍は軍務を行うという分限を犯すことがあってはならない。したがって戦前の内閣における陸海軍大臣の現役制度は廃止すべきとの意見である。当時は陸軍大臣や海軍大臣は現役の将官でなければならないという規定があり、このため軍部は内閣の方針が気に入らないと大臣を引き上げ後任も出さず空席とすることで、しばしば内閣を総辞職に追い込んだ。また政府が軍事予算の削減を図ったり、軍部の独断的な戦闘行動を政治家や学者が批判すると、軍部指揮権の独立を意味する統帥権干犯であると、右翼勢力や軍人が声高に主張して言論封殺するという事態が、太平洋戦争に至る過程で幾度も起きた。水野はそれを逸早く批判していたのである。

本書に収録した「著者の言葉」は改造社版『現代日本文学全集　第四九巻　戦争文学集』に、桜井忠温の『肉弾』と共に収録された際のものだが、そこで水野は日本人のおごりを問題にしている。現代戦争に必須の機械力と経済力を軽視した空疎な精神主義への警告を発しているのだ。さらに昭和七年一〇月、『打開か破滅か　興亡の此一戦』を著して日米戦争の困難さを説いた。

歴史学者の家永三郎は水野の統帥権独立否定論を大正デモクラシーの理念に合致する平和思想として高く評価、また水野が昭和七年に『打開か破滅か　興亡の此一戦』を公刊したのは、昭和四年に軍事評論家池崎忠孝が書いた『米国怖るゝに足らず』が大評判になって以降、対米海戦論が勢いを増すのを危惧してのことと推測している（家永三郎「反戦平和を説く海軍大佐　水野広徳」、『日本平和論大系　第七巻　解説』、一九九三）。ちなみに昭和七年には海野十三も「防空小説　空襲葬送曲」を雑誌「朝日」（五〜九月号）に発表している。この小説では最後に未知の秘密兵器が登場して日本が逆転勝利する場面で終わるものの、本文の多くは防空力に乏しい日本が制空権を奪われて本土空襲に晒された場合の惨劇を克明に描いており、実質的には日本の敗戦に至る道筋を予想した作品といえる。また軍事評論家の石丸藤太も同年一二月に『小説　太平洋戦争』を出版、日本の苦戦を描いている。

水野広徳も海野十三も愛国心があるからこそ冷静に理知的に、祖国を破滅的事態に陥らせる愚に対して、表現の自由が制限された中で工夫を凝らして、自己の意見を表明したのである。これはイデオロギーの問題ではなく、怜悧で合理的な思考を持つ者の当然の帰結だった。日本の風土を愛し、皇室を崇敬し、日本人の生命生活を大切に思うなら、無謀な戦争は回避しなければならない。それが国を守るということだ。

しかしこの時期、軍部や戦争拡大に否定的な主張は一律に危険思想視され、危機回避のための〝愛国〟を理解する者は少なかった。『打開か破滅か　興亡の此一戦』は「左翼的記事あり」との理由（満洲事変への批判を指していると思われる）で一〇月二二日付で発禁処分となった。水野は直ちにこれを改訂解題し、翌一一月『日米興亡の一戦』として刊行した。

昭和八年には『秋山真之』を監修する一方、日比谷公会堂東洋館で開かれた「極東平和の友の会」創設会に出席。これにより「左傾的」と批判されたのを受け、愛国的平和論の真意を伝えようと小冊子「僕の平和運動について」を発行した。その後も松下芳男との共同編集『秋山好古』（昭和一一）や『日本名将論』（昭和一二）などを出版したものの、時局が切迫して来るにしたがって、当局の監視がますます厳しくなり、実質的に水野は執筆困難な状況へと追い込まれていった。昭和一六年には情報局の執筆禁止リストに水野の名が載ったという。しかしそんな状況下でも『此一戦』は読まれ続けた。

太平洋戦争勃発後の水野は、胃病の手術後、郷里に近い愛媛県越智郡津倉村（現・今治市）で療養、一時は東京に戻ったものの再び同地に疎開した。そして敗戦直後の昭和二〇年一〇月一八日、腸閉塞のために疎開先で亡くなった。この敗戦を、水野は国を守るべき軍人が政治を翻弄させた果ての出来事と考え、激しい感情を抱いていたという。水野の墓がある松山市の正宗寺には水野の歌碑が建っている。そこに記されているのは次の一首だ。

世にこびず人におもねらず　我は　わが正しと思ふ道を進まむ

戦艦三笠（15,362トン、1901年進水）　聯合艦隊司令長官東郷平八郎大将旗艦。いわゆる六六艦隊計画中の最新鋭戦艦で、イギリスで建造された。ワシントン条約によって除籍された後は記念艦として保存されていた。

戦艦富士（12,649トン、1896年進水）　第一戦隊の三番艦。姉妹艦八島と共にわが国最初の近代式戦艦の一つである。五ヶ年間にわたり全官吏の俸給の一割を献納させて建艦費の一部にあてた。

装甲巡洋艦日進（7,080トン、1903年進水）　第一戦隊の殿（しんがり）艦で、司令官三須宗太郎中将旗艦。戦艦初瀬、八島が旅順口で沈んだ後は、本艦と春日が戦艦代用として活躍した。イタリー製。

装甲巡洋艦出雲（9,180トン、1899年進水）　第二艦隊司令長官上村彦之丞中将旗艦。上村中将の率いる装甲巡洋艦6隻は戦艦と共に当時のわが海軍の主戦部隊であった。イギリス製。

装甲巡洋艦浅間（9,240トン、1898年進水）　第二戦隊の五番艦。日本海海戦では命中弾をうけて舵機に故障を生じ、一時列外に出るほどの苦戦をした。イギリス製。

駆逐艦漣（さざなみ）（341トン、1899年進水）　わが国がイギリスに発注したはじめての駆逐艦8隻中の一艦。5月28日、敵駆逐艦ベドウィを追撃捕獲、司令長官ロジェストウェンスキー中将を捕虜とした。

戦艦クニャージ・スウォーロフ（13,516トン、1902年進水） バルチック艦隊の司令長官ロジェストウェンスキー中将旗艦、わが艦隊の集中砲火と魚雷攻撃で27日撃沈された。

戦艦オスラービヤ（12,674トン、1898年進水） 第二戦艦隊司令官フェリケルザム少将旗艦。27日の昼戦にわが艦隊の集中砲火を受けて最初の沈没艦となった。

戦艦イムペラートル・ニコライ一世（9,672トン、1888年進水）第三戦艦隊司令官ネボガトフ少将旗艦。28日、麾下の艦隊と共にわが艦隊に包囲され、遂に降伏した。

戦艦アリョールの蒙った命中弾の弾痕　アリョールは海戦後捕獲された戦艦。写真は同艦右舷中央部6インチ砲塔附近の破損状況を示す。

水野広徳年譜

明治八年

五月二十四日愛媛県伊予国温泉郡三津浜に生る。父光之は旧伊予松山藩士。母ナホ。一兄三姉あり。

明治九年

母ナホ死亡。

明治十年

挙家松山に帰住す。

明治十三年

父光之死亡。遺孤分散一人ずつ親戚に寄食することとなり、著者は母方の伯父笹井方に引取らる。

明治十四年

松山巽小学校に入学、初等八級。

明治二十二年

松山高等小学校卒業、伊予尋常中学校等二学年に入学。

明治二十三年

悪戯年と共に激しく伯母の手におえず、遂に笹井を逐出され、労働生活の兄の家に寄寓、共に苦惨なる自炊生活をなす。

明治二十四年

陸軍幼年学校入学を志望せしも友人の勧により海軍兵学校志望に変更す。

明治二十五年

このころより海軍兵学校入学試験科目たる代数、英語、漢文以外の課目は、学校にて多く出席せず、放縦自炊生活と相まって学業ようやくすさむ。

明治二十六年

七月、中学校卒業試験落第、退校す。

八月、初めて海軍兵学校入学試験を受く（広島にて）。代数にてはねられる。

学友と共に郷里の「海南新聞」を配達す、月酬九十七銭也。

明治二十七年

七月、兄病死。爾後単独自炊をなしつつ兵学校入学試験準備のため自修、郷党の餓鬼大将たり。

八月、海軍兵学校入学試験を受く。痔核のため身体検査に不合格。

十一月、生年月日を十年十月と訂正す。

明治二十八年

海軍兵学校入学試験科目に普通学科加えられ大恐慌、大狼狽。

四月、愛媛県尋常中学校五年級へ再入学。

自炊を止めて下宿す。

八月、海軍兵学校入学試験受験。漢文科にて不合格。

十二月、同校追加募集試験に合格。

明治二十九年

二月、海軍兵学校生徒を命ぜられ、広島県江田島なる同校に入学。同級生六十二名、中に現中将野村吉三郎、小林躋造等あり。

明治三十一年

十一月、海軍兵学校卒業、少尉候補生に任ぜられ、軍艦比叡（初代）乗組を命ぜらる。

明治三十二年

実地練習のため北米西岸に遠洋航海をなす。

帰航後軍艦千代田に配乗。

明治三十三年

正月、海軍少尉。

爾後呉水雷艇隊附、上海警備陸戦隊小隊長、水雷術練習所附、初瀬乗組、鳥海航海長心得等を経。（この間に中尉となる。）

明治三十六年

十二月、海軍大尉、第十艇隊艇長に補せられる。

明治三十七年

二月、日露開戦、第四十一号水雷艇長として朝鮮海峡竝に旅順方面の戦役に従事す。

明治三十八年

日本海海戦に参加す。

明治三十九年

海軍軍令部出仕を命ぜられ『明治三十七、八年海戦史』編纂に従事す。初めて東京に居住す。

明治四十三年

『戦史』編纂の余暇をもって『此一戦』を書く。

九月、第二十艇隊司令に補せられ舞鶴に赴任。

明治四十四年

『此一戦』発刊。

明治四十五年

二月、佐世保海軍工廠検査官より海軍省文庫主管に転じ、再び東京に居住す。

大正二年

時局にかんがみ日米戦争仮想記『次の一戦』を書きしも都合により発表を見合わす。

大正三年

一友人の窮迫を救うため『次の一戦』の原稿を寄与す。「一海軍中佐」の匿名をもって金尾文淵堂より刊行す。書中。軍事と外交との機微（機密にあらず）に亙る点ありたるため問題となりて匿名発覚し、無認可出版の廉をもって謹慎を命ぜらる。問題の書として大に読書界を賑わしたるも、同年八月、欧州戦勃発し日本も亦参戦するに及び、当局の対米外交上の意思を尊重し、刊行後三カ月にして絶版となる。

十二月、『次の一戦』絶版の埋合せとして金尾文淵堂より『戦影』（旅順海戦私記）を「一海軍中佐」の匿名（当局の認可を得て）をもって発刊す。この書は著者もっとも会心の作なりしも刊行の終末を群にせず。書肆の店頭に殆んどその姿を見ずして湮滅したるは遺憾なり。

大正四年

『日独戦史』編纂事業に着手。

編纂事業にうみ、海上勤務を強願の結果、軍艦出雲副長、ついで軍艦肥前副長。多年艇隊並に陸上勤務のため艦務の状態一変せるに驚き、大いにまごつく。

大正五年

七月、私費留学の許可を得、戦時の欧州見学のため横浜出発。印度洋、喜望峰を経て、九月、倫敦着、英仏伊を視察。

大正六年

八月、米国を経て帰朝。

海軍軍令部出仕、軍事調査会の事に従う。

十一月、十二月、「東京朝日新聞」に「無名氏」の号をもって滞欧記「バタの臭」を連載す。

大正七年

海軍大佐

大正八年

一月、「大阪毎日新聞」所載姉崎正治博士の軍国主義攻撃論に対する駁論を「中央公論」に載せ、大に軍国主義の提灯を持つ。これより先数年来新聞雑誌等にしばしば所見竝に評論を書く。

三月友人の給費により再び私費留学を出願、認可を得、戦後の欧州視察に赴く。時に休戦後わずかに半歳、仏国の戦跡を訪ねては戦争の害毒を目睹し、独逸の惨状を見ては軍国主義の幻滅を覚認し、思想の大転化を来す。

大正九年

五月、帰朝

九月、軍令部出仕。

大正十年

正月、「東京日々新聞」の依頼により新年記事として『軍人心理』を書く。現役軍人の筆としては、いささか大胆露骨に過ぎたり、果然物議を生じ「上官の許可を得ず文書をもって政治に関する意見を公表したる」科により謹慎処分を受く。

謹慎明け後、当局より再出動のすすめありしも、軍隊は最早や永住の境にあらざるを思い、現役引退を希望す。

八月、予備役に編入、軍服に永久の別を告ぐ。

大正十一年

渡欧航海記『波のうねり』を金尾文淵堂より発行。

華府会議開催、尾崎咢堂翁等と軍縮運動に従事す。

爾後軍事竝に社会評論に筆を執る。

大正十三年

四月、この年新春早々軍部は「新国防方針」を決定す。これは新たに米国を仮想敵国と想定し、日米戦争を対象とするものなので、これに対して『中央公論』誌上に、愛国の至情を傾けて批判の論陣を張り、その危険なることを力説す。

六月二十九日、モリエ夫人病歿さる。

八月、中央公論に「軍部大臣開放論」を発表。

九月、片山哲氏等八名の同志と、平和問題研究のための集会『二火会』を起す。

大正十四年

一月、米国海軍特別大演習を実施、日米両国民の感情的対立激化を憂いて「米国海軍の太平洋演習を中心として」(日米両国民に告ぐ)を『中央公論』二月号に発表す。

大正十五年

日本工人倶楽部発行の雑誌『工人』の特輯として「戦争と軍備問答」を発行す。

昭和三年

『民衆政治講座』の一冊として「無産階級と国防問題」を出版す。

十一月五日、愛媛県越智郡菊間町寺尾栄次郎氏長女ツヤ子と結婚す。

昭和七年

十月、日米戦争仮想物語「興亡の此一戦」を東海書院から出版したが発売禁止となる。

昭和八年

八月二十五日、日比谷公会堂東洋軒において『極東平和の友の会』の創立総会に出席演説中暴漢闖入、会は警官により解散を命ぜらる。

『改造』十月号は水野氏論文の為発売禁止となる。

昭和十年

五月『高須峰造先生』を非売品として出版す。

昭和十一年

十一月、松下芳男との共同編纂になる「秋山好古」を『秋山好古大将伝記刊行会』から出版す。

昭和十二年

二月、「日本名将論」を中央公論社より出版す。以後当局の監視烈しく執筆不能となり、著書としてはこれが最後となる。海軍大臣永野修身氏に対し「海軍の自主的態度を望む」と題する公開状を発表す。

昭和十五年

六月、雑誌『海運』に寄稿した「戦争と政治」と題する論文は発表禁止となる。その他の雑誌に寄稿した二篇の小論文も発表禁止となる。

昭和十八年

七月、胃を患いて、鵜沢外科医院に入院、更に聖路加病院に入院、十一月、静養のため瀬戸内海の小島愛媛県越智郡津倉村本庄（伊予の大島）へ赴く。

昭和二十年

四月、再び伊予の大島に家族と共に疎開す。

五月二十五日の帝都空襲で世田谷区三軒茶屋の自宅も焼失、二十数年来の寄稿切抜等もすべて失う。

十月十八日、疎開先にて腸閉塞を起し、今治市の別府病院にて手術を受けたが、死去。

（大正十三年以降は松下芳男著『水野広徳』より抜萃）

『此一戦』 1911（明治44）年　博文館刊

付記

一、本作品は、一九一一（明治四四）年に博文館から刊行された。

一、本書は一九五八（昭和三三）年に刊行された出版協同社版を底本とし、長山靖生氏による解説を付した。附録の「日本海海戦死傷者人名表」は省いた。

一、明らかに誤植と思われる語句は訂正した。難読と思われる語句にはルビを付した。

一、本文中に今日では不適切と思われる表現もあるが、発表当時の時代背景と作品の文化的価値に鑑みて底本のままとした。

中公文庫

此一戦《このいっせん》

――日本海海戦記《にほんかいかいせんき》

2023年1月25日　初版発行

著　者　水《みず》 野《の》 広徳《ひろのり》

発行者　安 部 順 一

発行所　中央公論新社

〒100-8152　東京都千代田区大手町1-7-1
電話　販売 03-5299-1730　編集 03-5299-1890
URL https://www.chuko.co.jp/

ＤＴＰ　嵐下英治
印　刷　三晃印刷
製　本　小泉製本

Published by CHUOKORON-SHINSHA, INC.
Printed in Japan　ISBN978-4-12-207310-4 C1121

中公文庫既刊より

各書目の下段の数字はISBNコードです。978－4－12が省略してあります。

さ-72-1
肉弾　旅順実戦記
櫻井忠温
日露戦争の最大の激戦を一将校が描く実戦記。各国で翻訳され世界的ベストセラーとなった名著を百余年を経て新字新仮名で初文庫化。〈解説〉長山靖生
206220-7

あ-89-1
海軍基本戦術
秋山真之
戸髙一成編
丁字戦法、乙字戦法の全容が明らかに！　日本海海戦を勝利に導いた名参謀による幻の戦術論が甦る。本巻は同海戦の戦例を引いた最も名高い戦術論を収録。
206764-6

あ-89-2
海軍応用戦術／海軍戦務
秋山真之
戸髙一成編
海軍の近代化の基礎を築いた名参謀による組織論。巨大組織を効率的に運用するためのマニュアルが明らかに。前巻に続き「応用戦術」の他「海軍戦務」を収録。
206776-9

い-16-7
望郷の歌　新編・石光真清の手記㈢　日露戦争
石光真清
石光真人編
日露開戦。石光陸軍少佐は第二軍司令部付副官として出征。終戦後も大陸への夢醒めず、幾度かの事業失敗を経てついに海賊稼業へ。そして明治の終焉。
206527-7

な-48-2
一九四五年夏　最後の日ソ戦
中山隆志
ポツダム宣言を受諾し武装解除を進める日本軍に、ソ連軍が襲い掛かった。孤軍奮闘した守備隊の知られざる戦いの記録。〈解説〉庄司潤一郎・花田智之（防衛研究所）
207285-5

い-131-1
真珠湾までの経緯　海軍軍務局大佐が語る開戦の真相
石川信吾
太平洋戦争へのシナリオを描いたとされる海軍軍人が語る日米開戦秘話。日独伊三国同盟を支持し対米強硬を貫いた背景を検証。初文庫化。〈解説〉戸髙一成
206795-0

と-32-1
最後の帝国海軍　軍令部総長の証言
豊田副武《そえむ》
山本五十六戦死後に連合艦隊司令長官をつとめ、最後の軍令部総長として沖縄作戦を命令した海軍大将が残した手記、67年ぶりの復刊。〈解説〉戸髙一成
206436-2

と-35-1
開戦と終戦 帝国海軍作戦部長の手記
富岡定俊
作戦課長として対米開戦に立ち会い、作戦部長として戦艦大和水上特攻に関わった軍人が、日本海軍の作戦立案や組織の有り様を語る。〈解説〉戸高一成
206613-7

く-30-1
ラバウル戦線異状なし 現地司令長官の回想
草鹿任一
激戦下の南太平洋において落日無援の孤城を守り抜き、自給自足で武器と食糧を調達、最後まで航空戦を指揮した名将の回顧録。初文庫化。〈解説〉戸高一成
207126-1

く-31-1
連合艦隊 参謀長の回想
草鹿龍之介
航空戦の時代を予見、参謀長として真珠湾、ミッドウェー、南太平洋海戦、あ号作戦を指導。艦橋内の確執を入り混ぜ奮戦と壊滅の真相を描く。〈解説〉戸高一成
207137-7

お-96-1
大野伴睦回想録
大野伴睦
官僚出身エリート政治家と対決、保守合同や日韓国交正常化に尽力した破天荒な政治家（衆議院議長・自民党副総裁）の抱腹絶倒の一代記。〈解説〉御厨貴
207042-4

あ-97-1
馬鹿八と人はいう 一外交官の回想
有田八郎
外相を四度歴任、日独同盟に異議、戦後は再軍備反対、都知事選に二度挑む。三島由紀夫の「宴のあと」のモデルとして知られる波瀾万丈の自伝。〈解説〉竹内洋
207163-6

か-80-2
兵器と戦術の日本史
金子常規
古代から現代までの戦争を、殺傷力・移動力・防護力の三要素に分類して捉えた兵器の戦闘力と運用する戦術の観点から豊富な図解で分析。〈解説〉惠谷治
205927-6

い-134-1
リデルハート 戦略家の生涯とリベラルな戦争観
石津朋之
平和を欲するなら戦争を理解せよ。「間接アプローチ戦略」「西側流の戦争方法」など戦略論の礎を築いた二十世紀最大の戦略家、初の評伝。
206867-4

カ-8-1
文明と戦争（上） 人類二百万年の興亡
アザー・ガット 石津朋之／永末聡／山本文史監訳 歴史と戦争研究会訳
人間はなぜ戦うのか？ 人類共通の自然現象？ 文化が発明したものか？ 上巻は、戦う動機を進化論の観点から探り、部族間から国家間へと進化した戦争を分析。
207275-6

各書目の下段の数字はＩＳＢＮコードです。978－4－12が省略してあります。

カ-8-2
文明と戦争（下） 人類二百万年の興亡
アザー・ガット
石津朋之／永末聡／山本文史 監訳
歴史と戦争研究会 訳
国家の勃興、火薬の発明によって戦争はいかに変化したのか？ 下巻は軍事革命による戦いの規模と形態の変化を分析、総力戦に至った近代の戦争を検証する。
207276-3

タ-11-1
戦争か平和か 国務長官回想録
ジョン・ダレス
大場正史 訳
対日講和に奔走しアイゼンハワー大統領下で冷戦外交を主導、ソ連・中国の脅威、安保理の機能不全のなか平和への策を提言。〈解説〉土田 宏
207252-7

タ-10-1
諜報の技術 ＣＩＡ長官回顧録
アレン・ダレス
鹿島守之助 訳
兄の国務長官ジョンと冷戦外交を主導、スエズ動乱、朝鮮戦争、キューバ危機、Ｕ2事件から対ＫＧＢ謀略戦の実態と情報機関の在り方を問う。〈解説〉有馬哲夫
207195-7

な-52-4
文豪と酒 酒をめぐる珠玉の作品集
長山靖生 編
漱石、鷗外、荷風、安吾、太宰、谷崎ら16人の作家と白秋、中也、朔太郎ら9人の詩人の作品を厳選。酒に託された憧憬や哀愁がときめく魅惑のアンソロジー。
206575-8

な-52-5
文豪と東京 明治・大正・昭和の帝都を映す作品集
長山靖生 編
繁栄か退廃か？ 栄達か挫折か？ 漱石、鷗外、鏡花、荷風、芥川、谷崎、乱歩、太宰などが描いた珠玉の作品を通して移り変わる首都の多面的な魅力を俯瞰。
206660-1

な-52-6
文豪と食 食べ物にまつわる珠玉の作品集
長山靖生 編
子規が柿を食した時に聞こえたのは東大寺の鐘だった？ 潔癖症の鏡花は豆腐を豆府に！ 漱石、露伴、荷風、谷崎、芥川、久作、太宰など食道楽に収まらぬ偏愛的味覚。
206791-2

な-52-7
文豪と女 憧憬・嫉妬・熱情が渦巻く短編集
長山靖生 編
無垢な少女から妖艶な熟女まで。鷗外、花袋、荷風、漱石、谷崎、安吾、太宰らが憧れ翻弄された女性を描く。主人公の生きざまから近代日本の「女の一生」がみえる。
206935-0

み-39-2
三木清 戦間期時事論集 希望と相克
三木 清
長山靖生 編
不況にあえぐ国民が軍部の暴走に同調する中、現実に寄り添いながらも理想を捨てなかった三木清の時事随想を収録。気骨のある精神と生き方に学ぶ。
207184-1